U0124067

重燃的怒火

KILLMAN CREEK

静湖

②

RACHEL CAINE

［美］雷切尔·凯恩 著

陈拔萃 译

台海出版社

北京市版权局著作合同登记号：图字 01-2020-4887

KILLMAN CREEK: Text copyright © 2017 Rachel Caine LLC
This edition is made possible under a license arrangement originating with
Amazon Publishing, www.apub.com, in collaboration with The Grayhawk
Agency Ltd.
Simplified Chinese edition © 2023
China Pioneer Publishing Technology Co., Ltd
All rights reserved

图书在版编目（CIP）数据

静湖 . 2, 重燃的怒火 /（美）雷切尔·凯恩著；陈
拔萃译 . -- 北京：台海出版社，2023.5
书名原文：KILLMAN CREEK
ISBN 978-7-5168-3208-0

Ⅰ . ①静… Ⅱ . ①雷… ②陈… Ⅲ . ①长篇小说—美
国—现代 Ⅳ . ① I712.45

中国版本图书馆 CIP 数据核字 (2022) 第 025309 号

静湖 . 2, 重燃的怒火

著　　者：[美]雷切尔·凯恩　　　　译　　者：陈拔萃

出 版 人：蔡　旭　　　　　　　　　责任编辑：俞滟荣

出版发行：台海出版社
地　　址：北京市东城区景山东街 20 号　邮政编码：100009
电　　话：010-64041652（发行，邮购）
传　　真：010-84045799（总编室）
网　　址：www. taimeng. org. cn/thcbs/default. htm
E － mail：thcbs@126. com

经　　销：全国各地新华书店
印　　刷：大厂回族自治县德诚印务有限公司
本书如有破损、缺页、装订错误，请与本社联系调换

开　　本：620 毫米 ×889 毫米　　　　1/16
字　　数：830 千字　　　　　　　　印　　张：53
版　　次：2023 年 5 月第 1 版　　　　印　　次：2023 年 5 月第 1 次印刷
书　　号：ISBN 978-7-5168-3208-0

定　　价：168.00 元（全三册）

第一章

格温

今天是我前夫越狱后的第十二个夜晚。我躺在床上，毫无睡意，看着窗帘上光影交织，上演一幕幕悲欢离合。躺在窄小折叠床上的我，真真切切地感受到这薄薄床垫里的每一根弹簧，它们顶得我后背发疼。我的孩子们，兰妮和康纳，占据了这间汽车旅馆房的另外两张大床。这家中等价位的旅馆已经是我目前能承担的最贵留宿地了。

手里这台手机是新买的，同样是一次性、号码全新的手机。世界上只有五个人知道这个号码，两个此刻正和我一起躺在这个房间里。

我无法信任这五个人以外的任何人。我的脑海里浮现出一个夜行的男人的影子——他疾步行走着，而不是快速奔跑，因为即便全国一半的警力都在追捕通缉他，梅尔文·罗亚也不需要奔波逃亡。事实上，他此行的目标是我和孩子们。

我的前夫是一个怪物。当我天真地以为他被关在狱中，插翅难逃，等待死刑的时候，他隔着重重枷锁对我和孩子们发动了一场袭击。哦，他绝对是得到了来自监狱内外左膀右臂的支持才能实现这一切的。这场行动涉及面有多广、程度有多深仍然是个未解之谜，但他绝对谋划已久。他利用了我的恐惧玩弄我们于股掌之中，诱使我们来到他早已布下天罗地网的地方。我们虽然大难不死，逃过一劫，但也只是运气好而已。

我闭上眼睛时，仿佛看见了梅尔文·罗亚在黑暗中悄悄尾随我，一**眨眼**，他就来到了街上；**又一眨眼**，他就在汽车旅馆二楼的公共廊道上行走；**再一眨眼**，他就来到了门外，趴在门上偷听房间内的动静。

手机发出的"嗡嗡"振动声吓得我忍不住蜷缩起来，弄疼了自己。当我拿起手机时，房间里的暖炉正噼啪作响，虽然噪声轰鸣，但供暖效果不错。暖流缓缓地在室内蔓延开来，我并不需要把小床上的毛毯盖得太严实，对此我心怀感激。

我眨了眨眼睛，把视线聚焦在手机屏幕上。发送人一栏显示的是已被屏蔽的号码。我关掉屏幕，把手机放在枕头底下，并试图说服自己目前还可以睡个安稳觉。但我知道这只是自我欺骗。我知道是谁在给我发短信。汽车旅馆房门的双层锁似乎都不足以抵御侵害。

我把孩子们从杀人犯手中救回来后已经过了十二天。我筋疲力尽，肌肉酸痛，头痛欲裂，同时我的内心悲痛万分、心烦意乱，最重要的是——**最重要的是**——恼羞成怒。我必须保持愤怒，只有这样才能使我们活命。

你可真胆大妄为，我猜测着手机里短信的内容。**你可真胆大包天。**

当我火冒三丈，目眦欲裂时，终于忍无可忍，把手伸到枕头下，再次掏出了手机。怒气是我的盾牌，是我锋利的武器。我狠狠地点击屏幕查看信息，想象着短信的内容会是什么。

但是我错了。这条短信不是我前夫发的。短信内容是：你到哪儿都不安全。最后的落款是一个符号 A，我知道代表了什么：**阿布萨隆。**

这一刻的震惊瞬间打消了我的怒气，仿佛一股灼热的电流通过了我的胸膛和手臂，是手机承受了猛烈的撞击后放出的。我的前夫有同伙，协助他将我们玩弄于股掌之中，帮他诱拐绑架孩子们，这就是阿布萨隆，一位黑客高手。他一步步将我引入梅尔文布下的陷阱。我曾大胆地设想过，也许随着阴谋的结束，阿布萨隆找不到更多的把柄来威胁我们了。

可是我早该预料到这一切。

有那么一瞬间，我发自内心地不寒而栗，就像是知道了童年惧怕的所有妖魔鬼怪是真实存在的一样。随后我深深地、缓缓地吸了一口气，思考着想要再次逃离魔爪究竟是不是痴人说梦。即便我犯了罪，也只是自我防卫，保护自己不被那个从一开始便不怀好意，一步步获取我信任的人杀害而已，不足以让我沦落到今天这个田地。

然而这不能让手机里的短信消失。

阿布萨隆派了另一个人来追杀我们。这个念头宛如当头一棒，瞬间让我口干舌燥、惶恐不安，因为**这感觉无比真切**。这些天来，当我们为了安全四处躲藏、频繁更换住所时，总有一件事情困扰着我——我感觉我们一直处于监视之中。我觉得自己像是得了妄想症一样胡思乱想。

但如果确有其事呢？

我想悄悄地起床，可小床发出了"吱吱呀呀"的声音，然后我听见了兰妮，我的女儿，轻声细语道："妈妈？"

"没事儿。"我压低声音回答。我站起来，套上鞋子，穿上舒适的裤子、宽松的毛衣和厚厚的袜子，带上了我的枪套和皮衣，确保做足了一切安全措施才打开门走进寒风中。

诺克斯维尔[1]的天气阴暗寒冷。我不太习惯这个城市的灯光，但就在刚才它给了凛冽寒风中的我些许安慰。因为我不是孤立无援的，我身边有万家灯火。若是我尖叫，一定会被人发现。

我从通讯录寥寥无几的号码中挑了一个，打了过去。电话很快就接通了，我听到了诺顿警察局普雷斯特警长疲惫不堪的声音。诺顿是离我们曾经的居住地最近的小镇。不，**那不仅仅是我们曾经的居住地**，我们终有一天会回到静湖去的，我发誓。他说："普罗克特女士，现在已经很晚了。"他听起来一点儿也没有因为我的来电而高兴。

"您是否百分之百确认朗赛尔·格雷厄姆死了？"

这是个奇怪的问题，我听到了"吱吱呀呀"的声音，可能是普雷斯特往后靠坐在他办公室的椅子上。我抬手看了看手表，现在已经凌晨一点多了，我不知道他为何深夜加班。诺顿是一个宁静冷清的小镇，犯罪

---

[1] 美国田纳西州东部城市。——译者注（若无特殊说明，均为译者查注。）

率从来不高。普雷斯顿是局里仅有的两位警长之一。

朗赛尔·格雷厄姆也穿过诺顿警察的警服。

普雷斯特的回答缓慢而又谨慎，"你有什么证据认为他没有死？"

"他、真、的、死、了、吗？"

"他被送到医院的时候已经死了。我亲眼看着他在解剖台上被人开膛破肚，器官被取出来。你为什么要在……"他停顿了一下，叹了一口气，仿佛刚刚在确认时间，"凌晨问这个问题？"

"因为我收到了一条把我吓个半死的恐吓短信。"

"朗赛尔·格雷厄姆发的？"

"阿布萨隆。"

"啊！"他声音突变，让我不得不立刻提高警惕。我和普雷斯顿警长不是朋友，却是某种程度上的盟友。他对我并非深信不疑，而我不会因此责怪他，"关于这件事儿，凯姿·克莱蒙特最近正在调查。她认为阿布萨隆有可能不是一**个**人，而是一**群**人使用的代号。"凯姿是我敬重的人，她曾经是格雷厄姆警官的搭档。与格雷厄姆不同的是，凯姿诚实正派，对她来说发现自己的搭档竟然是个杀手可是个毁灭性的打击。但这无论如何无法与我受到的打击相提并论。

听到这里，我气急败坏地说："你怎么能不提醒我？你明明知道我带着孩子们在外面！"

"不想吓着你，"他说，"现在还没有任何证据。这只是一个猜测。"

"你认识我这么长时间了，你觉得我是那种盲目陷入恐慌的人吗？"

他沉默以对，因为他知道我不是那种人。"我还是认为你回来待在诺顿，让我们保护你才是最好的选择。"

"我的前夫把你们其中一名警员变成了杀人凶手。"我压住怒火，"是你让格雷厄姆跟我的孩子们独处的，你还记得吗？天知道他对孩子们做了什么。我怎么可能将孩子们的安全再托付于你？"

我现在仍不知道朗赛尔·格雷厄姆在绑架了孩子们之后对他们做了什么，不论是兰妮还是康纳都选择闭口不谈。我也明白绝不能强人所难。

他们的内心都遭受了创伤，虽然医生认为他们目前状态良好，身体机能恢复了正常。我仍然想知道他们究竟承受了什么样的心理创伤，又会对他们的未来造成多大的影响。扭曲、重塑、破坏他们的心理，一直是梅尔文·罗亚朝思暮想的事情，是他沉醉其中、不能自拔的事情。

"有梅尔文的任何消息吗？"**梅尔文**，我内心有一个微弱的声音，胆怯地悄声自言自语。他从来都不喜欢别人叫他梅尔文，只让别人叫他梅尔，这也是为什么我现在这么称呼他。微不足道的权力也是权力。

"现在的追捕行动宛如天罗地网，越狱的人有百分之七十五已经被捉拿归案了。"

"但百分之七十五当中没有他。"

"是的，"普雷斯特附和道，"他不包括在内。可这只是暂时的。你打算一直四处逃亡，直到他被逮捕归案吗？"

"原本是这样计划的，"我说，"就在刚刚，计划发生了变化。如果阿布萨隆派了别人来追捕我们，那他们就会找到我。这才是梅尔文越狱的原因。逃跑只会延长这场噩梦，也代表我无法掌控自己的生活。我是绝对不会让他得逞的。"

这时，普雷斯特的椅子再度发出了"吱吱呀呀"的声音。这回我可以肯定他是坐直了身子。"那么，格温，你到底想做什么？"

他仍用我的新名字称呼我，我万分感谢。人们熟知的吉娜·罗亚是连环杀手的妻子，她已不复存在，只是梅尔文案的另一位受害者。就让她从此随风而去吧。我现在是格温，身上没有背负任何被污蔑的罪名。

"我认为你不会喜欢这个计划，所以我也不打算分享了，谢谢你为我们所做的一切。我是认真的。"在他提出其他问题之前，我挂掉了电话，把手机塞进我外套的口袋里，在潮湿凛冽的寒风中站了一会儿。诺克斯维尔的夜晚不是完全寂静无声的，我能听见车辆路过时车内播放的一首首乐曲，听见飞机越过头顶、划过天空的引擎声，看见隔壁房间的人影攒动和电视机透过窗帘映照在院子里的零星光斑。

我听见房门打开的声音，随后兰妮出现在我的视线里。她穿上了鞋子，套上了夹克，底下还穿着睡衣，让我紧绷的神经稍微得到了放松。因为如果她穿上牛仔裤、宽松的法兰绒衬衫和运动鞋，就证明她害怕了。

"那个小屁孩儿还在睡觉呢，"她一边说一边来到我身边，倚靠在扶手栏杆上，"来吧，告诉我吧。"

"没什么事儿，宝贝。"

"绝不可能！妈妈，你不可能平白无故起床跑出来打电话。"

我叹了口气。天气很冷，风把我呼出的气吹成一缕淡淡的白烟，"我刚刚跟普雷斯特警长通过电话。"

我看见她搭在栏杆上的手握得更紧了，我真希望我能消除她的一切不安，带她远离恐惧和压迫，但我无能为力。兰妮清楚我们现在的处境有多危险。她几乎知道有关她父亲的所有真相。作为一名不到十五岁的女孩儿，我只能希望她可以承受住这份沉重的负担。

"哦，"我女儿说，"是关于他的事情吗？"

当然了，"他"指的是她的父亲。我对她微笑，希望能让她安心。"目前还没有消息，"我说，"他现在可能离这里远着呢。他是个通缉犯。许多当初跟他一起越狱的囚犯已经被抓了，他很快也会被逮捕归案的。"

"你才不会相信这样的鬼话。"

我确实不信，也不想对女儿撒谎，于是转移话题，"你现在需要回去睡觉了，亲爱的，我们一大早就要离开这里。"

"现在就是早上了。准备去哪儿？"

"其他地方。"

"我们已经走到这个地步了吗？"她听起来有点儿生气，"天啊，妈妈，你现在还是只会落荒而逃。我们不能让他为所欲为！至少这次不能。我不想再逃跑了，我要跟他**抗争到底**。"

这是她真实的想法。她是一个勇敢的孩子，在仅有十岁的时候就被迫面对父亲的所作所为，所以对她现在的怒火中烧我一点儿也不意外。

我转身面向她，她也扭头面对我。我说话的时候她凝视着我。"我们会抗争到底的。但是明天必须先确保你们的安全万无一失，这样我才能毫无束缚、心无旁骛地去做该做的事情——别反驳。我需要你跟你弟弟待在一起，确保他的人身安全。这是你的职责，兰妮，是你肩负的责任。"

"你这是在把我们推给别人照顾吗？不，这一点儿都不好！你可别跟我说照顾我们的人是外婆。"

"我还以为你喜欢你外婆。"

"我喜欢外婆，但不喜欢和她待在一起。你不是想让我们安全吗？外婆可不能保护我们，她谁都保护不了。"

"我不会把你们交给外婆。你的父亲正在追踪**我**，找到我对他来说才是头等大事。"我也希望只有我才是梅尔文的目标。把孩子们交给他人无疑是一场豪赌，而我能信任、能交付孩子的人更是寥寥无几。我是想过把孩子们交给我母亲，但是我必须承认我女儿说的是对的。我母亲跟我们不一样，手无缚鸡之力，把孩子们交给她只会徒增另一种危险。

我得深思熟虑。哈维尔·埃斯帕扎和凯姿·克莱蒙特曾说可以给孩子们提供庇护。他们两人都英勇善战。哈维尔是一名退役海军陆战队员，是一位靶场教练；凯姿则是一名警察，坚强、聪明，也很能干。

唯一的缺点是他们住在靠近静湖的地方。那个美丽而遥远的湖畔原先是我的避难所，后来却变成了万丈深渊。我不知道自己是否还能对那儿产生安全感。肯定不能再去了，回去我们就宛如瓮中之鳖。

哈维尔的家不在湖边。他的房子是一间偏远且牢固的小屋。我的直觉告诉我梅尔文和阿布萨隆一定不会从我们刚刚逃离的地方展开搜查。

"你会把我们留给山姆吗？"兰妮问。

"不会，因为山姆要跟我一起行动。"我对她说。虽然我还没有问过山姆的意见，但我知道他会和我一起行动。出于个人原因，他和我一样渴望找到梅尔文·罗亚，"我和山姆要在你爸爸再次作案、在他有意伤害你和弟弟之前找到并阻止他。"我停下来，给她一些思考时间，然后才接着说，"我需要你的帮助，兰妮。比起四处逃跑、躲藏，这是我们目前最好的选择。我比你更不想再过上四处逃亡的生活。"

她转移了视线，耸了耸肩，"无论如何，你还是会让**我们**这么做的。"

目前的所有流亡和逃跑都是必需的，也是应该做的。但我也理解，让我的孩子们时刻保持警惕是多么困难。

"我很抱歉。"

"我懂。"兰妮说。出乎我的意料，她抱了抱我就回了房间。

我站在寒风中，思前想后，最后决定给山姆打电话。"我在外面。"

山姆很快就来到二楼狭窄的廊道，站在我身边。他的房间在我们的隔壁。他跟我一样穿戴整齐，蓄势待发。他倚靠在栏杆上，正在兰妮刚刚站的位置，说："我可不认为你打给我是要谈情说爱的。"

"呵呵。"我边说边斜着眼看了他一下。我们两个不是恋人。但从某种程度上来说，我们又很亲密。我认为我们会终成眷属，虽然中间会经历一些波折。我们都不着急走到那一步，我们身上都背负了太多的包袱。毕竟我是一个无时无刻不处于威胁下的连环杀手的前妻。

那么，山姆呢？他的妹妹是梅尔文杀害的最后一个人。在我的脑海里，那位年轻的女士的尸体被铁索悬吊的景象仍清晰可见。梅尔文为了获取纯粹的施虐快感让她受尽折磨，最后将她残忍杀害。

我们的故事更是一言难尽。我第一次遇见山姆时，单纯地以为他只是一个友好的陌生人，与我过去的生活毫无关联。在发现他曾处心积虑地跟踪我，希望能够找到我与前夫同流合污的证据时，我几乎崩溃。

现在他知道我是无辜的，从未参与过那些肮脏勾当。但这还是给我们的关系造成了很深的裂缝，我不知道怎么填补，或者是否应该填补。山姆喜欢我，我也喜欢他。或许在另一个平行世界里，没有梅尔文·罗亚变态扭曲的阴影笼罩，我们会幸福地生活在一起。

但是现在，我所有的精力都花在如何保全自己和孩子们的性命上，山姆能助我一臂之力。并且，他完全理解我的所作所为。

"怎么了？"他问我。我掏出手机，点开短信然后递给他。"啧，但格雷厄姆不是死了吗？"他的声音听起来跟我一样迷茫，但是很快他就明白过来，"他们派了其他人来？"

"而且可能不止一个人，"我对他说，"普雷斯特说，阿布萨隆可能是某个黑客集团的代称。谁也不知道他们组织里究竟有多少人，因此我们现在要更加慎重。我要扔掉这台手机，再买一个新的。我们得用现金消费，尽量避开所有的摄像头。"

"格温，我们不能一直这样做。躲藏不是……"

"我们不是躲藏，"我对他说，"我们是主动出击。"

山姆站直身体，将脸正对着我。他不是一个很高、很强壮的人，但胜在灵敏。发生打斗时，他能充分发挥所长。更重要的是——这一点胜于一切——我知道我可以信任他。他不是梅尔文似的怪物，也永远不会变成那样。其他人我就不敢保证了。

"终于下定决心了，"山姆说，"那么，孩子们怎么办？"

"我会给哈维尔打电话。他之前答应我说可以照顾他们，而且我们可以相信他。"

山姆点头表示赞同。"留下他们还是存在一定危险。"他说，"但是，总比我们一边追捕梅尔文，一边保护他们要强得多。这主意不错。"他停顿了一下，"你确定要这样做吗？"山姆温和地建议道，"我们可以让警察或者联邦调查局来抓梅尔文。这也许才是我们该做的。"

"他们不了解梅尔文，也不了解阿布萨隆。如果这是一次集体行动，他们可以一边藏起梅尔文，一边追踪我们。我们可不能傻等着他们露出马脚，山姆。躲猫猫是没有用的。"我深吸了一口寒气，呼出了一团雾，"再说了，我想找到梅尔文，难道你不想吗？"

"我当然想！你知道的。"他十分冷静地看着我，眼神像是在评估一个士兵，"你确定你不需要再休息一下？"

我苦笑道："等我死了再休息吧。如果我们想抢先警察一步抓到梅尔文，我们就要比他更强悍精干，比他更迅速敏捷，比他更深谋远虑。并且我们需要帮助，需要情报。你之前说你有朋友可以帮上忙？"

他点头，绷紧下巴，露出刚毅的神态，眼睛里闪烁着光芒。山姆一向深藏不露，但此时此刻，我可以感受到他的冲天怒火和心如刀割。梅尔文逍遥法外，有可能正在跟踪和杀害更多和山姆妹妹一样无辜的女人。

梅尔文会再次作案的，我了解他，我知道他当时一定是带着自私、残忍，犹如大木偶剧场[1]里面的杰作那般让人惊悚的怒火离开监狱的。

联邦调查局正在追捕他。堪萨斯州周边各州的警察也都是如此。但这并不代表他们会很迅速地将他捉拿归案。我很肯定梅尔文做的第一件事会是朝着我们而来。

阿布萨隆跟了我们这么久，意味着梅尔文没有全国乱窜，也不会越过遥远的边境去一个不会将他引渡回美国的国家。他也许还没到这里，但他是冲着我们来的。我能预感到这一切即将发生。

"我们早上七点出发，"我说，"我想让孩子们再休息一下，可以吗？"我看向手机，"我会打给凯姿和哈维尔，让他们做好准备。"

山姆飞快地抢过我的手机，放进了他的口袋。"如果阿布萨隆知道这个号码，你就不能用它来给孩子们安排庇护所。"他的话瞬间让我觉得自己考虑不周。居然如此疏忽大意，我肯定比想象中更精疲力竭，"我会消除这上面的通话记录和通讯录，然后丢在什么地方让别人捡走它。但愿这能调虎离山，转移阿布萨隆的注意力。"街道对面有一家灯火通明的便利店，山姆朝我示意了一下，"今晚我就去买台新手机，用来给哈维尔打电话，然后立刻扔掉。以后我们不能在附近买手机了，阿布萨隆会搜索这附近的购买记录。"

他的话十分在理。现在，我需要像个猎人一样思考。与此同时，我也得时刻铭记自己是梅尔文的猎物。此前，梅尔文诱惑、操纵我，把我引进早已布好的天罗地网，让我变得万分脆弱。现在，我要以其人之道还治其人之身。

多年来，我一直活在婚姻编织的恐怖谎言中——我生活的方方面面都受控于梅尔文·罗亚，而我并没有察觉，或对此感到担忧。吉娜·罗亚，那个过去的我、脆弱的我……我和孩子们是梅尔文那肮脏不堪、见不得人的生活的完美伪装。在我的眼中，我以为一切都很正常，但事

---

[1] 法国以上演暴力和血腥为卖点的恐怖戏剧的剧场。

实从不是如此。现在我很清楚自己已经把吉娜·罗亚抛诸脑后。

　　我不再是吉娜了，吉娜优柔寡断，瞻前顾后，手无缚鸡之力。面对梅尔文的追捕，她肯定会胆战心惊。而格温·普罗克特准备好正面迎战。我心里明白，这一切都因为我曾经是罗亚太太。罗亚先生和罗亚太太，永远无法躲避。

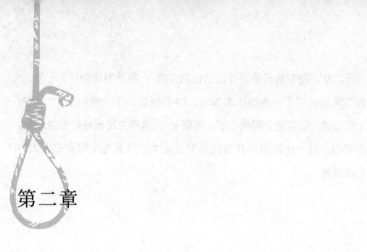

第二章

兰妮

我的弟弟康纳沉默寡言。他几乎一整天都不发一言，藏在自己的城堡里，像缩头乌龟一样。我想摧毁他的壁垒，把他拉出来让他放声尖叫，释放发泄。哪怕是敲打墙壁也好，总之干点儿什么。

但只要妈妈在，我都不能和他说上悄悄话，至少要等到她关上门去阳台上时才行。我对妈妈十分了解，大多数情况下我还是爱她的。可有时她根本帮不上忙，她自己都不知道如何卸下心防，更别提帮助弟弟了。

康纳是醒着的。他擅长假睡，但骗不了我。外婆家的房间不多，在妈妈离开的两年里——她由于被指控为爸爸的同伙而接受长时间的审讯和牢狱之灾——我们都睡在同一个房间。虽然我们当时已经十岁和七岁，处于不适合睡在同一房间的年纪，但条件有限，我们必须成为彼此的盟友，相互照应。我逐渐会判断他何时真正睡着，何时装睡。他很少哭，没有我哭得多，这些天他根本没哭过。我希望他能放声大哭。

"嘿，"我轻声地说，但又不至于没有声音，"我知道你是在假睡，窝囊废。"他不出声，纹丝不动，呼吸依旧平稳。"杰尼龟，别装了。"

康纳最后叹了一口气。"怎么了？"他听起来十分清醒，没有一丝不耐烦，"快睡吧。每次没有睡到'美容觉'你都会非常暴躁。"

"闭嘴吧你。"

"嘿，是你想聊天的，我的话你不爱听可不是我的错。"康纳的声音听起来很正常，但他肯定有什么地方不对劲儿。

我"扑通"一声躺回床上。这张床闻起来既廉价又肮脏，充满了汗臭和臭脚丫的味道。整个房间都龌龊至极。我讨厌这种环境。我想回家，回到我跟康纳花了很多心思改造得温馨无比的家。家里有属于我一个人的房间，有一面我画满了紫色花朵图案的墙，还有康纳的僵尸防御堡垒。

我们的家在静湖旁边，代表了一种我原以为早就不复存在的东西——安全感。自从我们被迫离开第一个家——威奇托市的家开始，我模糊的记忆就只剩褪色的房间和黑白的城市。我们颠沛流离于各个地方，片刻的停留不足以让我产生归属感。

静湖则截然不同，它给我一种安居乐业、重获新生的感觉。我甚至在那里交上了朋友，而且还是好朋友。她叫戴丽雅·布朗。她一开始是我讨厌的那种女孩儿，后来却成了我在这个世界上最贴心的好朋友。一想到把她一个人抛弃在静湖，就像丢弃一个破旧的玩具，我就心如刀割。她不应该承受这些痛苦，我也不应该。

我们就这样离开了我们的家，我甚至都不知道它是否已经面目全非。关于我们是谁，我们的父亲是谁的消息都因格雷厄姆警官的疯癫行为闹得人尽皆知。我依然记得人们对我们以前住所的所作所为，记得墙上泼洒的油漆、门廊外堆积的动物尸体、窗户玻璃的残渣和被肆意破坏的车辆，只能用龌龊肮脏、不堪入目来形容。人的行为怎么可以这么卑劣。

我情不自禁地想，我们在静湖旁的房子现在会是什么样子？万一人们迁怒于它怎么办？这个念头让我坐立难安。我愤怒地捶着枕头，试图将它弄成一个适合睡觉的形状。"你觉得是谁发的短信？"

"是爸爸吧。"康纳说，我察觉到他语气中蕴含的一丝犹豫，但我没想明白为什么。他是愤怒，恐惧，还是渴望？可能是种难以道清的复杂情绪吧。

妈妈不知道的某些事情，我是清楚的：康纳不是真的能理解为何父亲是个十恶不赦的坏人。我的意思是，康纳即使知道，也不能理解。毕竟我们的生活发生天翻地覆的变化时，他才七岁，对他来说父爱如山。我当时年纪比较大，再加上是个女孩儿，看待事物的方式与他截然不同。

"我猜，妈妈现在一定是准备去追捕爸爸。"我意识到他话中有话，于是，我更进一步，"你为此生气，是不是？"

"好像你不生气似的，她会像抛弃流浪狗一样抛弃我们。"他说，语调又变得冰冷、平淡，"可能是把我们扔给外婆。"

"你喜欢跟外婆待在一起，"我说，试着乐观一点儿，"外婆会给我们烤曲奇饼，还会做你喜欢吃的爆米花，那可不是折磨。""折磨"二字从我嘴巴里蹦出来时，我惊呆了。我迅速反应过来，但为时已晚。我为自己脱口而出的词而生气，这两个字就像是闪耀夺目的红色火焰，灼烧着我的神经，如同点燃了导火索一般嘶嘶作响，紧接着就把我拖入了回忆的深渊。我仿佛回到了山上的小木屋，一路被拖着扔进了地下室，和弟弟一起被锁在那个并不比棺材宽敞多少的牢房里。

我知道妈妈想了解我们被绑架后的详细遭遇，康纳和我都不曾告诉她。我也不知道什么时候会主动或者被迫说出来。妈妈迟早会让我们开口的。

我只想在闭上眼睛的时候，不再看到绞车和上面悬着的金属绳套，不再看到那些刀和锤子，不再看到嵌在墙上闪闪发亮的工具板。牢房的布置跟爸爸的车库一模一样，至少跟我看过的照片是一样的。我知道在那里发生了什么，我也明白在格雷厄姆的地牢里，我们可能遭受的折磨。

大多数时候，我希望自己能够忘记那条愚蠢的**小毯子**。格雷厄姆竟然找到了跟我爸爸的小毯子如此相像的复制品。好吧，那其实是**我的小毯子**，存在于我最初的记忆里：它柔软，上面有着编织出的螺旋花纹和绿色以及蓝色的蜡笔画痕。我爱那条小毯子。我会趴在小毯子上，在地板上滑来滑去，爸爸妈妈会在一旁笑出声来。妈妈随后会把我抱起，把地毯放回门边。那条愚蠢的小毯子象征着我们曾是**其乐融融的一家**。

在我五岁的某一天，小毯子突然消失了，爸爸放了一条新的在客厅。

当时我并没有为小毯子的失踪而伤心。新的小毯子反面有防滑垫，所以没人会趴在上面滑来滑去。他说旧的那条小毯子被他扔了。

但在我们生活发生天翻地覆变化的那天，在爸爸变成杀人禽兽的那天，那条小毯子，我的小毯子，突然出现在车库的地面上，就在被套索绑在绞车架上摇摇欲坠的女性尸体下面，象征着他把我生命中美好的事物夺走，变成一件糟糕透顶的东西。

当我在朗赛尔·格雷厄姆可怕的地下室看见一条一模一样的小毯子时，心理防线瞬间被击溃。每当我在夜晚闭上眼睛，我就会看到那条毯子。我的小毯子变成了我的噩梦。我想知道康纳看见什么，那也许造成了他的失眠。人们沉睡时，就放弃了对记忆的控制权。

康纳没有注意到我因为"折磨"产生的失态，于是我也装作若无其事。"你真的想要在妈妈追捕爸爸的时候跟着她吗？"

"她表现得好像我们不能照顾好自己，"他说，"但我们是可以的。"

我认为我可以照顾好自己，我也长大了，能够直面爸爸所犯的弥天大罪。我其实不想和爸爸战斗，这个想法让我毛骨悚然。但我也不想跟康纳待在一起，只负责确保我们俩的人身安全。我突然很想念外婆，虽然她做的曲奇饼味道不佳，爆米花过于黏稠，并总是认为我们稚气未脱。

我只能推卸责任。"妈妈不会让我们跟他发生直接冲突的。"

"所以我们就要去外婆家了，难道爸爸就不会猜到我们的下落？"

我耸耸肩，虽然在黑暗中他看不见我的任何动作。"反正外婆也搬家多次，改名换姓。总之，我们只是在那里待一段时间，就像度假一样。"

康纳躺在那里一动不动。我很奇怪，我从来没有听到过他让汽车旅馆的硬板床发出任何响动，黑暗中只有他的声音在回荡。"是的，"他说，"就像度假。那如果妈妈再也不回来，而爸爸来找我们该怎么办？"

我想充满自信地告诉康纳那是不可能发生的事情，但我说不出口。我知道妈妈也并非全能的超人，并非永远处于不败之地。这个世界上好人不一定能赢。而且我清楚——康纳也清楚——我们的爸爸是个极端危险的人物。于是我最后说："如果爸爸真的找到我们，那我们就从他手里逃出去，或者阻止他。总之要做我们力所能及的事。"

"真的？"突然间康纳的声音听起来不再那么老成。我有时也会忽略了他的年幼，忘记了要一个只有十一岁的男孩儿来承受这一切实在是勉为其难。我马上十五岁了，和十一岁还是有很大差别，并且我们一直以来总是对弟弟呵护有加。"是啊，小傻瓜，我保证。我们会没事的。"

康纳呼出了一口长长的气，像是叹息。"好吧，"他说，"那么，你和我要待在一块儿。"

"当然。"我对他说。

他不再说话。我能听到妈妈在外面小声跟人说话，我想那人应该是山姆·凯德。我模模糊糊地听着他们的谈话。过了一会儿，康纳的呼吸变深变慢了，我想他终于安然入睡了，意味着我也可以睡觉了。

早晨，妈妈用甜甜圈和盒装奶给我们做了一个惊喜早餐，她和山姆早早就起床，穿戴完毕在享用咖啡了。我也想喝点儿咖啡，但是被拒绝了。康纳对咖啡毫无兴趣，他喝了我们两人份的牛奶。我趁妈妈不注意的时候，悄悄把我的递给他。

更让我们惊喜的是，妈妈说我们不会被送到遥远的外婆家去了。相反，她要把我们送回诺顿，虽然不是回家，但离家很近。我不禁感到一丝安慰，同时又有些许不安，因为离家太近让我觉得很危险。并非担心爸爸会找到我们，而是我立刻就意识到自己并不是真正回家，不是回到以前的家，回到自己的房间。近在咫尺却不能**真正回家**？这简直糟透了。更糟的是我不能跟戴丽雅聊天，不能给她发短信，甚至不能让她知道我回来了。如果这都不算糟糕，那什么才算呢？但我不会告诉妈妈这些的。

当康纳意识到他可以跟哈维尔·埃斯帕扎玩上几个礼拜，而不是跟外婆待在一起时，他立刻变得精神抖擞起来。埃斯帕扎是个狠角色，他的存在像是一剂强心针，让我们感觉万无一失。他有足够的实力保护我们，并且康纳需要一个能够亲近的人。他和山姆很亲近，不过山姆有自己的使命，要和妈妈一起行动，这是毫无疑问的。

所以我们会住在埃斯帕扎先生的小屋里，那么诺顿警察局的凯姿·

克莱蒙特警官也会来。她同样是个不容小觑的狠角色。我敢肯定他们"有一腿"，但是我们好像得装成毫不知情。我赞同凯姿和他在一起，这也意味着有两倍的火力来保护我们。我知道妈妈这么做是考虑到这个因素，但我还是很高兴，康纳也是。我希望埃斯帕扎先生的陪伴能打破康纳的沉默寡言。

打包行李对我们来说可谓不费吹灰之力。我们常年四处漂泊，康纳和我收拾起行李来是速战速决，随时整装待发。并且康纳在我还在睡觉的时候就已经开始了。我们经常在这个环节玩一个计分小游戏，这回他沉默地指着他的包示意他赢了。他是常胜将军。现在他已经捧起书本埋头苦读了，这是他拒绝交流的独特方式。他热爱阅读。我真希望我也那么热爱阅读。我暗地许下承诺，一定要向康纳借点儿书来学习。

我们在雾茫茫的高速公路上行驶时，距妈妈准备好早餐只过了半小时。我大部分时间都在打瞌睡，戴着耳机沉浸在自己的世界里。妈妈和山姆异常安静，康纳还是在看书。我切换一张歌单放松身心。这次旅程很无聊，耳机里的音乐躁动，让我产生跑步的欲望。也许我们在埃斯帕扎先生的小屋时他会允许我出去跑步，虽然我认为可能性并不大。我们只是又一次被软禁在房子里，在阴暗的地方躲避妖魔鬼怪——不仅仅是现实世界中的爸爸和他的同伙，还有那群网络暴徒。只要一张照片，网友就会再次把我挂到红迪网[1]和4chan[2]上，然后事态就会以迅雷不及掩耳的速度发展到不可挽回的地步。所以，跑步应该是不可能的。

开了几个小时的车之后，我们在一个大卖场前停了下来，山姆在这里买了几个一次性手机。没有翻盖手机出售，他不得不买了**真正的智能手机**回来，我不由得喜出望外。山姆买来的是人们司空见惯的纯黑色的直板机。我们在车上打开包装，把每个人的号码存进手机里，这已经是我们习以为常的步骤了。妈妈喜欢给手机涂上不同的颜色，这样我和康纳的手机就不

---

[1] 指 Reddit，美国社交新闻网站。

[2] 美国的综合性讨论社区。

容易混淆。但是山姆没有考虑到这一点，我们四个人的手机都一模一样。妈妈拿了我和康纳的手机，做了每个妈妈都会做的事——在把手机还给我和康纳之前，她把所有的网络功能都尽可能地禁用，这是个她已经无比熟悉的标准流程。她不想让我们看到任何有关爸爸或者我们的事在网络上泛滥成灾。

我把手机放进袋子里，把我的耳机插到我的 iPod 里，调大音量。在我沉溺在机器乐队 [1] 的歌曲中时，我突然发现山姆没有启动车辆。他拿出一张纸条，在自己的手机上输入一个电话号码，然后开始打电话。

我挪开了耳机，将音量调小。

"喂？你好，请问可以让鲁斯提格特工接电话吗？"山姆停顿了几秒钟，等待对方的答复，"好的。请问我能给他留个口信吗？请让他给山姆·凯德打个电话。他知道我是谁。我的号码是……"山姆照着包装上的号码念给对方听，"请让他尽快回电话给我。谢谢你。"

山姆挂断电话后才开始开车。在我们重新开上公路，踏上剩下的旅程时，我意识到山姆不打算跟我们解释刚刚的事情，所以我决定主动为大家提出问题。"谁是鲁斯提格特工？"

"我的一个朋友。"山姆对我解释。他对我们很坦诚，至少尽可能地坦诚。这是我喜欢他的原因。

"为什么你要跟联邦调查局联系？他是个联邦特工，对吗？"

"因为他们正在追踪你爸爸，"山姆说，"而且，我们也需要了解阿布萨隆的情况。我希望联邦调查局能给我们提供些消息。"

我知道阿布萨隆。我皱着眉问："为什么？"

"因为阿布萨隆可能派了除格雷厄姆以外的其他人追捕我们，"他说，在说之前还跟妈妈交换了一下眼神，确认可以跟我交流这件事情，"而且他们有可能已经追到这里来了。所以我们才要换新手机。"

妈妈最后还是介入了我们的交谈。"阿布萨隆可能不只是一个人，而

---

[1] 一支来自英国的独立流行乐队。

是一个团体。如果真是这样，他们大可以把你爸爸藏匿起来，同时帮他追踪我们。"

"如果真的这么危险，为什么还要送我们回诺顿？为什么我们不能待在一块儿？"康纳问。他把书合上并放下来，把手指夹在书页之间。

"你真这么想？"妈妈想让自己的声音听起来是轻松的，但实际上，她听起来冷酷无情，"你知道，我最不想的事情，就是让你们靠近任何危险。我的职责是保护你们的安全。再说，这段日子对你们来说已经很煎熬了。你们两个都要待在安全的地方，好好休息。"

难道对你来说不算煎熬吗？我心想，但是没有说出来，这可不是平常的我。与之相反，我说："那你也不需要离开。警察都在追捕他，联邦调查局也介入了。你为什么就不能跟我们待在一起呢？"

妈妈沉吟许久，我不知道她是否能理解我的意思。"我了解你爸爸，"她说，"如果我在外面游荡的话，**他**就会为了抓我而自投罗网，就会被尽早缉拿归案，降低伤害。但是我不能带着你们跟我一起冒险。你懂吗？"

山姆再次陷入了沉默。我看向他握着方向盘的手。他很擅长隐藏自己的情绪和感受，但还没有到出神入化的地步。他的指关节有点儿发白。

"我知道了。"我轻声说，"你把自己当成诱饵。"我摆弄着iPod，但没有把耳机插回去，"你们会杀了他吗？"我不确定我想听到什么答案。

"不，亲爱的。"妈妈回答。我觉得这句话没什么说服力。我知道山姆想一枪崩了我爸爸。我也明白，爸爸是个不配活在世上的畜生。

但是爸爸对我来说也是一段回忆。在我的记忆中，他是一个强壮又温柔的人，会把我抱到床上哄我入眠，然后在我的额头留下一个香甜的吻；我记得，他在阳光下拥抱我；我记得，他会在我的手指受伤时亲它们，让我不再为疼痛所扰；我记得，他从柔软的编织小毯子中把我抱起，让我紧紧靠在他温暖而充满安全感的臂弯里。

我移开视线，看向窗外，不再发表任何异议。一想到我爸爸，那个既是个怪物，又存在于我记忆深处的男人，我就有点儿难以呼吸，恶心难受。或者说我不知道我应该有什么感觉。不，那些甜美的回忆只是他瞒天过海的伎俩，我知道我应该恨他。妈妈恨他，山姆恨他，所有人都恨他，而且他们都是正确的。**但他终究是我的父亲。**

康纳从来没有和我讨论过这件事，可我知道他和我感同身受，就像是把一件东西撕裂后又要硬生生把截然不同的两部分融为一体。我又想起了那条破旧的小毯子，那个人间地狱中让我感受到一丝家的温暖的东西。我不确定那是爸爸想继续当个好父亲的标志，还是代表了他从始至终就是一个怪物。两种可能都对，或者两种都不对。胡思乱想让我精疲力竭，我重新听起了音乐，试图扼杀这些念头。

我睡了一小会儿，醒的时候我们已经快到了。山姆驾车驶离高速公路主干道，途中我们故意绕过十几个小镇，掩人耳目，最后才突然转向诺顿。我看着擦肩而过的满是弹孔的老旧路标，心里感到一阵剧痛。我想跳下车沿着公路往下跑，一直跑回我们家，扑到我自己的床上，把被子拉到头顶。

我们不能就这么堂而皇之地开进诺顿，所以选择了另一条小路，开进森林深处。路上泥泞不堪、坑坑洼洼，即使是书呆子康纳在颠簸中也难以阅读。他把书签放好，无奈地叹了一口气。我们大概开了几百米，转了一个弯后，来到一座围着高耸铁栅栏、年代久远但整洁干净的小屋前。

哈维尔·埃斯帕扎正坐在门廊上。保守估计，他比我年长十几岁。他穿着卡其绿 T 恤和深色牛仔裤，看起来更像是一名士兵，而不是一位普通人。他站起来的时候，我注意到有一把猎枪在他触手可及的地方。他腰带上的枪套里还带着一把半自动手枪——比妈妈携枪的方式可大胆多了，毕竟她只敢把枪隐藏在皮夹克下的枪套里。他的脚下卧着一条凶猛的罗威纳犬，正大口地喘着粗气。

埃斯帕扎先生站起来的同时，狗也站了起来，神色戒备，气势汹汹地盯着我们。妈妈先下车，我看见埃斯帕扎先生紧绷的表情稍稍放松。他低头看着那条狗，用西班牙语念叨了什么之后，狗便再次窝回他的脚边，但还是死死地盯着我们。"嘿，格温，"他向妈妈打招呼，走上前打开大门，

"一路上还顺利吧？"

"还好。"妈妈回答。

"没人跟着你吧？"

"没有，"山姆边说边走出驾驶室，"前无阻拦，后无追兵，也没有无人机跟着。"

我和康纳下车时听到了山姆的这句话，我挑了挑眉看向康纳，无声地说："无人机？"随即语带讽刺地开了口，"我们现在是活在什么智障间谍电影里面吗？"

"不是，"康纳面无表情，"是恐怖电影。"

我赶紧咽下自作聪明的回答，走向后备厢去拿包，康纳也过来拿他的。打开的后备厢盖挡住了我们，大人们看不见我们，我赶紧问康纳："你还好吗？跟我说真话。"

康纳愣了一下，就像突然死机，然后看向我，眼神清澈。他看起来并不沮丧，若无其事。"我没事，"他说，"你也没事，不要试图掌控全局。"

"我**就是**在掌控全局。"我傲慢地对他说，虽然他那句话是真的伤到了我。我无视他，头也不回地走到妈妈身边。我盯着那条狗，它也在盯着我。狗能够分辨出恐惧。自从我在四岁时被一条大狗扑倒之后，我对这种巨大凶猛、吠声震耳的狗有一种深入骨髓的恐惧。

我决定紧盯着它。

康纳从后面走上前，用力地戳了戳我的后背，我吓得畏缩了一下，回头瞪了他一眼，他说："狗不喜欢别人盯着它看。别再瞪它了。"

"哎哟，你摇身一变成狗语者了？"

"你们俩安分点儿。"妈妈说。我静静地用手肘朝后撞了撞，想让康纳不过来烦我，但他机灵地躲开了。"哈维尔，谢谢你帮忙。我不知道用什么言语向你表达这对我的意义有多重大。在这世上，我能托付孩子的人只有三个，你跟凯姿就在这三人之中。"

我还是不能接受妈妈就这样叫他哈维尔，还跟他如此亲近（虽然还不能说是亲密无间）。我无法想象，但我默默让自己尝试一下。**哈维尔。**

山姆的年纪足够当我爸爸了，而且他可是山姆。但埃斯帕扎先生是迥然不同的。他很酷，是能让我心动的类型，也许曾有半秒钟我的确对他心动过……但是现在不会了，这会让我们日后住在一起的生活更加轻松。

我不喜欢失去平衡的感觉，所以我让一切顺其自然。我把自己的大半张脸隐藏在头发后面，向他抱怨，"我们会睡在卧室里吗？还是要跟鸡或者其他什么东西一起睡在畜棚里？"如果我感到不舒服，我会先发制人，这样别人就会知难而退，我也有更多时间冷静下来。现在也一样，我径直向门廊冲去。想起那条罗威纳犬时，我已经走了两步。

那条狗猛地一下从木质地板上站起，像弹簧一样，用大大的眼睛狠狠地瞪着我。我能听到它发出的低吼声。我停下脚步，突然间意识到自己手无寸铁地暴露在了狗的面前。我真是**自以为是、愚蠢至极**！

埃斯帕扎先生没有挪动脚步，但是用手摸了摸他的狗。狗停止了低吼，舔了舔自己的身体便坐下了，依然大口喘着气。我才不相信这虚伪的假象，打死我都不信。"也许我把你介绍给布特之后，你们就不会那么针锋相对了。嘿，布特，友好点儿。"

布特吠了一声。这条肌肉发达、体型巨大的狗激起了我内心深处的恐惧，让我想落荒而逃。但是我没有，而是几乎静止在原地。布特站了起来，走下阶梯，皮毛油光水滑，一身结实的肌肉，围着我打转。我愣愣地待在原地，不知该如何反应。最后，布特停在我面前，坐下了。

"啊……"我说。真是天才般的应对方式。我哑口无言，感觉自己口干舌燥。我甚至不敢看这只狗，"嗨？"

我动作缓慢地把背包放到地面上。布特则一直待在原地。我向它伸出手。它一直盯着手，然后转头看向埃斯帕扎先生，仿佛在说：**"她这举动是认真的？"**然后它闻了闻我的手指，随意舔了舔，又吸了吸鼻子，看起来像是不喜欢我身上的沐浴露或者其他东西的味道。接着它转头走到树荫下趴着，下巴搭在爪子上，神情有些失望。我想布特一定是期盼着能用一场畅快淋漓的战斗开启新的一天。它和我有很多共同点。

我跟埃斯帕扎先生说话时一直耷拉着头。"我现在能进去了吗？"

"当然。"他说。他听起来语气平静，甚至还有点儿开心。我捡起背包时，视线仍不敢离开布特，但还是慢慢地穿过空地走向台阶。"好样的。"我对布特说。它转移了观线，象征性地摇了摇尾巴。然后我走上台阶，看到了一把旧椅子，门边的角落里还有一杆猎枪。我脑海闪过一个疯狂的念头——我想摸摸这杆枪。但如果我真的这么做了，妈妈肯定会暴怒，所以我还是径直打开了小屋的门走了进去。

"棒极了。"我左右观察，阴阳怪气地说。房子空间不大，面积只能说还行。壁炉里熊熊燃烧的火焰足以驱寒保暖，沙发和椅子看起来宽敞舒服，小型厨房旁边有一张小餐桌，干净整洁。

房子里有三扇门，一扇浴室门（天啊，只有一间浴室）和两扇小卧室门。一间房开着门，能看到里面的床，我把背包甩到这张床上，随后面朝下倒在床上，深吸了一口气。床单的味道闻起来像松木和新鲜的亚麻，我紧紧地抱着枕头。至少，这里有一点儿家的感觉。

"嘿，"康纳站在门口说，"我该睡在哪里？"

"随便，"我的声音透过枕头传出来，有点儿模糊不清，"反正我宣布这是我的领地。"

"你别像个泼……"

"如果你要说的那个词和我想的一样，我会狠狠揍你一顿，康纳。"

"吝啬鬼。"康纳临时换了一个词，我觉得有点儿好笑，尤其是他字斟句酌的时候。"我总得有地方睡觉。"

"你住另一个房间，"埃斯帕扎先生在康纳身后说，我一眼就看出他在笑，"旁边的房间更大，这间已经被兰妮占领了。"

"喂！"我快速从床上弹起，但为时已晚，康纳已经跑去占领隔壁的房间了。我的视线穿过黑发落在埃斯帕扎先生脸上，"这不公平！"他耸耸肩。"等等……那你睡在哪里？"

"沙发，"埃斯帕扎先生回答，"没关系，我以前住过更糟的地方。再说了，沙发可以变成一张还不错的床。"

他和妈妈一样，每次都选择睡在离门口最近的地方，让自己挡在我们和任何可能发生的事情之间。

"希望你不要打鼾。"我说。

"哦，我是会打鼾的，"他说，"就像锯木头一样，希望你有耳塞。"

我觉得他是在开玩笑，也许吧。或者不是在开玩笑，不过我没有深究。我重新倒回床上，就像是中枪了一样，眼睛盯着天花板。这个房间真是……平淡无奇，但干净整洁、味道清爽。我的包里有几件私人物品，康纳的包里则有一大堆书。兴许我还可以偷一些过来。

埃斯帕扎先生转身离开了我的房间，随后我看见妈妈跟山姆走进了客厅。"哈维尔，你确定愿意帮忙吗？"妈妈的声音突然听起来焦虑不安，这对她而言异乎寻常，"我知道要你帮这个忙简直荒谬至极，会使你陷入危险，同时又把你置于事外……"

"没事。"埃斯帕扎先生回答，"偶尔有些客人过来，我还是很欢迎的。这个小屋只是看起来简陋而已，我已经加固过了。我设置了警报器和警报灯，还有布特在。再说我全副武装，训练有素，他们跟我待在一起不会有事的。我会保护他们。"他顿了一下，跟山姆交换了一个眼神，我不太确定那是什么意思，"去追捕梅尔文可不是个好主意，格温。"

"确实不是，"妈妈说，"但是我花了数年时间东躲西藏，冷眼旁观。结果呢？结果是他将我玩弄于股掌之中。他布下陷阱，让我自投罗网。他现在亡命天涯，正被通缉，我绝不能让他再来伤害孩子们。"

这是我第一次听见妈妈开诚布公地吐露心声。虽然我知道她是想保护我们，我一清二楚，我只是担心事态的发展。

妈妈走进我的房间，跟我并排坐在床上。我不想跟妈妈进行所谓的"临别谈话"，所以我开始整理行李。

"无论我们走到哪里，你总是最先开始整理行李，"妈妈说。我折叠衬衫的动作停顿了一下。"你发现了吗？"

"管它呢！"我一边说，一边打开抽屉式衣柜的门。里面是空的，用雪松做衬里，让人感觉像是在温暖的云雾中飘浮。太棒了。我把一堆内衣和袜子藏起来，然后把衬衫放在第二个抽屉里。

"康纳从来不整理行李，"妈妈说，"他把所有东西都放在包里。"

"是吗？好吧，他随时准备逃跑。我可不是。"其实我也是，我对所有东西的位置了如指掌。在紧急情况下我可以在不到一分钟的时间内将它们打包放好。

我把背包里剩下的衬衫拿出来，一一叠好后放进抽屉里。

"我以为你把它扔掉了。"妈妈说。她指的是那件褪色的草莓脆饼印花 T 恤，我正在将它放进衣柜。我承认它看起来很亮眼，尤其与一堆黑色、红色和海军蓝色的衣服相比起来更为突出。我已经不再是穿草莓脆饼印花 T 恤的小孩子了。我现在穿着宽松的工装裤，上面装饰着拉链和戒指；上身则是黑色的宽大保龄球衫，背后绣着一个巨大的骷髅。头发染成了黑色，又长又直。今天我没有画眼线。

"没扔，我喜欢这件衬衫的触感。"我一边说，一边关上抽屉，隔绝妈妈的视线，"好了，这里真是个温馨甜蜜的家。这次你又要把我们扔在这里多久？"

我话中带刺，但是妈妈没有理睬。"我也不知道。我知道对你来说很困难，可我还是得这样要求你：你不能跟你的朋友有任何联系。好吗？"

好的，当然，就像还有朋友愿意跟我联系一样。我成了小镇怪人和大家想象中的魔鬼了。而且，我的朋友们都在学校。"我们不用上学了吗？"

"对不起，"妈妈说，"我知道这对你是一种伤害，但都是暂时的。我走了以后，哈维尔和凯姿会在家里教你们功课。我想我们能在一周之内解决这件事，最多两周。我需要你……"

"负责任，照顾好康纳。好了好了，我知道了。"我翻了一记白眼，因为我对这样的谈话已经滚瓜烂熟了，"嘿，也许我们可以去打猎吃野味，肯定很有趣。松鼠汤怎么样？一定很美味。"

我在背包里翻找着，找出我们三个人的合照，照片里我们开怀大笑，其乐融融地站在静湖的房子前面。照片是山姆拍的，真是美好的回忆。我将照片立在抽屉上面，一会儿摆正，一会儿又让它倾斜，试图找到一个完美的角度。妈妈并没有因为我的障眼法而上当，我一点儿也不惊讶。

我最后说："你跟我们说过，你不会朝爸爸开枪。"

"是。我没有打算杀他。"妈妈一脸真诚地说。

"希望如此，"我说，"我真希望他已经死了。他们在堪萨斯州的时候就应该杀了他，不然还叫什么死囚牢房？"我努力保持声音平稳，不让身体发抖，"他要去杀害其他人了，是不是？如果他有机会的话，也有可能会杀了我们。"

"绝不可能。"妈妈温柔地说。我看得出来她想给我一个拥抱，但她很了解我，所以跟我保持了一定的距离。我不想拥抱。我只想参与战斗。妈妈不允许我这样做，让我很不爽，"他会被缉拿归案，遣送回监狱，然后接受死刑，这才是正确的处理方式。否则只是复仇而已。"

"复仇有什么不好？你没看过那些受害人尸体的照片吗？妈妈，如果那铁索上吊着的是我，你不会想要复仇吗？"

妈妈愣住了，就像电脑突然死机。我猜她应该是不想让我知道她有多想报仇。然后她眨了眨眼睛，问道："康纳看到那些照片了吗？"

"什么？没有！当然没有了！我又不是傻子，怎么可能给他看。重点不是这个，妈妈。重点是爸爸不配活在这个世界上，不是吗？"

"我无法心平气和地看待他的事。你也是，所以不能由我们来决定他的命运。"她面无表情地说道，不过我看得出来她口是心非。妈妈十分想置爸爸于死地，这种强烈的想法甚至让她自己都不寒而栗。但是妈妈努力不让我变得像她那样一心只想复仇。我觉得挺好的。

我将背包翻转过来抖了抖，里面的东西就像雨滴一样纷纷落在了床上，大部分是化妆品，还有一本十分惹人注目的剪贴簿，挂着一个康纳说他不费吹灰之力就能打开的锁头，以及一本同样带锁的日记簿。我喜欢在纸上手写记录。我觉得纸质的东西能保存更久，而网上的东西不过是一秒钟就可以删除的数据，就像从未存在过一样消失得无影无踪。

"兰妮，我要从你爸爸手中保护你。所以我决定先下手为强。你懂吗？"

我拨弄着一管唇釉——色号是绯红残影——随后把它放在柜子上。"我要从爸爸手中保护康纳，"我说，"我知道，我只是讨厌这样，仅此而已。我讨厌我们屡次三番拼尽全力，都是为了应付他。"

妈妈这次紧紧地抱住了我。"不是的。我们做的一切都是为了把他变得无足轻重。我们不是他的附属品。我们属于**我们自己**。"

我同样抱住妈妈，但很快就挣脱了她的拥抱。我往后倒在床上，把耳机环在脖子处，"监狱长，我什么时候才能拿回我的笔记本电脑呢？"

"事情结束之后。"

"我知道什么都不能做。你也可以把它调成家长监管模式。"

妈妈笑了。"然而在我离开之后，你就有办法快速破解监管模式，所以现在不行。我很抱歉，尘埃落定后就会还给你了。"

我看了妈妈一眼，却毫无用处。

"我今晚会给你们打电话。"妈妈对我说。我耸了耸肩，像是在说她就算不打给我们也无所谓。事实上这通电话很重要。我和她都很清楚。

我把化妆品全部收拾好之后，发现妈妈已经去了客厅，坐在了餐桌旁边，对面是康纳。哈维尔在我弟弟面前放了一杯水，但是康纳的注意力都放在了他的书上。妈妈拿过他的杯子，抿了一口水，康纳还是心无旁骛地看着书。"你肯定在看一个很有趣的故事。"妈妈说。

我在靠窗的一张扶手椅上坐下。我的选择是对的，因为这个位置非常舒适。我把腿搭在扶手上，看着一场好戏上演。我妈妈试图悄悄地绕过康纳的书墙，把自己放在他面前，康纳却假装看不见她。

康纳最后妥协了，回答："故事是很有趣。"他小心地在书的两页中间夹了一张旧书签，把书合上放在桌上，"妈妈，你还会回来吗？"

我看着康纳的眼睛，关注着它们流露出来的情绪。我再也猜不透康纳的心思了。我很清楚自从朗赛尔·格雷厄姆抓走我们，康纳就缺失了安全感。他一直坚信妈妈会保护我们平安无事，让我们远离喧嚣，远离纷争，但对他来说，绑架给他带来了巨大的心理创伤。那不是妈妈的错，她最后也排除万难来救我们了。可我不知道怎么开导和帮助康纳。

妈妈说了她该说的一切，最后还抱住了康纳。康纳快速挣脱了拥抱，这是他经常干的事。康纳不太喜欢拥抱，尤其是在还有其他人在场的情况下。他内心肯定还有别的情绪。

妈妈亲吻了我的额头，我默默地将她拥入怀中。山姆此前一直沉默地倚靠在门边，现在他也来到我面前说："嘿，照顾好你弟弟，好吗？"山姆是一个好人。我在很长一段时间内都对他保持着警惕，但是后来我发现他默默地立下了汗马功劳，例如在我们危在旦夕时，他奋不顾身地为拯救我们的生命而战。所以当他说他很在乎我们时，我选择了相信。

我也知道这对他来说很困难，因为我们的浑蛋爸爸残忍杀害了他无辜的妹妹。在他看着我们时，他不可避免地会在我和康纳身上看到梅尔文·罗亚的影子。有时，我会对着镜子研究好几个小时，找出我身上与爸爸相似的特征。我的头发跟妈妈比较像，但我觉得我的鼻子跟爸爸的很像，下巴也跟爸爸很像。为了去除这些面部特征，我甚至了解过得多大年龄才能做整容手术。

康纳有时候看起来和爸爸小时候的照片一模一样。我知道这让他很烦恼。他花了很多时间纠结于他是否会变得跟爸爸一样十恶不赦。妈妈得帮他走出这个困境，但她就要走了，届时我会接过这个工作。

"我会照顾好他的。"我对山姆说，然后假装若无其事地耸耸肩。但是山姆明白我的意思。

"还有，要好好照顾你自己，坚强的小妞。"

"你叫谁小妞？"我笑了笑。我们没有拥抱，只是碰了碰拳头。他对康纳也这么做了。

随后，山姆和妈妈转身离开，我们和哈维尔·埃斯帕扎以及那条叫布特的狗在门廊跟他们挥手告别。好吧，布特没有挥手。它看起来还在为没能咬掉我的脸而闷闷不乐。我小心翼翼地拍拍它的头，它轻蔑地哼出声，转头朝着康纳。康纳一点儿也不害怕这条狗，反倒坐在它的身边搔弄着它的两只耳朵。布特闭着眼睛，靠在康纳身上。

男生，我一边想，一边翻了下白眼。

我看着妈妈和山姆坐进车里，目送他们开车离开。我的视线依旧清晰，眼眶了无泪水，我为自己骄傲。

埃斯帕扎先生说他要做麻辣热狗当午餐，让康纳去帮忙切洋葱。

我回到自己的房间，关上门，把脸埋进枕头里哭泣，因为我害怕我这辈子再也见不到妈妈了。我也担心爸爸会找到我们。

第三章

山姆

我们出发已经一个小时了，格温还是异常安静。我能察觉到悲不自胜的气氛笼罩着她。

"你还好吗？"虽然这个问题显得多此一举，我还是说出了口。她盯着窗外摇曳的树木时那种茫然的神情让人难以释怀，就像在试图催眠自己，让自己进入一种平静的状态。

"我刚刚抛弃了我的孩子。"她的声音听起来十分奇怪，我飞快地瞥了她一眼，路又窄又弯，开着越野车的我无法过多分心在她身上，"我居然把他们交给了陌生人。"

"并不是陌生人，"我说，"你知道哈维尔和凯姿是好人。他们会尽全力保护孩子们。"

"我本应该跟孩子们待在一起。"我看得出来格温正陷入苦苦挣扎中，考虑是否要开口让我掉头回去。"我想把他们紧紧搂在怀里，再也不让他们离开我的视线。我太害怕了……"她的声音轻得融化在了空气里，像薄薄的雾一样消散了，"万一我有去无回怎么办？万一他们又被抓走了怎么办？"

她的声音颤抖，我只能将越野车停在树下。"你想回去吗？"我关掉引擎看向她。我不想指责她，只是纯粹为她担心。如果想这个计划可行，格温必须信心坚定。如果她没有做好准备，我也不会责怪她。但无论最后有没有格温，我也一定要实施这个计划。梅尔文·罗亚仍逍遥法外，他一定会来找格温和孩子们。这曾经只是我一个人的复仇计划，只为了给妹妹考利讨回一个公道，但现在还被赋予了其他意义。

"我当然想回去，"格温说，然后深吸一口气，"可我不能回去，不是吗？如果我不为了孩子们而战，不保护他们的话，我还有什么脸面对他们？梅尔文肯定会来找他们的，我必须竭尽全力阻止他。"

格温的所有伤痛都被她用钢铁般的坚强意志压抑着。看着她这副模样，她说的任何话别人都会相信。我更是深信不疑。我知道格温一定毫不畏惧梅尔文，一定会迎难而上。

"我们会杀了他。"我说。我没有夸大事实，这也不是一个问句，"我们在这点上有共识，对吧？我们不是为了找到他之后报警，让警察把他扔回监狱里。只要这个男人还活在这世上一天，他就不会放弃伤害你。我不会让他这样对你的。"

我不想流露出太多感情，但事实就是这样。我爱眼前这个女人，是一种如履薄冰的爱。梅尔文的存在会置我们于危险境地，我们只有到梅尔文·罗亚入土那天才能获得片刻安宁。

"我懂，"格温附和，"我们会杀了他。这是让孩子们安全的唯一办法。"我慢慢地点头，然后对她笑了一下。她回我一个夹杂着悲伤、内疚和抱歉等复杂情绪的微笑，"坦白说，我从未想过自己会变成一个杀人犯。有趣的是，当你被逼无奈时，你会重新认识自己的无限潜力。"

格温将她的手搭在我的手臂上，我感觉到她手掌的热度透过我的衣服传递给了我。我放开方向盘，握住她的手，与她十指紧扣。我们在很长时间里都保持沉默。宁静的乡村道路，路边的树木，远处传来的鸟鸣声，一切都与我们内心的黑暗毫不沾边，感觉就像另一个世界。

手机铃声打破了此刻的沉默，我们两人翻找各自的口袋。"是我的。"我说。我认识屏幕上的号码。我接通电话，"喂，麦克。什么事？"

"你觉得还能有什么事，山姆，我打给你还能聊什么事？当然是工作，臭小子。我得到了一些可能有关阿布萨隆成员的线索，你想听吗？"

"当然想，"我说，"我猜是非官方消息。"

"先说明，我没有很充足的时间去盘问那群家伙，所以这消息仅供你参考，你还想听吗？"

我手上没有笔也没有纸，所以我用一只手比画着，格温立刻理解，赶紧递过来笔和越野车的租赁凭证。我把麦克的话记了下来。"明白。我们去离这里近的那个地方，马克维尔。"

"你过去的时候小心一点儿，知道了吗？"

"知道了，"我对他说，"你也要注意安全。"

麦克没说再见就把电话挂断了，正是他的作风。我把记着信息的纸片递给格温。"亚顿·米勒，田纳西州马克维尔，"她照着读出来，"男的女的？"

"不知道。"

有了具体的名字和地点，让一切感觉很真实，也赋予我们干劲儿。我对格温咧嘴一笑，启动越野车的引擎，"我们行动计划的第一步是买一张地图。"

对大多数人来说，这句话听着很奇怪，但我们不想冒险使用互联网，至少不能在阿布萨隆监视着一切时使用。我们离互联网、离所有人的监视越远越安全。

我们买的地图上没有标出马克维尔的位置，最后还是从商店门口坐在摇椅里的老人口中问到了准确方位。那是一个非常僻远的乡下小镇。老人眯起眼看着我，他的瞳色像是褪色的金币，年轻时应该是深棕色吧，我心里想着。老人摇了摇头。"没人想去马克维尔做生意，"他对我说，"那地儿已经荒废很久了。邮局早在二十世纪六十年代就关掉那里的站点了，那儿除了破旧的棚屋什么都没有。"

虽然听起来希望渺茫，但至少我问到了具体方位。这是一次长途旅行，我们抵达马克维尔郊区时天色已晚。

"你是想我继续开车，你在车上将就睡一下，还是去开间房？"我试图确保这个问题中没有性暗示，因为我们内心都清楚，即使有这种可能性，现在也不是恰当时机，"我是说开两个房间。"

格温十分务实。"一个房间，两张床就足够了，"她说，"找个便宜一点儿的。日出之前长途奔去马克维尔没必要，不是吗？"

"没错，"我说，"便宜一点儿的。我明白了。"

一个半小时后，我找到了一家叫"法国旅馆"的汽车旅馆，看起来是一间从二十世纪五十年代便开始衰落的老旧旅馆。这是一座 U 形的普通砖砌建筑，稍稍比山坡高一点儿，从路边看上去甚至和停尸房并无二致。停车场里有两辆车。一楼一共有二十个房间。

我朝格温扬了扬眉，"诺曼·贝茨[1]致电，他说想拿回他的浴帘。"

格温笑了，笑容真诚温暖，"这里看起来挺好的。"

"那就这里了。"我一边说，一边转动方向盘，开进了停车场。这里的布置很简陋，跟旅馆房门上肆意乱涂的油漆一样粗糙。我把车停在了空旷的地方，"在这里等着。我可不想冒险让你被监控摄像头捕捉到。"与我相比，格温更容易被认出。幸运的是，阿布萨隆那群人还没有开始搜寻我的照片。我拿出在便利店买的迈阿密马林鱼棒球队的帽子，戴在头上后将帽檐拉低。在关门之前，我直视格温的眼睛，"记得锁门。"

"当然。"

格温带着武器，枪法精准，所以把她一个人留在车上我并没有特别担心。格温·普罗克特不会到处闲逛，至少不会静悄悄地溜走。如果有哪个歹徒想将她拿下的话，格温绝对会给他一个下马威。

汽车旅馆的工作人员并不如想象中热情，我对柜台后面那个面无表情的男人感到好奇。他有一双死鱼般的眼睛，好像已经参透天机，但又不愿泄露。我拿起那把油腻的塑料钥匙，留下现金，随后就离开了，前后不到两分钟。

---

[1] 电影《惊魂记》的主人公，汽车旅馆老板，具有双重人格，在电影中杀死了正在洗澡的女客人。

我们把车留在停车场，位置靠近探照灯，并把所有值钱的东西都带在了身上。我们的房间是第三个。打开门时，一股熟悉的漂白剂味道迎面飘来，令人大倒胃口。但是至少在我打开灯后，没有看到四处逃窜的蟑螂。房间内部的所有东西看起来都挺干净，即使这样，我还是会想用紫外线灯照它们的表面。

最不让人省心的是房内的家具，看起来就像是来自这世上最糟糕的地摊儿，天花板上甚至还有水渍。按照我的要求，这里有两张床。我建议格温选择离浴室近的那张，因为离门口更远。我看到她掀起了土褐色的床单，床单一直垂到了地毯上，然后弯腰检查床底。之后，格温从包里掏出手电筒，又检查了一遍。

"你在找什么？"我问格温。

"一切让人毛骨悚然的东西，"她回答道，"比如尸体、隐藏的冰毒之类。谁知道会有什么东西。"

检查床铺听起来是个好主意，所以我主动接过格温的手电筒。但在我看见一个干瘪的避孕套和至少三个啤酒瓶后，便后悔自告奋勇了。我用说话掩饰尴尬。"你想早上还是晚上洗澡？我猜这个地方的热水只够装满一个咖啡壶，或者每隔几个小时能储存够洗两分钟热水澡的水。"

"我晚上洗，"格温说，"还是你想先洗？"

我站直身体，摇了摇头。格温避免跟我有任何眼神接触，她拿起她的包，将它带进了浴室，随后我听见关门和上锁的声音。我可以干坐在这里听她脱衣服，或者做些更有意义的事情。

于是我选择出去买点儿食物。

我回来时，格温已经洗好了，房间里消毒水的味道变成了温热的水果香气。除了脚上的鞋子，她已经穿戴整齐。这让我十分满意。我不想在这里毫不设防地进入梦乡。我给格温递了个袋子，里面装着汉堡和薯条，还有一罐瓶装苏打水。我们坐在各自的床上静静地吃晚餐。

"我刚刚就想问了，"格温说，"给你打电话的是你在联邦调查局的朋友吗？叫麦克？"我默默点头。这个汉堡难吃至极，简直是侮辱了这类食物，但我还是吃得一口不剩，因为我需要补充能量。"到底为什么联邦调查局的特工要帮我们……？"

"因为有时我也会帮他。到此刻为止他至少欠了我三个人情。再说了，他没有足够的人手跟踪线索，而且他认为我可能比州警更可靠。"

"只是可能？"

我耸耸肩。"麦克不会完全信任一个人。他给我的线索也并不详细，我告诉你的就是他告诉我的全部。亚顿·米勒，马克维尔。他没有给详细地址，还声称并不需要。不过，如果这真的是一个荒无人烟的城镇，那我们很快就能找到了。"

"那么，亚顿怎么会跟梅尔文扯上关系？"

"鲁斯提格组织了一个调查危险网络集团的特别工作组，阿布萨隆榜上有名。显然，亚顿跟他们有关系。"

"所以我们是在跟一个隐士打交道吗？还是一个逃亡者？或者其他什么人？"

"不清楚，"我说，"但是我们要保持谨慎。"

"是的。在我们直奔小镇之前，最好先花点儿时间调查一下亚顿·米勒，看看我们能不能为这次行动制订一个像样的计划。我们可以在早上去当地的图书馆。我用互联网查，你在书架上找找资料？"

"这计划不错。"我说，这时我们刚好都吃完了汉堡。我们两个人狼吞虎咽地消灭了它们，尽最大努力避免细细品尝这堆难以下咽的食物。

我扔垃圾回来时仔细检查了门，上面有一条很脆弱的锁链，显然已经被扯断过好几次。门和门框看起来都很弱不禁风，连凛冽的寒风都抵挡不住，更别说是一记飞踢。

"浴室怎么样？"我问格温，"安全设施可靠吗？"

"那里有一扇窗，但是很小。有防盗网，没有防火装置。"

"那我们最好不要放火。"我拖过一把棕色带软垫的椅子，卡在门把手下面，虽然可能没多大帮助，但聊胜于无。

"你早上想几点起床？"格温问我。她听起来有点儿紧张。这是一个再正常不过的问题，但我总觉得像在询问配偶或者恋人。而且我们两个都感觉到有股异样的情愫在空中传递。我走到床边，从牛仔裤后面取下用夹子别紧的手枪皮套，放在床头柜上。格温的枪套已经挂在了床柱上，就像前卫的捆绑装备。

千万别想歪了，我告诉自己。我弯下腰，开始解开靴子上的鞋带。

"七点前起床就行了，"我对她说，"或是狼人发起攻击的时候。"

"我觉得我们现在更像是在僵尸的领土上。"格温说。她腿交叉坐在被子上，随后站起来把它理好，检查发现没有虫子之后就躺下了，"好了，晚安。"这话听起来很奇怪，给人感觉也很奇怪。

我脱下第二只靴子，把两只都放到床头柜下面。这样一来，我要穿它们就非常方便。然后我往后倒在枕头上。床垫凹凸不平，久经风霜，跟我此刻的心情非常契合。"晚安，格温。"听起来有点儿滑稽。

我们两人都沉默了一阵子。笑声开始在我的内心深处爆发，就像摇晃香槟一样有趣而富有感染力。我再也忍不住，放声大笑起来。

格温也笑了起来，我听到了干净清脆的笑声。感觉真好，单调的房间似乎都变得富丽堂皇了。"抱歉，"我终于还是开口了，"这一切似乎都太过有礼貌了。我们都是成年人了，为什么还会这样？"

"这是个好问题。"格温一边说，一边在床上侧过身子看着我，我的笑声戛然而止。"为什么呢？"

"你知道原因。"我对她说。

"就这一次，我想听你说出来。"

"因为我们之间夹着很多受害人。"我说完这句话的瞬间，点亮这个房间的光芒不见了。真相就是这么残忍，像是幽灵一般让我止不住颤抖，浑身冒起鸡皮疙瘩。"首先是我的妹妹。"

格温没有回避这个话题，"还有所有那些我本可以帮助的人，就连梅尔文的哥哥也包括在内。他自杀了，你知道这件事吗？在小镇里不见天日的躲藏和网络暴徒流言蜚语的夹击之下，他不堪重负，走上了自我了断的道路。"格温哽咽了，现在我希望我没有挑起这个话题。"他在社交媒体账号上更新的最后一篇文章里说，一切都是我的错，如果我能好好履行妻子的职责，梅尔文就不会……"

"放他的狗屁。"我打断格温的话。我听起来怒气冲冲，但我不是装出来的，"从来就不是你的错。责怪你太不合乎情理了。"我沉默了几秒钟，然后又开口说话，我感觉自己像是站在悬崖边上，就要承认我一直想要隐瞒的事。我从未想过自己会这样做，但我决定冒险，"我跟踪过梅尔文的哥哥，就像我之前跟踪你一样。我知道他住在哪儿。我知道你们所有人住在哪儿。"

格温愣住了，我看到了她脸上的迟疑。她看起来不是很想问，但就跟刚才一样，她没有回避，"山姆，你给他发恐吓信了吗？"

我盯着天花板上不规则的水渍图案，形状真像澳大利亚。在重新鼓起勇气开口说话前我沉吟了许久，"是的，我发过。我还发了一些给你。请理解我在那段痛苦的日子里的行为，因为那给我正义感。我一次只给你们发一封信，初衷只是想慢慢摧毁你们。我**很抱歉**自己做了这样的事，格温。我真的很抱歉。"

我的声音里充斥着痛苦和挣扎，我知道格温能够听出来。我还知道这种痛苦和开启这个话题的笑声一样真实。

我从余光里看见格温站了起来。她坐到我的身边，握住了我的手。在好莱坞电影里，此时应该响起一段背景音乐，随后我们会接吻，内心压抑的情感就像干柴烈火一触即发。紧接着就会用蒙太奇的手法上演晦涩的色情片段，我们的皮肤看起来会是金色的，身体缠绕在一起。

但是我们活在现实当中，这点让人十分失望，因此我没有那么做，而是在她耳边轻声细语地给她讲述过去我感受到的仇恨以及痛苦，就像是在一层层剥开一个感染了的伤口，向她坦白我曾经多么痴迷于执行血腥的正义。这种交流一点儿都不浪漫，相反，让人毛骨悚然。在我坦白一切之后，空气中弥漫着一丝古怪的沉默。

格温用力握住了我的手，说道："一直以来你仇视的都是梅尔文，不是我。至少我们现在的目标是明确一致的。"

她表现出了一种绝无仅有的高雅风范。她用宽容、怜悯和理解回应了我的坦白。我想都没想就拉起她的一只手放到我的嘴边，亲吻起它。我能凭借记忆勾勒出她的每一寸容颜。她另一只温热的手放在我的手上，仿佛要灼烧出不可磨灭的烙印。然后我放开了她，一言不发，因为无法言语。

格温在我身边坐了一会儿，在我不再动弹后，她起身回到她的床上。我听见被子沙沙作响。关灯之后，黑暗笼罩了一切。

我睡得很不好，整晚我都困在一个梦里，我梦见一个人从托皮卡市[1]中心一座六层楼高的建筑上跳了下来。我曾在报纸上读过关于那起自杀事件的报道。那是两年前六月份一个晴朗的日子，梅尔文的哥哥穿着一套崭新笔挺的西装去上班。实际上他没有上班，他来到那栋建筑的屋顶，解开领带，脱下鞋子，把手表、钱包和给老板的道歉信整整齐齐地摆在那里，然后纵身一跃。

但当我看见梦里跳楼男人的脸时，我发现那不是梅尔文的哥哥，而是我自己。

---

[1] 美国堪萨斯州首府。

第四章

格温

在花了一整天在公共图书馆的书架上和网上搜索，并向牟取暴利的图书馆支付了巨额打印费用后，我们拿到了一份文件。这份文件非常薄，但已经是我们能找到的所有关于马克维尔和亚顿·米勒的信息了。我们一共找到了十四位名为亚顿·米勒的人，不过只有两位身处田纳西州，其中一位住在养老院——不太像是我们的目标。另一位名为亚顿·米勒的人身材高大，一头红发，年龄为 33 岁，在社交媒体上几无痕迹。对于这个年龄段的人来说，这非同寻常。我们找到几张有她在上面的合影照片，但并不多。每张里她都有点儿模糊。拍得最清晰的一张上她戴着软太阳帽和大墨镜，微风阵阵，她侧着身子用手压着帽子以免它被吹飞。

我不知道我们为什么要找她，也不知道她为什么年纪轻轻就要选择在这与世隔绝了四十年的边陲小镇上居住。话说回来，为什么麦克·鲁斯提格要我们找她？她肯定跟阿布萨隆有千丝万缕的联系。

我们又在汽车旅馆过了一夜。感谢上帝，我们之间的关系得以缓和。现在我感觉更加神清气爽、心情放松了。这么长时间以来，这是我第一次在睡觉时得到安全感。这绝非易事，因为那家陈旧的"法国旅馆"看上去就像是多年来数百起罪行的无声证人。

第二天，我们开车去往马克维尔，一路驶进了杳无人烟的不毛之地。

视线范围内除了能看到飞机在大气中滑行时留下的航迹云以外，什么都没有。这种景象很容易让我以为自己是地球上仅剩的物种。当汽车驶过渐窄的小路和渐多的岔口后，我们来到了丘陵地区。不得不说这里的山路会让徒步旅行者和越野车都举步维艰。

我粗略计算了一下路程，提醒山姆我们已经快接近目的地了。我们把卡车停在路边的树后，这样可以很好地隐藏它，然后沿着徒步旅行者的路线走到马克维尔的所在地。据记载，这里从来都不是繁荣之地。自从通往此处的列车停运后，这儿本就不多的店铺一一倒闭，大多数居民或搬走或老死在他们不舍搬离的破屋子里。最后的牺牲品是邮局、杂货店和古玩店，这些地方都被遗弃，大门敞开着，窗户上贴着"想要什么就拿走吧"的告示。我们发现了一份剪报，内容是城市居民自发对这里的居民的苦难进行悼念，然后就一无所获了。

不过我们本来也不指望大有收获。我们悠闲地穿过树林，沐浴在午后三点的阳光中，俯瞰小镇所在的山谷，感觉仿佛置身于电影场景里。小镇仅有的四座大楼仍仡立不倒，也许是因为砖瓦结构；其他大多数木质建筑则已出现倾斜、风化或倒塌的迹象。我们蹲下身子仔细聆听，但是除了偶尔的鸟鸣声、猫叫声、清风吹拂下门开合的声音外，听不到任何其他的声音。

"如果她在这儿，"我说，"一定会待在砖房里，对不对？"

"对，"山姆同意我说的话，并且站了起来，"我们现在互相约定，不到万不得已都不要开枪，好吗？"

"那我们能用刀吗？棍子呢？"

"当然可以，但不要造成致命伤。我们需要审问亚顿，而不是杀了她。"

下山时，我看到倾斜的木板后面有玻璃反射出的光。我拉住山姆，指给他看。那是一辆车，不是往昔繁华日子里遗留下的，而是出厂不足五年的高效能中型汽车。我很庆幸认出了它，因为有人努力地想要把它藏匿起来。它看起来并不像被人遗忘了的，更像是最近一段时间才停在那儿的。

我们绕着汽车简单地看了一下。我谨慎地把手放到汽车引擎盖上，发现是冷的。我小心翼翼，以防触动报警器。然后，我思考了一会儿，和山姆交换了一下眼神。我们又不谋而合了。"动手吧。"他说。

我用力拉了一下门把手，门是锁着的。车辆报警声划破了寂静，接着，轰鸣声和一阵女性的哀叫传进我的耳朵。我和山姆退回隐蔽处潜伏着。不久后，一个苗条的红头发妇女从砖房敞开的门里跑出来，在木板边停下来盯着那辆车。在闪烁的车前灯照耀下，她的脸不停地在白色和金色间变换。紧接着，她从大衣的口袋摸出钥匙并关掉报警器。

我试探地出声问道："亚顿·米勒？"

她差点儿摔倒，然后急速撤退，但是山姆已经挡住她的退路了。她转身，想跳进车里，却只能爬到引擎盖上。我留意到她脸上一闪而过的恐惧。"别过来！"她喊道，朝着我冲过来，希望能杀出一条血路。

我冷静地拿出枪瞄准她，她停在布满细枝、叶子和鹅卵石的灌木丛里，手像提线木偶般举了起来。"别杀我！"她惊慌失措地哀求着，声泪俱下，"**上帝啊**，别杀我，我可以给你钱，给你钱，我可以帮你做任何事……"

"放轻松。"我命令她，但发现命令的口吻只会适得其反。于是我温柔地说道，"米勒女士，没有人想要伤害你。深呼吸，放轻松。我叫格温，他是山姆。放轻松，好吗？"

我重复了三次，最后奏效了。她深吸一口气，点了点头。她和照片上的人不太一样，头发虽然还是红色，但剪成了时髦的波波头。她戴着副厚厚的眼镜，让她的蓝眼睛看起来更大了。她是那种传统意义的漂亮女人，但身上又似乎有点儿什么独特之处。

我用了很长时间才想明白。从生理角度而言，亚顿·米勒原本并不是女性，不过她的转变几近完美。她举止得体，身材凹凸有致。她的外科整形手术做得相当成功。她看起来比我更妩媚，更有女人味，行为也是如此。

"是他们派你来的吗？"她问道，泫然欲泣，视线从我身上转移到山姆那里，然后又回到我身上，"我没有！我发誓我什么也没有。别伤害我，我全都告诉你！"

"没有什么？"山姆问道。她向后退，我便挥手示意让山姆也后退，他照做了。我收起武器，"这样吧，亚顿，先坐下来。有没有什么地方可以让你舒服一点儿？"

她抽泣着，轻轻擦了一下眼睛，小心翼翼地不弄花睫毛膏，然后说："去里面吧。这里什么也没有，我只是到这儿来工作的。"

"好，"我说，"我们进去吧。"

亚顿的工作让我大吃一惊。虽然我对艺术所知甚少，但也明白她用颜料和帆布所创造的东西是不同凡响的——她在记录倒塌、毁灭和美丽。她笔下的马克维尔是永恒的，并非已被毁灭。有六张帆布画挂在墙上风干。她在废弃的旧邮局、商店里从事艺术工作，尽管环境很简陋，但房子的玻璃窗仍是完整的，可以反射东边的光线。她现在提着点亮的灯笼，想找一张相对干净一点儿的沙发。我想她有时候整晚都会待在这里，因为角落里有一个卷起来的睡袋和一套整洁的野营装备。那张靠在北边墙壁上，像是收藏品的旧折叠桌上放着一台笔记本电脑。这儿没有无线网络，所以她可能是用一次性手机进行网络连接，匿名上网的。如果是我，我也会这么做。

在这儿，亚顿感觉已经好很多了。看着自己的画，待在自己的地盘上给她带来了安全感和力量。她带我们来到沙发旁，我和她坐了下来，山姆则在研究她的画。亚顿一直朝山姆的方向看，但她的注意力主要在我身上。"你想要什么？"她不安地问我，"是他们派你来的吗？"

"没有人派我们来。"我告诉她。这虽不是完全的事实，也不能算错，"只不过我们觉得，亚顿，你会帮我们。"

她挺直了后背，我捕捉到她眼里转瞬即逝的谨慎。"帮你们什么？"

"阿布萨隆。"我故意说出这个名字，我又看到她眼里闪过纯粹、赤裸裸的恐惧。她一动不动，好像随时会精神崩溃。我抓住稍纵即逝的机会，"他们也跟踪我，还有山姆。我们需要想办法阻止他们。"

她匆匆吸了一口气，双手交叉抱在胸前以示防卫，但不是针对我，"我大部分时间都不上网，所以他们找不到我。你们也应该找不到我才对。"

"我们试遍了各种方法。"突然之间，我脑海里冒出另一种预感，"你是什么时候离开那个组织的？"

这一次她几乎没有任何犹豫就开了口。也许她一直很渴望讲述这件事，单纯为了倾诉，即便倾诉的对象只是萍水之交。"大概一年前吧，"她说，"你知道的，我不是核心人物。那一开始就只是个游戏，报复、羞辱罪有应得的人。我们觉得这是替天行道，而且还可以从中获利。"

我往后挪了挪，因为这种事让我难以置信，"获利？谁给的？"

亚顿笑了，发出落叶般的声音，"这我不知道。不过，报酬相当丰厚。我一直没有意见，直到……直到我发现我们**为什么**这么做。那并不是我们这种级别的人能知道的公开信息，而是某位高层人员说漏了嘴。"

我咽了咽口水，由于某些原因，我极度想喝水，那种感觉就如同我是在沙漠里匍匐前行。我不明就里，"我不明白你的意思。"

"表面上，我们是为'黑吃黑'组织[1]做事的。毫无疑问，我们都是擅长网络攻击的黑客，这也是他们特地招募我们负责专门项目的原因。我曾经觉得我们是正义之师，我以为我们是在惩罚恶人。后来我才发现，当有人不再支付赎金时，他们才会派我们去行动，惩罚那些人，直到他们继续支付赎金。"她说，"其实我们只是跑腿的。如果那些受害者想要躲起来，我们就会采取一连串的行动让他们现身。我知道自己也不是什么好货色，可是……"亚顿又笑起来，我并没有从她的笑声中听出任何喜悦之情，"通过毁灭他人而赚取金钱是卑鄙无耻的行为。"

"难道不收报酬就会好一点儿吗？"我脱口而出，感觉有些眩晕。

她耸耸肩以示歉意，"如果你犯了错，而且信息还被泄露在网络上，你就得对这样的报复行为有心理准备，我说得对吗？"

我喜欢亚顿，但她的话让我困惑。这个说辞中有个致命的盲点，那就是假设残忍在特定情境中是正确的。然而**犯错**，每个人都曾犯错。事

---

[1] 原文为 the lulz，一个黑客组织。

到如今，她还不明白这样简单就能接近受害者会带来什么不良影响。

我必须重新整理我对阿布萨隆的整体印象了。我一直认为他们是控制狂，这个形容肯定符合其中一部分人。可是亚顿现在所描述的有过之而无不及。他们比我想象得更加愤世嫉俗、无所顾忌。问题是，是梅尔文雇用他们来追杀我的吗？他是怎么做到的？他在监狱里没有现金，难道是人情交易？

跟这群丧心病狂、思想极端的变态恶魔打交道已经令我筋疲力尽了，更别说他们是专门来跟踪我的，和他们的正面交锋可能会更糟糕。

"亚顿，"我侧过身，尽力表现出我所有的好意和真诚，"阿布萨隆为什么抛弃你？"

她的脸色很不自然，手在身上来回挥舞着。"他们发现我是女人了，"她说，"他们之中很多人厌恶女性，更讨厌变性女人。他们开始散布我的信息，我也尽力反击，可他们还是不肯收手。我只能从服务器上下载了一堆他们的交易记录，并威胁他们如果再跟踪我，我就把这些东西公之于众。我原以为他们会就此放弃。"她看向别处，"那天，有个朋友留在我家过夜，我出去买中餐。可我回来的时候发现我的公寓着火了，整栋楼都烧着了，死了七个人！"

"你……觉得那不是意外？"我说，"太不幸了。"

她点点头，忍住眼里的泪水，"一开始他们以为已经了结了我。其实我一直在东躲西藏，寻找安身之地。值得庆幸的是，我后来开始画画并拿到画廊去，画廊的人说我画得很好并买了下来。我现在也需要卖掉这些画，离开这里。可能其他地方更方便我藏身，例如瑞典。"

"你下载的文件，"我问道，"还留着吗？"

我祈祷她能给我肯定的答案，但遗憾的是她摇了摇头。"我把它们保存在 U 盘里。"她说，"U 盘和其他东西一起不见了。我现在没有什么东西可以用来威胁他们了。我怕死，格温，你怕死吗？"

"我也怕死。"我告诉她，"你真的没有任何线索可以帮我找到他们吗？"

她沉吟许久，从牛仔裤上捡起一根红发，让它在阳光中飘落，看着它掉下来。"我知道一件事，"她说，"我知道那个最恨我的浑蛋住在哪里。这是我放弃反击之前发现的最后一件事。"

　　我看着山姆。他也看着我们并点了点头。"那……你可以告诉我们吗？让我们帮你去跟踪他。"

　　亚顿把双手搭在膝上，挺直腰。她直视着我的眼睛，眼里有反抗、愤怒和恐惧，更多的是决心。

　　"我不是个好人。"她说，"我恨我自己，我觉得这世界简直糟透了，所有受害者都是罪有应得的。曾经，我也想看到所有人和我一样痛苦不堪。但现在我改过自新了，我向所有在网上被我攻击过的人道歉。我从没想过……"她顿了顿并摇摇头，"我知道这么做于事无补。但是，如果你能抓到这家伙，可能是个好的开端。你有钢笔吗？"

　　我把钢笔和纸都放在车上了，于是亚顿耸了耸肩，走到折叠桌边拿出办公用品。她写了些东西，走回来递给我。我迷惑地眨了眨眼，因为我期待的是一个地址。

　　"这是全球定位系统的坐标。"她告诉我，"这个坐标是佐治亚州的一个小木屋。但是，格温，你要小心。你一定要**非常**小心。我可能是个坏人，但这家伙绝对是**魔鬼**。我一想到他就浑身起鸡皮疙瘩。"

　　"谢谢。"我说，把纸收了起来。我起身，踌躇不前，"你还好吗？"

　　亚顿抬起头看着我。她的眼神很清澈，完美的下巴微微扬起。我认识这表情，我在镜子里见过。人在恐惧时就会出现这种表情，并用来武装自己。"不太好，"她回答，"但总有一天我会好起来的。"

　　我向她伸出手，我们握了握手。山姆走上前来，我感觉到亚顿的身体有点儿紧张。她接触男人时小心翼翼，我想知道她曾遭受过怎样的虐待。但山姆只是伸出手来，她最终和山姆握了握手。"你真的很棒。"他告诉她，"请继续作画，同时保证自己的安全。"她小心翼翼地露出一个淡淡的笑容，"我会的，你也一样，你们俩。"

我用公用电话给孩子们打了电话，话筒上沾着汗水、啤酒和食物残渣。康纳还是和以往一样，沉默寡言；而兰妮用冷淡疏远的态度表达着她对我离开的愤怒之情。我也恨自己万不得已要离开他们。**一定不会很久的，也许只是几天的时间。**

我想让山姆一个人去。我挂掉电话，这么想让我十分内疚，我也知道自己不会这么做。我要亲手阻止梅尔文。**可能只需要几天的时间。**

我们花了一整天才来到亚顿提供的全球定位系统坐标的附近，我希望这不是她为摆脱我们而胡乱涂鸦的数字。她给的坐标是真的，确实把我们带到了佐治亚州一个荒无人烟的地方。经过一番讨论，山姆决定给他的朋友鲁斯提格特工打电话，我们把从亚顿那儿得到的消息都告诉了他。鲁斯提格说等他一有人手就会着手调查。

我们也知道无法确定具体要等多久，但我们不在乎多等一会儿。

我们把越野车停在林区公路上，休息了几个小时。山姆叫醒我的时候是晚上9点钟。天气既冷又潮湿，挡风玻璃上有一道细细的冰晶花边。

"我们该行动了，"山姆说，"看看这家伙在不在家。"

"告诉鲁斯提格我们准备进去了。"我说。

"麦克会叫我们别去的。"

"然后他就会出现并阻止我们。"

山姆笑了笑，拿出手机拨号，却转到了语音信箱。他跟鲁斯提格简要说了说我们准备做什么，然后就关机，把手机放进口袋里。我也把手机调成静音。"准备好了吗？"他问，我点点头。我们就行动了。

这一带都是悬崖峭壁，难以攀登。如果不是已经知道，我们完全不可能发现这里还有座小木屋。

在一片高耸的松树林子里，我跪伏在一排矮树丛后。不远处就是那座小屋，里面最多有两个房间。小屋维护得很好，房间的窗户上挂着格子窗帘，窗外是一堆叠放整齐的木柴。点着柴火会让那间屋子变得温暖舒适。但今晚没有人在烧火，因为烟囱里没有烟雾。

主卧里灯光闪烁。**有人在里面。**山姆逼我同意继续观察并向鲁斯提格汇报情况，只有在确定里面没人后才能进去。自从亚顿告诫过我们后，我们不想和任何反社会分子发生正面暴力对抗，所以只能静静地等着里面的人离开，或者我们晚点再来。由于天气太冷，我更愿意选择后者。天黑得要命，还有股冰凉刺骨的寒风，让我眼里充斥着泪水。我的身体又痛又僵，我想回家，想紧紧抱着我的孩子们。

但我发现屋里的灯光一直忽暗忽明，就像电视机一样开了又关。我希望里面的人离开，可看来并不可能。我在脑海里过了一遍我们想要从这里得到的东西。能拿到阿布萨隆黑客团体成员真实姓名的手写名单再好不过，当然了，这绝不可能。但可以找到并埋伏于此，我已经很满足了，因为可能会有助于联邦调查局的追踪。山姆在调查局里的朋友可以帮我们拿到有用信息。而且至少我们让麦克·鲁斯提格有了一个明确可以审问的嫌疑人，已经是巨大进展。

屋里开着收音机，低沉而平和的声音传出来，像是爵士乐。也许是先入为主吧，我总觉得黑客应该放一些重金属摇滚音乐。

总之这种音乐让人感觉不合时宜。不一会儿声音停了，大概一分钟后，窗户前的灯也关了。从我蹲着的这边看不到房屋的另一侧，不过刚才能看到有一束金色的光投射在地面上，现在这束光也消失了。

目标人物准备睡觉了。**终于睡了**。我拿出手机看时间，已经将近凌晨两点。

山姆悄无声息地站起来，我也照做。我运动能力不错，也属于强壮的类型，但是在黑暗的森林里潜行并不是我的特长，我只能尽量不做太愚蠢的事。山姆做了一个割喉的手势，表示想先放弃，明天再来试试运气。我们必须找这人不在的时候，以免正面冲突。我明白这个道理，然而答案就近在眼前却要空手而归，真令人沮丧。

格温，你不想伤害任何人，我内心的善良天使跟我说。可心中的黑暗恶魔也在讲话：**我一定要去**。我要拿枪指着那人的头，让他知道他把我和我那无辜孩子们的生活变成了人间炼狱。到底是什么样的冷血变态狂魔才会如此残暴地折磨、杀害无辜的人们？还从中获利？

我不想离开。我想进去追根究底。但我明白山姆是对的，也明白自己反应过于激烈了。我想让我前夫去死，因为他在这个世界多活一秒钟都会伤害到别人，然后还会来报复我和我的孩子。

我只能强迫自己点头同意。我们停止了行动，打算明天再来。

正在这时，一个模糊的影子吸引了我的视线。我的头猛地转向右边，刚好看到了一只兔子从藏身处跳出来，跑过小屋前的空地，后面是一只追踪它的黑猫。它们不曾弄出一点儿声响。一场生死之战，就这样在我们面前上演。

这只逃窜的兔子要穿过空地，刚跑到约四分之一处，一道极亮而刺眼的白光突然亮起，照亮了房子前面的整个半圆。是侦查灯。我退回原地蹲下，发现山姆也和我一样。我心里默默为忽略了侦查灯而自责，若不是它感应到兔子的动作亮了起来，我几乎不可能发现。侦查灯安在远处的屋檐下，我抬起手挡住亮光，发现它外边罩着一层金属网。想要在这亮如白昼的情况下躲过监视并毁坏这盏侦查灯，几乎是痴心妄想。

兔子在穿过空地的途中败下阵来，那只猫扑过去抓住了它。脖子后面被抓住时，兔子发出像尖叫一样可怕的声音。猫恶狠狠地咬着它左右甩，叫声渐渐消失了。猫，厉害而高效的杀手。兔子死后，它把这个皮毛柔软的猎物丢在地上，用爪子拍了一会儿，然后就溜走了，把兔子遗弃在那里。

我突然想起了我的前夫。

猫离开的 30 秒钟后，侦查灯也熄灭了。我看着山姆，他神情严肃，研究着这场面，最后摇了摇头。我们觉得小木屋是个非常糟糕的地方，周围萦绕着一种我们难以形容的阴晦沉闷的氛围。我可以想象出这里发生过的种种坏事，几乎能感觉到鬼魂就在我们身边游荡。这个还未露面的人做了什么？亚顿真的很怕他。

我第一次怀疑小木屋里是否只有一个人。他会不会和我前夫有同样的癖好？他有没有挟持俘虏？如果我们离开了，会是谁在这儿受苦呢？

而这一切都暂时无解。我们在法律上处于劣势，目前所掌握的关于木屋主人的信息少之又少，甚至没有什么证据表明他做了坏事。所以我们的行为属于私闯民宅，或是非法监视。然而我们在这个地方待了好几个小时了，依然一眼都没有看到这屋子的主人。

侦查灯亮起来过。如果里面的人对接近的人防范有加，**他应该会出来看看的**。也许他心不在焉没有注意到，或者没准儿他是在厕所里，但这并不符合常理。小木屋不大，他至少可以拉开窗帘或打开门，检查周围的环境。

所有的灯，一直亮了又灭，反复循环，按照模式运行。我在脑海中回想时，恍然大悟。**这都是使用定时器提前设定的，里面没人**。

我可能是错的，当然可能，但我毫不在乎。当我目睹那只兔子死去，看到那因猫的甩动而喷出的血在空中飞舞时，我就想起了那些人寄给我的照片，那些用数码技术把强奸和谋杀受害者的面容换成我的孩子们，再把他们摆成令人作呕姿势的照片。那些照片很可能就来自这屋子的主人或他某个厚颜无耻的朋友。他是个懦夫，躲在野外，折磨着我的家人，**而我现在就在他的门前**。我要让他知道他不再高枕无忧，否则我不会离开。我绝对不会放过他，再也不会。

我无视侦查灯，站了起来，向前门跑去。我从藏身处走出两步多后，灯光又亮了起来，但我不再踌躇不前。我听到山姆跟在我身后。他没有叫我的名字，我有点儿惊讶他竟然会跟上来。我知道他会为我不听指挥而生气。我们穿过空地，在前门的两边靠墙而站。很长一段时间后，灯光又一次熄灭了，我不得不眨眨眼去除视野里的残影。

"该死，我们到底在做什么？"山姆小声说。

"进去！"

"格温，不行！"

"可以！"

我们没有时间争辩了，山姆也清楚这一点。他愤怒而挫败地看了我一眼，然后重心后撤，保持平衡，重重地踹了一脚上锁的门。门剧烈震动，但是没打开。他又踹了一脚，一脚又一脚。毫无成效。这扇门可能比我们想象中更坚硬牢固，但窗户就未必了。

我绕到旁边去。这里的窗户是锁着的。事到如今，我不再犹豫。事实证明，这扇窗很脆弱，即使是有厚厚的双层玻璃。我打碎它，钻了进去，然后翻过窗框，跳到地板上，从里面打开门。这时我才拔出枪来。山姆已经准备好了他的武器，跟着翻了进来。

木屋里既没有声音，也没有光亮。我瞥见一个灯罩，便发了疯似的到处摸索开关。我摸到开关，打开。我们看到几把长毛绒椅子、一块钩针地毯、一张放着台灯的桌子、几个杂乱无章的书柜和一个厨房。厨房里有一个小火炉，还有一台冰箱，这里所有的家具都像是二十世纪五十年代遗留下来的。这里空无一人。

山姆继续往前走着。我们右边有一扇门，他打开，用枪瞄准房间，而我则打开头顶的灯。房间里有一张双人床，上面整齐地铺着一条森林绿的毯子，一块小隔板的后面是淋浴间和厕所。这儿同样空无一人。

山姆闪进小浴室，然后又出来，说："浴室里有水痕，而且是潮湿的，可能是早些时候留下的。"他意味深长地看了我一眼，"格温，你很幸运。他有可能在屋里。"

"得了吧，他用定时器安排好了一切，意味着他不在，"我厉声说，"山姆，小心翼翼对我们没有任何帮助，保护不了我的孩子们。"

山姆摇了摇头，但他没有责怪我的态度。我知道他也爱我的孩子们。无论以何种标准来衡量，我们的友谊都不同寻常。这样的友情虽如履薄冰，我们随时都可能掉入万丈深渊里。但可以肯定的是，他和我目标一致，这将一直不变。

我站在这个陌生人的小屋里，再次感受到吞噬一切的黑暗。这个人过着隐秘的生活。我不知道他在密谋什么，但我知道那会让人毛骨悚然。

这个看起来正常的地方这么平静整洁，它的主人却偏执地想要摧毁他人的生活。我怒不可遏，甚至冒出了粉碎一切的念头。可到底是什么阻止了我？事实上，从法律上而言，光是破门而入、私闯进屋的行为就已经构成私闯民宅罪了，蓄意破坏房中物品更会加重罪名。

"到处看看，"我告诉山姆，"我们必须带走些东西，拿些可以让我们知道他到底在密谋什么的证据。也许，幸运的话，他会和梅尔文有书信联系。"

山姆点了点头，但他刻意看了一下他的手表。如果有什么警报系统，事情就麻烦了。不过，我怀疑这儿没有。一个习惯于远离现代文明的人不会指望出了事靠拨打"911"来拯救自己。我们此刻的安全由半自动手枪保证。如果屋子的主人在这儿，或附近，他早就向我们开火了。目前看来，我们暂时安全。

"我们要文件，"我告诉山姆，"或者是电子文件。任何看起来有用的东西，明白吗？就十分钟。"

"五分钟。"他边说边去找东西。

这个小房间的角落里塞着一张小桌子，由乡村风格的朴素抛光枫木制成，和其他所有东西一样干净整洁。我把抽屉拉出来，倒掉里面全部的东西，查看抽屉的后面和底部。既然我们不能消除私闯民宅的痕迹，干脆一不做二不休。我没发现任何重要的东西，大多数东西都是收据，上面的墨水看起来不是很清晰。我把这些收据都抓进我的背包里。

我戴着手套，所以没有留下任何指纹。我把所有看起来没用的东西都放回抽屉，再把抽屉放回原处。我又查看衣橱，里面有一个巨大的枪支保险柜，我盯着它，发现上面有一个鞋盒。打开鞋盒，我看到更多的收据，也被我塞进了背包里。有一张收据落在了保险柜后面，我只好在那里来回摸索，手指掠过了与这里物品不相符的锋利边缘。

我一推，竟然动了。原来是个磁性开关。我把这东西从保险柜里拿出来，它是一个带有滑动顶部的盒子，里面装着一个 U 盘。如果不是掉了一张收据，我根本不会发现。它所在的位置在搜查中极其容易被忽略，而枪支保险柜又大又重，不费一番功夫根本无法移开。

我捡回那张掉下去的收据，和 U 盘一起放在背包里。

"有什么发现吗？"山姆喊着问道。

"收据，一些打印文件和一个 U 盘。"我说，"没有发现电脑，只有一根电源线。他肯定把电脑带走了。你呢？"

山姆出现在门口，我看不懂他的表情。我从衣橱里退了出来，走向他。"你最好看看这个。"他说。我知道肯定是我不想见到的东西，但还是跟着他进了主卧。主卧里干净有序。我想知道木屋主人是否当过军人，因为所有东西都一尘不染、闪闪发光。即便有指纹，我也不可能找到。

山姆打开一个壁橱。它看起来像一个普通的食物储藏柜，高度刚好放八层架子，上面装满罐装食品和杂货。不管这个浑蛋是谁，我现在知道他喜欢吃罐装金枪鱼，使用快热砂锅。

山姆把手指放到嘴边示意我不要出声，然后推开架子。只见架子向后转动，但没有发出"吱吱呀呀"的声音，后面是一组楼梯。感应灯亮起来，照亮了一面廉价仿木镶板墙。而台阶的底部仿佛有活物蜷缩在那扇带钥匙锁的铁门后面。黑暗中，我感受得到它在寒冷空气中的气息。我无法呼吸，无法活动，我觉得它在看我，寻找我的弱点。

我的脑海里回想起梅尔文那间完美藏匿在家中的酷刑室，回想起静湖上方山丘中深藏不露的小屋地下室中，朗赛尔·格雷厄姆兴趣盎然地重造的恐怖场景。我四肢变得疲软无力。这一切就是噩梦重现。

我们慢慢地走下楼，小心翼翼。山姆可能担心脚步声，但我毫不担心。我担心的是隐藏的陷阱和绊网。这地方感觉像是地狱，阴森恐怖，让人胆战心惊。

"停。"山姆走到最后一阶时，我低声说道。他离门大约还有一米多的距离。他听到后，停了下来，看着我。我一直盯着铁门的表面，慢慢地摇了摇头，"有问题。别去。"

"格温……"

"求你了，山姆。"我感到一阵恶心，浑身颤抖，痛苦不堪，"我们必须离开。现在。马上。"我不能未卜先知，也没有任何洞悉世事的天赋，但我有直觉。和梅尔文·罗亚在一起的那些年，我忽略了自己的直觉。我本应该觉察到他在做什么，在我的屋檐下犯下了何种罪行。而我从来没有，至少没有下意识正视过它。

我不允许自己再犯同样的错误。我不知道山姆碰到那扇门后会发生什么，但我的直觉告诉我一定有问题。这不是两个业余小偷的小打小闹，而是联邦调查局该接手的大案。这地方很压抑，我觉得我被监视了。

山姆接受了我的决定，我内心万分感激。在这种情形下，大多数男人都会无视我，径直向前。当我们就快到楼梯的顶端时，一阵低沉的叹息声传来。我们没想到楼梯底部的门打开了，随着一阵微弱、几乎听不见的"咔嗒"声，山姆停了下来。我不知道那扇门里会出来什么，我也不想知道了，我抓住山姆，向前冲去，穿过书架，从壁橱里出来，拖着他和我一起走。

谁知，山姆刚确认了门廊没有危险，就有**什么东西**感应到我们，把我们大力提起扔到了屋子另一边。我举起双臂，交叉在面前，蜷起双腿，本能地保护大脑和腹部，几乎没有感受到自己撞到了墙上。我也没感受到地板的撞击，只觉得突然间自己就出现在那儿了，躺在木头上茫然失措，看着不知从何而起的橘黄色的火焰包围整个房间。我不明白到底发生了什么。

我感受到一股热浪，然后看到屋顶被移走，就像被一个巨人抬起。我们开的灯像蜡烛一样熄灭了，我看着星星和树木，所有东西都烧着了。

第五章

格温

　　有人朝我脸上泼了冰水，我醒了过来，咳嗽着，冷得发抖。然后我翻过身来，又忍不住咳嗽了一会儿，随后便开始恢复意识，感受到来自背部、腿部以及手臂的疼痛。我的大脑善于分析受伤情况，它告诉我事态不是很严重。我希望这不是幻觉。我的头如果受伤了才更令人担忧。我嘴里满是烟灰的味道，于是盲目地抓住那个在我脸上泼水的水瓶，漱了一下口。我把那口水吐在地上，然后大口大口地喝水。这也许是个错误的举动，因为过量的水猛烈地撞击着我的胃。

　　我收回腿，左右摇摆了一下，找到平衡点，努力让自己站起来。我发现自己在树林附近的空地上。山姆正跪在我旁边，他的情况比我糟糕多了，血从他头上的伤口流出来。他试图站起来，却摇摇晃晃地歪向一边。我赶紧去扶他，他痛得龇牙咧嘴，用手按住肋骨。"我们是怎么……"我转身面向小屋。

　　那是个地狱。一看到它，我就瞠目结舌。可是我回忆起昏迷前我们还是在小屋里的。我左思右想，感到迷惘。**我们怎么出来的？**

　　"我拉你出来的。山姆，你怎么样？"一个我从未听过的声音传来，是个男人的声音，他站在稍远处，看着大火。他身高超过一米八，穿着黑色簇绒大衣，我现在也很想有这样一件衣服。他移动时，脖子上项链的金章反射着亮光。我猜他是警察，但徽章很不一样。我的眼睛无法聚焦，没办法立即辨认。他是非裔美国人，说话带有些许南方口音，听起来和蔼可亲。我知道他在上下打量着我，仔细掂量着我的分量。从烧着了的小屋吹扬出的一股热风折回时掀起了他的大衣，我留意到他下面还穿着防弹背心，背心上印着"FBI"。

"我是麦克·鲁斯提格。"他说，"你们都是白痴。到底发生了什么？"他没问我，而山姆在变换姿势时痛得龇牙咧嘴。"说来话长。"

"你说你要四处看看。你到底做了什么？"

我头脑清醒了一点儿。这是麦克·鲁斯提格，山姆在联邦调查局的朋友。鲁斯提格骂人的音量越来越高。我希望他能小点声儿，因为他的声音在我耳边仿佛惊雷，轰隆作响。

"下面机关重重，"我告诉他，"就在木屋的地下室里。我们没有开门，但肯定有人开了。万幸的是我们在爆炸前逃了出来。"

"不是运气。"山姆说，"是因为你嗅到了陷阱的味道，我却没有。"

鲁斯提格扫视着我们，"那你们不知道里面有什么吗？"

"不知道。"

"该死的！"他说，"他可能在下面藏了什么东西，甚至可能是俘虏。"

我毛骨悚然，"你是在说……那儿有人？我们本来可以救出他？"

鲁斯提格只是看着我们。山姆终于动了一下，说："天哪，麦克。你知道这家伙多少事情？"

鲁斯提格无视了这个问题，"我要带你到城里去检查一下，伤口需要缝合。你一直侧着身，是肋骨断了吗？你呢，普罗克特女士？"

"别转移话题！"山姆大声说道。

鲁斯提格的目光越过我们看向着火的小屋。我知道，损失无法挽回了，这个地方已经被烧成废墟。他叹了口气，"这会引起人们的注意。消防车可能已经在来的路上了，他们对这里的山火很重视。赶快上车，我一会儿再跟你说明情况。"他转身走进树林里。我站在原地，愣了好一会儿，依然不明就里。一切都非比寻常，但也或许是我的大脑受到冲击而无法正常思考。山姆把手搭在我的肩膀上，默默地催促我跟上他向前走。我不断地回头看那熊熊燃烧着的地狱，火舌朝天空狂舞。

那个房间里有什么？那些人到底是谁？他们不仅仅是黑客，也不仅仅是敲诈团伙。我不知道我是否有足够的勇气去面对答案。

我们坐在联邦调查局特工的越野车后座上，既感到欣慰，又觉得不可思议。我相当肯定，车门不是一拉把手就能打开的。鲁斯提格在出去打电话前，从保温瓶里给我们倒了杯浓浓的黑咖啡。我贪婪地喝着，想从中索取的更多是温暖，而非味道。山姆沉默不语，我也不发一言。透过树林仍然可以看见火光，火焰朝我们的方向蔓延而上。最终，我问："他就是你的朋友，鲁斯提格特工？"

"是的，我们一起服役。"山姆说，"他加入了联邦调查局，而我另有打算。"他盯着外面的火，但目光突然转向了正在车外打电话的鲁斯提格。鲁斯提格正来回踱步，可能是为了保暖。我觉得山姆在不经意中表露出了焦虑。"他有事情没告诉我们。"

"我懂了。"我边说边转动身体以减缓疼痛感，醒来之后疼痛感更强烈了，到现在也没有消失，"你有没有想过，他可能在利用你，正如你在利用他一样？"

我本以为他不会回答我，没想到他告诉我："他是个好人。"说这话时，他的眼睛始终没有离开鲁斯提格。

"他准备杀了我们。"我说。

"不。"山姆说，与我四目相对，"是**你**差点儿害死我们。我们应该在外面等着，而不是私闯。**可你**非要进去。"

他说得对。正因为他说得对，我才生气。但我也知道现在发生争执毫无必要，所以我紧咬着嘴唇不让自己说话，以免冲突升级。我累了，受伤了，而且强烈预感我们无意中触发了什么，事态将一发不可收拾。而我们从那间木屋里得到了什么呢？没什么，只有一个塞满收据的背包。那些收据还可能没有任何作用。

我说话时声音有些颤抖，"你觉得房间里有什么——"

"别想了。"山姆用胳膊搂着我说。他的行为出乎我的意料，但我很喜欢。我们俩身上都散发着臭味，我却毫不介意。"我们无法预料他藏了什么，他也绝不会让我们找到。"

"要是那儿有人……"

"不，"他说，"如果刚才走下去，你会遍体鳞伤的。别这样。"

我知道他不愿去想象。但我必须假设最坏的情形：门后有一个年轻的女人，也许和梅尔文的受害者年龄相仿，她被残暴囚禁，被捆绑起来。如果有人来找她，她就会被活活烧死。

"但也许是屋子的主人自己。"我说，"是他在下面打开了门。"

"这是较为乐观的想法，"山姆先赞成，又摇摇头，"那扇门打开的时候，我正盯着把手，它没有转动。另一边没人。可能是遥控爆炸。"

"你的意思是我们碰到了某些感应器？"

"也许。也可能有人在监视我们，等我们上钩。如果我们没有……"

这就对了。我听到里面一直有"滴答"声。在楼梯上时我就有一种强烈的被监视的感觉。现在看来，我的预感很对，一定是有人躲在监控器背后，看着我们翻遍了整个屋子。"他在监视。"我表示赞成，"而且他不在屋子里。他用遥控器打开那扇门，引爆了炸弹。他肯定在附近。"

"不一定。他可以通过应用程序完成所有的操作。"山姆笑了笑，"就像你在家里安装摄像头一样。"

他说得对。我曾经用网络摄像头监视静湖的房子，我可以随时随地远程访问和监视。这些工具很常见，随处能买到。"那门怎么解释呢？"

"也有一些无线网络安全应用程序可以锁门和开门。"他说，"可能在我们闯入的那一刻起，他就在监视我们。一旦我们找到秘密楼梯，他就等着我们下楼去开门，自投罗网。可能他自己进去时会发送一些解除陷阱的信号，但如果我们走下楼梯的话……"

"他就会引爆炸弹。"我把话补充完整，"这样的话，他在哪儿都没问题了。我们什么也得不到。"

"不一定。"他说，朝着扔在我们两脚间的包点了点头。里面塞满了各种收据。我希望那是有用的。"格温，记住……"

不管山姆准备告诉我什么，都被鲁斯提格打断了。鲁斯提格猛地打开门，说："我告诉你们接下来会怎样。一切都失控了，警察、消防、救护车都会来。而我要去申请联邦司法管辖权。你们两个会被送去医院，但在我到之前，你们不要离开，也不要回答任何问题。明白吗？"

"麦克，"山姆说，"到底发生什么了？"

鲁斯提格的表情有两种含义：一种表示在这儿说不合适；然后他的目光落在我身上，表示不想让我听到。为什么？他知道我是谁，也知道我前夫是谁。他可能不相信我，不能放下一切防备。很公平，我也根本不相信他。他有警徽和警枪，越野车的门不能从里面打开，这些都让我心生戒备。他是山姆的朋友，不是我的朋友，我没有那么容易相信他。

鲁斯提格再次把门关上，阻断了凛冽的寒风。他靠在越野车上，这时候第一批救援人员到了。一辆黑白相间的州警察局越野车转了个弯后在我们旁边停下来。虽然没有鸣笛，但是一闪一闪的灯光将这里的一切烘托得冷酷无情且陌生，甚至连山姆的脸也变得陌生了。我又一次试着开门，却依旧打不开。我的心怦怦直跳，环顾四周寻找任何可利用之物。我迅速反应过来，我**可以从座位上溜到前面，再从那里离开**。我让自己安下心来。车里的杂物箱里可能还另外藏了一把枪。如果没有，我几秒钟就能溜出去并逃跑了。在树林里，他们得花很长时间才能追到我。

这当然只是理论上的逃亡计划。我一感觉到有丝毫危险就会在脑海中排练各种逃亡计划，准备采取行动。这些练习给予我巨大帮助。多年来，我一直在头脑中反复练习逃脱和攻击的技艺，早已训练有素。我和孩子们的生存都有赖于这些行之有效的脑中模拟。

"所以，我们该怎么说？"我问山姆，"因为真相并非表面所见。"

"尽可能接近真相。"他说，"我们说我们是来找答案的，然后发现木屋的门敞开着，就进去看看是否有人受伤了，结果发现了密室，幸好及时逃了出来。"

这种说辞并非说我们是无辜的，但也不意味着是我们带了炸药把这儿炸成碎片。我点点头。**门敞开着，**我在脑海中构想我们谨慎地进入房间，大声叫喊，发现受伤的人的情景。我想象着，直到它几乎成真，然后我继续想象，直到它成为现实。想要坚定不移、不露声色地撒谎只有一个办法：你自己必须相信这个谎言就是事实。

所以我想方设法让自己相信。当然，如果门没有完全烧毁，让他们判断出来它是锁着的，那我们就完蛋了。但考虑火势之大，我认为我们在这点上是安全的。

越来越多的车聚集在我们周边：两辆消防车，一辆救护车，另一辆也许是林务局的公务越野车。消防队员们把大量的软管运进森林中，对准大火。我听到一架轻型飞机从头上飞过，上面的人正在观察火势的蔓延。

消防队员花了将近一个小时将明火完全扑灭。本已黑暗的夜晚被紧急车辆的闪光灯和车头灯照亮，不同来源的红蓝灯光有序更替，把所有东西都映成半紫色。我闭上眼睛休息。意识到旁边的门被推开时，我顿觉惊讶。我迅速挺直身子，看到了一位身穿不合身制服的医护人员，这是一位年轻瘦弱的非裔美国人。"女士，"他操着浓重的佐治亚口音，"我得给您检查一下。您能跟我到救护车那儿去吗？"

"当然可以。"我从越野车出来时松了一口气。毕竟，现在看来，我不再需要逃跑了。另一名医护人员正引导着山姆进行检查。我们检查完之后就一起在急救车上休息。山姆被初步诊断为轻微脑震荡和肋骨断裂，要被送往医院，我因为头疼欲裂也得去。但我不想把我们的东西留在麦克·鲁斯提格的越野车里，或放弃我们逃跑用的交通工具。于是我拒绝了医护人员送我去的建议。当他们把山姆送进救护车时，我将我们的东西搬回自己租来的车里。幸好山姆把它停在了远一点儿的地方。

我在封锁区外倒车，倒到一半时，麦克·鲁斯提格走到了车尾处，我不得不紧急刹车，以免撞到他。我一停下来，他就走到驾驶座那边，敲了敲车窗。我降下窗，"我自己开车去医院。我在那儿等你。"

他告诉我："你们两个必须正确对待这件事。你准备好了吗？"他目光严厉，让我明白最好乖乖照做。我点点头。"不要离开医院。我会尽快赶到的。"我再次点头，并且倒车，跟着救护车沿蜿蜒的山路行驶，离开那个已经化为灰烬的地方，那个我们本希冀有所发现的地方。

医生给我做完检查后，我做的第一件事就是坐下来给哈维尔打电话，尽管现在将近凌晨5点。我没告诉他火灾的事，也没告诉他死里逃生的事。我只告诉他我和山姆还好。他知道了我们在医院，谢天谢地他没有问太多问题，我也不需要撒谎。

"孩子们怎么样？"我问哈维尔，我对吵醒了他这件事感到内疚，但是听到他的声音对我是一种极大的安慰，"他们还适应吗？"

"我也不知道。"他坦率承认。他压低了嗓门儿，我听到了衣服的"沙沙"声和脚步声。我推测他穿上了外套，走到了门廊上，因为我透过话筒能听到微风轻柔的"嘶嘶"声，还有椅子吱吱作响的声音。"今晚真冷。孩子们都很好，但我不能说他们很开心。因为他们知道你正处于危险之中。兰妮很想离开这房子，康纳只是看书。这正常吗？"

"算是吧，"我说，"告诉他们，我爱他们，好吗？"

"当然可以。"哈维尔犹豫了几秒钟，打了个哈欠。打哈欠是会传染的，我也开始打哈欠了。我这才意识到自己是多么的精疲力竭，又打了个哈欠。

"你不舒服，格温，我能够感受得到。"

"我还行。"

"你快回来了，对吗？"

"我也不知道，"我轻声说道，"我尽量吧。"

挂断电话时，我发现我的胸口很闷，喉咙因为压抑哽咽而感到疼痛。

进了急诊室长达8个小时后，山姆被确诊为肋骨断裂和轻微脑震荡，我则被告知头疼会持续一整天（尽管我服用了大量非处方止痛药，仍旧很痛）。山姆的肋骨包扎好后，我们又被告知不需要负担我们本也负担不起的治疗费用。这时，我发现有三个穿着制服的白人男性在走廊里等着我们，他们的身材几乎一模一样的魁梧，能看得出有过一段在高中担任后卫球员的光辉岁月。三个人的头发都理成圆寸，暴露在外的皮肤被晒得黝黑。鲁斯提格远远地站在一边，身着联邦调查局的防弹衣，佩戴着警徽，脸色阴沉，两臂交叉，靠在墙上。光线良好，能看见他的脸上露出难以捉摸的表情，比起愤怒的皱眉，更像是讥讽的笑容。

那三位警官的表情就像佐治亚斗牛犬，其中脸色最好的一脸冷漠，最坏的则满脸敌意。"凯德先生？罗亚夫人？"

"是女士。"我脱口而出，然后才意识到对方是用我以前的名字称呼我的，"不是罗亚。我叫格温·普罗科特。"

"我拿到的信息是吉娜·罗亚。"他说道，嘴角微微扭曲。他表情严肃，不然我会以为是在嘲笑我。"女士，您跟我来。"

我瞥了麦克·鲁斯提格一眼。他耸了耸肩。"在这次战斗中，我只有孤军一人。"他说，"去吧。"

我和山姆交换了一下眼神，我向他点头，表示自己还好。在走廊挑起争斗毫无意义，也没有任何益处。我乖乖跟着这位警官走到拐角处，进了一间候诊室。他示意我坐到角落的位置，那儿离门口最远。出于习惯，我的大脑还是马上运转，策划逃跑路线。鲁斯提格没有跟进来。

这位警官带我进来后，几乎立即找借口离开了，还关上了门。我看着手表并开始计时。我想他至少会晾我一个小时。这是标准做法。对他们而言，询问对象越心绪不宁，越疲惫不堪，出错的可能性就越大。

佐治亚州的一般做法应该是两个小时，但警官回来的时候已经快过去三个小时了。他坐在我旁边的椅子上，如此靠近，让我很不舒服。我觉得他是想恐吓我，这让我很烦躁。如果他知道我是谁，他肯定明白我的承受力绝对不同常人。他身上有汗水和烟雾的味道，意味着他刚才在小木屋里，或者带着小木屋里的东西。他左手的袖子上有一块血污，既然我已经看到了，就无法假装没看到。他是因为帮助别人还是为了揍别人才沾到的？虽然有时候，你不得不揍一个人才能帮另一个人。

"那么，"我对他说，"警官……"

"女士，我叫特纳。"

"特纳警官，用曾用名来称呼我，是高压攻势还是叫错了？"

他往后靠，用一种执法多年的警察式表情看着我，塑料靠背吱呀作响。

他在考虑采取哪种方法，威吓，还是施展乡下男孩儿的魅力。两种方法对我都没用，但看着他进行内心斗争倒是让我乐在其中。

他最后决定施展乡下男孩儿的魅力。他再次说话时，声音变得柔和起来。他拉长语调，撩人心弦，甚至还露出腼腆的笑，"我承认我是想扰乱你的思绪。如果这让你不高兴，我很抱歉。你介意我们现在开始吗？"

"特纳警官，"我带着假笑回答道，"我能为您做些什么？"

"女士，我只需要你从头告诉我，你是怎么到那个小屋周围的。你是怎么找到那里，发生了什么之类的。"

我叹了口气。"不知道我能不能问你要一杯咖啡呢？"

他妥协了，但只是走到门边，拉开，向外面的某人示意，点了我要的咖啡。他满脸笑容地回来时，我正在全力思索回答方式，没有很留意他的笑容。"好了。"他又坐了下来，说道，"你想说什么？"

我随便地回答："我没有什么想说的。"并要求找一位律师。我并不确定我是不是真的需要律师。现场的证据可以从多个方面解读，而我和山姆都不打算回答问题。因此，我说："介意我先问一个问题吗？"

他考虑了一会儿，然后点点头，"问吧。"

"屋子里面找到尸体了吗？"

他考虑许久，然后慢慢地摇了摇头，说："我不能告诉你。那么，到底是什么把你带到了那个小木屋呢，普罗克特女士？"他可以对我隐瞒事实，这在审讯中是个亘古不变的传统。

我说了一些事，其中的一部分是真的：我希望找到一些信息，看看到底是谁在协助我前夫逃避抓捕。这引起了这位警官的注意，但他没有打断我。这正是山姆刚才和我协商的。我们已经决定了，说出真相就是最好的防御，当然，不是全部的真相。当你有一个阴险狡诈的前夫，任何多余的解释都会引起怀疑。我告诉特纳门是开着的，告诉他我们如何小心翼翼地往里走，就好像我又重新排练了一遍。

"那你们发现了什么？"

"什么都没发现。"我撒谎，像呼吸一样从容自在。我不打算放弃我和山姆拿出来的东西，"我们没有时间。"

"你们只是……走进去？"

"门是开着的，我们以为里面的人可能受了伤或身陷困境了。"

"你们没想过屋里的人会因为你们闯入而把你们打死吗？"

我耸耸肩，不作回答。愚蠢不是罪名。特纳警官套不出什么话了。当然了，除我和山姆都携带武器这一情况外，但这是合法的。私闯民宅充其量不过是微乎其微的指控，他也不想自找麻烦，除非他觉得他能在这个罪名之外发现更大的罪名。

特纳警官变换了肢体语言，表现出一种"让我们坦诚相待"的态度。他身体前倾，胳膊肘撑在腿上，手合在一起。"普罗克特女士，"他说，"田纳西州当地的官员正在仔细检查你在静湖的房子，寻找你与你前夫有联系的证据。我们在分析你的通话记录，知道你在他越狱前去探视过他。在结果公布之前，你有什么想先坦白从宽的吗？这样可能对你有好处。"

问得真业余。我经历了多次审讯，见过比他好得多的审讯员，也见过比他糟糕得多的审讯员。我盯着他沉思了一会儿，然后说："特纳警官，我恨梅尔文·罗亚。他正在追杀我。你知道那种感觉吗？你真的以为我想帮他吗？假如给我一把枪，让我站在他面前，我会毫不犹豫地朝他脑袋射击。"我严肃认真地说，语气里的恨意差点儿让我自己都喘不过气来。

特纳慢慢向后靠，双手平放在大腿上，眼神和所有一味索取却从不回报的警察一样晦涩阴沉、冷酷无情。尽管他笨手笨脚，但也是个骗子。

有人敲了敲门，特纳站起身，取回了两个杯子。他递给我一个，我感激地拿来暖和我冰冷的双手。咖啡的存在在这里本身就是个错误，但至少它是温热的，还能减少医院的血腥味。这个地方充斥着无聊、恐惧和绝望，沙发上也充斥着没洗澡的人身上的臭汗味。角落里有一个又小又凄清、供孩子们玩耍的游戏区，现在已经被废弃了，但让我想起了兰妮和康纳。当汽车撞进梅尔文的车库，向世人揭露梅尔文那人听闻的滔天罪行时，兰妮十岁，康纳才七岁。在我看来，他们永远都停在那个年纪，那个脆弱敏感、容易受伤的年纪。

"你想告诉我地下室里有什么吗？"我突然凌厉地看向特纳，向他发问，无疑吓了他一跳，"不管有什么，有些人都不想让任何人看到。"

"里面已经被彻底摧毁了，"他告诉我，"暂时没有人去仔细查看。还需要几个小时才能确认那里有无危险。我们还是有可能找到尸体的。"

我非常不希望他们找到尸体。我点点头，然后一口气喝完杯中剩余的咖啡，说："好了，我现在要走了。谢谢你的咖啡。"他站起来挡住我的路。我盯着他，嘴角微微翘起，"除非你想逮捕我？"

他也知道什么都问不出来，便虚张声势地说："普罗克特女士，坐下，我们再谈谈其他的。"

我没有回答，径直朝门走去。在最后一刻，他让开了。非法拘禁我没有任何好处。他很聪明，知道没有足够证据定我的罪。是的，小屋着火了；是的，我当时在场，但是目前已有足够的证据证明那里布置了陷阱，而我，只能说福大命大，逃了出来。虽然他们掌握了很多证据，并尝试分析，但无论怎么分析，都与我以及我私闯民宅没有太多关联。

我依旧大步走着，越过他走向门口。他的声音从背后传来："罗亚夫人，我们还会见面的。"这种说辞只是发泄怨恨罢了，我对此置之不理，头也不回地往前走。走出候诊室，我立刻如释重负，深吸一口气，喝完手里的咖啡，然后扔掉杯子，开始查探山姆关在哪里。

他还在另一个候诊室被别的警官审讯。我又环顾四周寻找鲁斯提格的身影，却一无所获。我没多想，我觉得他不会把我们丢在这儿。我坐下来等，一会儿看门，一会儿看我的手表。山姆的谈话时间至少是我的两倍，他出来的时候已经将近6点了。他看起来一点儿也不烦躁，还在喝咖啡。他一饮而尽，扔掉空杯子，然后走到我身旁。我问："你还好吗？"

"没有什么是我处理不了的。"他回答，但眼里还残留着暴怒。我想知道警察跟他说了什么。肯定很不愉快。

"你朋友麦克去哪儿了？他帮了我们很多忙。"

"他是帮了我们，"山姆说，"他必须离开这儿回案发现场。"

"那他告诉你什么了？他跟你讲过什么吗？"

"回家吧，"山姆说，"忘记发生过的一切。"我很肯定他的意思是回到静湖，从此静心潜伏，备好武器，等待我前夫来找我们。但我不认为我们能保护好自己。我似乎看到梅尔文出现在我们身后，就像恶魔一样。我似乎看到他杀了哈维尔和凯姿，似乎看到山姆死后躺在地上。我似乎看到孩子们独自面对他们的父亲。我没有信心可以拯救他们。

"我们不能就这样放弃，"我说，"先看看我们拿到了什么吧。鲁斯提格会告诉我们他们在地下室的发现吗？"

"也许吧。"山姆说，这并没有让我感到振奋，"这件事可能会毁了麦克这条线。我们拭目以待吧。别，不需要道歉。"我已经张嘴准备道歉了，听到这句话我迅速闭嘴。"我已经毁了以前为抓住梅尔文而连的所有线。你要明白这一点。"

我不知道他所说的线是否包括我们连在两人之间的那一条。我觉得大部分时候我都能理解山姆。但说到这件事……可能是我自欺欺人，也许吧。尽管他为我和孩子们不遗余力，尽管我允许自己向他敞开心扉、暴露弱点，他也表现出了感激的情绪……但是，最后如果要在我和梅尔文之间做选择，他可能会毫不犹豫地选择利用我来杀了我前夫。这很公平，因为我可能也会做同样的事情。我们最好不要讨论这件事了。

医院周围都是穿着制服的警察，但我们出去的时候并没有人阻拦。我们的车还在停车场里，上着锁。我们开着车转向主干道时，山姆深吸了一口气。车子在限速范围内加速向南行驶。"太好了！"他说，"我们离开这里吧。接下来要去哪里？"

"就到附近的小镇吧，"我告诉他，"我们就待在本地，但不要在警察的眼皮子底下。找个汽车旅馆吧。"我本打算说找个中等价位的地方，但我的直觉告诉我，如果梅尔文得知此事，他和阿布萨隆就会来找我们。在这个地方，可选择的住处很少，他们肯定会优先搜索便宜和不需要实名登记的地方。"我们找个供应早餐的好旅馆，鲜有人问津那种。"

山姆点了点头，递给我一本小册子。"从医院的礼品店拿来的。"他说，"里面应该有些广告。"

第六章

康纳

格雷厄姆警官告诉我永远不要提起这件事，我言听计从，并非因为我不知道他是个坏蛋——我早就发现他不是好人了。他用脏话恐吓我们，而且在拽我们出房子时还弄伤了我们。但我还是永远不会告诉别人他给了我什么。如果我说出来，妈妈一定会拿走它并丢掉，我不想那样。

我关掉朗赛尔·格雷厄姆给我的手机。在那间地下室里，我想要用它打电话，可一点儿信号都没有。妈妈找到我们时，我关机取出了电池，因为我不希望它发出响声，也不希望有人通过它来跟踪我们。

我真的不知道为什么自己还没有扔掉它或埋了它，或告诉别人我有这台手机……它属于我。格雷厄姆警官说："**这是你爸爸给的，它只属于布雷迪。只属于你。**"

这是我爸爸给我的信物，即便我知道我应该舍弃，但内心千万个不愿意。这是我唯一拥有的来自他的东西。有时候，我会想象他站在商店里，看遍了所有的手机，然后挑出他觉得我会喜欢的那个。当然现实也许并非如此，但是我愿意想象成那样，愿意想象成他非常在乎我，为了给我挑礼物煞费苦心。

幸亏这台手机和我以前那台不值钱的手机非常像，而且都是一次性的。我已经学会用触觉来区分它们了——妈妈给我的那个摸起来有点儿粗糙，爸爸给我的这个像玻璃一样光滑。两台手机的充电器刚好一样，因此我会随身携带其中一台，另一台就放在床底充电。这样的话两台手机都会有电。爸爸给我的那台手机一直处于关机状态，我从没有开过机。电池就放在我口袋里，随时备用。

我刚从口袋拿出爸爸给我的手机——不是拿出来用，只是看看而已——兰妮就出现了。她靠在我房门上说："你是不是进过我的房间？"

我本来就偷偷摸摸的，她的声音响起时，仿佛聚光灯一样照在我身上，亮白炽热。一不小心，手机掉在了地板上，我看着它在地上翻滚，最后停在她脚边。我感到口干舌燥，生怕她马上皱着眉说：**"这不是你的手机，你从哪儿拿来的？"** 那样的话，一切就露出马脚了。大家都会生我的气，因为我没有第一时间交出手机。之后他们就会一直以异样的眼光看待我。他们会怀疑我是不是和爸爸一样。

没想到兰妮只是嗤笑了一声，说道："小心点儿，毛手毛脚的。" 然后捡起手机丢回给我。我赶紧接住并塞进口袋，手还在颤抖着。妈妈给我的那台手机还充着电，我用脚胡乱地把它踢进床底。我看得出来兰妮并没发现那台手机。"你是不是进过我房间？进去干什么了？"

"我没有，"我回答道，"为什么这么问？"

"我的门开着。"

"我没去过。"

兰妮交叉双臂，皱着眉看着我，意思是她压根不相信我的话，"那你为什么看起来像心里有鬼？"

"我没有！"我说。我知道我的声音听起来很慌张，我真不适合当骗子。

"你是不是拿走什么了？你明知道我在找东西。"

我想也没想，径直站起身，推走她，然后锁上门。还好我锁上了，因为她立刻开始扭动把手。

"我不想理你了！"我冲门大喊，然后躺在床上。

我从口袋里拿出爸爸给我的手机，不停地翻转着。手机是黑着屏的，我盯着看了很久，才伸手进口袋拿出电池。我打开后盖，把电池放进去，然后把手指放在"电源"键上。兰妮终于走了，也许到处去抱怨我是个坏孩子了。正常情况下她会找妈妈投诉。

我轻轻地按着按键，力道并不足以按动按键开机。如果我开机的话，会发生什么？爸爸会知道吗？会给我打电话吗？他为什么要我一直带着它呢？其实我知道原因，他可以在手机待机时进行追踪，这样就可以找到妈妈和我们。因此我不能这么做。

但追踪是需要时间的，身体里的某个我说道。那个"我"熟知所有的风险，会告诉我哪些东西安全，哪些东西不安全。**如果只是开机查看然后又取出电池，他是追踪不了我们的。又不是变戏法。**

这可能是对的，也很有道理。我可以开机看看他有没有给我打电话或发短信。这是可以的，不是吗？我不会读任何东西或听语音邮件。我就只是打开看看而已。

我又把手指放在按键上，并停留了一会儿。我觉得时间并不够长，因为我放开手时，屏幕还是没有亮。但它突然在我手中嗡嗡作响，好像有东西在叮我。手机屏幕亮了起来，"你好"的字样跳出来，然后又跳出"搜索信号"。

我屏住呼吸，心有些痛。我身体前倾，仿佛有人打中我的胃一样，即使手机屏幕暗了又亮，我也没办法移开视线。粗糙的图标很小，很难看清，但我也能看出手机上没有任何未接电话，没有语音信息，也没有短信。我按下"联系人"的图标，里面保存着一个号码。**是爸爸的号码。**

我应该立刻停下来。我应该停止操作，把手机交给别人。我应该把手机交给大人，而不是兰妮，因为兰妮只会拿石头砸坏它。如果埃斯帕扎先生和克莱蒙特女士拿到爸爸的手机号码，他们也许就可以先一步找到爸爸了。甚至在他伤害别人之前，在他找到妈妈或妈妈找到他之前。

但这样做会害死他的。我不喜欢我脑海里发出的声音，虽然很轻柔，却很坚定，听起来像是长大后的我。**即便他们在找到爸爸的那一刻没有开枪打死他，日后也会把他送进监狱，送进死囚牢房。这会害死他，而**

你是罪魁祸首。

我不喜欢这个声音，但它说的却不无道理。我不愿意想象我是害死爸爸的元凶，犹如轻而易举地杀害一条重病在身的狗。而此刻，如果我把手机交出去，我就会是那个凶手。爸爸相信我不会这么做的。**他相信我。**

开机的时间已经够久的了。我迅速长按电源键，直到屏幕上出现"再见"的波浪形文字，低像素的烟花升起，然后整个屏幕变黑。我把电池拿了出来，手还在颤抖着。我没有给他发短信，也没有给他打电话。我没有做错任何事，却感到恶心头晕，全身颤抖，就好像得了流感一样。

兰妮敲门时我差点儿从床上摔下来。敲门声听起来特别响亮，但下一秒钟我就发现这是我的错觉。

兰妮在尝试和我重归于好，她温柔地说："嘿，康纳？我准备做夹心米酥，你最喜欢的花生酱和巧克力口味。你愿意来帮我吗？"在一阵沉默后，她接着说，"小家伙，对不起。"

我现在非常需要姐姐。我不想再这么孤独了，也不想再失控了。所以我把爸爸给我的那台手机塞回口袋里，打开门，朝她露出一个又傻又呆的笑容，看起来很假。"好啊，"我说，然后关上我背后的门，"只要你把前三块都给我。"

"前两块。"

"你不是来道歉的吗？"

"两块代表我的道歉，三块就代表我是个蠢货了。"

感觉真好。这儿的一切都应该是这么美好的。埃斯帕扎先生在阳台上看书，克莱蒙特女士则准备去上几个小时的班。房子里萦绕着温暖亲切的气氛，兰妮满面春风地微笑。

我觉得我是做错事的那个人。我口袋里的手机就像是一颗随时会爆炸的炸弹。爆炸时一切美好都会被毁掉。

我看着克莱蒙特女士拿起她的包。她看向我时，给了我一个短暂而灿烂的笑容。兰妮正从橱柜里拿出食材，她是背对着我的，所以我也不再强颜欢笑了。"康纳？"克莱蒙特女士低声问道，"你还好吗？"

这是个好机会。我现在完全可以从口袋拿出手机交给她并坦白一切。这就是我的机会。但我想起我在视频网站[1]看到的纪录片，里面那个人被绑在椅子上，狱警在他手臂上注射毒药，然后他就死了。这让我想起我爸爸。所以我说："克莱蒙特女士，我没事儿。"

"叫凯姿。"她跟我说。她已经说了四次，也许她确实想我那么叫她。

"凯姿。"我说，然后强迫自己笑出来，"我真的没事儿，谢谢你。"

"好吧。但如果你不开心，我可以打电话请假的。知道吗？"

我的手指头在口袋里轻轻敲击着那个手机。"我明白。"

---

[1] 指 YouTube，美国视频网站。

第七章

格温

山姆拿来的那本旅游小册子大有裨益，今晚我们有个完美的暂住地。我看着折好的纸质地图，发现那个地方离马克维尔大约 32 公里——足够远离出事地点，也避开了情侣出游的热门地点，更不可能是梅尔文或者阿布萨隆会看上的地方，真是极具魅力。

我们到达时，发现定位准确无误。这个暂住地清爽宜人，干净整洁，还带有小型停车场。现在天太黑了，除了外面挂着的灯，我什么也看不见，但我想清晨的雾气会很浓，让整个地方看起来充满神奇色彩。这地方似乎是个典型的乡郊民宿，像退休金融分析师昂贵嗜好的产物——他们会不惜成本来翻新一栋虽然位于荒郊野地却富丽堂皇的老房子。我们走进去，发现里面干净雅致，到处都保存完好，闻起来有新鲜橘子的味道。

站在古董柜台后面的女士则异于我所想。她看起来三十多岁，有印度血统，穿着很可爱的镶有华丽金边的皇家蓝纱丽[1]，梳着整齐的发髻，真挚地微笑着欢迎我们。"你好，"她说，"欢迎来到晨兴度假屋。你们在找旅馆吗？"她略带清脆的中西部口音，但没有一丝南方口音，她的眼睛里有点儿神秘莫测。我不知道在这个乡村她的生活有多艰难。可

---

[1] 印度、孟加拉国、巴基斯坦、尼泊尔、斯里兰卡等国妇女的一种传统服装。

能非常艰难。

"是的，谢谢。"山姆边说边站了起来，她打开一本登记簿，山姆草草写下名字，笔迹潦草得不可辨认，"一个房间就行，双床的。"

她把我们上下打量了一番，浏览一下登记簿，告诉我们："很不幸，我们的单间只有一张单人床，倒是有一间双床的套房。"她抬手指了指那几乎空无一人的停车场，耸耸肩，"我可以给你们打个大折扣。"

她说了一个低得令人震惊的价格。我们选择现金支付，她似乎也不觉得奇怪，也没有要求确认身份。我想，她可能对人们要求看她自己的身份证明深恶痛绝。我一时头脑发热，向她伸出手，她诧异地看着我的手，握了一下。"谢谢你让我们宾至如归，"我对她说，"这是个很美的地方。"

她环视着她精心照料的房间，容光焕发地说："我们很喜欢这个房子。我老公和我五年前买下它，花了两年时间重新装修。很高兴你能喜欢。"

"我很喜欢，"我说，"对了，我叫卡珊德拉。"我随便选了个名字，出自希腊悲剧。

"我叫阿以莎，"她对我说，"我老公基安在后面……"她被迫停下来，因为柜台后面的门"砰"的一声打开了。一个小巧的身影蹿出来，看见我们便停了下来。那是个可爱得让人心动的小男孩儿，有着乌黑的大眼睛，羞涩地微笑着藏在妈妈的纱丽褶子里。她叹了口气，随手把孩子抱了起来，抵在腰间。"这是阿尔琼，"她说，"向大家问好，阿尔琼。"

阿尔琼对此毫不掩饰地拒绝，带着这个年纪的孩子典型的倔强，毫不遮掩好奇地盯着我和山姆。我向他挥了挥手，他也向我挥了挥他的小手，然后又把脸藏了起来，依然面带微笑。我对康纳和兰妮这个年纪的时候记忆犹新，内心隐隐作痛，突然间仿佛真切感受到康纳挂在我手臂上，压在我腰间的重量，甚至闻到了他头发和皮肤的焦糖味。

阿尔琼推开的那扇门再次被打开，这次开门的是个大约十四岁的少女，穿着牛仔裤和淡粉色衬衫。她那头又直又长的秀发用镶有宝石的别针别住，包在闪闪发亮的头纱里。她好奇地瞥了我们一眼，接过阿尔琼。"对不起，妈妈，"她说，"他从我身边跑开了。"她看上去不生气，更像是无可奈何。

"没关系，"阿以莎说，"请告诉你爸爸我们来客人了，让他带上司康饼[1]。"

山姆看着我，无声地说出"司康饼"三个字，扬起眉毛，我忍俊不禁。我们一直在垃圾堆一般的汽车旅馆和越野车里睡觉，这个华丽舒适、芳香四溢的地方让我们觉得仿佛置身于天堂。

她女儿从那扇门走了。阿以莎则领着我们上了被仔细打过蜡的楼梯，来到走廊的第二扇门前。她打开门后就把两把同样的钥匙递给了我和山姆，钥匙上挂着写有"晨兴度假屋"的银色标签。"我马上拿司康饼上来，"她说，"晚安。"说完，她就离开了，顺便轻轻把门带上了。我插上了坚固的老式门闩，然后再检查我们的房间。

这个房间太棒了，客厅有两张古老而舒适的沙发，很符合这栋房子的主题，并没有我印象中的那种古板僵硬。房里还有几张可爱的小桌子和一台现代平板电视、两张书桌（一张卷盖式书桌和一张长条书桌），各自配有一张古董滚轴椅，垫着软垫的长椅旁有一扇巨大的观景窗户，能够在清晨看到群山壮丽的美好景色。但现在，我非常清楚外面夜幕笼罩，而我们在房间的光亮下几乎能被看得一清二楚。我拉上窗帘，微笑着转向山姆，"怎样？"然后张开双臂展示这个房间。

他正在研究那些蒂芙尼式灯的精美工艺，每盏灯都是优雅的紫色或绿色，仿紫藤花般的灯罩下垂着。他说："我们走运了。"然后挺直身子，把背包扔在壁炉旁的高背椅上，"这里太棒了，甚至还有司康饼。"

"我猜早餐也会很棒。"

"也许吧。"

我们对视了一会儿，我把背包放到桌子上，翻出那些收据，找到U盘，拿出笔记本电脑。墙上标有无线网络密码，但我并不着急也并不想链接网络。我插上电源线，玩弄着U盘。电脑开着，随时准备打开U盘里的

---

[1] 英式快速面包的一种。

文件。可不知为何，我还是有所迟疑。

我感到身后传来山姆的温暖的声音："我们必须弄清楚。"这话听起来没有我想的那么渴望。

我把 U 盘插进电脑，电脑桌面上弹出了一个窗口，里面是一个能够被查看的文件夹，其中有些是文档，有些是视频文件，还有一小部分是音频。看到这里，我难免心有不安。我想，万事开头难，还是从最糟糕的开始吧，于是点开了第一个视频文件。

起初，我难以辨别自己看到的是什么。但当我意识到这是什么时，我不由自主地向后退缩，把椅子转开，盯着窗帘，不敢再看屏幕。我听到山姆喃喃道："该死的……"然后也转过身去。我已经调低了电脑的音量，但那惨绝人寰的惨叫仍不绝于耳。我意识到自己浑身打起寒战，耳中嗡嗡作响，双手不住地颤抖。直到我紧紧握住自己的胳膊，把自己抓得生疼。房间似乎变得更加寒冷，恍然间，我仿佛闻到了冰冷的泥土和霉菌的味道，闻到了多年前我那被撞破的车库散发出的浓郁血腥和金属恶臭，那是梅尔文·罗亚的隐匿生活最终被曝光之时。

山姆走到我身边，按下暂停键，惨叫声停止了。如果能够啜泣出来，我会很庆幸，但是我并没有啜泣，只是大口大口不断呼吸，直至感觉能够鼓起勇气再次看向电脑屏幕。

山姆已经走开了几步，低下头，拳头紧握。如我一般，他正在回忆过去。我们的过去不尽相同，我不知道他回忆的内容，但从他紧绷的双肩、急促的呼吸中能看出，那是我绝对不想了解的痛苦。

他说："他们会找到尸体的。"我也同意。很庆幸我们没有打开那扇门去看门后的东西，也很庆幸那恐怖的景象不是我弥留于世时看到的最后一幅画面。山姆的声音沙哑低沉，我合上了电脑，起身向他走去。我没有触碰他，只是站在他身边，看着他，直到他抬起眼来看我。山姆的眼神若即若离，夹杂着痛苦和自我保护的复杂情感。"我不能……"他停了下来，就只是……停下来。我知道他想起了他妹妹的死，宛如万箭穿心。她受尽各种非人折磨，最后死于非命。梅尔文拍的所有照片都被放大，在法庭上展示出来。他喜欢摄影，将其称之为创作艺术的过程。在第一张照片里，她惊恐万分，仍未遭毒手；而在最后的照片里的是……匪夷所思，骇人听闻。虽然山姆当时没有出庭，不过他看过录像——犯罪现场拍摄的录像，即使是对他这个退伍老兵来说，那也超过了承受范围。

"嘿。"我轻声道，这次我和他有肢体接触，但只是用指尖轻轻扫过他的袖子，没有触碰到他裸露的皮肤。现在我们之间需要保持一些距离，"山姆，陪我一起看吧。"

他猛地回过神来，仿佛灵魂被拉回身体，他眨了眨眼，把注意力放回我身上。有一瞬间，我仿佛看到了他内心强烈的情感，但又猜不出那是什么，爱？讨厌？还是反感？随后这股情感又消失了。

山姆·凯德点点头，伸出手来，拉起我的手。这倒是我始料未及的，我有点儿紧张，他则小心翼翼。他肌肤的温暖舒缓了我内心那悄无声息又声嘶力竭的咆哮。"我们不必现在就看完剩下的文件。"他对我说，"现在还不是时候，好吗？"

我说："好吧。"我很感激他没让我继续看下去，或是他自己继续看。继续看下去不仅需要勇气，对我们来说也是重揭伤疤。我们都不是受虐狂。然而在面对这个杀人如麻的恶魔时，我们的感情如果得不到任何宣泄，反而只会招致更多的恐惧和更大的伤害。"那些收据呢？"

"倒可以先看看。"他回答道。我们松开彼此的手，把那些从地狱带回来的皱巴巴的纸分开，它们闻起来还有烟味。我刚刚才意识到我们身上也有一股烟味。能够顺利逃生真的极其幸运。

我的电话在口袋里嗡嗡作响，我蹙眉查看，发现不是我认识的号码，便无视了。过了一会儿，山姆的手机也响了，他接通了电话："喂？"

我被吓得表情僵硬，试图从他的表情和肢体语言中找出一丝线索，只见他眉头轻皱——矛盾的是——肩膀放松，然后问："嘿，麦克？你怎么拿到格温的电话号码的？我也没用这个号码给你打过电话。"他打开免提，把手机放在我们之间的抛光木桌上。

"你猜呢？"麦克·鲁斯提格问，他那低沉的声音使得小小的扬声器发出异响，"当时你们都昏了过去，我趁你们没有意识的时候抄下了她的号码。普罗克特女士忽略电话我并不意外。听说她是个顽固的家伙。"

山姆说："她听着呢。"

"猜到了，你好呀，普罗克特女士。"

"收起你的油嘴滑舌吧，鲁斯提格特工，"我说，"我可没心情。你们在木屋里找到了什么？"那段令人毛骨悚然的视频再次在我脑海闪现，让我危惧，只能强打精神。我问鲁斯提格时，山姆起身走到右边的房间。我有些奇怪，直到意识到他在找窗户。从窗户看出去，刚好能看到我们来时的路。他走回来，摇摇头，表示没有发现警察要来的迹象。

我在等待着一些显而易见的事情，例如鲁斯提格告诉我们警察发现了酷刑室，发现了尸体，发现了恐怖的罪行。但他说："没找到什么，除了几个文件柜，里面全是灰尘；还有些摄影器材之类的东西和一些旧式录像带，也已经被烧成灰烬了。剩余的残留物还在实验室检测，可能需要几个月才能有结果。我试着让他们加快进度，但每件案子都属于优先处理级别，所以也不太可能走捷径了。"

我不禁大吃一惊，脑袋一片空白。**但我们看见**……我走向前按下山姆手机的静音键，说："他们没找到手铐、锁链、绞盘？说明视频不是在那儿拍的，不是在地下室拍的！"

山姆现在站在我身旁，来回摇晃着，仿佛难以忍受站直的感觉。"王八蛋，"他说，"那他为什么要烧了那个木屋？"

"文件柜，"我提醒他，"可能那里有些文件表明梅尔文和录像有关，或者是有关于阿布萨隆的资料。我们还不知道这个组织到底有多庞大，不是吗？"我不知道亚顿对此是否了解，也许再和她谈谈还能获得重要线索——但我想，也希望她已经走了，飞到了斯德哥尔摩，再次呼吸新鲜的空气。我希望她安然离开，希望阿布萨隆没有找到她。

还没等山姆回答，麦克·鲁斯提格说："你们还在吗？关掉静音，如果你们背着我聊天就太没礼貌了。"

我开始喜欢麦克·鲁斯提格了。我现在对任何人产生好感都要思前想后。我关掉静音，让他回到我们谈话中来。"对不起，"我真诚道歉，"可以说我们又回到原点了，然后呢？没有更多线索了吗？"

"听着，"他停下来，叹气，我几乎可以看见他在摇头，"我可是冒着你们俩会把事情弄得乱七八糟的风险告诉你们这些信息的。看看你们都惹下什么祸了，即使我有线索，为什么还要给你们？我热爱我的工作，而且我的工作跟你们的莽撞行事、胆大妄为的区别可大着呢！"

我留意到他不是说他打算把我们一脚踹开，而是说不要把他扯进我们这摊浑水。两者截然不同。我想，麦克·鲁斯提格真是个好朋友，不知道山姆是否介意我问一问他们俩是如何成为密友的。他一般不会介意我对他的过去刨根问底。但是，我一般也不过问。

山姆说："为什么你要给我们更多线索？好问题，你想知道答案吗？"

"也许有点儿兴趣。"

"因为我们拿到的东西能够协助你的调查。我们有从小屋拿出来的U盘和收据，而你只找到灰烬。"

我猛然转过头去盯着山姆，可要阻止他为时已晚。一切木已成舟。我对他做口型，**你搞什么鬼？**但他没有看我，只是盯着电话。

"嗯。"鲁斯提格的声音把电话在桌子上弄得隆隆作响，他直白地说，"别想着把它插到什么地方看看里面有什么东西。"

"我们已经打开了。"

"那就别想着你能在里面找到有用的东西。"

"而且也看过了。听着，麦克，我会把它交给你，不带附加条件，但你必须把你知道的其他线索都告诉我们，我们合作就有可能阻止这个浑蛋。如果你不告诉我们……"

"如果我不告诉你们，一开始就循规蹈矩把你们拒之门外，我就能拿到那该死的U盘，证据链就会完整！"

"更有可能的是，"我说，倾身向前，"你或你的人打开那扇门，把自己活活炸死，所有证据都化为灰烬，找不到任何线索。我们没有犯这样的错误是因为我们对对手了如指掌。"

鲁斯提格的声音强硬了些，少了几分魅力，"你们认为我不清楚对手是谁吗？"

我问："你见过梅尔文·罗亚吗？"我感到胃里仿佛有个冰冷的球形成，如铅球般沉重，只因从我的嘴里说出了那个名字，"你曾经盘问过他，审问过他，甚至和他共处一室吗？"

"没有。"

"我曾与这个男人共同生活数年，与他同床共枕。我见过他所有喜怒哀乐的样子，我了解他的思考方式。"

"无意冒犯，**太太**，如果你真的了解他的思考方式，你早就该知道你那该死的车库里挂着尸体。"

这个评论一针见血，言辞尖锐犀利，观察也仔细到位，但我并没有被吓退。"现在不同了。我对如今的他有所认识，也和过去的他有亲密接触，两者掺杂在一起加深了我对他的了解。我比你们知道更多的东西，鲁斯提格特工，你们会需要我的。"我深吸了一口气，"因为梅尔文·罗亚跟你们追捕的其他凶手不一样。如果一样的话，你们早就抓捕到他了，不是吗？你们已经逮捕了其他越狱的逃犯。"

鲁斯提格在电话那头沉默不言。我的话引起了山姆的注意，我们有很多事情值得深入探讨，但现在，山姆只是点头以示同意。

"喂，麦克？"他边说边蹲下直至接近我椅子的高度，身上也仍散发着和我一样的烟味和潮湿的臭味，让这干净宜人的房间里的空气变得令人窒息，"别不理我们啊，你宁愿让我们留在你们能看见的地方，让我们当诱饵，不是吗？"

"我真要被你们两个气死了。"鲁斯提格回答。隔着电话，我能听见他移动的声音，听见电话里面传来的风声和车辆经过的声音。"告诉我你们的方位，我会上门取 U 盘，和你们见面聊。"

我立刻按下静音键，对山姆说："不能让……"

"我不会让他这样做。"山姆向我保证，然后取消通话静音，"麦克，明天我们在你安排的地点见面吧。明早给我们打电话。"

鲁斯提格还没来得及回答，山姆就挂断了电话。我们看着电话，等待着铃声再次响起，但事与愿违。足足一分钟后，山姆站起来，看上去和我一样疲惫。我告诉他："他完全能够追踪到我们。"

"是的，我知道，"他回答，"但除非有重大变化，他不会再找我们。我要洗澡了，如果我出来时特警在这儿，至少我可以干干净净入狱。"

我忍不住发笑，他说得对，目前事态毫无进展，我们不得不相信鲁斯提格。既然山姆已经提出来，洗个热水澡的建议听起来十分有吸引力。我们目光相遇，在这令人头晕目眩的一刻，我们互相凝视着对方。我心里忍不住想，和他共同沐浴是什么感觉，与他裸身相对是什么感觉。这是和梅尔文结婚之后，我第一次对另一个男人产生这种感觉。这个画面不由自主地在我脑海中闪现，令我呼吸困难，心跳加速。

山姆把目光移开，说："我先去洗。"

"真有绅士风度。"

"那当然了。"他走到左边离楼梯最近的房间，关上——不，他几乎要关上门，又打开，探出头说，"不要背着我看那该死的视频。"

他太了解我了，他知道我会强迫自己看。既然知道了视频不是在地下室拍摄的，我就会逼迫自己看，从而寻找线索。任何细节都可能告诉我视频是在哪儿拍的、谁拍的。也许从中捕获的熟悉感能让我从痛苦中得到缓解。

我点头，还没有答应，他便关上门。我听见了他洗澡的水声。我并没有打开视频，而是从包里抓出一双蓝色的橡胶手套，把那一堆收据搬回到咖啡桌上。或许留下指纹也不会产生什么不良影响，无论这些收据是什么，在我们从木屋里偷出来后便毫无价值了。但小心驶得万年船。

这些收据看起来就是世界上每个正常人的生活记录——购买日常用品的收据、电子游戏和小玩意儿的在线订单、电费和液化气的账单，都是一些联邦调查局能够追踪得到、名字平淡无奇的公司开具的，暂时看不出其中有任何线索。但是里面没有水费和垃圾处理费的账单，因此我猜水是木屋主人自备的，垃圾是他自己处理的。此外还有些服装订单，全是男装。我从书桌上拿了一张玫瑰粉的纸，记下了尺寸。我相信找到木屋主人的概率极其渺茫，因为他很警觉，而且现在正在逃亡。当然，追查逃犯也是联邦调查局的职责所在。我想，这个人的记录习惯很不错，他批量购买物品，追踪每一笔订单，无论是卫生纸这种琐碎的物品，还是长短不一的成套钢链这种重要物品，他都一一记录、逐一追踪。我开始把可能无关紧要的资料和可能带来线索的资料区分开来。浴室传来的遥远而稳定的水声使我内心平静。水声停止时，我又紧张起来。

山姆打开门出来，身上穿着的无疑是度假屋提供的浴袍和拖鞋。他浅金色的头发已经用毛巾擦干，但发尾还是湿的，看上去很放松。"对不起。"他说，指了指手里的衣服，"我的衣服要洗一洗，臭得很。"

我说："我的衣服也是，不过或许不能指望这里有洗衣服务。"我们背包里还有其他的衣服，不知道下次有机会清理是什么时候。我去洗澡时，他打电话到前台询问。

浴室很华丽，我在水下流连，让头上激起的水花冲刷掉视频里的画面。我想再次给我的孩子打电话，确认他们安好，即使我已经确认过，即使我知道他们会觉得我疑神疑鬼。我关掉花洒，擦干身体，找到毛茸茸的浴袍，穿上干净的新拖鞋。此刻的感觉对我而言仿佛已经是一种多年来未曾有过的奢侈享受。

我回到卧室，听见我的电话嗡嗡作响，便一把抓过来，看了看号码。一眼看上去很熟悉，**是麦克·鲁斯提格？**我接听后说："喂？"对方毫无应答，一阵安静后，我的戒备心迅速出现，"麦克？"

"麦克？"电话的另一端的声音立刻让我全身上下无法动弹，虽然我很想把电话扔在一旁，仿佛它是一只蜘蛛，"麦克是谁？你又背叛我，吉娜？真是让人失望。"

我合上眼睛又睁开，因为我不想与他一起被困在黑暗之中——梅尔文·罗亚，连环杀手，我的前夫，我孩子们的父亲。我不知不觉倒在床边，双腿发软，目光呆滞地盯着浅黄色墙面上本该令人愉快的莫奈《花园》镶框版画，脑海中想到的却是破碎的砖块、无底洞般漆黑的裂缝，以及梅尔文曾当作工作室使用的车库里的残余物品。

我闻到的是死亡、腐烂、金属和恐怖的气味，看见的是在绞车钢丝绞索上吊着的晃动的尸体。

我有种突如其来的可怕感觉：山姆过世的妹妹就在我身后，步步紧逼。梅尔文是召唤鬼魂的人，而我是鬼魂的目标。我心中冰冷的寂静被愤怒淹没，我的手在抖，但把电话握得更紧了，"你在哪儿？梅尔文，告诉我吧，你不怕我，不是吗？"

我本能地清楚他有多么厌恶我这么说，而且这毫无疑问能够让他立即回答，让对话不像一开始那样受他控制。"你？"他咆哮，然后笑了起来，语气里的轻蔑如刀划过我的皮肤，但我的皮肤现在厚实坚固，不再一刀见血，"吉娜，我不怕你。顺便问一下，佐治亚州的天气怎么样？"吉娜，而非格温，他总是这样称呼我。

"舒适，"我冷静地说道，"像个走投无路的老鼠一般东躲西藏感觉如何？"

"噢，我可没有东躲西藏，亲爱的。"他语气阴沉，让人感觉不对劲儿，甚至有点儿可怕，"我正看着你所在的温暖房间。要是你把灯都关掉，就能看见我了。拉开窗帘好好看看吧，吉娜。"

我空闲的那只手攥紧被单，表现出我内心和这个可爱的房间毫不相称的暴怒。我深吸了一口充斥着薰衣草芳香的空气，说："我会看的，因为我知道你就是个该死的骗子。你不在这里。你根本不知道我在哪儿。"

"证实一下嘛，去看看。"

"别他妈跟我玩你的心理游戏了，梅尔文。你不在这里。你要是在的话，早就敲门了。"我猛地站了起来，因为就在这一瞬间，有人敲了敲套间的大门。声音很轻快，一共三下。

我挂断电话，扔下手机，立刻冲出去打开卧室的门，喊道："山姆，不要开门！"我从挂在椅子上的枪套里掏出手枪，山姆停下了正准备开门的动作。我急忙把背贴在墙上，心怦怦直跳。虽然我不相信梅尔文这个怪物真的近在眼前，但这个时机太诡异了。我保持冷静，然后向山姆点了点头。我双手拿着枪，放在身旁，枪口向下，表示已经准备就绪。

山姆开门后迅速后退，我看到友好的阿以莎穿着蓝色纱丽站在门前，面带微笑。枪口向下的另一个好处就是在她看清之前，我能够快速地把枪塞进浴袍的口袋里。"打扰了，我来取你们的衣服。"

我把洗衣的事情完全抛诸了脑后。我瞬间觉得自己愚蠢至极，浑身发冷但又血气上涌。我把衣服一把抓来，山姆把它们和他自己的衣服一起塞进一个皱巴巴的塑料袋里，递给阿以莎。她点了点头，微笑着走开了。山姆准备关门时，阿以莎又转过头来，说："噢，请等一下，先生。"又向后退。后面是她的女儿，端着一个银盘。"这是你们的司康饼。"她女儿说："抱歉久等，希望你们喜欢。"

"看起来很可口。"我说，接过盘子并致以感谢。山姆再次关门并上锁，我赶紧说，"对不起，我神经兮兮的。"我心跳加速、双手颤抖。梅尔文在我血液里下了毒，那通电话让我感觉像是被毒蛇咬了一口。

"明白。"山姆说着，从我双手端着的盘子里拿走了一块司康饼，他留意到了我的颤抖，"发生什么事了？"

我不想告诉他这件事情，暂时还不想，因此我把盘子放到另一张空桌上，摇了摇头，返回我的卧室。我把枪放回枪套里，关掉房里的灯，犹豫片刻，走到窗前，拉开窗帘的一边，足够我观望外面。

一楼有个平台，上面整齐摆放着木质圆桌和椅子，一把把遮阳伞紧紧地折叠起来。平台外的山丘上，植被从青草过渡到灌木，再远一点儿，便是森林以及适合休闲时攀爬的山脉。这是个风景秀丽的地方。下面连个人影都没有。

电话的嗡嗡作响引起我的注意，我转身回到床上。这次，我接通了电话却不作声，只是等待。寂静蔓延。终于，梅尔文说："你到底还是打开窗帘看了。"我从他的声音中听出沾沾自喜、冷酷无情的笑意。

"我可不怕你，你这个丧尽天良的浑蛋，"我对他说，"滚蛋！"

梅尔文挂断电话，我感觉山姆在门口徘徊，我没有抬起头就说："是他。对不起，我被他气到了，下次不会了。"

"嘿。"我抬起头来，山姆表情很紧张，但也带着深切同情，"不是你的错，格温。从来都不是你的错，记住这一点。"

我心不在焉地点点头。我跟那个丧心病狂的怪物生活在一起数年，却没发现他的残忍暴行，而我本该发现的。我责无旁贷，我有自知之明。"他说他在这里，"我说，"就在外面，然后我听到了敲门声……"

"纯属巧合，"山姆说，"这就是生活。话说他到底是如何得到你的电话号码的？"

我深吸了一口气，摇摇头表示不知情，但我能猜到是阿布萨隆的功劳。佐治亚州的警察要了我们的电话号码，输入了某个系统，阿布萨隆则一直在搜索那些系统。梅尔文知道我们在佐治亚州。一想到这里我便心跳加速。我们不应该待在这里，我们应该逃走。

但这是从前的吉娜会做的事情，我已经受够了亡命天涯的生活，现在我要反过来垂饵虎口。我告诉山姆，梅尔文知道我们在佐治亚州，我不能瞒着他。他无奈地耸耸肩，让我觉得稍微放松了一些。"我们应该预料到这一点，因为木屋爆炸一事暴露了我们的地点。可他不知道我们在这儿，你说得对，他是在想方设法惹你生气。"

"那我们要逃跑吗？"

"你想逃跑吗？"

我默默地摇了摇头。"我们应该好好休息一晚。"

山姆走进房间，但并未靠近，只是倚在门框上。我们俩对距离如此小心翼翼，心里非常清楚过去各种惨痛记忆带来的雷区。但这不意味着踏进雷区的欲望不真实。我能感觉到我们之间强烈的异性吸引，虽然进展缓慢，举步维艰，也正逐步击退我们之间的紧张感。尽管我们共处一室，却从未同床共枕。我知道我们脑海里都在考虑着这件事，尤其是在这个平静可爱的地方。身上只剩浴袍时，宽衣解带也毫不费力。

使我信心动摇的是我不知道现在我对他的强烈渴望是否只是听到了梅尔文的声音后的应激反应。我需要安慰，渴望安全。但我知道，在另一个人——即使是山姆的怀里寻求安慰与安全是极其危险的。我的安全感必须从自己身上找到。

山姆也许没有那么多想法。不过话说回来，他也是待在原地不动，安静地保持距离。"那些收据有些不太寻常。"山姆说。我猜他只是为打破沉默而说点儿什么。"他买的东西看上去有些不对劲儿，我们没看到房子里有沉重的链子，不是吗？也没有锯子吧？"

事实上，住在乡村小屋的人购买这些东西并不罕见，但他是对的，因为我们的确没看见，起码在小屋里面没看见。我想如果麦克·鲁斯提格在地下室的废墟里找到了这些物品，会告诉我们的。"你觉得他是帮某个人买的吗？"

"我想我们可以顺着这个思路继续分析，你觉得呢？"

我点点头，突然想到什么，站起来回到卷盖式书桌前。山姆跟上，站在我旁边。我快速翻阅收据，寻找最无害的东西：纸巾，卫生纸。同一张订单中还购买了大量其他的家居用品，如空气清新剂和漂白剂。通常只有大型企业才会如此大量购买。我甚至不知道为什么这吸引了我的注意。

我盯着收据看了一阵子，不太确定我能在其中找出什么线索。可能根本没有线索。人们都会囤货，卫生纸不会变质。那为什么这一点让我如此困扰呢？

"该死的！"当我最终看出线索时，忍不住脱口而出。我拿着收据给山姆观察，看着他跟我经历同样的思考过程，费了同等的时间，得出了同样的结论。"地址，"他说，"不是发往小屋的。"

"对，"我表示认同，尽管我不情愿，但还是说，"你最好打电话给麦克。"

麦克·鲁斯提格听到这个消息时大感振奋，他想让我们把地址传真给他，但我们选择了一个折中的办法，或者更确切地说，是我选择了另一个办法。山姆正忙着从网上寻找发票地址是哪。他小心翼翼地通过匿名浏览器清除痕迹，以掩盖我们的 IP 地址，我甚至都不需要提醒他这样做。谷歌地图显示出了那个地址，是亚特兰大一个名不见经传的工业地区。我以为这是个中转地址，但它看上去像个仓库，和附近其他仓库一样毫无特色。谷歌地图的街景快照显示那附近没有车辆，只有混凝土和生锈凹陷的金属，一片荒芜，周围被高高的杂草形成的屏障隔离。杂草已经长进围栏里，穿过下垂的链环围栏。"禁止入内"的标识布满弹痕，几乎不可辨认。这个地方可不需要批量储存卫生纸。

"天啊！"我说着，隔着山姆的肩膀盯着静止的图片，"这到底是哪儿？"但我潜意识里已经猜到了，我放轻声音，"你觉得会是……"

"是他们摄影的地方？我不知道。"他说。

五分钟后，麦克回电，听起来不太高兴，"我可以和你们一起去看看那个地方。但仅仅根据这些线索，我绝无可能拿到搜查令。看看你们是如何盗用证据的，随便一个没喝醉的法官都能看出来我没有能站得住脚的合法证据。告诉你吧，明天，你把那该死的U盘和资料带来给我，我们在那地方周围好好逛一逛。我会让我的人追查仓库的业主，也许能从不同的方向入手，找到证据。"

他听起来十分沮丧，我不怪他，联邦调查局在同时处理犯罪和恐怖主义袭击，已经不堪重负。他也不想面对我们带来的种种麻烦。他可能意识到我们同时给他送上了一份大礼。至少，我希望他意识到。

"好，"山姆说，"你想在哪儿碰面？"

鲁斯提格迅速说了个地址，恰巧在亚特兰大郊区，距离我们今晚住的地方六个小时的车程。我们一致同意在早上十点会合，这就意味着要在黎明之前动身，但并无太大问题。山姆挂断电话，我在轻松之余，又感到头晕目眩。是的，终于来了。

我不假思索地把手放到山姆的肩膀上，他抬起手，手指覆着我的手。他的触摸如此温暖，我才意识到我有多冷。为什么不呢？我心想，几乎被他的触摸冲昏头脑。孩子们很安全，我们可以在这美丽宁静而安全的地方休息片刻。

山姆抬起眼看着我，我在他眼中看到了爱的火花，我也感受到同样的情愫。他悲伤地笑了笑。"我明白……"他说。这算不上疑问，也算不上陈述，却越过雷池，邀请我迎合他。

我想答应他，很想。我看着山姆，想着如果在另一个世界，我与这个人邂逅，喜欢他，爱上他。我们一定会共同经历人世间种种美好，直至天长地久。可我们并非身处那个世界。

我倾身向前，轻吻他的唇。他的嘴唇甜蜜柔软又可爱，不像有什么陷阱，感觉很真实，却也感觉不对，像鬼魂在尖叫，像我前夫的冷笑，挥之不去。

我落荒而逃。我听到山姆喊我的名字，但我没有回头，只是走进卧室，关上门，把山姆、把过去的自己、把和梅尔文同床共枕的回忆都关在门外。我躲在薰衣草香的被子下，身上还裹着我的浴袍。我很痛苦，为失去的一切，为丢失的时光，为选择梅尔文·罗亚所付出的沉重代价。尽管他使出浪漫手段向我求婚时，我还少不更事，天真烂漫。但这一切都不是借口。有些错误我必须永远为之付出代价，比如嫁给像梅尔文这样的怪物，它将伴随我终身。

也许当这件事永远结束后，当他永远离开后，我才可以让自己快乐起来。又或者我会死去，付出最沉重的代价。

我闭上双眼，看到梅尔文站在山下，就在树荫下。他的眼睛像银币一样闪闪发光，微笑着。而我低声道："就在那儿等着，你这个浑蛋。我来找你了。"

是的，我来了。

第八章

山姆

我到底为什么要在她没准备好时强迫她？

我喊格温的名字，她没有回应。我想告诉她所有在我脑海中徘徊的话，例如"我需要你"和"我绝不会伤害你"。但事实上，即使这些话现在是真实的，我也不能保证到明天早晨起来依然如此。我需要她，这可能是真的。可从何时开始我感觉自己需要她？我起初是从网上的照片中记住了她的样子，那时我肯定不需要她。她只是一堆毫无意义的像素，是我发泄怒气的对象。我看过她的上千张照片，只感到轻蔑和憎恨。我以为这个女人是杀死考利的帮凶。我还清楚记得，我曾一遍又一遍幻想，想伤害吉娜·罗亚，把我妹妹受到的所有伤害悉数奉还。

我花了整整两年的时间追踪她，花钱收集她的情报，一直尾随她。直到她带着孩子们在静湖定居，我才找到途径悄悄进入她的生活，融入其中，在她忙自己的事情时从旁观察。我和她成了同一个靶场的成员，既是为了继续练习射击，也是为了在她没有防备的情况下近距离观察她。

不知道何时我开始放弃观察她的那些照片。也许是从我帮她扶着门，她报以不假思索的微笑开始，我想她甚至都不知道我是谁，只是把我当作一个友好的陌生人。也许是从看到她粉碎靶子的样子以后，她的眼里闪烁着悲伤和愤怒的微光，我了解那种感觉。也许是从看见她和孩子们在一起，谈笑风生，从对他们谈话感兴趣，到想保护他们开始。

我曾小心翼翼地观察她，试图抓住她揭下面具的一刻，看看下面是个多么残暴不仁的怪物，看看她到底是如何让我妹妹惨遭不幸、死于非命，是如何与她的前夫合谋犯下各种滔天罪行的。那个男人在我为国而战时，对我妹妹实施绑架、折磨、强奸，行为大逆不道，罪行罄竹难书。

但我看见的不是一个戴着面具生活的女人，不是吉娜·罗亚。而是一个我从未见过的女人，格温·普罗克特。不是我想象中的怪物，而是一个拥有完整人格的人，一个即使有些谨慎，却善待他人的人。

就在那时，我才意识到，那些和我一起在网络上厮混的网络暴徒，那些试图追踪她的一举一动，互相追逐攀比谁更有侵略性、更具报复心的人都错了。关于她是谁，关于她应得的惩罚，关于她的孩子们，他们都错了。他们还犯了什么错呢？关于她在那场杀戮中所扮演的角色吗？

我还记得，那天她给我开门。她儿子在学校失踪了，而我在湖边发现他正流着鼻血。我看到她发现康纳安然无恙时的宽慰，也看到了她误以为我要伤害康纳时眼里一闪而过的恐惧和愤怒。当她认为我诚实可靠，没有伤害她的孩子，是个负责任的人时，她的感激之情便随之而来。

我曾告诉自己，我一直在他们身边是为了收集她犯罪的证据。但从那一刻起，一切烟消云散。随后我就感受到对她的需要。这感觉缓缓而来，但非我所愿。我还没准备好说爱她，不过我愿意承认这需要不仅仅出于好奇，也不仅仅出于喜欢，更不仅仅是在醒来时结束的一夜情。

有时我感觉自己一直都很了解她，然而，有时我又觉得自己根本不了解她，例如今晚。我感觉她是我永远解决不了的谜团，被带刺的铁丝网、荆棘和玫瑰包裹着。

我思索着她说的话。梅尔文·罗亚给她打电话，他如何得到电话号码的是个谜。但话说回来，这说明他还在和阿布萨隆合作。也许是他们在我购买一次性电话的店里找到了监控；也许是他们从我用假身份证租车的租车公司追踪到了我们；也许是佐治亚州的警察；也许，也许，也许……猜测梅尔文如何得到号码只是炊沙作饭，更重要的问题是为什么要给她打电话呢？首先，一如既往，他想要折磨她。而他无疑成功了，这通电话让她惶恐不安，失去理智。

但这也说明，我们正在步步逼近他。梅尔文想方设法误导我们，使我们偏离目标。这是声东击西的经典战术。他身上有着一个真正的反社会者那种令人极度不安的自信，使他能将这个战术运用得出神入化。我玩不起这样的游戏，身上更没有那种极端自信。但我能理解这事无关格温。她只是他的一颗棋子。可她不再像嫁给他时那样只是一个兵，她已经成为更强大的棋子，就像是主教、车、皇后。

而我呢？我是个骑士，朝意想不到的方向移动。于是在听到格温关上门，上好锁后，我便从背包里找出耳机，插进电脑，然后开始放酷刑视频。

这次，我迫使自己目不转睛、连续不断地观看。视频很长，整整十五分钟都是各种残忍恐怖的折磨画面。视频里有个人，被链子悬吊在半空。那条链子由另外两条固定在地上。那个人四肢张开，无法防御，只能滴着血尖叫。视频断断续续，光线昏暗，但我聚精会神地专注于画面，把自己从恐惧中抽离出来，分析各种细节。**这不是个人**，我告诉自己，**这只是回声，是光和影的聚集**。我像曾经对待格温的照片那样对待视频中的受难之人——把这看成一幅图像而非血肉之躯，这是我拯救自己的唯一办法。我要观察的是细节，是视频里的房间，是一切我能借以确定地点、受害者或行凶者的细节。

我的首个假设完全错误，而且我确定格温的首个假设也是错误的。视频中尖叫、受尽折磨的垂死之人是男性。而且这不是单纯为了施虐而实施的酷刑，而是审讯。

我听不清行凶人的问题。视频里的声音很可怕，混乱且有回音。我迅速记录下来。这意味着视频是在一个巨大的金属房间里拍摄的，也许就是我们目前确定的那个仓库。我也听不清那个男人给出的答案，其中夹杂着麦克风无法控制的尖叫、喘息、咳嗽和血腥的喃喃自语。我闭上眼，从头开始回放视频，细听他们的问题和回答。最终，我听出来一些信息。

……你跟踪我们多久了？

……几个月。

……你真以为我们抓不到你吗？

……拜托，停下来，看在上帝的分儿上……

……你为谁工作？

我张开双眼，因为我终于听到了他最后的回答。就一个词，一个名字。

我记下来，坐好，盯着这个名字，然后拿起手机，给麦克打电话。现在很晚了，将近凌晨两点，但我知道他肯定会接。就在第二声铃声响起时，他接了，声音毫无倦意。"你知道现在几点吗？兄弟。"他问，以此代替了问候，我没回答这个问题。"你知道里瓦德这个名字吗？"

停顿许久之后，麦克答道："可能有数以千计的人叫里瓦德，但我目前唯一能想到的就是巴兰坦·里瓦德，里瓦德·路克斯公司的所有者，他一直是八卦小报的主要追踪对象——有多少年来着？四十年？人们叫他零售业的霍华德·休斯，他和巴菲特、盖茨等人一样是亿万俱乐部的终身会员。现在退出公众视野好几年了，可能藏在自己城堡里吧。"

"不可能是其他人吗？"

"得看具体语境，但这个名字并不常见。"

"语境就是，我们在木屋里拿到的视频里，有个被折磨的男人说他受雇于一位名叫里瓦德的人。我们已经知道阿布萨隆是专门从事敲诈勒索的，像他那么有钱的人可能会成为目标。"

"有可能，"麦克表示同意，"在我们追查这条线索之前，你最好考虑清楚，确定继续让她参与吗？"

"确定。"这里的"她"指的是格温。麦克不相信她是清白无辜的。和大多数人一样，他不理解格温怎么可能一无所知，因为梅尔文把受害者带回了家里的车库，而车库和他们家的厨房只一墙之隔。

这就是我们的不同之处。我曾被网络所欺骗，被那些相信吉娜·罗亚有罪的"思想家"强行灌输类似的观点，而且不假思索地全盘吸收。

我曾被仇恨蒙蔽了双眼，甚至开始计划如何谋杀吉娜·罗亚。不仅是让她以死谢罪，而是要把考利受到的一切痛苦和折磨都悉数奉还。

于是我得到了冷酷而痛苦的教训，让我知道丧失理智，迷失在自己的愤怒和他人的幻想中是多么轻而易举。我也开始明白为何吉娜难以发现她前夫的恐怖行径，因为她曾天真无邪、单纯无知，不知道厨房墙壁的另一面就是深重的罪孽。但我知道麦克不会明白，或者说尚未明白。

"孩子。"麦克说。严格来说他口中的"孩子"在其他人口中会是"兄弟"，我们年龄相仿，虽然他看上去比我大得多。"你不让我睡啦？"

"不是你老婆吗？"

他笑道："薇薇安早睡着了。自从我当了外勤特工以后，就是炸弹爆炸她也能睡着，真是一大幸事。不过，你也别老在深夜自娱自乐了。"他很快严肃起来，"别让那女人离你太近，山姆，你已经有软肋了。"

"我知道，"我答道，"早上见。"

"见鬼，现在去睡吧。"他挂断电话。

我关掉电脑，拔出 U 盘，思考片刻，把 U 盘放进我背包的拉链口袋，带着包进入卧室，然后关门上锁。我不想格温半夜起来，做我刚才做过的事。虽然她可能会为此讨厌我，但我宁愿她幸免于难。我们中间有一人忍受那些画面就足够了。我已经忍受了，并从中得到了最重要的线索。

巴兰坦·里瓦德，一个富有而古怪的老人，几年前从他成立的里瓦德·路克斯公司退休了。从那以后，便没人在他的城堡外见过他。在打电话给麦克·鲁斯提格之前，我没有在网上找到他的讣告，证明这人还活着，在某处活跃着。明天我们会去找他，问他为何要雇人渗入阿布萨隆组织，以及他对梅尔文·罗亚的了解。

醒来后，格温和我在楼下的民宿餐厅喝了杯温暖浓郁的咖啡。现在想吃备好的早餐还为时过早，不过我们狼吞虎咽地吃完了前一天晚上剩下的蓝莓司康饼。不一会儿，老板起床了，递给我们精心叠好的干净衣服。我们把衣服装进包里，在黎明的第一缕曙光出现之前，甚至在地平线微微泛红之前，便早早出发。晨兴度假屋在我们身后渐渐消失，我希望他们生意兴隆。这个地方值得生意兴隆。或许某天，等这场恐怖尘埃落定以后，我们会回这里休闲度假。

我们去往亚特兰大的路上一帆风顺。麦克终于给我们来电话时，我们已经进入市区。他给我们指了一条去往市中心一家咖啡店的路，这家咖啡店的主题是各种各样的桃树。我们找到这家店时，刚好上午十点。

麦克神色自若地坐在一张可以看到来往人流的桌子旁，如同咖啡馆里的其他二十多个人一样，面前放着一大杯咖啡。他不时翻看手机。现在的他看起来不像联邦调查局的探员。他身穿漂亮的运动夹克，黑色裤子，系着深金色的领带。夹克几乎盖住了他挂在腰间枪套里的枪。但每个警察，无论是地方警察、州警察还是联邦警察，都有同样的习惯，眼光像激光一般扫视着室内的环境，寻找异常情况。他把目光锁定在我们身上，点了点头。"嘿，自己去点喝的吧，我没有买饮料的预算。"

我冒了个险，让格温和他单独在一起，自己则去排队买咖啡。看起来麦克和格温在进行一次礼貌的谈话，但表象并不是事实。

我回到桌前，把格温的咖啡放在她面前时，看见她目光里的强硬。我对她这个表情和那倔强的下巴非常熟悉。他们一言不发地盯着对方，我坐下，形成三角阵容，说："看来你们相处得不错。"

"是的。"麦克漫不经心地对我说。根据经验，我知道他话里没什么特别含义。"刚才普罗克特女士只是在详细地告诉我为何我不知道如何对付她前夫。继续说吧，女士，告诉我该如何做好我那该死的工作。"

我看不出麦克是否真的在生气。麦克创造了一种艺术，将他的表面和内心分开，不让人看破。以前我们一起在战区的时候，他与兄弟们彻夜饮酒时能笑得像山花一样烂漫。在我们醉得摇摇晃晃地走回宿舍时，他却告诉我他整晚都想歇斯底里地尖叫，想把自己的眼球挖出来。我可做不到如此深藏不露。

"得了吧。"我阻止道，快速喝了一大口滚烫的咖啡。我的舌头顿感刺痛，万幸的是，它渐渐麻木，"你拿到关于这个仓库地址的信息了？"

"拿到了，"麦克答道，"你要告诉我巴兰坦·里瓦德是如何牵涉进来的吗？"

"等一下，"格温说，"你说的是那个富豪巴兰坦·里瓦德？"

麦克疑惑地看了我一眼，"视频给我带来了吗？"

"带了。但我不想在这里播放。"麦克不知道格温知道多少。在我们来的路上，我向她坦白我又把视频看了一遍，而且我们已经进行了一场不可避免的争论。她明确表示了对我选择为她承担这种责任的不满，但她理解我这样做的原因。"她知道我看过了。"

"嗯。"麦克在他的手机上点了一阵子，然后把手机转过来，向我们展示一个白人长者的照片。老人头发蓬乱，戴黑框眼镜，眼镜后面是一双水灵灵的棕色眼睛。他的脸长得像巴吉度猎犬，透出机警和狡猾。他目光的焦点在照片以外，正和谁交谈。他身穿深蓝色的丝质西装，系着领带，很可能是手工定制的。尽管他坐在电动轮椅上，看上去还是走在时尚的尖端。"你见过他本人吗？"麦克问格温，她立即摇头。

"我只听说过这个名字，并未在里瓦德·路克斯商场里购物过。"

"你当然不会去，除非你认为内曼·马库斯[1]都太低端。"麦克说，"里瓦德·路克斯是家百货商店，里面的东西专售给那些从来不管路边有多少冻死骨，就只懂得购物的愚蠢富人。里瓦德在十年内把几百万美元变成大约一百亿美元，现如今他的身价超过四百亿美元。"

我说："视频里死去的男人受雇于他，至少，那个男人是这样说的。里瓦德既是敲诈的目标，又拥有资源，能用自己的方法来反击。而且……我和格温认为视频里折磨那个男人的是阿布萨隆的人。"

"我不知道，因为我还没看过那该死的视频。"麦克说着，伸出手来，我拉开背包拉链，把U盘拿出来交给他。格温眯起眼睛，我知道她抑制住了想对我说些恶言恶语的冲动，我想等一下她就会说出来。关于我没有权力保护她这件事，我们将好好争论一番，她会取得胜利。但格温的行动不需经我允许，我也不需经她的允许。她迟早会保护我。她已经保

---

[1] 美国一家以经营奢侈品为主的高端百货商店。

护过我了，而且不止一次。

U 盘就像魔术般在麦克手上行云流水的动作下消失了。幸好我复制了一份，传到了云盘上，以防万一。"那些收据呢？"他问。这次轮到格温，她把用马尼拉纸文件夹装好的文件递给他。他似乎对此很满意，一旦戴上搜证手套，他就会严格检查里面的东西。资料和仓库地址都在最上面，他点了点头，"那好，我们喝完就干活吧。"

我的咖啡还是太热，无法入口，而格温好像一点儿也不想喝她那杯咖啡。因此，出门时我把两杯都扔掉了，真可惜。麦克跟着我们，我皱眉，"你不开自己的车吗？"

"不开，"他说，"我的公务车有监控。"我知道他不想让联邦调查局的任何常规检查发现这趟行程。他挤进我们的车后座，这对他的大长腿来说可真不容易。话说回来，他坐飞机时也必须想方设法把他的大长腿放好，而且联邦调查局肯定不会报销商务舱的机票。我启动汽车时，他拿出手机并关机。"你们也应该关机，"他跟我们说，"相信我。"

我把手机递给格温，由她保管两台手机。我们于亚特兰大奔驰而过，麦克一路给我们简洁明确的指示。离开了拥堵的市区，我们往不太繁华的小镇驶去。工业建筑逐渐出现在我们眼前，然后变成锈迹斑斑的废弃建筑，看上去随时可能在下一场大风中倒塌。路边的行人有些是无家可归之人，有些是绝望之人。还有一群闷闷不乐的年轻人，穿着冬天才穿的服装，坐在街角，冷漠地看着我们的车开过。黑帮的标志随处可见。

我开车经过那个仓库，在下一个拐弯处停好车。"我们最好把全部东西带上。"我说，"车不在我们的视线范围里，东西放在这里未必安全。"

"好主意。"麦克说，"但常识告诉我不能把车停在附近，除非你们有个人留下看车。"

"你留下？"格温冷冷地说完便下了车。我知道她的皮夹克下面有武器，而我的枪在枪套里。我喜欢侧身拔枪，这样可以把武器拿在身前，留时间评估周围情况。太多人在反应过来之前就已经开枪，酿成意外。

"那我们如何行动？"我锁好租来的车，"分头行动吗？"

"不要。"麦克和格温异口同声道。他们交换眼神，仿佛惊讶于他们居然在某件事情上达成一致。"只限外围，"麦克说，"从后面开始，按联邦调查局的方式来。我们粗略看一下就出去，直到我找到人来这里。"

我们出发时，格温问道："你打算跟他们说什么？"我们右边是一家用陈旧木板围住的便利店，高度刚好可以作为遮挡，供我们蹲在后面观察。"你所有的证据都是法院不予承认的。"

"我会说我们听见里面有人遇到危险。"麦克说，"这样我们是如何发现这个视频的就说得过去了。我会在里面某个地方放下这个U盘。"

"你真的觉得这样有用吗？"

他耸耸肩。"起码可以让调查更进一步，除此之外我也无计可施了。"

我们在小巷右转。头发随风飘扬，让我的脖子感到针扎般的刺痛。两边都是摇摇欲坠的两层高的仓库，看起来重重叠叠。我可不想在这儿死于刀伤。麦克也没穿防护背心。现在的情形就像我们中了一场伏击。

我们经过的第一个仓库是水泥砌的，因此尽管瓦楞屋顶已经严重生锈，但仓库本身还是保存得较好。这个仓库的铁丝网有两处被切断，但下一个仓库，也就是我们的目标，看起来更破烂。然而，第二个仓库的铁丝网是新的，闪闪发亮，顶部一圈带刺，以防有人翻进去。"禁止入内"的标志也是鲜红且崭新的，没有布满弹痕，我之前在谷歌街景图里见到这个标志时还不是这样的。我怀疑很可能有人来翻新过。

"来这边。"格温说着，把铁丝网拉开，弄得它"晃啷、晃啷"地响。我走过时，看见铁丝网断开，用几个回形的锁闩着。我掰开回形的锁，格温猛地把缺口撑开，大到足以让我们爬进去。

我看着麦克，他举起双手，说道："里面可不是马戏团，你们保重。"

他仍然在利用我们，但我知道原因。我看过那个视频，我隐约感到麦克镇定自若的表情和不慌不忙的微笑后面隐藏着什么。我们摇摇晃晃地走回宿舍那晚，他用沉重的身体倚靠着我说："我他妈想挖掉自己的眼球。我想尖叫到呕吐。"

那一整晚，他脸上都挂着与现在一模一样的微笑。

第九章

格温

钻进铁丝网，我感觉整个世界只剩下我和山姆两个。我本能地查看四周可供逃生的出口。但情况并不乐观，只有一个出口，就在我们后面。我更希望有多条出路。目前若是万不得已，也只能翻过铁丝网，牺牲皮夹克来保护自己不被割伤。可万一**他**在里面……

他不在里面。我告诉自己。但实话实说，梅尔文·罗亚还有什么更好的藏身之处呢？在这样一个废弃仓库里，追随者可以给他送来食物和能够安慰他心灵的受害者。这种可能性很大，我不由得放慢脚步，几乎要停下来。山姆回头看了看，但没停下来。他一心一意地寻找线索。

我害怕我们会发现更为危险的东西。这种感觉就像僵尸马上就要攻陷这个仓库。亚特兰大的天空变得阴云密布，我看不见穿过云层的飞机，没有什么东西能提醒我地球依然转动。我的耳边只听见风穿过铁丝网发出的"嘶嘶"声，以及灰色塑料垃圾飘来飘去的"沙沙"声。我们脚下所站的地方曾是停车场，但由于各种风吹日晒和疏于管理早已杂草丛生。这里就像是雷区，地表满是凸起和破碎的沥青，夹杂着枯死的秸秆，很容易失足摔倒，不可能让我们安全地奔跑。即使在这里，我也能看见后门闪闪发亮的挂锁，看起来像是新安的。

山姆后退到我身旁，问道："格温？你还好吗？"

我很想告诉他，**我不想进去**；很想提醒他，在地下室时我的直觉救了我们一命。但我也清楚真正出于本能发出的警告和由于恐惧产生的混乱二者之间的区别。如果梅尔文真的埋伏在这儿，我们两人枪法都不错，都有将他置之死地的理由。万一成功，就意味着在几分钟后我便能摆脱噩梦，而不需数天、数周，甚至一辈子。

"还好。"我告诉山姆，并强迫自己对他点点头。我还在为他独自观看那条视频的事儿生着闷气，因为这让我感觉不仅是他在保护我，更是一个男人在替我做决定。我们之后还会详谈这事儿，但眼下的问题迫在眉睫。"来吧，小心脚下。"我说。

我们绕着仓库周边走。仓库外墙起伏不平的壁板可能曾经剥落又被钉上，因为钉头依然光亮如新，没有锈蚀的痕迹。窗户在上方，破烂不堪，也高不可及，没有条箱或废弃的梯子供我们向上爬。即使我站在山姆的肩膀上，也差几十厘米才能够到窗户。我心想，想爬上去就是在浪费时间。然后我看见一扇侧门，与后门一样，有人给它上了把新锁。不同的是，原来的旧锁扣没有换掉，上面的钉子看起来生锈已久。

我把这一点告诉山姆。他点头认同，并将手伸进背包，摸出一把多功能便携刀，那可是不能带上飞机的刀具。山姆选择了最厚的刀片来撬开锁扣上的钉子，一会儿便把整个锁扣撬松了，而锁还牢牢地锁在锁扣上。整个过程几乎安静无声。

山姆拦下我，递给我一双蓝色塑料手套，自己也戴上一双。这是明智之举，我们最不希望的就是留下指纹。痕迹越少，我们便越安全。

我打开仓库门，走了进去，尽量做到小心翼翼、悄无声息。我全神贯注，集中控制力，感觉自己汗流浃背，由于肾上腺素激增而浑身震颤、胆战心惊。我害怕看见梅尔文那暗淡苍白的脸，害怕看见他洋娃娃般空洞无神的双眼在黑暗中若隐若现，然后向我伸出双手。这种恐惧感如此逼真，我得花点儿时间消化一下，想象自己将恐惧囚禁在门后。

他不在这里。若是他在，我就把他杀死。这是我在心里默念的咒语，确实能帮助我缓解恐惧。

这里的地板是混凝土的，已经裂开了。我不需要打开手电筒照亮，外面透进的乳白色光线中闪烁着飘浮的尘埃，已足够让我看清仓库的这一部分。这儿很宽敞，到处都是生锈的零件和废弃的发动机，以及一堆陈旧的机器残骸。

"小心脚下。"山姆低声对我说，声音轻得几乎听不见，"在这地方稍不留神就能感染破伤风。"

山姆说得没错。虽然我们都穿着厚底靴，我还是很留心脚下的钉子、碎玻璃等诸如此类的东西。碎玻璃就是非法占用仓库的人的廉价警报器，而钉着长钉的木板就是防卫系统。我不想踩到这些拙劣的陷阱。

我们停下倾听，除了微风拂过屋顶和窗户嘎吱作响以外没有其他动静。但我闻到一阵气味，由锈腥味、血腥味和腐烂的味道组成。这气味如此熟悉，让人作呕，我感到头晕目眩。**这是梅尔文的气味。**

前方有扇敞开的门，我谨慎地走过去，躲在可能出现的任何人的视线盲区。我沿着墙边前进，看见一堆像衣服的东西，便停下来掏出枪。山姆也掏出他的枪。他走到我身旁，在门的另一边与我对视。然后他举起三根手指，倒数。我们一起转身为对方掩护，整个过程没发出任何声音。

我差点儿撞上悬挂着的链条，幸好在最后一瞬我向后退，却依旧没忍住，发出了无声的喘息，但不是大喊大叫。我低头向下看，看见更多的链条被固定在新打入水泥、还富有光泽的钢圈里，上面的链条连接着滑轮组。我顺着绳子，返回到身后墙上的系绳处。

地板上沾满了血，血迹由于时间久远，已经干燥凝结成一片薄薄的黑色污渍，上面还有些苍蝇飞动，但远没有鲜血还未干时袭来的苍蝇多。我试着不让眼前的场景触动我的任何感官，可那扇刚被关上的恐惧之门在紧绷之下被打破了。我浑身发抖，呼吸困难，马上就要喘不过气来。我知道自己需要镇静。

一定要集中注意力，把恐惧之门关上。我暗示自己。我知道自己情绪崩溃的原因：这里的一切和我在前夫的车库里看见的太相似，甚至连味道也一样。过去的一幕幕在我脑海里闪现，现在我只想打退堂鼓。但我绝对不能半途而废。

山姆对我喊道："格温。"这次他不再保持安静。我转过身去，他正蹲在那堆衣服旁边，我朝他走过去。只有一步之遥，我立刻闻到了腐烂的味道。更糟的是，我知道我会在昏暗的光线中看到什么。

这具尸体——我猜是我们在视频里见到的男人——在这儿已经很长时间了，长到已经被食腐动物分解成咀嚼过的肉，几乎只剩骨架。尸体上的皮肤如蜡纸般又干又薄，连蛆虫也消失了，像一只散落的白色蛹壳。

"多久……"我的声音不住颤抖，便干脆闭口不言。山姆抬起头来看着我，"现在天气寒冷，但他遇害时可能还暖和，或许已经有几个月了。"山姆沉默片刻，低下头，又站起来，"看看周围是否有线索。"

我试着无视这具尸体，但难以办到。我能够不断地感觉到他，仿佛他那空荡荡的眼窝追踪着我。仓库剩下的地方只摆着一堆陈旧的桌子，上面除了老鼠粪便和一丝卷发，以及一叠已经被遗忘了的二十年前的旧发票——也许价值不大——以外，别无他物。

但仓库的另一端有个办公室，山姆查看仓库那边时，我便向办公室走去。办公室有扇用铁丝网加固的带有玻璃的金属门。铁丝网已经破裂，不过仍然坚固。我试着打开门。门是锁着的。但锁看来很老旧，是这扇门的原装锁，我结结实实地踢上数脚，金属门底部的铰链突然松开，如醉汉般倾斜，摩擦着地面以保持平衡。

唯一可以判断的是，曾经有人使用过这间办公室。这里同样残破不堪、遍布灰尘，蜘蛛宣示着后墙上的档案柜是它们的猎场。房间另一端有一张相对干净的老式书桌，书桌上面摆放着二战时期的剩余物资。地上的灰尘能看出有人走过的痕迹，但并未留下有用的脚印。

角落里有些纸，是一些普通的复写纸，上面没有水印，也没有字迹。我尝试了一个从《神探南希》[1]中学到的技巧：拿起一把细小的粉尘，撒在纸上，然后轻轻地将纸来回滑动，看是否会有隐藏的印迹。可纸上

---

[1] 一部 CBS 出品的刑侦类剧集。

空空如也。

　　我拉开抽屉，这突然的震动吓到一些蜘蛛，我又被爬动的蜘蛛吓了一跳。但比起其他东西，现在我最不害怕的就是这些八足捕食动物。

　　我在倒数第二个抽屉里发现了一个男士钱包。钱包很破旧，被压成贴合成某人臀部的形状。我把它拿出来放到桌面上，小心翼翼地打开，没有蜘蛛突然爬出来。我看见后面那格里有一沓现金，我没有数，但至少有两三百美元。然后我看见夹在钱包前面左边塑料夹层里的驾照，是路易斯安那州签发的，其主人名叫罗德尼·索尔。我用手机拍下了驾照上的地址——这个地址在新奥尔良州。驾照后面放着的是现代生活中常见的塑料卡片，有借记卡、信用卡、数张超市会员卡以及大卖场会员卡。

　　在钱包右边的夹层里我发现了一张照片，上面是一个身材丰满、一脸幸福的金发女人，她抱着两个可爱的小孩儿。照片背面用稚嫩笨拙的字迹写着：妈妈、凯特和本尼爱爸爸。

　　我不得不屏住呼吸，以抵抗胸口的疼痛。这位漂亮幸福的女士知道自己的丈夫遇害了吗？他是否在某个晴朗的夏日人间蒸发了？她的孩子们是否还在苦苦追问"爸爸什么时候才能回家"？

　　我把照片放回原位，继续查看，找到了一些名片，上面用浓黑的墨水浮雕印刷着罗德尼·索尔的名字，看起来像执法人员证件上的标记。他不是警察，是私家侦探。我扯出其中一张名片放到口袋里。

　　这个钱包里没有任何有用线索，就算罗德尼身上携带了任何有用的物品，如笔记本、录音笔一类，现在也都不复存在了。他们留下的都是对他们毫无用处的东西，包括罗德尼。

　　"格温？"山姆在门口悄悄问道，我向他点点头，把钱包放回抽屉关上，便离开了。

　　我们经过尸体，穿过另一个房间，从侧门走出仓库。午后阴云密布的天空已经是我今天遇到最明亮、最友好的事情。我感到头晕目眩，只能大口吸气以保持镇定。即便已经出来，我的肾上腺素仍然处于极高的水平，身体还在瑟瑟发抖。

鲁斯提格在铁丝网旁等着我们，我意识到我的枪还拿在手上，便把它放回枪套。我们爬出来时，鲁斯提格帮我们托着铁丝，然后小心地用回形锁将铁丝归位。

我告诉他，我们只留下了鞋印，而且明显是新踩上去的，一眼就能看出与曾在这地方发生的恐怖事件无关。我们原路回到车里。幸亏车辆仍完好无缺，虽然锁已被撬开，收音机也被从中控台里拿了出来。我们横穿大半个城市，在一个公用电话亭打电话给警察报告了尸体的位置。

"谢谢了。"我挂断电话时，鲁斯提格说，"现在打给我。"他把电话号码念给我听，我又在公共电话里投了一把二十五美分的硬币，给他留了同样的信息，告诉他那个仓库与联邦调查局正在调查的案子有关。我挂断电话，一脸疑惑地看着他，他却对我竖起大拇指。按照正常程序，如果他的手机并未接通，便不能通过信号定位。也许他会对局里说是收到了匿名报告。

我们回到车里，踏上返回咖啡店的路途。我感觉好了一些，皮肤暖和起来，神经也不那么紧张了，但我知道这个地方可怕的死寂一定会在以后某天出现在我的梦中。警察今晚便会来拉起警戒线，犯罪现场调查员会过来调查，麦克·鲁斯提格也会编造一个理由让当地调查局介入。他们也许能追查到仓库的所有权，但这样做是否有用，我表示怀疑。阿布萨隆并非业主，除了在业主不在时非法占用，梅尔文他们可能与这仓库毫无瓜葛。物业公司根本疏于检查这些破旧的房屋，要是有人来检查，看到新的标志、围栏、挂锁，就会认为是公司的同事已经处理好了。典型的官僚主义作风。

阿布萨隆生活在缝隙中，如同蟑螂，梅尔文也是。

"那现在怎样？"我转过头看向山姆问道。而他瞟了麦克一眼，说："我们让他下车，然后去拜访巴兰坦·里瓦德。"

鲁斯提格问道："你们凭什么认为他会见你们呢？"

"我们会告诉他，他的手下死了。"

第十章

康纳

　　夹心米酥让我和姐姐一直休战到下午，直至我再次搞砸这难得的和平。当时，兰妮情绪不佳，脾气暴躁，不时对我怒目而视、大吼大叫，仿佛要我为她被困在这间小屋里无所事事而负责。我曾试着让她读书，但上次我让她读书时，她把书扔向我，还叫我书呆子，通常别人这样叫我，我都不会介意，但她这样的态度让我浑身不爽。

　　她可怜兮兮地恳求上网许可，最终，埃斯帕扎先生勉强同意了，但只让她上三十分钟，并且告诫她，他已经按妈妈的要求开启了家长监管模式。这并不意外，妈妈对这事儿严格要求事出有因。

　　我在屋里四处闲逛，想借此看看姐姐在干什么，因为她的情绪很不稳定，而我不知为何。但她只是把照片从网上下载下来，仅此而已。那是她朋友的校园照，她从妈妈不知道的秘密云盘账号里找了出来。我盯着看了两分钟，发现每张照片都有同一个身影。我靠在她的椅子上，说道："你是暗恋你闺密吗？"

　　没想到兰妮像核爆炸一样发难，她的脸涨得通红，一把把我推开，吼道："别烦我！"然后逃回她的卧室，用力摔上门，连放在桌上的电脑都被震飞起来。我看着屏幕上戴丽雅·布朗的照片，我一直认为她真的很漂亮。我对着这张照片说："她最迷恋你。"也难怪兰妮这样生气，她可能不想让任何人知道这件事，可现在我知道了。

房子的前门打开了，埃斯帕扎先生往里看，看见我，便问："发生什么事了？"

我耸耸肩，答道："没事。"他知道其实是有事，但我清理了浏览器的浏览记录，关掉电脑，拿起书，什么也没说。最后他只好关上门。他正在门廊清理他的枪，我在这里都能闻到他上在枪上的油的气味。

兰妮有她的秘密。我对此甚感欢喜，但我不会说出来，我们都不会做这样的事。我们只有在生死关头才会互吐心声。可能对她来说现在就是生死攸关之时。我有点儿过意不去，毕竟我让她难堪了，何况在那之前她还给我做了夹心米酥。

我回到桌前，打开笔记本电脑，找到那张照片，打印了一份，在照片背面写上：你要知道，你喜欢她也没关系。然后我把照片从门缝塞进姐姐的房间的，再次关闭电脑（因为如果不关机，我也许就会坐下来看些我不该看的东西，例如我爸爸被通缉的消息），走到门廊。埃斯帕扎先生正弯着腰研究手枪的枪管，他看见我，便直起身子，叹息道："天气越来越冷了。她还好吗？"

我点点头，并没有告诉他兰妮有个秘密，只跟他说："她在房间里。"他凝视着我，而我只能逃避目光。"那你呢？你好吗？康纳。"

我耸耸肩，不知道如何回答，不知道摆出什么表情才能表达"我还好"。

"如果你有需要，可以和我谈谈。"

我坐在台阶上，布特跑来趴在我身边，我抚摩它的头。它舔着嘴，把头靠在我大腿上，很重。我从未见过它生气，但我能想到它发脾气的后果会很严重。

我说："你知道我爸爸的事情。"我的眼睛盯着栏栅外的树，树叶被吹得沙沙作响，在风中摇曳，头顶上的云朵沉重得像是金属。

"略有耳闻。"埃斯帕扎先生对此很是小心谨慎，他知道的可能不止一点点，"你感觉不太好，不是吗？"

"什么？"我知道他说的是什么，但我不想让他认为我知道。

"想到你爸爸做了些很可怕的事。"

我摇摇头，不知道我只是表示感觉不好，还是在拒绝某些东西，或者不知道该做何感想，"妈妈不谈这件事。"

"那你想谈一下吗？"

"不想。"

埃斯帕扎先生点点头，继续研究他的枪。这场景很熟悉，我记得妈妈也做过同样的事，她会小心翼翼地把枪拆开，清理干净，上油，再组装回去。埃斯帕扎先生比妈妈更爱整洁，每个零件都整齐地排列在布上。

"你介意我谈谈这件事吗？"我再次耸肩，表示阻止不了成年人做他们想做的事。不管怎样，我也很好奇。

"我知道他做的事情，报纸上、网上、新闻里都有报道。我不是要刻意关注这件事，但是铺天盖地的报道让我无法不关注。大家都说只有妖魔鬼怪才做得出这样的事情，你听说过吗？"

这次，我点点头，我听过很多次这样的话。

"他不是妖魔鬼怪。"埃斯帕扎先生告诉我，"他只是心里住着一只怪物。"

"有什么区别吗？"

"如果你愿意，还是可以把他当人看，只是不要忘记他心里有只怪物。"

我说："就像恐怖电影里人被鬼附身一样。"妈妈不让我看恐怖电影，但有时候趁她不知道，我会和朋友一起看。

"也不完全是，被鬼附身的人无法控制自己，你爸爸则是自己选择做这件事。"埃斯帕扎先生停顿片刻，看得出他在小心选择措辞，"你知道，我曾是个海军陆战队员，对吧？"

"知道。"

"我见过人们做出这样的选择。可能他们很爱他们的家人、他们的宠物，但这并不妨碍他们找到机会成为怪物。人是很复杂的生物，称你爸爸为怪物很容易，这样的话要杀掉他也很容易，我们会杀掉怪物，是吧？

但对你而言，他并不总是怪物，我知道，而且杀人从来不易。"

我看着他。"不过，你杀过人。"

埃斯帕扎先生拿起另一个零件清理，他的手很稳，眼睛却看着我。我只能忍受他的目光一小会儿，便转移视线看向他的手。"是的，"他说，"Es verdad[1]。你知道是什么意思吗？"

"这是真的。"

"没错，我杀过人，而且若是迫不得已，我还会再杀人以保护其他人。但拥有这种能力，也是一种责任，我绝不能掉以轻心。"

"我爸爸不是这样想。"

"对。"他认同道，"他不是，对他而言这是种乐趣，他喜欢杀人，并以此为乐。所以你妈妈才如此小心翼翼地保护你们，明白吗？"

"不过，他不会杀我。"

埃斯帕扎先生并不回答，他让我独自思考。他言之有理，我明白。但他的看法与我自己的感受并不相同，我觉得爸爸……关心我。"你认为我们要在这里待多久呢？"我这一问使他手里流畅熟练的动作停顿了片刻，他已清洁完毕，现在要把枪组装回去。

"不清楚。"他实话实说，"但无论要待多久，你们在这里都是安全的，我保证。"

"你和克莱蒙特小姐，谁的枪法更好？"

"我，这是我的工作。她的工作是破案，但她的枪法也很厉害。"

"你会教我和兰妮射击吗？"

"要是你妈妈同意，而且你们想学的话。"他说。

我点点头，考虑片刻，然后站起来，把布特的头从我腿上拿开。"我能在院子里走走吗？我不想成天待在屋里。"

"当然可以，只是不要自己跑到栏栅外面，好吗？"

我点了点头，说："我和兰妮要找些事情做，不想只是……"

---

[1] 西班牙语。

"在屋里坐着？"埃斯帕扎先生叹了口气，嘴里冒出浓浓的雾气，"我正想着，也许我们可以去野营或钓鱼，你觉得呢？"

我觉得这话听起来凄凉孤寂，但他正在努力尝试让我们感觉好一点儿，所以我点点头，说："或许我们可以去别的镇看电影，比如去诺克斯维尔？"

"也许吧。"他说，"嘿，如果你要待在外面，就穿上外套，手套也戴上，我可不想你感冒。"

"人不会因为这些感冒的。"我非常严肃地说，"要感染病毒才会感冒。"

他开怀大笑，"我知道，但是我的建议还是对的。"

我走进屋，穿戴好外套和手套。再出来时，埃斯帕扎先生已经重新组装好猎枪，回屋取暖了。布特似乎不觉得冷，因为有毛御寒。它高兴地跳下门廊，和我四处奔跑。我们玩了一会儿接球游戏，然后我在树干一侧坐下，我选择了房子窗户最少的侧面。布特看着我，四处走动。我想其他人会觉得它很可怕——至少兰妮是这样认为的——但对于我，它是一种精神慰藉。它看我的眼神不像是在看一颗即将爆炸的炸弹，或是一个即将破裂的肥皂泡。在它眼里，我是正常人。

适当保留些隐私还是很不错的。在这里没有人看着我，也没有人密切关注我的感受。我知道他们都想帮助我，但我不想接受帮助，至少现在还不想。

我离小屋很远，窗户关着，没有人听到我的声音，我背靠着树，因此他们也看不到我。布特趴在我身边，再次把它的头放在我大腿上，我抚摩了它一会儿。

最后，我从口袋里拿出手机和电池，在指间转动起来。我知道这样做不好，非常不好，但反正我也有一半坏人的基因，不是吗？我有我爸爸一半的血统，而他内心有怪物。

拥有一部能直接和爸爸联系的手机，有点儿像玩火柴，令我既兴奋又恐惧。而一旦迈出第一步，便再也停不下来，直到引火烧身。

我已经考虑过给他打电话的后果，也想象过他会跟我说什么，他的声音听起来会怎样，如果他知道我还留着他的电话号码，会有多惊喜。他会对我说："你好，儿子，就知道你会找我。"

我还记得他在游泳池里教我游泳，对我说："我知道你能做到。"我那时怕得要死，他陪着我。我在水里扑腾，他把我举起，直到我能自己在水里浮起来。他还教我背部朝下，在水中仰泳。

他也带我去湖里游泳，后来他们说爸爸把尸体投进那个湖里。我知道我应该对此深恶痛绝，但我也记得那些美好的日子，记得他带我上船时我有多么兴高采烈，记得我们如何在冰冷混浊的水中做后滚翻，比赛绕着船游泳。那时他让我赢了，他总是会让我赢。

我之所以对这一切都记得如此清晰，是因为他几乎从未把我放在心上。因此当他真的尽到爸爸的职责时，那些日子就成为我一生中最璀璨夺目、最幸福快乐的时光。现在我才想起妈妈和兰妮从不和我去游泳，一直以来都是爸爸和我去游泳，我也从未想过要问原因。

不要找他，我再次告诉自己，心里不断想着，**把手机交给埃斯帕扎先生或者克莱蒙特小姐，这样也许有助于找到爸爸，把他送回监狱。**但我若这样做了，就意味着爸爸离死亡更进一步。

我看着布特。"饿吗？"我在开玩笑，可是又不完全是在开玩笑，"帮哥们儿一个忙？"至少如果狗吃掉了手机，那就不是我的错。但它不会吃。它舔舔嘴，又把头靠在我大腿上，表示对此毫无兴趣。

我打开后盖，把电池放进手机，开机，看着界面上跳动的"你好"字样，等待主页弹出。**你时间不多**，我告诉自己，**想好要做什么就去做**。我不想打电话给他，我还没准备好，我怕自己承受不了。因此，我改为发短信给他：嗨，爸爸，我想你。

我盯着屏幕看了很久。我感觉到布特的口水浸湿了我的裤了。天越来越冷，我都能看见自己呼出的雾气。我数着，每次呼气就输入一个字。然后我开始删除。

嗨，爸爸，我想

嗨，爸爸，我

嗨，爸爸

我停了下来。我应该关掉手机，拆掉电池，扔到树林里的某个地方。那里会下雨，手机会短路坏掉，就像我从未拥有过它一样。

我不能这样做，不该这样做，这样做不好，而且还很危险。但是，点燃火柴的冲动难以抑制。而这次，在我引火烧身之前，兰妮不会大吼大叫地阻止我。这里只有我和凝视着我的布特，没有其他人。于是我按下了"发送"键。

按下按键的那一刻我就知道我做错了，希望能够撤回短信。我感觉很不舒服，手里紧紧握着手机，我想可能我会把它握碎。**关掉手机，你必须关机。**布特看着我，仿佛能看出我烦躁不安，它坐了起来，以便舔我的脸。我几乎没有感觉，但我伸出双臂紧紧地拥抱住它。

它呜咽一下，在我怀抱里扭动。**我要关机，我会把手机扔掉，**我在心中暗暗发誓，尽管不知道我是在向谁发誓，向自己？向兰妮？向妈妈？我正要打开后盖，拿出电池，但还是为时已晚，因为手里的电话震动了。

我放开布特，打开手机，盯着屏幕上的字：嗨，儿子。

我应该把手机扔掉，我知道应该要把它扔掉，我没疯。但是看着手机，我仿佛能听到他的声音，想起他在那些美好的日子里拥抱我的情形。其他大多数时候，他会像幽灵一般在房子里游荡，看我们的眼神像是在看陌生人。有时候，爸爸好几天都不和我们说话；有时候，他会很长时间不在家。妈妈总是说他在工作，但我能感觉到她有多么担心他不回家。

这条短信让我感觉他是好爸爸，感觉我回家了，不用再担惊受怕，终于……安全了。**就这一次，**我想，**明天我就把手机扔掉。**

一切由此开始。

第十一章

格温

我们离开仓库之后又回到了咖啡店。在灌下几杯咖啡后，我问柜台的女士借电话簿。她疑惑地看着我，似乎我是来自远古时代的怪人，然后从不知道什么地方找出了一本覆有水渍的复制本，肯定已经被压箱底将近十年了。我没有告诉她为何我如此老土，她也没有问。

我在通讯录上找到了里瓦德·路克斯公司的电话号码和地址。在我连续按六次键后，终于听到了接线员平静冷酷的声音。她告诉我，里瓦德先生的电话已经无法接通。我早有所预料。我说："麻烦发一则信息给他，问他，他几个月前雇的调查员是不是已经失踪。如果是，我已经找到那个调查员了。他死了。"

我暂时沉默，等着接线员消化我的话，她的声音再次响起时听起来颇不平静。"抱歉，你是说'死了'？"

"没错。这是我的电话号码。"我念给她听。之后我会去买一张新的一次性电话卡，无论结果如何，一张电话卡的代价是值得我付出的，"告诉他让他一个小时内打给我，过了一个小时，我不会再接。"

"了解。嗯……您的名字是？"

"我是史密斯小姐，"我说，"一个小时，明白了吗？"

"好的，史密斯小姐。我确定他马上会收到消息。"

她的声音听起来很不平稳，反而让我相信她。我挂掉电话，对着山姆挑起眉毛，他点了点头。我们很清楚，里瓦德能做的事情数不胜数，其中之一是通知亚特兰大警方。我们早已准备就绪，一看见警车就会立刻把手机扔进垃圾桶。店里的客人来来往往，没有人注意我们。这里像大多数咖啡店一样，人们聊得最多的话题是功课、写作、政治和宗教。

十分钟后，我的电话响了。"请帮我叫一下史密斯小姐。"

"我就是，"我说，"你是谁？"

"我是巴兰坦·里瓦德。"他操着一口南方口音，但并非佐治亚州口音。他那路易斯安那州拉长声调的说话方式像奶油一样油腻。

"我怎么确定您的身份呢，先生？"

"你无法确定，"他的声音听起来像是被逗笑了，"你联系了我，我觉得你会抓住机会。"

他说得没错。我不能确定他就是我要找的人，但我又能有何选择呢？"我想跟您说说您曾雇用后又失踪了的那个人。"

"根据你与亚罗女士的谈话，他已经死了。"

"没错，"我说，"他死了。如果您跟我见面，我可以告诉您我知道的事情。"

"如果你真的了解我，你就知道我不跟任何人见面。"他听起来依旧礼貌，却有点儿蛮不讲理。我感觉我要失去他这条线索了，"请把你的故事告诉警察，史密斯小姐。不论你在盘算什么，我都不会给你钱。"

"我不是要钱，"我打断他的话，决定要抓住这个机会，"我在找阿布萨隆，相信您也在找他。"

电话里安静了，似乎他打算沉默到天长地久。最后他说："你引起我的注意了。继续。"

"我们不在电话里说，"我说，"我们来找您。"

山姆目不转睛地看着我，忘记了喝咖啡。巴兰坦·里瓦德回了我的电话，山姆和我一样惊讶，而且我们还在通话中。

"你会被彻底搜查，"里瓦德说，"而且你说的话最好不是在浪费我的时间，否则，我保证会毫不犹豫地让警察逮捕你，听明白了吗？"

"明白了。"

"那么，来亚特兰大市中心的路克斯楼。我想你就在城里？"

"是的。"

"你的真名叫什么？你要把身份证出示给我的员工看。"

我不想告诉他，但他说得没错，我要出示身份证，亮明身份。"格温·普罗克特，"我说，"还有山姆·凯德。"我知道他马上会让下属调查我们，给他完整的档案，上面会有关于格温·普罗克特和吉娜·罗亚的每一则新闻报道。我那份档案肯定相当厚，山姆的则薄得多。

即使里瓦德已经认出了我的名字，他也不会说出来。"为了安全，你们要把所有东西留下来，包括电话、平板电脑、便笺、衣物等。我会给你们一些衣服暂时穿上。如果你们不同意这些条件，就不要出现了；如果同意，一点三十分我会准时见你们。"

时间不多了。我们已经离开了鲁斯提格，准确说，是他离开了我们去做他的事。他也没有问我们接下来一天要做什么，也许他心里还有误会。我说了声再见，然后挂了电话，把电话放在我和山姆之间的桌上。

"你让我们有了进入象牙塔的机会，"他说，"天哪！"

"什么塔？"

"就是他们所谓的路克斯楼，"他对我说，"里瓦德已经身居顶层有二十年了，而且一时半会还不会下来，特别是在他儿子死后。"

"他儿子怎么死的？"

"自杀，"山姆说，"据八卦小报的说法，里瓦德心都碎了。"

"哦，你还读八卦小报？"

"不，我对名人八卦基本一窍不通。"

"我不想评价。"我说。这是我第一次发自内心想笑，"但我们俩中你才是关于里瓦德的专家。你觉得什么东西可以给他留下好印象？"

山姆啜了口咖啡。"诚实，"他说，"我觉得你已经搞定了。"

"很高兴你这么说。顺便一提，他要搜我们身。"我说。山姆又啜了口咖啡，"我们目前也只能诚实以对。"

里瓦德的搜身并不完全与监狱搜查一样——关于后者我已经有很多经验了。里瓦德的员工对待工作十分认真严肃，我们的背包被拿走了，里面有我们的电脑和手机。他们要求我们把衣服脱到只剩内衣，进行全身搜查，之后才让我们穿上丝绒面料的深蓝色运动服，码数刚刚好，正面是呈波浪形用金边勾勒的"里瓦德·路克斯"标志刺绣。这并不完全是商务休闲服，但我敢打赌，肯定相当昂贵。我穿上适脚的拖鞋，走起路来如同走在云端，十分舒适。

我们走进私人电梯，整个电梯看起来就像是镀金时代巅峰遗留下来的一件艺术品。一位保安和我们一起，递给我们一个系着黑绳的徽章。"你们全程都要戴着它，"他说，"你们只能在指定区域活动。如果出了这些区域，徽章会发出警报声。"

"我们怎么知道指定区域是哪儿？"

"不论你们去哪里，事先都要问一下。"他回答。他看起来像是功勋显赫的退伍军人，习惯于发号施令。我向四周扫了扫，看见山姆在玩运动服前面的拉链。他平常不穿这种衣服。他见我看着他，耸了耸肩。"我觉得自己像个黑帮。"

"鞋不一样。"保安先生说，我不禁发笑。然后我忍不住想，他站在这儿说了多少次这样的话。

电梯到达，我们走进一个宽敞的圆形门厅。其中一头是陈旧的彩色玻璃窗，结合了现代风格和装饰艺术，图案是一名男性把手伸向太阳。这是一幅迷人的艺术品，而且面积巨大，我猜起码价值几百万美元。我想知道里瓦德是怎么挣钱的。

保安带着我们走过一扇豪华的双开门，到达另一个房间。我想这个房间只在与陌生人见面时才用得到吧，它的存在就是为了震撼在这里的陌生人。这里没有桌子，从窗户看出去能一览这个城市的景貌，只是今天缥缈的低云挡住了视线。房间里三张大沙发呈三角形摆放，中间有张桌子。保安站在墙边，双手在胸前交叉，似乎可以就这样千年不动。山姆和我不确定要站在哪里等，或许我们应该坐下。

巴兰坦·里瓦德很快就到了，十分准时。他的轮椅像是美学设计的奇迹，除了轮子与厚厚的地毯接触时的"嘶嘶"声，移动起来几乎悄无声息。他的外表看起来比照片上的年轻，黑框眼镜换成了一副镜片上泛着轻微蓝色的无框眼镜，让他看上去像要去参加一级方程式赛车一样。讽刺的是，他穿着和我们身上一模一样的运动服。

"坐，坐，"他说道，露出神秘莫测的微笑，"格温·普罗克特，山姆·凯德，别像参加典礼一样站着。"他亲昵的语调骗不了我，这个男人不是光靠魅力登上塔顶的。

山姆和我陷进几乎全新的沙发里，我想应该没有多少人坐过这张沙发。我们是里瓦德为数不多的客人。

"需要什么喝的吗？"他没有往后看，但正在这时，一个身穿蓝色定制西服、举止得体的人走进来，手里端着银色的托盘，上面放着各种饮品，每一种都含有酒精，而且都是我消费不起的。

"苏格兰威士忌就好。"山姆回答，我点了点头。里瓦德表现得很热情，而我们也礼貌地啜了一口。当然，苏格兰威士忌是酒中极品，我努力抑制住一口喝干的欲望。

"说些正事。"西装男手法娴熟地把三种饮品混在一起，递给里瓦德。"你们说有这位调查员的消息。"

"我会告诉你我所知道的，但这必须保密。"

里瓦德透过眼镜用眼神锁定我。"奇瓦力先生，多尔蒂先生，请先离开。"

西装男毫不犹豫地离开，保安却说："先生，也许我应该留下。"

"出去，多尔蒂先生。你可以站在门外面，我没事的。"虽然里瓦德的声音依然从容不迫，但下巴紧绷，淡淡的红晕爬上他脖子的苍白皮肤。多尔蒂不太满意地看了看我们两个，然后走出去，关上了身后的门，"好了，现在只有我们了，我可以毫无保留地回答你们的问题。现在，告诉我你们是怎么找到这个人的？"里瓦德问。

"你是说，索尔先生？"

他的眼神闪了一下，不过这是何意，我并不理解。"没错。你是在哪儿找到他的？"

"在一个废弃的仓库里。"我说道。我想让山姆回答，但他只是靠在沙发上观察我和里瓦德，捕捉信息。"您为什么要雇他？"我问道。

"你说过阿布萨隆这个名字，"里瓦德回答道，"请解释一下你为什么知道这个名字。"

我挤出一个微笑，"当然可以。但首先您得告诉我，您是怎么知道的。"

"我有一些……问题，我不会细说的。"

"跟你的儿子有关系吗？"山姆问道，这次轮到我放松自己往后靠，让他们进行谈话。

我有一瞬间以为我们要失去这条线索了，以为里瓦德要叫人进来把我们送出去。但他只是叹了口气，把视线投向远处，看向晴朗的亚特兰大的天际，说道："没错，确实和我儿子有关，"他的声音充满了悲伤，还有挫败，"关系很大。你知道，几个月前他自杀了，我失去了他。这是我的错。要知道教育一个出生于富贵之家的孩子正确的是非观并非易事。我本可以做得更好，但这是我的罪过，与他无关。我想你们也知道，他常年吸毒，八卦小报对这个消息趋之若鹜。他在治疗所进进出出……跟你没什么区别，凯德先生。你过去也有过住院治疗的历史，不是吗？"

山姆闭上了嘴。我之前见过他这副模样，他似乎整个人都僵硬了，只有眼睛还在动。许久后他说："我从阿富汗回来后住过院。"

"这没什么可耻的，孩子。很多好人都在战场上受伤了。"

山姆没有被里瓦德的糖衣炮弹蛊惑。他的眼神变得冷酷平淡，声音毫无波澜。"我是去治疗重度抑郁症的，你聊这个只能说明你深挖了我的过去。既然这样，为什么不直奔主题，说说梅尔文·罗亚呢？"

我很高兴他反击了。从他嘴里听见我前夫的名字令我震惊，但也很让人兴奋。我们把控住了谈话的进程，可我从里瓦德微微抿紧的薄唇看出他并没有多么在乎。"好吧，"他说，"让我们聊聊这个房间里隐形的连环杀手。梅尔文·罗亚畏罪潜逃，所有人都惶惑不安，而你，吉娜，你没有躲起来。如果有人知道事情的来龙去脉，便会猜测是你……除非你有不害怕他的理由。我相信，那就是你认识阿布萨隆的原因。"

"胡说八道！"我说，他的脸因为我的无礼抽搐了一下，"你觉得我和我前夫同流合污？真是胡说八道！"我站起来，把杯子狠狠砸在桌子上，然后走向门口。里瓦德敏捷地把轮椅转过来拦住我，我再愤怒也无法揍一个坐在轮椅上的亿万富翁，"走开！"我压抑着怒火吼道。

"我只是想看看你的反应，"他从容不迫，"如有冒犯，我会道歉。"

我直视他的双眼，说："如有冒犯？"去你的象牙塔，去你的有钱人，"这个恶魔正在追踪我，追踪我的孩子。你要么就帮忙，要么就离开我的视线。这个反应你满意吗？"

在我身后，山姆也站起来了。我听见杯子碰在桌上的声音。"我们不需要你，"他对里瓦德说道，"见鬼去吧！"

这比"胡说八道"好不了多少，但我完全同意。他也许在想麦克·鲁斯提格，想或许麦克可以帮助我们，但我已经失去耐心，而且怒不可遏。如果还有人当着我的面说这件事，说"梅尔文的小帮凶会受到审判"，我就跟他拼个你死我活。

里瓦德先眨眼了。"好吧，"他说道，然后把轮椅挪开让出路，"如果想要离开，随你便，我不会拦你。但是，我确实要道歉，普罗克特女士。刚刚那么说或许过于粗鲁，但我首先要确保你不是他们中的一员。"

"你是指阿布萨隆？"我说道，他点点头。"你要找的就是阿布萨隆？这就是索尔在调查的人？"

"没错，"他深吸一口气，"我的儿子患上了一种'富贵病'，其实就是被惯坏了，染上了吸毒酗酒的坏习惯，造成了很多不良后果，让人精疲力竭。"他挥挥手不再继续说，"总之，阿布萨隆盯上了他，他们在网上用难以言说的残忍方式折磨他。我想也许只是因为他是个容易搞定的取乐目标。此外我想不出其他任何理由。"

"他们怎么做的？"我问，但我已经知道答案了。他又喝了一杯酒，然后把杯子放在桌上我们的杯子旁边。我觉得，他已经放下戒备了。

"一开始是发各种关于我儿子的帖子。网上是怎么称呼这种行为的？对了，黑他。有天他醒来，发现自己成了无数人的笑柄，我能想象到这些是如何将他身心摧毁的。他从来不跟我谈论此事，想自己解决，可他的反抗无疑是杯水车薪。他们像一群野狗似的不依不饶，把他的隐私放到网上，把医疗记录发上去，每天都有新的爆料。我儿子有个三岁的女儿，他们开始宣称他猥亵他的女儿，然后伪造文书，作为证据。他们还放了照片和一些可怕的视频……"里瓦德哽咽了。此刻，我第一次为他感到难过。我对他儿子的痛苦感同身受，因为我也曾遭受这种网络暴力。

他清了清喉咙，"最糟糕的是，无辜的人们相信了他们的说辞。我们生活在一个离不开网络的世界，总有网络暴徒在紧追不舍。警察调查了猥亵的事情，发现没有证据便撤案了。但网络暴徒的'圣战'却没有停止，他们铺天盖地地寄送了一大堆龌龊恶心的信，不停地给我儿子发传真、打电话。他根本无法摆脱。过了一段时间，我觉得他已经生无可恋了。"里瓦德泪水盈盈的双眼突然转向了我，"你一定明白吧。我知道你明白，因为你也曾经遭此毒手。"

我点点头。从梅尔文恐怖车库被撞开的那天起，我和孩子们都成了攻击目标。在这个社交媒体的时代，只有受到人身攻击时，你才会知道自己是如此脆弱不堪，但是一切防御都为时已晚。你可以关掉脸书、推特、照片墙，换掉电话号码和邮箱，搬家，但这些都阻挡不了那些穷追不舍要折磨你的人。对他们来说，这是一种游戏，他们享受击中目标的感觉。他们根本不会在乎这些"莫须有"的罪名是否会对他人造成伤害。对他们来说，人身攻击只是一场看谁能发布更令人震惊、更有辱人格的信息的残忍不仁的赛事。网络暴力就像洪水猛兽一般势不可当，而仇恨则像毒药，从屏幕溢出来渗进你的大脑。

用不了多久，阿布萨隆的杰作就会侵蚀你的日常生活，摧毁你的信心，粉碎你对所有人的信任感。那些暴徒隐藏在一条条匿名留言之后，无孔不入，让生活中充满了多疑和恐惧。无论何时，甚至此时此刻，我始终真切地感受到憎恨的熊熊烈火径直对准我和孩子们。我时能看到它，这让我一直保持愤怒，就像一台永不停歇的发动机。巴兰坦·里瓦德儿子的绝望情绪我感同身受，有段时间我也觉得只有自我了结才能摆脱这种境地。我勉强挺了过来，而他没有。这不公平也不合理，但这就是可怕的人类，我们用这种方式互相残杀。

"对于您儿子的经历我很难过。"我告诉里瓦德。在继续询问关于阿布萨隆的事情之前，我决定刨根问底一下，"他是怎么自杀的？"

里瓦德的双眼变得空洞绝望。"他从这栋楼跳下去了。他在这儿有间公寓，玻璃很厚，他要用全力才能打破。我想他把大理石半身像当成了工具，然后从二十八楼纵身一跃。"

为表对死者的尊重，在继续问话之前，我默哀片刻。"那……在他去世之后，您雇了索尔先生去追查那些穷追不舍的人？"我问道。

"不是，在我儿子去世之前，我就已经雇了索尔先生去调查那些快把他逼上绝路的人。但索尔先生刚好在他死之前不见了。"里瓦德的手不安地点着轮椅的扶手，然后握紧，直到我听到他的指关节发出声音。

我终于进入正题。"索尔先生定期给你报告或者信息吗？"

"给了一些，"他说，"但并不多，在他失踪的那天，他本应回来向我报告更多的细节。现在，该你解释一下了，你是如何找到他的？"

我们娓娓道来。事件中没有提到鲁斯提格。我们告诉里瓦德我们找到了一个视频，虽然没有告诉他我们其实找到了视频里的地点。鲁斯提格拿走了 U 盘，但以防万一山姆早已把视频上传到了云盘。我们提议播视频给里瓦德看。他让人拿来一台笔记本电脑，山姆把链接发过去。我没看，也试着不听声音，但最后我还是听见索尔说出了里瓦德的名字。

里瓦德暂停了视频。我们都沉默了片刻，然后山姆问："你认出谁了吗？或者声音？"

"没有，"里瓦德说道，声音压抑，听着像在沉思，"你们找到索尔先生的尸体了吗？"

"找到了。"

"还有发现其他人吗？或者线索？"

"只有他的钱包。线索现在都在警察手上。"我想说联邦调查局，但还是放弃了。

"可以给我们讲讲关于阿布萨隆的线索吗？"山姆问。我甚至有种冲动，想言辞激烈地要求里瓦德提供线索，但山姆的做法是对的。里瓦德的权力意识让他对彬彬有礼的请求更加欢迎。不论怎样，管用就行。"里瓦德先生，我知道您可以雇很多人去调查这件事，但我们都是在一条船上的。无论有没有您的支持，我们都会继续调查下去。所以如果您能和我们同心协力，共同进退，就最好不过了，您认为呢？"

"你的意思是说我们结盟？"里瓦德看我一眼，然后又看向山姆，"你们也知道我是个赫赫有名的公众人物，你们不许对外提及我牵涉其中的事儿，我就可以提供资源帮助你们。你们有发现时会及时向我汇报吧？"

"当然会，"山姆说，"任何发现都会向你报告。"这种承诺听起来确凿可信，不过在之前相当长的一段时间，他成功地向我隐瞒了他的身份。可见只要有需要，山姆还是很擅长搞"欺骗"的。

里瓦德表面上似乎接受了这个提议，说："好吧。索尔先生给了我几个名字。阿布萨隆雇的好像大多都是十五六岁的孩子，是反社会分子，但还没到负完全刑事责任的年龄。而且他们绝对是跟随者，不是领头羊。索尔先生追查到的成年人中，有两个在被确认身份之前就死了，"里瓦德深吸一口气，"他在他失踪的当天早上给我打电话告诉我这些信息，我希望能有更多的细节。他说会继续和我保持联系，但他并没有。"

我试图让我的声音更舒缓轻柔，更轻言细语，因为里瓦德似乎喜欢这种感觉，"能告诉我们索尔先生最后报告给您的名字吗？"我小心翼翼地问道。我没有直视他，害怕他又情绪波动。

里瓦德正在深思熟虑，谨慎的敲门声响起，然后门开了一点儿，一位身穿蓝色制服的人探进身来。"先生，"他说，"治疗的时间到了。"

"好的，"里瓦德说，"再等一会儿，奇瓦力先生。"

奇瓦力靠着门边等候。里瓦德沉默地对着电脑，敲起键盘，他近乎心不在焉地说道："索尔先生最后给我的名字是卡尔·大卫·萨福克。他住在堪萨斯州威奇托市，我想就是你过去住的地方，普罗克特女士。我把他的定位给你。啊，在这儿。我觉得这是你们应该看一看的东西。"

他把电脑面向我们，我看了一眼他的脸，然后才看向屏幕，山姆也往前靠。我想看一些关于卡尔·大卫·萨福克的东西，但没想到，看到的东西让我大吃一惊。

我从视频中认出了我的房子。我用了好一会儿才反应过来，感受到一种让人毛骨悚然的熟悉感，那瞬间我仿佛灵魂出窍了。我又想，也许有人修好了我们的车库，但不可能。在意外的撞车事件打破那堵砖墙、泄露了我前夫的秘密之后，车库从来就没有被修好过。相反，整栋房子都被拆掉了。现在那里是个公园，我明明去过。可这个视频里面的的确确就是我和梅尔文以前的房子，那时我们还没有这么臭名昭著，也没有人关心梅尔文是谁。

我不知道我要看的是什么。我迅速朝里瓦德的脸上看了一眼。

"再等等。"里瓦德说。

视频拍得有点儿粗糙，但很清晰。这是个夜晚，梅尔文坚持要在屋顶上装的安全灯都关着，我记得这些灯是动作感应的。路边绚烂的街灯直直投射在房子的一角和隔壁邻居家。我还记得，由于梅尔文要求睡觉环境黑暗封闭，我历尽许多艰辛才找到他所需要的密不透风的全黑窗帘，还有……

我看见一辆SUV进入视频，车灯熄了，无声无息地开进了我们房子的私人车道。这是我以前的车。我还有坐在车里的记忆，还记得那天我开着它行驶在回家的路上，发现一切都发生了天翻地覆的变化。那种整个世界分崩离析的感觉又一次席卷而来。我不知道里瓦德为什么要给我看这个。我已经汗毛倒竖。

这辆车触发了房子上的安全灯。拍摄的人把镜头转到私人车道上，此时车停在了车棚里，刹车灯闪了一下，然后就黑了。车门开的时候，镜头推进放大，晃了一下，然后固定在从驾驶室一侧出来的人身上。

是梅尔文，比上次我见他时年轻，他的出现让我十分愕然。他扫视周围，我想，看起来很正常，他就像是个穿着格子衬衫和牛仔裤的男人。**是个正常的怪物。**然后我意识到，有人从车的另一侧下来了。

那个人是我。

不，是吉娜·罗亚。她看起来和现在的我不一样。她的头发更长，更卷曲，还做了发型。她穿着裙子（梅尔文一直喜欢我穿裙子），在微弱的灯光下呈现出暗淡的蓝色，还踩着高跟鞋。我不记得这条裙子了，但看着吉娜——我的过去，让我浑身不舒服。她的头垂着，肩膀圆润。我从未想过自己是个受到虐待的妻子，甚至从未想过他在控制、欺凌、操纵我。但当我看到曾经的自己，一切都十分明了。我就像看着一个幽灵。

梅尔文打开车的前门说了些什么，吉娜去了后面。一种前所未有的、极其怪异的虚幻感袭向了我。车里有什么？真的毫无印象。

梅尔文把手伸进去，把某样东西拉了出来。是个女人，一个失去意识、柔弱无力的女人。当梅尔文用双臂抬起她时，她的长发在晃动。而吉娜·罗亚则抬起她的双脚。这个女人染着灰色的头发，身上穿着蓝色的衬衫，脚上是一双跑鞋，吉娜紧紧握着她的脚踝。当吉娜摸索着把车门关上时，几乎要把她扔到地上去了。

我愣怔地沉默着，被一种"这完全不可能"的感觉震住了。因为我没做过这件事。这件事从未发生过。然而，我认得这所房子、这辆车、梅尔文、我自己。当我帮着梅尔文·罗亚把受害者搬进我们的房子时，感应灯亮了。当光线照射在那个女人的脸上时，我的麻木感消失了。我听见了山姆痛苦的呻吟声，似乎有人把他的身体撕裂。那个女人是他的妹妹，考利。

这一切都是错的，我想。我觉得我的头很奇怪，轻飘飘的，感觉世界都是颠倒的，所有的一切都被篡改了。我不是这个样子的，从来不是。

然后视频结束了。里瓦德把电脑合上，递给他的助手，冷淡地点点头以示感谢。

我想要尖叫，想要掐死这个浑蛋，想要呕吐。但我只是坐着，麻木、僵硬，等着世界重回正轨。我做过这些吗？不不，如果做过，我会记得，也会知道。但我根本不记得有这回事。**我不是梅尔文的帮凶。**

我舔了一下干燥的嘴唇，说："那不是我，"我的声音虚弱无力，感觉力不从心，"不是我……"我浑身冰冷，孤立无援，仿佛坠入深渊。

"可那是我的妹妹，"山姆说道，"她叫考利。"不像我，山姆听起来并不冷淡，他的声音炽热，像在沸腾，快要失控一般。他站起来走到一旁时，我感觉沙发动了。我没有转身去看他，因为我不能。我现在不能看见他的憎恨和厌恶。里瓦德棕色的眼睛跟随着他的步伐移动。"这是真的吗？"山姆的声音颤抖着。

"不，"我说，"不可能是真的，我没有做过。山姆，我……"

"是真的吗？"这次他是吼出来的，带着阴冷和愤恨，虽然不是对着我说的，我仍然感到畏惧。他在跟里瓦德说话，如果我稍微转过去一点儿，就能看见山姆的脸了。但我不能看，也没有看。

"不，我不相信这是真的，"里瓦德冷静地说，"我认为这是他们伪造的证据，他们的能力提高了。但是，你要知道，这样一份精妙的伪造视频就挂在暗网上。目前还没有多少人看过，只有少数人知道这到底是什么东西。"他启动了那昂贵豪华的轮椅上的控制键，在他身后，宽大的双开门打开了。奇瓦力撑住一边门，而保安多尔蒂则撑住另一边。我看着里瓦德灵活地把轮椅转了半圈，不确定我现在应该做什么。里瓦德停下来，慢慢把轮椅转向我，看着我的眼睛，"索尔先生发现阿布萨隆最主要的收入来源之一就是制作和销售大量假证据……就像他们伪造了我儿子猥亵他女儿的视频一样。你今天打电话的时候，我从他们那儿买了这个有特别作用的'艺术品'。"

"你……你买了？"我一阵恶心，脊背发凉，"你为什么要买？"

"也许应该说，我买了一个拷贝件。因为我觉得我要对不认识的人有所掌控，而我并不认识你，普罗克特女士，以及你，凯德先生。我认为，很明显阿布萨隆制作这个视频是有目的的，如果你们决定要反抗他们，那他们就会用这段视频破坏普罗克特女士的名声。当然我可以把它彻底买下来，从黑市上撤下视频来阻止他们。这价格不菲，但如果你们与我合作，我会出这笔钱，并且保证你们的人身安全。作为回报，下面就是我的要求：去找卡尔·大卫·萨福克，告诉他我想要跟他谈谈，我愿意出一大笔钱。我会给你们一个关于报酬的密封的信封，拿去给他，我相信这会让他跟着你们回来的。"

"为什么？你要对他做什么？"

"如果这个线索能带你去见阿布萨隆的其他人和你的前夫，你难道不需要吗？"里瓦德问我，"我理解你们也许需要一点儿时间消化信息和做出决定。如果你们准备好了，多尔蒂先生会在楼下等你们。祝一切顺利，普罗克特女士，凯德先生。"

我不想他离开，不想看到那扇门关上，更不想被留在这空旷的屋子里和山姆四目相对。我们之前越过的雷区，以及我们没有越过的雷区，已经变成了绵延数里的致命陷阱，我甚至不敢看他。我在沙发上往后坐了坐，等着他说些什么。但他没有，此刻的沉默让人难以忍受。

最后我开口了。"山姆，我……"

"我们该走了，"他的话就像一根铁棒，狠狠打在我的胃上，让我不能呼吸，"我们要找到萨福克。如果有人看到那段视频，你就完了。"

我想告诉他我没做过那件事，我没见过梅尔文的任何一个受害者，我也从来没帮过他，从来没有。但这解释苍白无力，也很像是刻意撒谎。甚至连我自己看了那段视频后，信心都被完全动摇。现实已经扭曲，在这个亦真亦假、充斥着谎言的世界里，连我自己也失去了辨别能力。

山姆从我身边经过，走向门口，他没有看我。我跟了上去。

第十二章

山姆

我不能看她——无论是吉娜，还是她。在经历了所有的这一切以后，我以为我了解她，我以为她是一个可以信任的人。但现在，和她同坐一辆车都让人难以承受。我想要大声喊叫，想要拉下操纵杆，让自己从车里弹射出去。我知道所有的一切都是以假乱真，都是为了挑拨离间。可是考利的脸出现在屏幕上，让我的世界瞬间土崩瓦解。我最后一次看见她还是在网络电话的通信中。我那时正在国外，准备执行飞行任务。她很兴奋，因为刚刚找到一份工作——这是件日常小事，但她甚至没能活到开始上班。我已经有很多年没见过考利了。父母去世之后我们就被迫分开，被送到不同的收养家庭。这样过了很多年，直到我被派遣出国执行任务的时候才和她重新联系上，我还从未在现实生活中与她碰面，只在视频里见过面。

我刚看到的是一条关于她的遥远的视频，像天上一颗暗淡的星，点燃了我的记忆。我突然想起她的嘴唇会在微笑时微微上扬，想起她笑容满面时眼睛发出的光芒，想起她的猫叫作弗罗多。天啊，我现在是多么想弄死在我旁边沉默坐着的女人！这个我完全不了解的女人！

下楼后，我们穿回自己的衣服，把里瓦德·路克斯的运动服留在更衣室里，拿回我们的背包、武器和电话。我们应该回到平常生活，而不是活在这种惶惶不可终日的日子里。

我觉得自己身心俱疲，千疮百孔。我们把租来的车子留下——里瓦德的保安向我们保证之后他会返还这辆车子，并会为我们缴纳折损费——坐着里瓦德的汽车前往机场。我们不是要去哈特菲尔德[1]那种繁华的国际机场，而是规模更小、更私人的机场：迪卡尔布皮奇特里机场，这儿是亚特兰大的有钱人停私人飞机和直升机的地方。有那么一瞬间，我又一次想念飞行的感觉，想念毫无顾虑地在蓝天下陡升。做一个只坐在座位上的乘客和做一名飞行员的感觉有天壤之别。

　　我想我应该离开了，这是再清楚不过的事儿。我可以在下个红绿灯下车，叫上一辆出租车，去机场随便上一架飞机，去往任何目的地。我并不亏欠旁边的女人任何东西，里瓦德也不可能伤害到我。我看到视频里的考利失去意识，以及在那之后的几个小时或几天里有什么事发生在了她身上。我肝肠寸断、心如刀割。我以为自己会更坚强，但事与愿违。

　　唯一让我犹豫的是，在下个红绿灯，我离开的不只是格温，还有她的孩子——无辜的孩子们，他们没有做错任何事，只是因为父亲是杀人犯就被那些网络暴徒追杀。如果这段视频泄露出去，格温无论在何时何地都不可能再有安生之日，孩子们也会跟着暴露在危险中。我想到了康纳，那个安静内向的孩子，在我们一同于静湖屋的屋顶上修东西的时光里，他逐渐展露自我；我还想到了兰妮，那个聪明又固执的女孩儿，总是将伤口藏在盔甲下。他们都是勇敢的好孩子。

　　你不是他们的救世主，我告诉自己，**也不欠他们任何东西**。没错，我只想重新找回完整的自我。一开始，我的计划是报复，觉得这样能让生活重归正轨。之后我又想，我是在寻找和平，而不是那种血淋淋的杀戮。但现在，我迷茫了，不知道还能否找回自我。

　　我没有留意周围的情况，直到车停下来时，我阴暗的思绪才被拉回到现实。我们现在已经到达机场。这种小机场我很熟悉，我十几岁的时候就去过一个类似的机场，帮着做维修和维护的工作，那样我就可以围

———————
[1] 亚特兰大市机场。

着飞机转了。长大之后，我就去学开飞机。这个地方让我感到家一般的温暖，也给我带来了片刻的宁静，这正是我目前最需要的。

我还是忍不住看了一眼格温。她的脸如同大理石般苍白光滑，但有眼泪在脸颊淌过，让我的心为之一颤。她的衣领被泪点沾湿了，她一路都在默默哭泣，无意中暴露了她脆弱的一面。即便她感觉到我在注视着她，她也不会和我有眼神交流。她只是直直地看着前方——从她的表情看——似乎陷进了梦魇。这一刻，她看起来比之前更像是吉娜·罗亚，她露出了我从未见过的脆弱一面。所有格温的坚强不屈、英勇善战和来之不易的信心，都随风散去了。

汽车停在私人飞机库里，我开门下车。深吸一口气，感受着喷气机燃料和机油刺鼻的味道。我又有一种冲动，想要转身一走了之，让我长期忍受的怒气随风飘散到凉爽的空气中，然后重新开始一切。那段视频让所有东西都产生疑点——包括我对格温的了解和我对自己的了解。但听见她下车的声音，转身去看她时，我突然想到，格温也和我一样面临着同样的危机，而且无疑更深陷其中。她似乎被关进了地狱。

"你应该离开，"她对我说，"你不需要再相信我了，山姆。我不怪你，因为我也不知道要怎么办。"

我一针见血地问她："你对我撒过谎吗？你帮过他吗？"

她狠狠地摇头，吐出零星几句话："不！不！我不知道那是什么，但是……我没有！"她的声音颤抖，饱含愤怒。她深吸一口气，愤怒地抹掉脸上的泪水，说，"我要去找萨福克，你去吗？"

我看着一架漂亮的私人飞机在等着我们，穿着制服的飞行员站在旁边。我说："去。"

看到飞机里面顶级的定制品——皮革躺椅、抛光的桌子和装饰品，还有挂在墙上的原始艺术品——我一点儿都不意外。里瓦德的里瓦德·路克斯公司 [1] 绝非浪得虚名。很显然，他享受金钱带来的自我安慰。这架

---

[1] 原文为 Rivard Luxe，意为"里瓦德奢侈品"。

飞机里面有六张躺椅。还有两张面对面的沙发，也能轻松坐下六个人，所以一共可以承载十二名乘客。飞行员把飞行时间告诉我们后就不见踪影了，另一位穿制服的人出于安全原因检查了我们的身份证，并祝我们旅途愉快。然后，一位我敢肯定以前是著名模特的空姐登上飞机，为我们展示了菜单。菜单上有邦氏的牛排，欢乐餐厅的定制午餐和雅珑烘焙的甜点供我们选择。我不是亚特兰大人，但曾在附近驻扎，因此也对这些大名鼎鼎的餐馆略有耳闻。

我点了牛排，而格温摇头拒绝了。我伸出手拦住空姐，说："给她点儿东西吧，她需要吃点儿东西。"我对自己说，**我不是关心格温，**只是她这时候垮了对我没有好处。现在我们两个体内的肾上腺素都在飙升，处于愤怒和震惊的边缘。好吧，说句公道话，对我来说主要是愤怒。但如果这时候爆发会将我们都置于险境。我从未认为里瓦德指派我们只是因为我们刚好出现。他完全可以雇其他人来做——也许他已经这么做了。他派我们来是因为我们对他而言是可有可无的，顶级的飞机、食物和飞机燃料的成本只不过是他一杯咖啡的价格。

这时我的手机响了，我差点儿吓得四肢无力。我的精神极度紧张，真讨厌让格温看到我这个样子。"您好？"我接起电话。

"我觉得你会想知道这件事，有目击者在得克萨斯州发现了疑似是梅尔文·罗亚的人，"另一头是麦克·鲁斯提格，"你还在亚特兰大？"

"刚刚离开，"我告诉他，"你觉得这可信吗？"

"呸，在我们有监控照片、指纹或 DNA 之前，什么都是不可信的，"他说道，"问题是，我们现在在得克萨斯州发现了一具与他的案子的受害者特征类似的尸体，可能是他的所作所为。"

我忍不住看向格温。她知道我在与麦克通话，只是不知道说的是什么。如果是昨天她一定会发问。但今天，我们被笼罩在信任倾塌的阴影下。所以她什么也没有说，并且避开了我的视线。

"嘿，山姆，你还在吗？你觉得他有可能在得克萨斯州得到了帮助吗？特别是东得克萨斯，靠近路易斯安那州的边境那里？"

"我不知道。"

"好吧，你能问问格温吗？"

"现在不行，"我说，"是这几天的事情吗？"

"是的。那个女孩儿是在六天前被绑架的，尸体被抛在一个小海湾，之所以被发现还是因为一只被困住的短吻鳄咬断了她的腿。发现的猎人们都被吓得魂不守舍了。她生前最后一次被看到是在购物中心。格温的前夫喜欢从那种地方挑选女人，不是吗？"

考利就是在当地购物中心的停车场里被绑走的。我一言不发。麦克和我一样了解梅尔文·罗亚的手法。

"这位受害人身上有电击枪的痕迹，"麦克说，"跟之前大多数受害者一样，所以可以肯定是有所关联了。但得克萨斯州离我们获得其他报告的地方太远了，感觉就像是声东击西，把我们引诱过去。我们不是没有调查此案，只是……"他安静了一会儿，等待着我的回应，但我沉默不语，"你的声音听起来不太对劲儿，没事吧？"

"没事，"我说，"只是在思考。你跟巴兰坦·里瓦德谈过了？"

"我打过电话，但他们总是说他没空，在坐飞机之类的。我都以为要拿一张法院传票来敲开他的门了。"

"别以为进去了你就能得到更多东西。"我说道。

"也许吧。但我总跟这些有钱又反社会的家伙打交道。我查了他的其他信息，诸如金钱纠纷、不正当解雇、违反合同此类的事情。我真的难以想象一个管理如此大型的公司的人会是完全干净的。当然，他儿子的生活可是一团糟。"

"对，我知道，"我被空姐手上的推车扰乱了心思，上面放满了价格不菲的酒，让人想放纵一把，"听着，我得出发了。注意安全，麦克。"

"你也是，"他说，"你没有做傻事吧？"

"也许吧。"我把电话挂了，又点了一杯苏格兰威士忌。

格温还是喝不加冰的水。我觉得喝着苏格兰威士忌时很容易想起那段视频，现在我就想到了。嘴里微辣的味道有点儿发酸，我将酒一饮而尽，然后把酒杯放回去。

空姐对着我微笑，不带一丝真实的温度。她把手伸进推车下面，拿出一个马尼拉纸信封递给我。"是里瓦德先生给您的，"她说，"带着诚挚的问候。"

她推着推车离开了，我看向格温。她喝了口水，说："我觉得他更喜欢你。"

信封里面是一份折叠的文件，都是复印件。我把每一页都看了一遍后，才递给格温。第一页是卡尔·大卫·萨福克在堪萨斯州的驾照的彩色复印件。从照片上看，他是个身材矮胖、面色苍白的男人，发际线已经后退，他选择留山羊胡也许是为了遮住他的短下巴。下面是他的详细信息：单身，没有孩子。他的银行卡余额很正常，没什么疑点。

下一页是他员工证件的复印件，上面的照片看上去更让人没好感。他在一个叫成像解决方案工厂的地方工作，是一个类似于复印打印店的地方。其他文件是他经常打电话和发短信的号码列表，大部分号码后面附有名字和地址，有些没有，说明通话对象使用的是一次性电话。里瓦德还列出了萨福克在网上用过的名字，以及这些名字所出现的网站，大部分都不足为奇，但里面有些让我汗毛倒竖。萨福克访问的社交网站的主要用户是儿童和青少年。他这个年龄，又没有孩子，这显然不太正常。

在文件末尾，有一则手写的笔记，写道：

在这个信封里有一则密封的信息，我相信你们会亲手交给萨福克先生，里面有我将会付给他的报酬，前提是他同意跟你们走。如果他不同意，我认为你们会自己见机行事的。

如果事情办成，我会把视频从暗网上买下来，完全抹除痕迹。但是，目前有一个很严重的问题，这条视频似乎已经传到另一个来路不明的买家手中，这个我无法控制。也许根本没有任何方法可以阻止这段视频的传播。

我不喜欢这种感觉。直觉告诉我，里瓦德是在捉弄我们，但我不知道他用了什么方法，也不知道他这样做的原因。有钱人并不把我们这些普通人当人看，为了实现他们的目的，我们只是一枚他们随时可以抛弃的棋子。

在这份文件背后果然有一个一看就知道价格不菲的信封，上面写着萨福克的名字。我很想打开，但我没有。

我们需要一个后备计划，所以我发信息给麦克·鲁斯提格："虽然很不想找你帮忙，但不得不问问，你有可能帮我吗？"

麦克回复："很好，现在我欠你的都可以加倍奉还了，伙计。我真讨厌威奇托市。"

我看着他的话，然后只回复他三个问号。

"你真的以为我不知道你在哪儿吗，山姆？拜托，我一直都看着你呢。里瓦德的飞机怎么样？飞得平稳吗？希望如此。我得买个经济舱的中间座位了，半小时后起飞。"

我不知道是该为他监视我们而生气，还是为他没有弃我们于不顾而感到宽慰。现在，也许是后者。"我们在哪儿见你？"

"不需要。"麦克回复。之后我再没收到任何消息。

十分钟后我们起飞了，飞机在空中飞行时如同溜冰一样平稳。椭圆形窗户外的天空是纤尘不染的蓝色，所有的云层都在我们下方。

我没有告诉格温里瓦德在信里说了什么，也没有告诉她麦克·鲁斯提格说的事。我想让她享受片刻的宁静，享用昂贵的牛排大餐和价格不菲的甜点，因为我知道一旦飞机降落，这份平静就离我们远去了。

只有战斗永不停歇。

第十三章

兰妮

我强烈要求上网真的只是想上社交媒体看看大家的近况。我并没有打算发布些什么，只是想悄悄看看，因为我实在太无聊了。然后我看到了戴丽雅的照片，突然间有种怦然心动的感觉，对她的思念犹如滔滔江水汹涌而来。我想给她打电话，想听她的声音，想告诉她发生了什么，还想……我盯着她的照片，各种回忆涌上心头，让我既不舒服又觉得很温暖。在所有事情爆发之前，我就一直有这种感觉。我一直想要找出原因和应对措施。现在我想我明白了，却无法做出任何行动。她与我近在咫尺，又远隔天涯。

康纳对我的取笑是最后一根稻草，我对他大发雷霆的时候，是真的非常生气。我冲进房间，倒在枕头上整整哭了十五分钟。哭完后，我仍感到孤苦伶仃，但我太累了，不想再管了。我蜷起来，抱着湿漉漉的枕头凝望远处。午后窗外的气温冷得令人颤抖，屋内也同样寒冷刺骨。我打开取暖器，把毛茸茸的袜子穿上，然后钻进被子里。我的下腹隐隐作痛。我查了下日历，离来月经应该还有一个星期。我已经准备好足够多的卫生棉条来应付，但还是打算让凯姿再带给我一些。我不能让哈维尔帮我准备，绝对不能。这也是我弟弟不需要经历的众多事情之一。

一个小时后，我起床了，拖着步子在地上走来走去，捡起被扔在门下的一张纸。我知道这是康纳留下的，他锐利的字体让我微微一笑。可是戴丽雅的照片让我又想哭了。我把它放在床头柜上立起来，这样我就能看见照片了。也许我可以拿个相框把照片裱起来。

花生酱巧克力味夹心米酥的诱惑终于让我打开门，溜进厨房。哈维尔从电脑上方探出头来看我，看得出来他在斟酌措辞，但我不想跟任何人说话。我迅速拿起夹心米酥准备溜回房间，可速度还是不够快。

"嘿，"他说，"你弟弟想要找点儿事情干。你觉得学学射击怎么样？"

我几乎忘了我现在情绪不佳，说："你是认真的？"

"是啊。"

"妈妈没带我们去过。"

"我会先跟她沟通。如果她同意你会感兴趣吗？"

"当然感兴趣了！"这个主意让我觉得干劲儿十足，"什么时候？"

"征得她同意之后。别着急，神枪手。即使她答应了，你在很长一段时间内也暂时不会开枪射击。这样吧，等靶场关门后我们就过去，然后你从三把枪中挑一把，学习如何拆卸、擦洗，然后再组装回去。"

"等等，就这样？这些我早就会了！"我都看过妈妈擦枪上百次了。哈维尔没回答。我狼吞虎咽地吃了口夹心米酥，"拜托，不会吧？"

"这就是我们一开始要做的：选枪、拆卸、擦洗、组装。明白？"

"但我想练习打靶！"

"我知道。"

"那为什么不可以？"

"因为这是我教射击的方式。如果你不喜欢，那我们就不去了。"

真是跟我妈妈一样固执。我想这么说，但我没说，因为我除了接受垄断主义的压迫外，什么都做不了。"好吧，"我犹豫着说，"随便吧。"

"很好，"哈维尔合上电脑，"这不是游戏，兰妮。你明白的，对吧？一把枪就是一份责任。你一碰到它就会想到生命和死亡的力量，这不是能轻易承担的。"

"我知道！"他的表情像是在对我表示质疑。我想要让自己看上去冷静、成熟，因为我知道这才是他希望看到的。"好吧，我会选一把枪，学习你想让我学习的基本功。然后我就可以射靶了吗？"我妥协了。

"你妈妈说可以的时候就可以，"他说，"但不是今晚，一步一步来。"

他正把一支枪放在髋部，看起来像是妈妈的那一支，也可能是一支9毫米半自动手枪。妈妈对她的枪十分在意，但每隔一段时间，我都能逮到机会拿在手上掂一下重量。哈维尔说得对。当你手上有把枪的时候，有些东西便迥然不同了，枪能让人处变不惊，也能让人精神振奋。当然还有别的难以言明的感觉，也许只有最后他让我射向某个目标的时候，我才能真正明白。**这是个开始，我想，还是一步一步来吧。**

我不喜欢保持耐性，我想这是跟妈妈学的。

我压低声音说："过去几天，你跟我妈妈聊了吗？"

"聊了一点儿。在我把电话给你之前她就得挂了。她很好。"

"妈妈有提到……他吗？"我差点儿就要说"爸爸"了，但我知道我不应该这么称呼他，更不应该大声说出来，虽然我指的是谁不言而喻。

哈维尔摇了摇头。"没有，"他说，"他现在应该还没有找到这里，但我们还是要保持警惕，尽量待在屋里，也不要联网。守住你们在什么地方的秘密越久，我们就越安全，过得就越好。"

"那至少你应该让我跟我的朋友说说话，"我指的是戴丽雅，"她不会出卖我们的。"

"然后你的朋友告诉其他的朋友，很快所有人都知道你们回来了。你不觉得你妈妈的消息就是这个地方所有人最想听到的八卦吗？"

毋庸置疑哈维尔是对的，朋友这种东西本来就是半心半意的。他全心全意对待他的工作，凯姿当然也是如此。她目前在湖的另一边调查一些私闯民宅事件，我希望不是我们家。我担心那些从学校回来的孩子可能会闯进去搞乱我们的房子，在我的卧室用我的枕头摆造型自拍，乱翻我的东西。我担心，并非因为多年奔波以后我还有些什么珍贵物品留在家中，而是一想到仅剩的一点点可怜的隐私都会被侵犯，我就心疼不已。

但也许我们的房子没有遭殃。也许约翰逊家的超级大电视被抢了，或没准儿是他们家的奔驰 SUV。也许是有人洗劫了朗赛尔·格雷厄姆的老房子。妈妈只是被怀疑为凶手，但格雷厄姆确实是杀过人。如果格雷厄姆的房子被毁了，我不会感到遗憾，而是举双手赞成。他是个病态而邪恶的罪犯，如果妈妈、凯姿和山姆当时没有及时赶到……大概只有上帝知道会发生什么了。不，我敢肯定，我们会像那两个受害者一样，和我爸爸杀的所有女孩儿的下场一样。我试图不再往下想。

康纳从外面进来了。他穿着大衣，戴着手套，我判断他已经出去好一会儿了。他脱了外套和手套，甩到沙发上，然后马上拿起了一本书。他看了我一眼，一声不发。也许他觉得我们还没和好吧。确实还没。

"我们什么时候出发？"我问哈维尔，这至少能让我分散注意力。

"我说了要先跟你们的妈妈确认。"

"你也说了我们还不能开枪，所以也不需要征求她意见。"

他看了看我。"我给她打电话。如果接不通，我就给她留个言。"

"去哪儿？"康纳问。我不理他。

"去靶场。八点关门后再去，"哈维尔说，"我会进去关门，收拾清点，全部清场。然后我回来接你，兰妮。而凯姿会在家里陪你，康纳。"

"等等，你要去靶场？为什么我不能一起去？"我弟弟问，我就知道他一定会问。

"因为你还是个孩子，"我说，"所以你不能去。"

但哈维尔看着他，说："你也想去吗？"

康纳耸肩，继续看书。

"那是表示想吗？"

"当然。"他说。我看见他下巴的边缘和耳朵隐隐约约泛红。虽然不是很明显，但的确红了。这在我弟弟身上可不常见，说明他对于离开这里也感到兴奋。也许是为能摸到枪兴奋吧，虽然之前他告诉我他并不喜欢枪支。

我看了看钟，叹息一声。离八点还有好几个小时呢。我又看了看游戏，把《刺客信条》的卡带插进游戏机。我弟弟起身，走进房间，关上门。

很好，非常好，虽然内心深处我有点儿希望他也来玩。他喜欢这个游戏，所以我才选了它。

"浑蛋！"我低声说，用单人模式开始游戏。然后我暂停游戏，站起来，没有敲门就打开他卧室的门，因为我知道这会惹他生气。他背对着我，有那么一刹那，我想他一定是做一些很私密的事情，但之后我意识到他在用电话。"你在打给妈妈吗？"我问他。

"不是。"他的神情让我吃了一惊。

"那你刚刚在打给谁？"

"没打给谁。"他说。

"如果你在打给妈妈……"

"都说了我没有打给任何人！"

"那……"

他突然爆发。这不同寻常的景象把我吓坏了，因为我知道康纳是有脾气的，但是从来不会被轻易引爆，现在这脾气不知道是从哪里冒出来的，简直让人摸不着头脑。他大喊大叫："出去，可以吗！别再假装你是妈妈了，你一点儿都不像！"

我转身出去，他冲过来把门甩在我脸上。我必须得向后退几步，不然鼻子就要撞上了。"天哪！"我喊出声，用拳头砸门，"发什么脾气，你个浑蛋！"他没有回应，我也没指望他会回答我。我瞪着门几秒钟，然后转身，哈维尔盯着我看。"怎么了？"我厉声说道。

"如果你关上门的时候他闯入你的房间，你觉得可以吗？"他问道。

"当然不可以。"

"那就别这么对他，我知道你们的妈妈教过你们礼貌。"

如果哈维尔语气稍微有点儿不好我就要叫他闭嘴。但他没有，因此我也不能对他发脾气。我向后陷进沙发里，拿起游戏手柄开始游戏。我玩得不如弟弟好，但也不赖。好一会儿，我完全沉浸在游戏世界里。我很高兴，终于能把一切烦心事情都抛诸脑后，一切倒霉事情都离我远去。

但哈维尔突然出现，猛地关掉电视，我的意识又回到现实世界。"喂！"

我抗议，因为游戏刚刚玩到一半，现在我要没一条命了。他把一根手指放在唇上，乌黑的双眼十分严肃，我迅速把嘴闭上。

我听见一些声响，是轮胎压在砾石上的声音。哈维尔走到窗边，把身形隐在窗帘后。我一时不知道要怎么办，只见他拔出手枪，说道："去你弟弟那儿，和他一起待在别人看不到的地方，不要发出声音。快去！"

"是谁？"我低声问道。我胆战心惊，血液沸腾，然后又冷静下来，"是他吗？"

"我觉得不是他，"哈维尔说，"但我现在在希望你不要暴露。快走。"

我冲向康纳的房间，轻轻敲了敲门才进去，"康纳，我们要……"

我的话戛然而止，因为虽然书扣在床上，说明我弟弟刚才是在这个位置看的书，但他人并不在那儿。我弯下腰去看床底，也没有人。我又赶紧去检查小壁橱，他也不在那里。我不寒而栗。床边的窗户打开了，窗帘正随风慢慢晃动着。**天哪，不会吧，你没有出去吧？**

我没有时间告诉哈维尔了，因为我听见布特在外面狂吠。我把窗帘往旁边撩看向外面，但没有发现弟弟的身影。我看到窗下有一个小木箱，正好能神不知鬼不觉地踩着下去。**你到底在哪儿？**

从窗户往外看只能看到车库，我犹豫了一下，推开窗，然后一只脚跨出去，低下头，踩在木箱上。它"嘎吱"一声，但还是稳住了。我轻轻把窗户关上。布特的吠声掩盖了我发出的声音，我听见哈维尔吹口哨把它叫回门廊。我走下箱子，尽量安静地跑过空地到车库去。可是康纳也不在这儿。

车库里放满了各种工具和常见的废品，大多数是旧零件。如果哈维尔家有阁楼的话，这些东西可能就不在这儿了。这里根本无处可藏。

现在尝试回到房子里为时已晚。我走到车库里的暗处，尽量不去想在这儿扎网的蜘蛛，或者是蜷起身体寻找温暖的蛇。我蹲下身听外面的声音。我没有枪，只能拿起一根干草叉，双手握住。如果我不得不打斗，我一定会勇往直前。我原以为会听见开枪和打斗的声音。但除了男人们交谈的声音我听不到任何东西。我觉得他们很冷静。他们说了一会儿，然后我听见引擎启动和轮胎碾压砾石的声音。我静静等着，直到再也听不到任何声音，才站起来用干草叉撑着自己。我的腿在颤抖。

我走到外面，四处看了看，但没有看到我弟弟留下的任何痕迹。我从他房间的窗户爬回去，打开门往外瞄。哈维尔正关上前门并上锁。布特也在屋子里面，没有戴狗链，四处晃悠，然后抬头看我。

"刚刚那是谁？"我问哈维尔。我的嘴很干，吞口水很痛。

"是普雷斯特警长，"他说，"他说他来看看我的状况，检查一下我为何总不在靶场。他说他觉得有点儿可疑，虽然……"

我赶紧打断他。"康纳不见了！"

"什么意思，不见了？"

"他不在房间，也不在外面，我看过了。"

"壁橱呢？车库呢？"

"都不在……"

"兰妮，再去看看！"

我回到我弟弟的房间去查看所有他能藏的地方，但都找不到人。我退出来，刚好看到哈维尔把厨房地板上的胶垫移开，下面有一个嵌在木板上的环。我眨眨眼，我们每天都站在上面洗碗，却不知道下面竟然有这么个东西。他没有提过，我觉得他是留着应急的。

他把环拉起来，我看到有一条木质楼梯延伸进黑暗中；还有一盏灯，开关的绳子垂在下面。哈维尔拉了绳子，走下楼梯。布特在边上乱叫，但没有跟下去。哈维尔只去了一会儿，然后走上来，关了灯，又"砰"的一声关上板子，然后把胶垫踢回拉环上面，对我说："他没在下面。他跟你说过什么吗？说过他要去哪儿吗？"

"没有，"我说，"我知道他有时喜欢去院子里，但……"

我还没说完哈维尔就走了。布特在胶垫上随意抓了抓爪子，然后也跟着他走了。我现在很难过，感到自己有点儿支撑不住。我又去弟弟的房间和我的房间检查了一遍，确定找遍了所有的地方，弟弟不在家。

哈维尔回来的时候神色凝重。我意识到最坏的事情已经成为定局。

我的弟弟真的失踪了。**冷静！** 我试着稳住心神，**他只是在发牢骚，生我的气，他只是离开一会儿来惩罚我。**

但他会这样做吗？他知道规矩，也知道爸爸已经越狱了。难道他去找妈妈了？可他清楚妈妈离我们很远，根本找不到，所以他怎么可能跑去找她呢？也许他去了诺顿。我猜不透。

我肯定不能告诉妈妈我把他弄丢了。如果我找到他，一定要抱住他，然后狠狠揍他，让他永远记住这个教训，然后我会再次抱紧他。我想告诉哈维尔，让他不要告诉妈妈，但我不能。他也会觉得是自己的责任。

我走到门廊，布特长长的链子堆在那里，我站在旁边环顾四周。哈维尔已经绕着房子走了一遍，布特也跟着他走了一遍。现在他也来到门廊，透过篱笆看着我们周围的树木，我知道他是在思考康纳到底是从哪里逃走的。可是我无法判断。

"布特能找到他吗？"我问道。

"也许能吧。它之前玩过追踪游戏，也许能追踪到康纳。"

我回到康纳房间，从衣服堆里拿了一件味道最浓的 T 恤回来。我递给哈维尔，然后他给布特闻。它兴致勃勃地嗅了嗅，然后看着我们，好像不知道我们要它干什么。我蹲下来，说："找到他。"

我不会说狗语，而布特只是舔舔下巴。我拿起 T 恤，在它脸上蹭了蹭。它后退几步，发出警告的吼声。"拜托，"我说，"求你了。"

它坐下来，打了个喷嚏。哈维尔用西班牙语骂了句粗口，也许是觉得这样我就不知道他在说什么吧。他随即伸手摸了摸布特，说："抱歉，小家伙，不是你的错。"

布特看起来还是很疑惑，突然，它的耳朵竖起来，似乎是下定了决心。它后退，吼叫了一声，然后跳过高高的篱笆，落在离篱笆至少两米的地方。哈维尔惊讶地张开了嘴。

"你知道它能像那样跳过篱笆吗？"

"不知道。该死的！"

哈维尔打开门，走到砾石路上，布特努力地到处嗅着，鼻子蹭着石头，呼出的气带起一阵灰尘。它绕着整条路转，突然跑了起来。哈维尔跟在后面，我也跟了上去，吸气，吐气，匀速地跑着。我默默地感谢妈妈曾拉着我绕湖慢跑。在砾石上跑步并不轻松，但我一直跟着布特，直到它在主干道中间减速，我也减速。布特走着"8"字，嗅着四周，然后在一棵树旁坐下，有点儿遗憾地看着我们，好像在说"愚蠢的人"。接着我发现了树旁边的脚印。我认得这些脚印，是康纳穿着的科迪斯牌鞋留下的。

我冲进森林，没理会哈维尔在喊"等等，兰妮"。我惊恐万分，担心再也见不到弟弟了，更怕发生了什么不好的事才让他跑了出来，然后他崩溃了，又或者是……

我看到了康纳的脸。他回头望着我们栖身的小屋，午后的光线透过树林正好落在他身上，他看起来很难过、悲伤，也许还有点儿自责，但他只是站在那儿，望着我，说："兰妮……"

我没有听到他之后的话。我在他面前刹住车，抓着他的肩膀摇晃他，好像要把那个私自跑出来的蠢货从他身体里摇出来。然后我才发现康纳哭了。他哭了。我没有再摇他，只是把他紧紧搂在怀里。虽然我比他高大，但我想他之前从未感觉他自己如此矮小脆弱。

他的情绪崩溃了，我陪着他。我们都跪在地上，彼此相拥，来回摇晃，一言不发。我不知道我们是否还能说话。有些很不好的事情发生了，而我不知道是什么。我不敢问他。

康纳双手颤抖地拿出手机，递到我面前。妈妈在把手机给我们之前，一定会先确保网络不可用，并且一定要打开家长监管模式，但我并不意外他能进入网络。他一定这么做了，因为屏幕上正播着视频。就在我拿过来的时候，视频结束了。"这是什么？"我听见哈维尔走到我们身后，布特"呜呜"叫着，挤进康纳的胳膊下想舔他的脸。我吞了吞口水往后坐。康纳用手臂环抱着布特，似乎要用什么东西来支撑他。

"康纳？你想让我看看吗？"我小心翼翼地问道。他默默点头。于是我点击"播放"。看到上面播的内容，我的世界整个颠倒过来。

第十四章

格温

　　航班抵达威奇托市时已经是黄昏时分了，太阳正慢慢下山。虽然天空还是那么清澈，但有点儿冷，空中飘着晶莹的雪花。我记得，每年到这个时候就需要准备充足的柴火来取暖和充足的盐来清除道路上的积雪，还要检查车胎，确保在寒冷的天气里，车子还能正常行驶。从里瓦德·路克斯的飞机上走下来时，我感觉一阵恍惚，仿佛正走向那错误的十年。这里的气味让我产生错觉。

　　这时，我手机振动起来。在飞机上的时候我打开了飞行模式，现在才刚链接上网络。我打开手机，一条写着"911"的信息赫然在目。是兰妮发来的！

　　哈维尔也给我发了一条语音信息，但我无暇顾及。我站在停机坪上，离飞机两步远的地方，看着兰妮发来的信息，立马给她回拨电话。我内心恐慌不已，直到听到电话里传来兰妮的声音，才安下心来。"亲爱的，发生了什么事？"我问她，但是她并没有回答。"兰妮？喂？"

　　"你这个婊子！"她吼了一句，然后就挂了电话。她仅仅说了这么一句话就挂了。我开始心神不宁。**她是不是遇到了什么不好的事情？她的声音听起来十分反常，语气里充满了冷漠和愤怒。她从来没有这样和我说话，一次也没有！**

山姆看到我的神情，于是在下机的时候放慢了脚步。我们之间没有了去里瓦德的大厦前的那种亲密无间，但他还是忍不住为我担心。"怎么了？"他问，"是康纳和兰妮的电话吗？"

我重拨回去，接通了，但兰妮没有说话，那边传来一阵噪声，她似乎准备挂断电话。这时，我听到了哈维尔的声音："格温？"

"感谢上帝。一切都好吗？我收到了兰妮发来的信息，她……"

"目前来看，你需要回来一趟。"哈维尔的声音听起来也不对劲儿。我内心惶恐，怀疑哈维尔是不是正被人用枪顶着脑袋。他们可能被绑架了，梅尔文·罗亚是不是正俯身听着电话？有可能吗？**是的。极有可能！**

"哈维尔，如果你是被人强迫的，就说一遍我的名字。"

"没有人强迫我。"他的语气有点儿尖锐和愤怒，但并不焦虑，"康纳和兰妮需要知道一些事情的答案，我也是。你什么时候能回来？"

"我不知道。到底发生了什么？拜托，告诉我，你们都还好吗？"

"一切都好，"他说。我不知道我是否应该相信他。"你回来就行。"

"我……"我不知道应该如何回答，"我会回去的。明天中午前，好吗？我并不在附近，因此还需要一些时间。"如果我劫持里瓦德的飞机飞回去，不知道他会不会生气。

"好的。"哈维尔说。他有点儿反常，很明显，他不再是之前我托付孩子的那个男人了，似乎有什么事情使他发生了改变。

"明天就回去。"我再次承诺，然后哈维尔没有说"再见"就挂了电话。山姆走到了我身旁，眉头紧锁。我放下电话，目光投向他，"好像有点儿不对劲儿，明天我得回去。"

"孩子们没事吧？"

"我希望没事。希望他们不是被强迫打电话的。"我很想打给康纳，看一下他是否愿意和我交流，但我不敢打，直觉告诉我这并不是个好主意。**赶紧先把这边的事情办完，才能回到他们身边，别太多虑。**

机组人员面带专业的微笑把我们送下飞机，但他们没有在我们身上浪费太多时间，在他们和我们说话的同时，登机梯就收了起来，之后，舱门关上，飞机快速地滑行向机库。我们朝小小的航站楼走去，越往前走，往日的种种回忆就越来越清晰。犹记得康纳和兰妮还小的时候，我常在这里接机，我妈妈会飞来看望她的外孙们。当时，生活美好，只是没想到之后一切都变了。生活成了一场永无止境的噩梦。

航站楼里的地毯依旧是记忆中的模样。机场出口停着一排出租车——如果一辆出租车也可以算一排的话。山姆走过去弯下腰和司机说了话，我跟过去和他一起挤在后座里。车猛地启动，司机并不健谈，很好。

山姆递给我一个文件，是在飞机上他从马尼拉纸信封里取出来的。当时我没有问他这是什么，因为我不想强迫他。现在也是，我还是不会强迫他，但我想知道我们现在要去哪儿。

"先去萨福克家里还是先去他公司？"我问道。现在快五点了。按照萨福克的工作时间，他可能在家也可能在公司，或是在路上。

"先去办公室，我喜欢给他制造点儿惊喜。有其他人在场，他不太可能会杀人。"山姆尽量把话讲得像在开玩笑，但他没什么幽默感。

我觉得自己正不断地坠入深渊。我强迫自己不去看窗外，这里的每一件事物都在提醒着我过去生活的模样。那个公园，我经常带孩子们去那里玩耍；那个商店，我在那里买过我最喜欢的一条裙子；那个餐馆，梅尔文和我在那里度过我们最后一个结婚纪念日。

我觉得口干舌燥，咽口水时都能听到喉咙干涩的吞咽声。此刻，我多么希望自己在飞机上的时候多喝点儿水。山姆没有和我谈论过行动计划，但看起来这个萨福克并不是经得起打斗的暴力分子。我只想让里瓦德帮忙别让其他任何人看到那个视频里的内容。我不知道能否相信他，不知道他是否会遵守他的承诺买断那个视频，阻止它的扩散。但我目前别无选择，只能相信他。那个视频里记录的内容那么真实，连我自己也不得不承认这一点，就好像我缺失了那段记忆。人们常说监控不会说谎，其实不然。而当监控真的撒谎时，所有人都信以为真。

山姆报给司机的地址离机场不远，车辆行驶不久就在一个看起来很繁荣的工业区停了下来。这里有一片多层办公楼，成像解决方案工厂就在其中的一条商业街里。我付了车费，剩下的钱不多了，然后跟着山姆走进去，找到挂着成像解决方案公司牌子的地方。

这儿充斥着浓郁的化学物质和臭氧的气味，门口铺的地毯是化纤的，下面没有衬垫。我还看见一个仿木柜台和一个收银台，上面贴着色彩鲜艳的海报，表示提供制作标语和印刷的服务。左边是工作区域，墙上嵌着一排玻璃窗，透过玻璃能够看到里面工作人员在不断地来回走动。

我们按了门铃，一位年轻的男人走出来，擦了擦手。他穿着白色短袖衬衫，打着黑色领带，发型看上去有点儿保守，和 20 世纪 50 年代流行的发型一模一样。山姆说："我们找卡尔·大卫·萨福克。"

年轻人笑了笑。"当然可以，但是他现在正在工作，来访者不能进入工作间。"

"我不是来访者，"我说道，"我是他姐姐，家里出了点儿急事。"

"这样啊，好的，我去叫他出来。"

"我和你一起去。"山姆说道。那个年轻人转过身之后，山姆悄悄地对我说，"你去后门，以免他跑了。"

"我希望一切都还好，"年轻人说，"您是……"

"我姓萨福克，"山姆面不改色地编道，"是他的哥哥。您是……"

"大卫·罗伯特。我是经理助理。"

"太好了，谢谢你，罗伯特先生。"

罗伯特从柜台那边走进去，山姆跟在他后面。他们一进去我就立刻冲出门，往商业街的尽头跑去，沿着各个店铺的后门一直往前跑。路上排满了大的铁垃圾桶和货物装卸台。我一边跑，一边留意萨福克公司的位置。幸运的是，大多数店铺在后门上贴着标识。终于，我看到了成像解决方案工厂的标识，我放慢速度。这会儿它后门那里的货物装卸台没有货车停靠。

后门的卷帘门紧闭着，旁边的一扇金属大门也紧闭着。但我走到货物装卸台的楼梯下面的时候，门"砰"的一声开了，一个 45 岁左右的健壮白人从里面冲了出来。这个人和罗伯特一样，穿着白色短袖衬衫，系着黑色领带。不同的是，他似乎不太注意衣服的整洁，腰部蹭到了黑色碳粉。

他脸色惨白且神情慌乱，看到我站在那里的时候，立刻目瞪口呆。他想转身逃跑，但为时已晚。山姆紧跟着他，也从门里走了出来，说："卡尔，你最好识相点儿……"

我还没来得及警告萨福克，接下来的事就发生了。他朝山姆冲过去，山姆如斗牛士一般敏捷地侧了侧身，他便越过山姆，趔趄一下，惊恐地号叫着从货物装卸台掉了下去。

萨福克背部着地，疼痛感让他头晕目眩，我们走过去的时候，他还躺在那里。他看起来没事儿，山姆伸出手拉他，他拉住并站了起来。"没事吧？"山姆问道，"你的头还好吗？"

"还好，"萨福克回答，"我没事儿，我……"他突然清醒过来，意识到他现在的处境，便跌跌撞撞地往后退，一瘸一拐的。我和山姆看着萨福克笨拙而踉跄的动作，交换了一个眼神。我说："嘿，卡尔。你自己也清楚你现在的处境，放弃吧，不然我不介意把你的脚废了。"

萨福克脸色苍白，这是他第一次这么认真地注视着我们。他朝我走过来，神情变得邪恶，好像有恶魔在撕扯着他。他低下头，眼神冰冷，露出变态的喜悦。看着他的模样，我下意识地想往后退，但我没有。

"你，"萨福克轻声说道，"**你是他的婆娘。**"然后便朝我冲了过来，由于我们离得很近，我来不及躲，只能做好被撞倒在地的准备。

他紧紧地扼住我的喉咙，动作果断，不断地加大力气。这不是游戏，亦不是试探。他想杀了我。我的理智在恐慌的风暴中支离破碎。我感觉自己被他举到了空中，痛苦、窒息使我不能思考。

我仿佛听到什么人在低语，清晰得像就在我耳边。**你就是这样死去的，吉娜。**是梅尔文。时间几乎静止，像是已经过了一辈子。我挣扎，扭动身体，试图对抗萨福克，但我知道，那样做只会延长我的痛苦。梅尔文的声音又出现了。**掐死一个人需要一段时间，至少三分钟，也许更长。**

痛苦似乎持续了很久，但我也意识到实际上仅仅过了几秒钟。我看到山姆正在揍萨福克，一拳打在他的肾脏部位。萨福克还是没松开我，只是一味地防守着。他的愤怒此刻成了他最好的盔甲。**开枪射他！**我想朝山姆喊，却无法出声。

我不断地蹬着腿，手指抓到了软软的东西，我觉得那是萨福克的眼睛，不，不是，是他的嘴唇。我撬开他的嘴唇，使劲地拉扯。之后，我听到了雷鸣般的惨叫声……但他的手还是没松开我。眼前越来越黑，我能听到整个身体"嘎吱、嘎吱"地响，仿佛要散架了。

萨福克突然松开了我，我双脚着地，颤抖着，膝盖无力，整个身体向后倒去。我跌进了一个温暖的怀抱。山姆接住了我。我靠在他胸前，他紧紧地抱着我，把我托起来，让我的膝盖缓过来。我只能不断地大口大口呼吸。即使过程很难受，还是得慢慢地缓过来。

卡尔·萨福克倒在地上，头部流着血。他身旁有一根铁管，山姆就是用这根管子狠狠地揍了他一顿。

"格温？"山姆问我，"你感觉怎么样，能呼吸吗？"他听起来很紧张。我艰难地点了点头。我知道，喉咙周围的瘀青过几天就会变黑。我咽了咽口水，还好，一切正常。如果萨福克掐断了我的喉咙，折断了我的舌骨，那我可能再也不能向他人寻求帮助了。他差点儿就达到目的了。

这时，我们身后的卷帘门被拉了起来，一群工作人员站在那儿看着我们。罗伯特手里拿着电话，挤了出来。"是的，现在！"他正在通话，"我这边需要警察过来一趟，我的一名员工遭到了袭击……"

"经理，不是这样的，"其中有一名员工说道，"**一定是萨福克袭击了那位女士！**"

"我就知道，他的脑袋有点儿不正常。"另外一名员工说道，其他的员工纷纷点头赞同他的说法。"他就是一个变态！"

"好了！全部给我安静！"罗伯特说道，他满脸通红，显然有点儿搞不清状况，"让警察来解决这件事儿。现在，回到自己的工作岗位上去！"他的声音低沉。

我回头看了看，麦克·鲁斯提格正往这边走过来，他穿着带有联邦调查局标志的防护背心和风衣，标志明晃晃的，落日的余晖洒在上面，一闪一闪的，像黄金一样。在他身后还有两名特工，面无表情，威风凛凛。

为了减轻强光的刺激，他们都戴着墨镜。"把门拉下来，都进去工作吧。谢谢你们的配合。放心，没有人会逃跑。前门还有特工守着，你们只要各司其职就行。"麦克有条不紊地安排着。

他的话很有信服力，罗伯特带着员工回到工作岗位，没有任何异议地把卷帘门拉了下来，但他还是好奇地往外偷看，手里依旧拿着手机，或许是又联系当地警察了吧。

"天哪，兄弟，揍得好呀！"麦克蹲在萨福克旁边说道。萨福克呻吟、挣扎着。"我们得给他检查一下，以便接下来审问。"

"听我一句劝，"山姆说，"先把他铐起来。"

"这家伙都这样了还要铐？"

"他差点儿把格温掐死了，"山姆说，"所以我用铁管打了他。"

麦克仰头看了看我，思考了一会儿，然后点了点头。"好吧，"他说，"先把他铐上，然后我们去最近的急诊室，再去最近的联邦调查局分局。谁也不要对外说这件事，我们稍后录口供。兄弟们，把这家伙碰过的所有东西都带走，包括电脑、打印机、桌子，**所有该死的东西**，全部都带走。如果那个经理阻挠的话，打电话给我。"

我紧张地看向山姆，低声说："但是里瓦德让我们……"

"我知道，"他说，"我给萨福克看了里瓦德的信，他看完后就开门冲了出去，我们已经尽力了。"

"你看过那封信了吗？里面说了什么？"

山姆从口袋里拿出信，打开。空的！

由于联邦特工的特殊照顾，我们直接插了队，不用在急诊室排队等候，医生直接就来给我诊治了。除了身体上的疼痛、声带肿胀、几处擦伤还有之后几周看起来都像是遭受了绞刑的脖子之外，其他都还好。医生说我还活着真是很幸运。我也这么觉得。

萨福克做了 X 光和脑部 CT 扫描，结果显示有轻微脑震荡，可能是他摔下卸货台时造成的，也可能是山姆那一棒造成的。不管伤势如何，我们都检查完了。半个小时之后，我们坐在联邦调查局威奇托市分局一间普通的审讯室里，这里安装了多台摄影机，以便从各个角度捕捉谈话人说话时的神情。

我们没有被带进审讯室，反而被一位专门接待访客的工作人员带到了监控室。一名联邦调查局的技术人员打开监控屏幕，我们看到鲁斯提格和卡尔·萨福克分别坐在桌子的一端，他们聊了差不多半个小时，萨福克逐渐放松了下来。这时，鲁斯提格看向摄影机，说："请帮我放一下刚才我和萨福克先生谈到的那个视频。"

技术人员看了一下我们的访客徽章，然后敲了敲键盘，审讯室里的液晶电视屏幕上开始播放视频，我看得不是很清楚，监控室里的屏幕上却很清晰。我对这个视频毫无印象，但看起来，很……恐怖，而且很熟悉。

这是在梅尔文车库里录的，在那面墙被撞毁前，在他的秘密被公之于众前。我认得这里的一切摆设，包括地板上椭圆形的编织地毯。

视频里，一个女人站在地毯上，双手被绑着，脖子上箍着金属套索。我整个人犹如身处冰窖，但同时也庆幸这不是山姆的妹妹，不然，他可能会再次崩溃。

在放到女子脸部的特写时，鲁斯提格暂停了视频。她很漂亮，皮肤白皙、金发碧眼，那双水汪汪的大眼睛里充满了恳求和害怕。我记得她是梅尔文杀害的第四个人，名叫安妮塔·乔·马赫。

"每隔一段时间，我们的团队就会浏览一下那些灰色网站，"鲁斯提格对萨福克说，"我想你也知道儿童色情视频，萨福克先生，我们从你的手机、平板和电脑里，工作的地方和你家里找到了这些东西。所有你碰过的、带有你指纹的东西都会被彻底检查。现在这项工作已经全面展开了，明白吗？"

萨福克没有说话，点了点头。他看起来脸色苍白、迷茫无助。如果我不知道他身体里住着一个恶魔，不曾感受过他试图掐死我时那灼烧般痛苦的话，我会同情他。

"告诉我，你是从哪里得到这个视频的？"鲁斯提格问道，"这不是你平时的喜好。"

"我不知道，"萨福克喃喃自语。但我注意到他压低了头，眼睛透露出深邃的黑暗。

"当然，你可以说不知道。顺便一提，你的电脑清理得很干净，但我们在你公司的桌子上发现了一个 U 盘，里面存有这个视频。你值夜班的时候，会悄悄在电脑上看这个视频吧？你只是想拿来解闷儿，是吗？"

萨福克眼神发直，没有说话，下巴蠕动着，好像在练习咬人的动作。

"可能你还不是很清楚，我们来做个选择题。第一，由于你存有且散播儿童色情制品，我们会就此提出指控，今天你就会被逮捕；第二，我们来做个交易，一个决定你生死的交易。从现在开始计时，你有一分钟的时间考虑，你是从谁那得到这个视频的？"

萨福克抬头看向摄像机。"她正在看吗？"

"谁？"

"她。"

鲁斯提格没有回答。萨福克盯着摄像机，好像察觉到此刻我就在监控室看着他，就站在离他不远的地方。"你这个婊子，"他说，"他就应该把你也杀了。最好现在就把你杀了，把过程全部录下来。如果他出售视频，我绝对会花钱去看。你听到了吗？我会花钱去看！"他尖叫着。我不知道为什么他如此恨我，那些话像硫酸一样灼伤了我的皮肤。

麦克·鲁斯提格纹丝不动，甚至连眉毛都没有动一下，依旧是放松的状态。我不知道他是怎么做到在这样的状况下还能如此淡定的。萨福克尖叫完后，沉默了一段时间。然后鲁斯提格开口说道："你喊完告诉我一声。你猜怎么着？不管还有谁参与其中，现在只有你一个人坐在审讯室里，除了你没有人会受到联邦调查局审问，除非你考虑回答我的问题。那么，现在，告诉我，你是从哪里得到此视频的？"

萨福克冷静了下来，盯着桌子。他身体里的恶魔回巢了，藏回他内心深处的某个地方。他坐立不安，看上去浑身不自在，最后，他喃喃地说了一个名字："阿布萨隆。"

"唔……"鲁斯提格轻哼，"然后呢？"

"阿布萨隆卖给我的。我也卖东西给他们。你懂的，市场交易。"

"怎样交易？"

萨福克耸了耸肩，像一个闷闷不乐的孩子，"用比特币支付，然后他们发给我一个链接。"

"也就是说，你并不是阿布萨隆组织里的一员，你只是他们的一个顾客而已。"

"也是一个卖家，"他看着鲁斯提格，邪恶地笑了笑，"用这种方式换取折扣。"

"你卖些什么？"

"你知道的。"他又耸了耸肩，"就是那些修过的图、剪辑过的视频，可以换取佣金的东西。"

"好，我们后面会有很多时间仔细谈这些。现在我们继续刚刚的话题，谁给你介绍阿布萨隆的？"萨福克又耸了耸肩，没有回答。

"梅里特·德·瓦尔？你认识他吗？"

"不认识。"

"奈皮尔·詹金斯？"我对这些名字毫无印象，我只能推测这些名字是鲁斯提格编造的……抑或他在我们不知情的情况下，收集到了其他阿布萨隆组织的人员名单。那也很有可能。

"不认识。"

"那朗赛尔·格雷厄姆呢？"

萨福克听到这个名字时怔了一下。他没有预料到会听到这个名字，也从侧面说明了他知道这个人。我们都知道这个人是谁。听到这个名字，我本能地慌了神，我强迫自己把注意力放在萨福克身上。"还是不认识。"萨福克依旧没有承认。其实他是认识的，那些名字中，只有这个名字在他心里敲响了警钟。

"卡尔，我对你的表现很失望。我知道你认识朗赛尔·格雷厄姆。因为你不是从阿布萨隆那里购买到这个该死的视频的，而是从朗赛尔·

格雷厄姆那里，你知道我们能通过数据追踪买家吧？这是直接从他的硬盘上拷贝的一份视频。你很聪明。那么，现在你将会接受联邦调查局的审问，我们将以预谋杀人以及存有和散播儿童色情制品的罪名逮捕你。另外，你将会以谋杀的罪名享受一次堪萨斯州的审判之旅。"

"我没有杀害任何人！"

"打开另一个视频。"麦克说，朝摄像机看了看。技术人员按了几个按钮，打开了另一个视频。还是同一个场景，但又有点儿不同，这个空间比例小了点儿。我想起来了，这是在静湖附近那个小木屋地下室里拍的。那儿是朗赛尔·格雷厄姆的住处。他仿造了梅尔文的酷刑室……一个女孩儿站在那里，她有一个蝴蝶文身。她是格雷厄姆杀害的第一个人。他将她杀害后，把她丢到了湖里。我感到呼吸困难。我记得她，我和兰妮在诺顿附近的一家蛋糕店里吃蛋糕时，她就坐在我们附近。她是一个长相普通、满脸笑容且态度温和的年轻女士。可我现在却在这个视频里看着她生前最后而恐惧的时刻。

放大女子脸部特写的时候，技术人员暂停了视频。我感觉我全身都在颤抖，我转过身，不忍心看她那因死亡而冰冷僵硬的脸。

麦克·鲁斯提格依然镇定自若地说："视频里的女子就是朗赛尔·格雷厄姆杀害的第一个人，时间显示，你拷贝视频后，第二个受害者被杀害了。谋杀罪，卡尔。我觉得在我们对这个组织有所了解前，你不会再看到电脑屏幕了。除非你想和我谈谈。"

我看到萨福克在发抖。他是个虐待狂，是个懦夫，他很清楚所有这些证据都指向他，也许还有更多的证据在等着他。他也是个危险人物，他对我所做的事——毫不留情地要掐死我——告诉我这不是他第一次试图杀人，但可能是第一次杀人失败。

"我对阿布萨隆一无所知。"萨福克说。鲁斯提格叹了口气，脚不停地敲打椅子。"除了一些名字，其他的我都不知道！真的只是一些名字而已，而且还是网名，并不是真名。你也知道，格雷厄姆和我私下做了些交易，仅此而已。他和我……有共同的癖好。我们互相交换视频，但我不知道他是杀害那些女孩儿的凶手之一，我以为他也是从别人那里得到的。"萨福克的声音听起来有些慌张。

"你当然不知道。我们来谈谈那些网名。"鲁斯提格说着，把一张纸和一支毡尖笔推到他面前，"把你能想到的名字，全部都写下来。这样做或许能拯救你，不然未来25年你就去联邦调查局的监狱里蹲着吧。我敢说，那将是一段非常愉快的日子。你自己也知道。"

鲁斯提格花了将近半小时才弄清萨福克到底都收集了什么东西，包括他从阿布萨隆组织得到的视频和图片。他有一个奇怪的癖好，喜欢收集酷刑类的图片、视频以及谋杀类的电影。这些东西一直以来都是联邦调查局打压销毁的，不应该出现在人们的视野里。

然而，让人憎恨的是，阿布萨隆不仅经营这些东西，还出售儿童色情制品。除此之外，他们还进行敲诈勒索和网络攻击。这些对于他们来说仅仅只是一个爱好而已，但能帮助他们吸引识别那些潜在的客户。各种变态狂因他们互相结识，聚集在一起找寻属于他们的特殊快乐，人的皮囊下隐藏着行尸走肉般的空洞内心和邪恶无情的贪婪欲望。

萨福克说，梅尔文·罗亚是个顶级卖家。他曾在那个市场上很活跃，他将他的杀人过程都录了下来。阿布萨隆给他们这些卖家创建了一个市场，他们可以在上面进行交易。听到这里，我感到一阵恶心，可并不完全意外。法庭上只展示了梅尔文拍的照片，但是录视频的照相机还在车库，只是里面没有磁带和数据而已。

让我真正感到害怕的是，如果梅尔文录的那些视频都被找出来，那个把我和他的罪行紧紧联系在一起的伪造视频只会更有说服力。官方肯定会调查这件事，可能会由麦克带头，最后证明我是清白的。但我也知道这会很难，找到更多详细的证据说服他人并不容易。

"梅尔文·罗亚直接将视频卖给阿布萨隆，"萨福克告诉麦克，"那些视频要付费下载，如果像我这样的客户愿意花钱，他们就会给梅尔文一个比特币账户，这样他在哪儿都可以收到钱。我不是很确定操作方式，我只能告诉你，我在这条链中是最低端的，只是一个普通的客户。"

呵，一个收集折磨、谋杀无辜受害者视频的客户。我觉得恶心，想起他双手掐在我脖子上的感觉。

麦克记下一些东西，说："还有什么想说的吗？"

透过屏幕，可以看到萨福克背靠在了椅子上，他说："还有一件事。"然后看向摄像机，笑了。他笑了，"我希望你把刚刚的第一个视频完整地放一遍，就梅尔文那个，视频结尾会有惊喜哦！"他的笑容诡异得让人毛骨悚然，特别是他眨眼的时候。

鲁斯提格站起来，然后把椅子推回桌子下面摆好。"我会看的，"他说，"但是如果你想再和我享受一次看视频的'愉快时光'，醒醒吧。等会儿你会被单独带到禁闭室，你可以在那里好好想想你接下来的人生。"

过了一会儿，鲁斯提格回到了监控室里，朝我们点了点头，径直走向技术人员。"拉杰，给我个位置看视频。"

"你可以在后面那台电脑上看，我现在把它调出来。"拉杰说道，他的目光越过我们看向鲁斯提格，"你确定你要看吗？"

"这是我的职责，你看完整个视频了吗？"

拉杰回过头，"还没有。"

"我知道这是件棘手的事情，"鲁斯提格轻声说，"但我还是想将它看完，从刚刚暂停的地方接着看吧。"

拉杰看起来松了口气，"那就从刚刚暂停的地方接着往下看吧，耳机在显示屏旁边。"我知道这是他工作的一部分，查看那些由像素、光影和声音组成的恐怖视频，但心里会很不好受。

鲁斯提格从我们身边经过时，山姆抓住他的胳膊，问道："嘿，你是认真的吗，还要陪他继续玩儿下去吗？"

"我必须这样做，"鲁斯提格说，"相信我，我希望什么事都没有，在这儿等着。"

我们也只好等着，我时不时瞥向鲁斯提格。等待的时间如此漫长，除了椅子"嘎吱嘎吱"的声响和笔划过纸的声音，整个监控室静悄悄的。大概半个小时后，鲁斯提格猛地起身，他坐过的椅子倒地发出了刺耳的噪音。我和山姆抬头看向他。鲁斯提格还戴着耳机，整个人散发出恐惧、痛苦而暴躁的气息。我很好奇是什么让他变成了这样。

鲁斯提格暂停了视频，摘下耳机，然后转身向我走来。他抓住我的胳膊反扣到身后，紧紧地抓着。我试图反抗，他将我拽了起来。直觉告诉我必须快速地、狠狠地、粗暴地反击，我不能这样被他抓着。但他是联邦调查局探员，反抗只会让事情变得更糟糕。

"嘿！"山姆大声地朝他喊，但鲁斯提格没有理睬。他拽着我走向电脑，山姆跟在后面，质问道，"麦克，你这是在干什么？你……"看到电脑屏幕上的画面时，他愣住了。

一股强烈的不安感笼罩着我，我又感到头晕目眩。此刻，我很庆幸鲁斯提格牢牢地拽着我。屏幕上暂停的画面显示，那名受害者血流不止，尖叫着。在她面前，梅尔文拿着刀，邪恶恐怖。有人把刀递给他。

而那个人就是我。我看到我站在镜头前，旁边是一面布满各式各样的刀具和锤子的墙。那是梅尔文的工具板。**而我在笑。**

"现在，我想要逮捕你，"鲁斯提格说，"但是我没有这个权利，堪萨斯州法院已经判定你是无罪的。我希望你坐下来告诉你你所知道的一切，关于梅尔文的一切。**现在就告诉我。**"

我整个人都蒙了，整个脑袋都是……空白的。我坐下来，盯着屏幕。我看着屏幕上我的脸——吉娜·罗亚的脸，感觉有东西堵在喉咙里，让我说不出话，但我还是强迫自己说出来。"这是假的，"我告诉他，"我不在那里，**我从未进过那个车库，**这是阿布萨隆伪造的……"

"闭嘴！"鲁斯提格说，然后把我坐着的椅子转过来面向他，他把手撑在椅子把手上，把脸靠近我，恶狠狠地说，"你在那里。如果你不在那里，那一切都是受害者自己所为吗？我一直都有疑问，我被你耍够了！把你知道的都告诉我！"

"那不是我！"我朝他尖叫，充满了恐惧和绝望——我发出的是生硬、粗糙、沙哑而破碎的声音，喉咙很痛，天哪，痛死了，"我不知道！我不在那里！"

他推开我的椅子，狠狠地把椅子砸向墙壁，我几乎被甩了出去。然后我站起来，蓄势待发，但鲁斯提格没有再朝我走过来。他盯着我，然后转身走了出去。拉杰看向我们，嘴巴半张着，惊呆了。

山姆也没有靠近我。他整个人看起来是冷静而空白的，然而下一秒钟，他举起显示器，砸到了墙上。瞬间，火花四射、支离破碎。拉杰站起来咆哮。

"山姆！"我哽咽，我希望自己没有哭，但山姆的眼神让我心慌，犹如身处深渊。我不知道他是否也想杀了我，完成萨福克未完成的事情。

鲁斯提格走到监控室门口，停了下来，对拉杰说："在我回来之前不要让她离开这里，听明白了吗？"然后他就气冲冲地走了。拉杰点了点头，走到门那里，堵住了出路。

我觉得自己被囚禁了，等待着被猎杀。我的喉咙像着火一样，咽了咽口水，我尝到了血的味道。

山姆也朝门口走去，我想叫住他，但我害怕。拉杰不让他出去，山姆用一种我从未听过的语气说："他说她不能出去，但我可以。"

拉杰不情愿地让了让，山姆走了出去。监控室里只剩下了我和拉杰，还有那台被砸坏的显示器，整个空间让人窒息。拉杰没有看我，我看得出来他很紧张。他不断咽口水，用余光监视着我，防止我逃跑。我并不想逃跑，只是麻木地站在那里，不知所措。

麦克·鲁斯提格回来了，他看起来严肃而愤怒，拉杰如蒙大赦般坐回了自己的位置上。"你可以走了，吉娜。"麦克咬牙切齿地说，对他来说，我不再是格温·普罗克特了，"但你不要太得意，我不会让你在外面自由太久的。现在，马上，在我还没反悔之前，滚出去。"

他旁边站着一个特工，亦是一脸严肃。看得出来，这位特工应该是来带我出去的。现在发生的事情是如此不切实际。我很想知道如果我失去控制、开始尖叫，他们会怎么做。可能会把我拖出去吧。我还没想好要不要离开这里，身体就先行了一步。走出监控室，眼前一片光亮，我站在走廊上，那个带我出去的特工抓住我的胳膊——紧紧地，但分寸掌握得很好。他把我送出去，取下我的访客徽章，把我带到了大厅。在大厅执勤的接待工作人员拿走了访客徽章，然后他们俩一齐看着我。

我不知道我现在能去哪儿，也不知道我应该做什么。终于，我意识到我应该离开这里。我走出去，身后的门自动关上了。外面夜色深沉，太阳早已下山，空气里吹着冰冷的风。我站在那里，不知所措，想着自己是不是没有丝毫利用价值了。我朝外看去，才发现这里是**威奇托市**。我曾经开车经过这里，去附近的购物中心，也在拐角处的加油站加过油。

我不应该在这里的。

刚刚发生的一切对我的冲击实在是太大了。我跌跌撞撞朝前面一块水泥块走去，水泥块有点儿高，我坐不上去，只能靠着。我颤抖着，喘着气。往日不断冲击着我的感官，这里的气息、色彩还有恐惧，所有的一切似乎都是真实的。车库被撞毁前我曾在里面待过的事难道是真的？难道我帮助过梅尔文，而我忘了所有事情？**我疯了吗？**

只是过去了几分钟，我却觉得像是几个小时。我听见脚步声，有人正朝我走过来。有那么一瞬，我觉得是梅尔文向我走来。我想，**这样就结束了。**但那人经过路灯下的时候，我看清了他是谁。山姆。

他没有伸出手，可是他来了，就在这里，凝视着我身后的联邦调查局。"起来，"他对我说，"我通知了里瓦德，飞机已经来了。他会带我们回诺克斯维尔，然后我带你回哈维尔那里。"

"然后呢？"我沙哑地嘟囔。他没有回答我就走了，也没有等我。我只好紧紧地跟在他身后，以防跟丢，但我很感激他带我走出这黑夜。

我永远都不会再回来了。我意识到我在心里祈祷。

第十五章

兰妮

听到外面的"沙沙"声时，我紧紧地抓住康纳的手。一个小时过去了，我一直紧紧地抓着他，不肯放开，他也是。我们好像回到了小时候，那天爸爸妈妈都被警察带走了——他们在同一天一起被逮捕了。我还清晰地记得那天发生的事情，比其他任何事情都记得清楚：我和弟弟坐在警车的后座上，感觉像是在笼子里一样，周围充斥着汗水和脚气的味道，我们一直默默地紧握着对方的手，也不知道要说些什么。我记得，我那时并没有很害怕，甚至还盼望着一切结束后，妈妈会带我们去买冰激凌，然后一起回家。布雷迪——现在该叫他康纳——那时哭得可厉害了。我记得我对他很不耐烦。我告诉自己没事的，我们等会儿就可以回家了。然而，那时，我们已经没有家了。

布雷迪在警察局时一直不停地问各种问题："**我妈妈在哪儿？我们什么时候才可以见到她？我们可以回家了吗？我爸爸在哪？……**"他听起来很焦虑。我没有问，因为我比他年长一点儿，很清楚那些警察不会回答。我不停地告诉自己没关系，这只是一个巨大而愚蠢的误会而已。警察给我们拿了一些饮料和零食，然后把我们带到了一个房间里，里面有玩具和游戏，但对我们来说都太破旧太幼稚了。我有一本书，出事那天我在看，但我没看完。后来我把它扔了，布雷迪——不，**不要再想着**

布雷迪了，他现在是康纳——把它从垃圾桶里捡了回来。我记不清那本书叫什么名字了，但我记得那是他看的第一本书。从我们的生活变得一团糟的那一刻起，他成了个书呆子。我知道我永远都看不完那本书。或许这就是为什么我不记得它叫什么名字了吧，书里讲了什么也记不清了。

外婆连夜坐飞机来接我们，把我们带回她家。那时她是唯一一个向我们解释的人，她告诉我们，爸爸是一个杀人犯，妈妈因为被怀疑是他的帮凶而被逮捕。**"你们的妈妈是无辜的，她没有做错什么事。"**外婆一遍又一遍地告诉我们。似乎真是这样，法官宣判妈妈无罪，她出狱了。她回来的时候，我激动地哭了。现在我却发现我所相信的一切都是假的，我没有伤心，只是满腔怒火。**她欺骗了我们，一直以来，她就是个骗子。**

哈维尔站在窗前，端着一杯咖啡。"她来了。"他转过身朝凯姿说道，凯姿在厨房里。她今天穿着夹克衫，搭配一条漂亮的长裤，佩戴着一把手枪和一枚徽章。她的着装让我想起了她是一个警察，和她的上司普雷斯特警长一样。棒极了，或许她可以逮捕妈妈，把妈妈带走，这是一次好机会。"山姆和她一起回来的。"哈维尔说。

"冷静点儿，"凯姿说，"听听格温怎么解释。"

我看向康纳，握住他的手，但他毫无生气。我不知道他是否听到了哈维尔和凯姿的对话，他把手收了回去，把书签夹在他看到的那一页，然后把书放到一旁。他站了起来，我也跟着站了起来。

布特的吠声和哈维尔那低沉的咒骂声都在我耳边回响，让我很安心。我感觉手有点儿冷，便把它伸进口袋里。马上就要真相大白了，但同时，有些东西也要彻底被毁了。我知道我无法再相信妈妈，也无法再相信任何人。我曾经毫无保留地相信她，她却欺骗了我们。

我能察觉我内心的冲动，我只想要结束这一切：我想哭，想摔东西，想逃跑，想崩溃，想缩成球躲起来。但，我不能。我只能想，却不知道何时才能再任性一次。而康纳看起来很淡定，淡定得令人生畏。

哈维尔走了出去，布特停止了吠叫。我听到了谈话的声音。门开了。是妈妈。

看到她，我第一个念头就是**她看起来很累。**然后是疑惑，**为什么她要围着一条那样的围巾？**她不喜欢围巾。我曾经给她买过一条，她表示很喜欢，但也只戴过一次而已。这一条围巾是暗沉的铁灰色，她却围在脖子上，围着她的喉咙。或许她生病了，但我毫不在乎，我希望她死了。希望她现在就倒在地上，马上去死，这样我就可以跨过她，一走了之。

她冲过来，想抱抱我们。但我和康纳没有说话，只是往后退了退，我们这样做让她很伤心。她放慢脚步，停了下来，说："亲爱的，发生了什么？"她首先问康纳，她的声音听起来有点儿不对劲儿，粗糙、沙哑且虚弱。或许她真的生病了。然而我想戳穿她的喉咙，这想法真实得让我的眼睛布满血丝，全身颤抖。**你居然还敢碰他？**

康纳没有说话。事实上，自从经历上次那件事，自从我们找到他，他就很少说话。妈妈看向我，她眼里充满了泪水。**虚伪。**我恨她，看到她这样，我只觉得恶心。"兰妮？发生了什么？"

听到她这样问，我朝她尖叫，整个人像失去了控制，全身都在咆哮，高音直接从喉咙中蹦出来："你去死吧！"

幸好哈维尔站在中间，不然我冲过去就能把她撞倒。哈维尔挡住了我。他欲言又止，我听不清他说了什么。但奇怪的是，我很清楚地听到了凯姿说的话："**保持冷静。**"她没有动，还是在原来的地方，不过蓄势待发。

我要保护我的弟弟，为此只好停止尖叫。我转过身抱着康纳，但他没有任何反应。他只是盯着妈妈，像从来没见过她一样。

妈妈想和我们聊聊，她的声音听起来虚弱而沙哑，"亲爱的，这是怎么了，我到底做错了什么……"

"我不知道，**吉娜，**你好好想想你自己做错了什么？你想隐瞒我们一辈子吗？"我大声说，我想推开她，把她推离开我们的生活。我想要保护我的弟弟，我知道这件事深深地伤害了他，我永远也无法让他的伤口愈合。我的职责就是保护他，但我没有做到，我做不到。因为伤害他的人是我们的妈妈。她伤害了我们。

妈妈哭了，泪水滑过她的脸庞，她不断地伸出手，想碰碰我们，但我们一直往后退，不让她碰到。哈维尔挡在她面前，说："先坐下来，格温。"

"她不叫格温，"我对他说，"她叫吉娜。吉娜·罗亚。她一直叫这个名字。"

"我不知道发生了什么。"妈妈说。但她的眼神出卖了她，她眼里布满了无法掩饰的恐惧，我觉得她已经知道了。一直以来，我认为妈妈是全能、坚强、无所不能的超人。我看到过她陷入困境的状态。即使她知道自己不会赢，也会背水一战，为我们而战。这是我心底传来的声音，但我迅速屏蔽了这个声音。她不是超人。她和我、康纳，和所有人一样是普通人。我逐渐知道了一些重要的事情，也知道了一些让人难过的事情。到了最后，她却成了另外一个人。

她是魔鬼。她和爸爸一样。不，她比爸爸更可恶，毕竟爸爸从来没有颠倒黑白，也没有向我们辩解他是无辜的。她却一直在撒谎，这是多么的可恶。我永远都不会原谅她。

哈维尔再一次喊她坐下，他似乎也对她失去耐心了。妈妈看了看山姆，但山姆从进屋开始就没有看过她一眼，她跌坐在扶手椅上。哈维尔走过来，打开他的平板，点了点，然后给她看。"解释一下这个。"

妈妈脸色发白，我以为她会崩溃，但她没有。她盯着平板，可我不认为她在看。视频结束了，她把平板还给哈维尔，弯下腰，用手捂着脸。有一刻，我觉得她在哭，然而她再次挺直腰的时候，眼睛干涩暗淡。"那不是我。"她说。她的声音听起来像撕裂的金属，粗糙而刺耳。"那是假的，阿布萨隆伪造的。"她向我们辩解。

"对不起，我不能相信你，"哈维尔说，"这很难伪造。我看到你在帮助他。"

"那是假的！如果是真的，为什么法院在审判我的时候没有拿出来？仔细想一下，哈维尔，求你了！我知道视频很糟糕，但请相信我。我对梅尔文做的事很反感，很愤怒。那不是我。我从没有做过那样的事！"

"闭嘴！"我说，"证据就在这里，那是你的脸，**那是你做的！**"

"兰妮，亲爱的……"

"不要再说了！"我朝她怒吼道，我想让她现在就离开这里，我不想看到她，她让我恶心得想吐。"闭嘴！我真是受够你的谎话了。"

她又哭了。好极了，我很高兴这些话能够伤到她。她不会知道她所做的事对我的伤害有多大。"你从哪里得到这个的？"她低声问道。

听到这里，康纳抬起头，说："我找到的。"他的声音没有怒意，只是空洞地叙述着。我很害怕，康纳并不像我想象得那样生气，我完全看不透他对这件事有何感想。他大概是觉得整个世界都抛弃了我们。

"你在哪里……"

"从哪里找到的很重要吗？"我打断妈妈，"多亏康纳找到了，才能揭穿你的谎言。"

"这才正说明了他们想让你们相信我是坏人，"她说，"兰妮……"

"不要和我说话！"

一片沉默，大家都看着她，除了山姆。他正在泡咖啡，假装一切都很正常，但我看得出他整个后背都是僵硬的。他面无表情，就像是戴着万圣节的面具。这还是他吗？他也是个骗子吗？他从一开始就在骗我们。或许我和康纳也不应该相信他，或者哈维尔，或者凯姿。也许这个世界上的任何一个人都不值得信任，我和弟弟只有信任彼此。

妈妈看向哈维尔和凯姿，"他在哪里找到这个的？怎样得到的？"

"我找到的。"康纳又说了一遍，没有看任何人。

凯姿看着他，想过来抱抱他。如果不是现在气氛有点儿紧张，我想她会过来的。"我看了他的手机，"她说，"他解开了密码，他很聪明。但不幸的是，他发现了这个，我们也就知道了。"她转向妈妈，"你现在不是要了解他是从哪里找到这个视频的，而是告诉我们你还隐瞒了什么。"

"联邦调查局也找到了这个视频，"妈妈说，"他们正在解析，他们会证明这个是假的，因为事实上就是假的。"

山姆开口，语气冷漠得让我察觉到他也一样愤怒。"不止一个视频，有两个，另外一个也显示格温在车库帮梅尔文杀人。"

"那不是我！"妈妈朝他咆哮。

山姆耸了耸肩。"好吧，**吉娜**，然后呢？"

"不，山姆，那不是我，我没有做过……"

山姆面向她，把咖啡杯摔在餐桌上，"该死的，你已经被判无罪了，就不要再说谎了！为什么阿布萨隆要伪造那些视频？萨福克 U 盘里的那个视频是一年前的！"

妈妈艰难地喘着气，说："阿布萨隆已经伤害我和我的孩子四年了，修改过的照片、骚扰、死亡威胁……他们把我们的生活变成了人间炼狱，这些你都知道的！你认为我和你有什么不同吗？为什么不相信我呢？"

"因为我能看清眼前的事实，"他说，"我和你的陪审团不一样。"山姆转过头，看了看我，又看了看康纳，温柔地说，"孩子们，抱歉。这不是你们的错，我很希望能帮你们，但这……"他摇了摇头，"已经够了。"

"山姆！"山姆向前门走去的时候，妈妈站了起来，她的语气几乎是哀求，"山姆，别！"

"让他走，"我说，"你已经伤害他够多的了。"

我不确定她是否听到了我的话，但她安静了下来，没有再劝阻山姆，只是静静地看着山姆离开，看着门关上。此刻，她看起来很无助，很迷惘，很害怕，她对我说："你不能相信那个视频，我能理解山姆为什么生气。但你不是他，兰妮，你应该很清楚我是一个什么样的人。"

她想碰碰我，但我没有靠近她，只是一味地往后退。"我不想再见到你，你不是我的妈妈，我没有妈妈。"我说了，我终于一字不落地说出来了，我能感觉到我的声音因为愤怒而颤抖。我想狠狠地打她一巴掌，只是想想都能感觉我的手掌在发烫。我想惩罚她，想让她体会一下我现在的心情，我精疲力竭，支离破碎。

我看到了她脸上震惊而恐惧的神情，这就够了。**"我从来没有帮过你爸爸杀人！"**她嘶吼着，伴随着哭腔。但我不会相信她了。我甚至认为她也不相信她自己。

康纳说："你做了，我们都看到了。别再狡辩了，我们不再相信你了。"这句话是他看完视频后说的最长的一句话。

这让妈妈心碎，她喘着气，好像肚子挨了一拳一样。她看向哈维尔和凯姿，没有人愿意和她说话。我知道她已经心如刀割，她坐了下来，看起来好像时刻准备寻死。

看到她这样，我很难受。但我要克服这种感情，这是我的弱点，一个愚蠢至极的弱点：我总是相信一切都会没事，可这世界从来都不如我愿。从一开始就是这样。

"你们想要我做什么？"沉默许久，妈妈开口问道。她听起来很挫败，她放弃为自己辩解了。听到她这样问，我应该感到开心，然而，我只觉得空虚。愤怒过后只剩下了沉默和毁灭，我从来没有觉得如此孤独。

"你要离开这里，格温，"哈维尔说，"在一切结束前不要回来，除非有证据证明你的清白。你不能再待在孩子们身边，对他们不好。"听到哈维尔这样说，我很惊讶，我以为他不会站在我们这一边，甚至凯姿也不会站在我们这一边。他们却这样做了，和我们一起，对抗妈妈。太好了。

妈妈似乎不敢相信她听到了什么，"哈维尔……"

"如果你能证明你所说的，证明那个视频是阿布萨隆伪造的，我们再聊，"凯姿说，"我会第一时间为我的错误道歉。但现在，我不能像个傻子一样相信你的一面之词。我看到的是你帮助梅尔文·罗亚杀了那些女孩儿，如果那些视频是真的，你就不能再和孩子们待在一起。"

妈妈捂住嘴巴，她看起来想尖叫或者呕吐。是震惊，还是恐慌？我不知道该如何形容她的神情，但我知道她现在很难过。**我不在乎**，我坚定地告诉自己，**棒极了，这伤透了她的心**。

"如果我真的帮了他，那为什么我现在要把他找出来，并让警察逮捕他呢？"妈妈问道，她的声音颤抖得厉害，好像下一秒钟就会哽咽，"我这样做有什么意义呢？"

"也许你想找到他，重新回到他身边帮助他。"凯姿说。妈妈听到她这样说，愣住了。我觉得胃有点儿不舒服，因为凯姿说的有可能是真的。或许，妈妈和爸爸一直都在一起，他们一直都在做那些令人恶心的事。

"我没有……"妈妈说，很小声，像是在说谎，这又加深我对她的恨意。

"你当然会这么说。也许从一开始你那种无辜受害者的姿态就是一种伪装，阿布萨隆一直都知道你的真面目。这也能解释为什么你让孩子们远离那些乱七八糟的事。"

突然，我想起了一件事，平息了我内心的怒火——妈妈在看到朗赛尔·格雷厄姆的地下室里满是血的时候，充满了恐惧。当她看到我和康纳安然无恙的时候，我能感觉到她那失而复得的狂喜心情。那个时刻，我真切地感受到，真的看到了她有多爱我们。我觉得我和康纳快要死了的时候，妈妈冲进来找我们。她满身伤痕，但仍然厮杀着，只为救我们。

那不是一个骗子或一个凶手会做的事情，不是吗？

或许她真的很爱我们，我想，但她更爱爸爸。这真是一个可笑的想法，我的胃更疼了。我抱着康纳，我不能放松警惕，我必须保护他，所以我必须让妈妈离开这里。我突然觉得累了，只想一个人缩在被窝里哭。

妈妈的围巾掉了，我看到了她脖子上的伤痕，上面布满了暗红色的血点，瘀血连成了一圈。有人伤害了她。有那么一秒钟，我很害怕，很担心她。但我马上就克制了自己的情绪，**她是个骗子，她活该。**

我脑袋要炸开了，我讨厌这样，讨厌一切。我说："你走吧，妈妈。我们不需要你。"我本来想说**我们不需要你留在这里**，但说出口的却是我内心的真实想法。我知道这对她很残忍，可我还是说了。妈妈倒吸了一口气，用手捂住她的胃，好像我一刀捅在那里。她叫了我的名字，然而声音很小，或许她不敢大声地叫我。

凯姿说："兰妮是对的，走吧，在一切结束前不要回来。"

"我向你保证，我会像保护自己的孩子一样保护兰妮和康纳的，"哈维尔说，"我不会让他们受到任何威胁，包括来自你的威胁，明白吗？"

妈妈眼里充满了泪水，但她没有哭，只说："这就是我想要的。"然后她看向我们，我知道她想过来抱着我们痛哭。我能感受她强烈的渴望，像静电一样发散到周围的空气中。

我也想过去抱抱她，我的身体是如此的可笑，想要得到的只有她的爱。但我的理智告诉我不能这样。我需要坚强，这是她曾经教导我的，我现在做到了。不管有多么难过，我也只是盯着她，希望她离开这里。

然后妈妈走了。她走了。

我希望她再回头看看我们，但她没有。门关上了。尽管让她离开是我的意愿和要求，可她没有再回头看看我们，让我觉得我们再一次遭到了背叛。我的胃又疼了，胸紧压着它，让我有点儿喘不过气。没了，什么都没有了，我世界里的所有的美好顷刻间消失殆尽。

我紧紧地抱着康纳。我抱他的时候，他总是挣脱我，但现在不行。我抱着他，告诉他：**"我在这里，我还和你在一起，我不会丢下你一个人。"** 我告诉他，**"我不像她。"**

没有人说话，一切都安安静静的。这时，外面传来汽车启动和轮胎轧过砂砾的声音，我想是山姆在外面等她。车开走了。凯姿深深地叹了口气，说："我很抱歉。一切都太糟糕了，孩子们，你们还好吗？"

我点点头，而康纳不出声，只是一味盯着地板，一副漠不关心的神情。我不知道这对他会造成什么影响，但我知道反正不会很好。凯姿转过身对哈维尔说："我现在还不能离开，我要打电话给普雷斯特警长。"她很小声地说，但我还是听到了。

"你不能总是什么事都向他汇报，"哈维尔说，"凯姿，他已经到附近检查过了。他想知道是什么事情让我和你放下工作那么长时间。不管他是担心你还是好奇心驱使，对我们都没有好处。你刚做警长，还没有站稳脚跟，你得赶紧回去上班。"

她盯着他看了一会儿，摇了摇头。"不，我有个更好的办法。"

"凯姿，亲爱的。"

"我考虑清楚了。"

哈维尔摇了摇头，但凯姿打电话的时候，他没有说什么。我呆呆地看着她来回走动，内心平静，似乎随着妈妈的离开，我的愤怒全部消失了，只剩下一副原本应该装着我勇气的冰冷而空虚的躯壳。我倒在沙发上，用那厚重的针织毛毯包裹着自己，我觉得自己正在发抖。

凯姿打通了。"普雷斯特？我要告诉你一些事，你现在能来哈维尔家一趟吗？"

普雷斯特警长的年纪有点儿大，我很惊讶他居然还没退休。他很聪明，从他看别人的眼神，便能判断出他是个睿智的长者。

他用目光扫了一圈，看到我和康纳窝在沙发里。这一次哈维尔没有让我们回屋躲起来，不过我不确定警长会不会让我们回避。"好吧，该死的，"他说，走了进来关上了门，"让我猜一下，这件事与孩子们有关，格温在哪里？"

"不在这里，"凯姿说，"先坐下吧。"

普雷斯特在餐桌旁坐了下来。哈维尔煮了咖啡，他倒了三杯，也坐了下来。普雷斯特接过其中一杯，喝了一小口，但还是一直看着我们。我很好奇他怎么看待我们，也许他会在心里叫我们"**孤儿**"。我讨厌这个称呼，它却是事实。我们被遗弃在这里，妈妈不会回来了。即使她回来，我也不会跟她走。我可以照顾好我自己，但康纳怎么办？他还小，他需要别人照顾，而且我很清楚他们不会让我一个人照顾他的。**我们需要帮助。**

这是我第一次感到有心无力，觉得喉咙像着火一样，眼里的泪水也是滚烫的。我看着康纳，他又在盯着他的书了，但几分钟过去了他也没翻动一页。他没在看书，他在逃避，这是他擅长的事。我很羡慕他，起码他还有书的世界可以逃避，而我不知道干什么好。

"格温和山姆……"凯姿说。但普雷斯特抬起手打断了她，那只手有点儿颤抖。"等一下，克莱蒙特，我观察了一下，让我猜一下。格温和山姆去调查了，他们觉得孩子们放在这里会更安全。我说得对吗？"

"是的。"

"孩子们的神情告诉我，发生了一些不好的事情，"他说，"很糟糕的事情，他们不见了吗？"

"不是，"哈维尔说，"但是事情越来越复杂了，我不想让你认为凯姿不是个好警察，或者我们产生了一些家庭纠纷，这并不是事实。"

"这看起来就像是家庭纠纷，"普雷斯特说，"只不过不是你家的。"

听到普雷斯特这样说，哈维尔打开平板电脑，递给他。普雷斯特看了视频，我不知道他看完后是什么想法，他只是点了点头，然后把平板还给哈维尔，说："你们相信这个视频？"

普雷斯特的发问让大家愣了几秒钟。凯姿说："我不知道，这很奇怪，这个视频在外散播，却没有人在她接受审判的时候把它交给法官。那么，为什么现在这个视频被散播出来了呢？"

"这是人为操作的结果，"普雷斯特说，"目的都是一样的，为了金钱或者权力。如果这视频是真的，那么散布者是为了金钱；如果是假的，散布者可能是为了权力。思考一下谁是受益者。"

听到这里，我不禁思考，这是什么意思？谁会通过这些可怕的事件获益呢？这样做的好处又是什么呢？

我还没想出来，就听到哈维尔说："这个视频会让格温再次成为被告，人们会因此而关注她，她必须要停止追踪她的前夫，先维护自己的清白。"

爸爸，爸爸是受益者。我脑袋快要炸了，我不敢相信，内心却已经动摇了。我实在不敢相信他会故意做这样的事。

"阿布萨隆也是受益者，"凯姿说，"对吗？"

"是的，格温中了他们的圈套，"普雷斯特同意她的说法，"我不敢说这样的推断一定正确，但正像你所说的，凯姿，你自己思考一下，是谁躲在案发地点的灌木丛里拍录了这个视频？为什么看到他们抱着一个不省人事的女孩儿进去，拍摄人却不报警？如果我在我的桌子上发现了这个，我首先就会想这是从哪里来的，为什么它会在这里。"

我开始感觉浑身不对劲儿了，他的话听起来像是电影里面的桥段。但不是，绝对不是。他的话让人觉得妈妈是无辜的。然而她不能是无辜的，我已经把她赶走了。

"我问过康纳他是从哪里找到这个视频的，"凯姿说，"我可以给你展示，那是一个论坛，主要谈论的都是他爸爸的罪行。里面有个链接，点开就是这个视频。他从那里看到的。"

"你相信格温的说辞？相信视频是伪造的？"哈维尔说，"它看起来十分真实。"

"你最近去看电影了吗？如今稍微掌握一些电脑技术的人都能让假的事情看起来十分真实，专业人员才能判断真假。我觉得他们散布这个视频是为了煽动人们的情绪，但逻辑上还是存在不少漏洞。"普雷斯特说。

"所以你不相信这个视频。"凯姿说。

"我的意思是，在专业人员给出判断之前，我持保留态度，不管结果是好是坏。"普雷斯特又喝了一口咖啡，不再看着我和康纳，"你们确定孩子们待在这里好吗？"他问道。

"不好，"哈维尔说，"但总比在逃跑路上被抓强，如果格温找到了梅尔文，我们唯一想做的就是让孩子们远离那些麻烦。"普雷斯特点了点头，说道："谢谢你们告诉我这件事，我会保密的，"他看向凯姿，"你大部分时间可以在外执勤，这是为了让你更好地保护他们。如果局里有案子要调查，我就会通知你，如果没有，你就待在这附近。不要让任何人接近他们，不然我也很难交代。"

他把杯子拿到水槽里冲洗干净，然后和哈维尔、凯姿握了握手就走了，从头到尾都没和我们说过话。

门关上了，凯姿和哈维尔对视了几秒钟，然后凯姿走过来坐在我们对面的扶手椅上。"你们两个小家伙还好吗？"她问。

我想大笑。真的吗？我们很不好。我们怎么可能会好呢？"我还好。"我说。她不了解我，我低下头用头发遮盖自己的时候，就是我在说谎的时候。"你想让我们说什么？妈妈让我们失望，让所有人失望了。她应该和爸爸一样去坐牢。"我冷冷地说。

凯姿不喜欢这种谈心环节，她和哈维尔一样，擅长保护他人，却不知该如何安慰人。但她尝试安慰我，"你可以和我说说你的感受。"

我翻了翻白眼，"我要疯掉了，气死了，失望至极。还想要我说什么？都已经结束了！她已经走了！"我听到自己刺耳的声音，便不再说话，只用双手抱紧自己，倒在沙发上。我全身的细胞似乎都在大声叫喊着"不要和我说话"。凯姿不再强求什么。"好吧，那康纳呢？"

"妈妈不应该对我们撒谎，不该隐瞒她和爸爸做的那些事情。"康纳说。

"我知道，你伤心吗？或者是说你生气吗？"

凯姿很努力地开导我们，我想她和我们一样，对妈妈的所作所为很生气。我和康纳不是很喜欢她和哈维尔对我们那么好，我们只是他们的负担。我敢打赌，他们和我们思考着同样的事情：我们为什么会卷入到这个事件中？我们应该怎么解决？我敢打赌，所有人都在思考这件事。但我和康纳并不想过多谈论。我们是妈妈的孩子，我们不想表露内心的情感。

妈妈出狱后曾经带我们去做过心理治疗，在治疗过程中，我几个小时都保持着沉默，甚至还打破了医院的纪录。如果要我胡说八道的话，也是可以的。但我不想在这里这样做，特别是康纳还在旁边，我要给他树立坚强的榜样。

康纳耸了耸肩，没有回答凯姿。她朝我们苦笑了一下，说："好吧，但你们要记住，有什么事情都可以找我和哈维尔聊，知道吗？随时随地，任何事情都可以。这一天真是糟糕透了，我们会在这里陪你们的。"

"好的，谢谢。还有问题吗？"我说，"我可以回房间了吗？"

"当然可以，"凯姿轻声温柔地说道，"你去休息吧，我们就在这里。"

我回房间前，弯下腰抱着康纳的胳膊，小声地对他说："有什么事情要过来找我，知道吗？"他轻轻点头。我知道，当他准备好了，他会过来找我的。

我走进房间，锁上门，躺在床上，盯着天花板。然后我翻过身，把耳机戴上，但无济于事，我还是睡不着。我脑海里全是妈妈，我回想她为我做的一切，她和我一起做的那些事以及她带给我的欢声笑语。我在想我是不是错了。我很懊恼，一是为伤害了她，二是为自己的不坚定。

我感觉很孤独，怅然若失，想要有人来关心我。但我不想要虚幻的安慰，我只想要有一个人看着我，告诉我他很关心我，很在意发生了什么，我渴望有那么一个人存在。但不是凯姿，也不是哈维尔。

我想和戴丽雅聊聊，可我不能进城，也不能打电话给她。我知道为什么我想见她，我能想到。不过现在我不想思考那么多，我很绝望，心里空得窒息，房间里空气似乎不是很充足。

我拿起手机，根据记忆输入她的手机号码，给她发信息，告诉她我们在哪儿见面。最后署名"塔娜"，这是马缨丹 [1] 的简称，她最喜欢的花，她以前给我起外号就叫"兰妮塔娜"。

不一会儿她就回了信息：半个小时后可以吗？

可以。我回她，然后关上了手机。她没有任何犹豫就回了我的信息，让我很暖心，但也有点儿紧张。

康纳让我知道了怎么爬窗户，我爬出来，然后关上窗。翻过栅栏的时候，布特朝我叫了一声，只有一声，好像在说我违反了规则，不应该跑出去。然而，它只是朝栅栏边走了一步，就回廊道上趴下了。"保护康纳。"我对它说。我想让它帮我保护康纳。

我已经很久没有跑过步了，我要再感受一下全身心投入的感觉。我拼尽全力往前跑，内心仿佛燃烧着一股火，当人全身心做一件事的时候，内心会很平静，整个世界都安静了。

我不停地向前跑，穿过树林，留意脚下。道路很崎岖。很快我跑到了公路，然后继续往下跑。差不多半个小时后，透过树林，我看到了静湖湖面闪着的点点星光。我放慢脚步，腿有点儿发抖。我经过了靶场，那里是哈维尔工作的地方。现在他为了确保我们的安全申请延长了假期。我很好奇他什么时候才会发现我不在木屋里，什么时候才能找到我。

我躲在灌木丛里，小心翼翼地移动着，以防路边有车或者人经过。幸好今天外面人不是很多。天气阴冷多云，对于大多数人来说，这样的

---

[1] 马鞭草科马缨丹属植物，学名 Lantana camara L.，原文中简称为 Lantana，音译为"兰塔娜"。

日子更适合待在室内。湖面上刮着凛冽的风，也不适合划船。

我又经过山姆的小屋，我猜测里面什么也不会有。他上了锁，一切还和他离开的时候一样。遇到紧急情况，我可以到这儿躲躲，但我不是很想进去。

从这里能看到我们以前住的地方。我们的旧房子在马路和码头后面，在湖畔上，但离斜坡有点儿远，所以我们不用担心洪水灾害或偶尔到来的游客干扰。**我们的家，事实上那不再是我们的家了**，我想，我们在那里度过了一段非常欢快的时光，那儿承载着我们的美好记忆：我们一家人一起打扫房子，一起画画，一起过随心所欲的日子，晚上一起吃饭、看电影，一家人一起……但现在都没了，我不知道该如何形容我的心情。我感觉自己像是在博物馆观看别人的生活。

我从灌木丛里钻出来，继续往前跑，假装自己只是在运动，假装我不是过去十年间最臭名昭著的连环杀人犯的孩子——不，我不是。幸好，我一个人影都没见到。跑上车道的时候，我开始加速，我对这里很熟悉。

在爸爸越狱的消息散布出来之后，这里的人们知道了我们的身份，他们在我们的房子上画上各种各样的涂鸦。现在那些涂鸦还在，车库和墙边上都是，还有一些新的。其中有一幅画，上面画着一个吊死的女人，还有两个手脚被铐住的孩子。那些浑蛋！

我站在房子门槛上，深呼吸。心跳得很快，我试图让它正常点儿。**太扯了吧，兰妮，简直像是做梦一样。你感受到了吗？**是的，我感受到了，我开始想就这么跑出来是不是错了。但我已经跑了这么远，我不知道为什么跑出来，我知道只有这里才能让我感到心安。

房子前面的那扇窗户被砸碎了，风呼呼地往里吹。百叶窗也坏了，像受伤的小鸟的翅膀一样晃动着。

我从口袋里掏出钥匙，门上还贴着犯罪现场的封条，我用钥匙把封条划开，然后打开门，走进屋里。屋里一片漆黑，我按了按开关，也没有电。也对，我进来的时候没有警报声，警报器没电了。

我关上门，反锁，屋里的气味让我窒息、恶心。**天哪，这是什么味道？**

尸体？我站在客厅里，借着从残破的百叶窗投进的光线，看到有一个人被挂在走廊上。如果不是锁了门，我可能会立马冲出去。

冷静点儿，这里没有死人。我告诉自己。环顾了一下四周，客厅还算完好，除了从前面窗户扔进来的砖头造成了一定的破坏。好吧，还有墙上那些乱涂乱画。电视机不见了，游戏机也不见了，还有一些游戏卡带也不存在了。他们进来是为了搞破坏，但也顺手牵羊偷走了一些东西。

越靠近厨房，难闻的味道就越重。厨房里一团糟，那些红色的油漆像鲜血一样。不管是谁做的，字也太难看了，完全看不出来写了什么。我猜可能是"贱妇"吧。也可能是我想多了。

气味是从厨房传出来的，有人打开过冰箱，把里面的食物全部扒拉出来，扔到了地上。这儿简直是大型垃圾场，即使在如此寒冷的天气里，食物上也还是爬满了苍蝇。看到这场景，我有点儿恶心想吐。但我还是拿起扫帚、垃圾桶和垃圾袋，尽可能地收拾干净。垃圾桶里的垃圾还在，走之前我们没有时间清理掉。

某种程度上，我把戴丽雅邀请到了一个犯罪现场。不管如何，我不想让她看到这乱糟糟的场面。在她到来之前，我要尽快收拾干净。我把所有垃圾打包，扔到外面那个大的带锁金属箱里。这本来是用来防御熊的，虽然我在这里从来没有见过熊。

我正要给箱子上锁的时候，有个影子靠近了我的身后。我转过身，准备尖叫，两根手指夹着钥匙就要向前捅去。这是妈妈教我的方法。

是她。"嘿。"她向我打招呼，拨开挡住眼睛的头发。戴丽雅还是我印象中的样子，只是头发长了一点儿。天哪，她真漂亮，比之前还要漂亮。看到她我不由地哽咽，想要抱住她，但我不确定我能不能抱她。"你是在和我玩失踪吗？塔娜。你真坏，到底发生了什么事情？"她笑道。

她在庭院里的野餐桌上坐了下来，那是妈妈和我一起做的，但还没有用过。我走过去，坐在她旁边，腿挨着她，心跳得有点儿快。我不想被别人看到，当然也没人认识我。为了和她见面，我打破了一切安全规定。感觉很棒，我不可名状地开心。和她坐在一起，我内心很安稳。

"对于之前的不辞而别，"我说，"我很抱歉，我想要给你打电话，但是情况比我想象得要糟糕，每个人都在找我们。你也听说过吧？"

"是的，"她小声地说，"所以，你真的杀了朗赛尔·格雷厄姆吗？"

格雷厄姆是死了，但她以为那是我干的，我很震惊。"什么？不！该死的！谁和你说的？"

"大家都那样说，"她耸了耸肩，"他们埋了他。听起来很真实，不是吗？你真够厉害的。他们说他是个无恶不赦的杀人犯，你爸爸也是……"这是一个致命的问题，我并不想回答。这个尴尬的问题比世界上其他任何问题都难回答。我从来没有和戴丽雅说过我爸爸的事情。因为我不想让她知道这些，而且这是规定，妈妈定的规定。

去他的。妈妈对我们说了谎，也许她也自我欺骗。可我不想再对戴丽雅说谎了，和她坐在一起晒着太阳，心里的那股冲动快要破蛹而出，我不知道是什么，但意味着……

我伸手碰了碰她的手指，她没有看我，只是把手伸过来，和我十指相扣。我的脉搏跳得更厉害了，让我很兴奋。我们以前也牵手，那时我认为这是闺密间的亲密动作。但现在，我觉得绝非如此简单。

我可以相信戴丽雅，必须相信她。如果我不相信她，那我就和妈妈一样，是一个骗子。

"我的爸爸是一个魔鬼，"我告诉她，"他们说的都是真的，他强奸、折磨、杀害那些女孩儿，那些仅仅比我们年长一点儿的女孩儿。"

她转过身看着我，眼睛瞪得大大的。"天哪，他怎么可以这么残忍。你不害怕吗？"

我耸了耸肩，说："我不知道他是那样的人。在我面前，他只是……你懂得，只是我们的爸爸。有时候，他会发脾气，但是从来都没有打过我们，他似乎牢牢遵守着他的戒律。"

她咬着嘴唇，这是她紧张时的小习惯，我可以看到她露出来的那一小部分牙齿。"我听说他在你家里杀人了。"

"不是在家里，是在他的车库里，"我说，"他总是锁着车库。"

"但是……"

"是的，"我小声地回答，"我知道，这听起来很糟糕。"

告诉她这些后，我有种如释重负的感觉，整个人高兴得轻飘飘的，轻松多了，心里也觉得安全多了。

戴丽雅一直握着我的手，我能感受到她每根手指上的纹路，她脉搏跳动的节奏。我们晒着太阳，两个人都暖暖的、懒洋洋的。这是这么长时间以来，我第一次没有那些糟心事的烦恼。"嘿，"我说，"你的西班牙语及格了吗？"

"还是老样子。"她说，然后她笑了。不是因为这个问题很好笑，只是因为我们在不知不觉中转换了话题。"好了，**No se habla**[1]。"笑声戛然而止，她看着我。她的睫毛浓郁而弯翘，软软的。不像我的，杂草一样，每次都要用睫毛膏。今天我没有化妆，将自己最真实的一面展示给她。戴丽雅有一双蓝色的眼睛，非常清澈，像炎热的夏天湖面上的颜色，只是中间透着一点儿绿。她今天穿着一件厚厚的带帽子的毛衣，戴着露指的黑色手套。她的金发夹杂了一撮绿色的，但只有发根是翡翠绿的，到发尾就慢慢变淡了。她就像是一条美人鱼。"所以，"她说，"我给你发了很多信息，每天都发，但你从来都没回过。"

"我有心无力，"我向她解释，"我们要把手机都扔掉，换新的。"

"因为……警察在追查你们吗？"

"不是警察，"我说，"我们没有做错任何事，一切都是因为我爸爸，他越狱了。"

"是的，我知道，但是我以为警察已经抓到他了。"戴丽雅的眼睛睁得大大的，盯着我。我很享受这奇妙的感觉，但也很害怕。"没有，警察抓到了其他逃出来的人。但没有他，他就在某个地方，"我叹了口气，"这就是我没有给你回信息的原因。我不能给你打电话，什么都不能做。因为我们要躲起来，不让他找到我们。"

---

[1] 西班牙语，意为不要说话。

"那……你是不是不应该出现在这里？"

"当然，如果被发现可不好。"

"那……你现在住哪儿？"

我想告诉她，真的很想告诉她。如果只有我一个人的话，我会告诉她。但我不能，那里不止有我一个人，还有康纳。如果告诉了她就意味着把康纳的生命安全交到她手里。我要保护他，特别是经历妈妈这件事之后，不知道他现在在做什么呢？"就在这附近，"我告诉戴丽雅，"但是确切的位置我不能说，我不是不相信你，只是……"

"不，不，我明白的。我会保密的，我从未见过你，"她转过身，看着我的眼睛，她的眼神让我有点儿晃神，"我不想你出事，塔娜。"

她的话语让我屏住呼吸，微微颤抖，希望她没有察觉我的异样。我换了一个话题。"是谁破坏了这个房子？"我指着大厅、厨房还有那些遭到毁坏的地方说。

"噢，那个。"戴丽雅用手指卷着发尾，然后松开。真可爱，"你还记得厄尼那个浑蛋吗，就是从镇上来的那个？他带着他高中棒球队里的那些球员们弄的，他们被警察赶走了两次。很抱歉，我想来帮你清理干净的，但我害怕被抓。我爸妈从未理解过我，他们也不知道很多事情。"她瞥了我一眼，我懂她眼里想表达的东西，但我不是很确定。我觉得很温暖，感觉里面穿的衣服像要烧着了一样。

"没关系，至少警察及时制止了他们，也没有造成多大损失。嘿，我们进去吧，"我说，"我不能待在这，有人会看到我们的。"

"我……"戴丽雅欲言又止了一小会儿。我从桌子上跳下来，朝后门走去。她要走了，我想。我不知道自己现在是什么心情，只觉得很糟糕。但我回过头，看到她跟在身后。"进去吧。"

我打开门，走进屋，然后反锁。"很抱歉，"我告诉她，"这是我的习惯，必须要把门锁上。你随时都可以离开，我没有要囚禁你的意思。"

"傻子，你也看到那个窗户上有个大洞，对吧？那锁门有什么意义呢？"戴丽雅咳了咳，皱着脸，"唔，这是什么味道？"

"应该是厄尼那个浑蛋和他的朋友把冰箱的食物都扒拉出来扔到了地上导致的。我清理干净了，但还要一段时间气味才能散掉。"

"厄尼拿走了你家的游戏机和其他东西，他还在整个镇上吹嘘，自以为是地到处卖弄。我讨厌他，我还想着去戳爆他的车胎来着。"

"真的吗？"

"他还到处散播你的谣言，说你很坏。我听到的时候，真想拿棒球棒砸碎他汽车的挡风玻璃。我觉得，戳爆他的车胎对他还是太仁慈了。太仁慈了。"

我们沿着走廊一直往前走，远离那股臭味。一切都在不知不觉地发生着，我现在不再害怕了。戴丽雅就是有那么一种魔力，总是能让我周围的事情变得更美好，即使是很普通的事也一样。

我房间的门还半开着，我推开它。显然，厄尼和他那帮狐朋狗友没有来得及破坏这里，房间里所有的东西和我离开的时候一模一样，只是有点儿乱而已。我有些吃惊，戴丽雅站在我后面往里看，我感觉到她的肌肤贴着我后背的热度，还有她说话时喷在我脖子上的热气。"天哪，这是被砸了吗？他们做的……"

我赶忙往里走，不知道她有没有察觉到我在发抖。我想找点儿事情掩饰一下自己，便把散落在地板上的东西堆到角落去。那些几乎都是衣服，里面有我最喜欢的黑色 T 恤衫，只不过有股汗酸味，但我还是把它放到一边，好等会儿带走。

我实在受不了从厨房飘来的臭味，便把门关上，然后开了窗。这才好点儿了。我盘腿坐在床上，戴丽雅扑到我旁边，抱住我的枕头。我想念我的枕头，哈维尔家的枕头实在是太硬了，或许我也可以把我的枕头一并带走。

"嘿，那是我的。"我说。她富有深意地看了我一眼，然后把枕头扔向我，我接住了，没有让它砸到脸。枕头上还有洗衣粉的味道，让我想起了妈妈。以前，她总是每个星期洗两次衣物，我会在旁边帮忙叠衣服、床单和毛巾。我们一起干活，没有烦恼。为什么她会是个骗子呢？

我不再想那些不开心的事，说："你今天干了什么？"

"去了洛克石那里。"

洛克石是一块坐落在半山腰处巨大而凸显的石头，人们总喜欢在那乱涂乱画，当地的孩子也总是聚在那里抽烟喝酒，做一些父母不喜欢的事情。我不经常去，但我知道在哪里，所有人都知道。"你现在总是去那里吗？"

她耸了耸肩膀，表示她不想回答这个问题。"如果你总是去那里会被抓到的，"我犹豫了一下，然后继续说，"你在那里碰到了谁吗？"

戴丽雅突然笑了笑，我后悔问了这样一个问题。"没碰到什么奇怪的人，我只是去看看谁在那里，他们有什么好东西可以和我分享一下。有时候玛丽·乌得勒支会把她妈妈的安定药拿过去。"她说。

"所以，你也在吃那些药？我离开的这段时间，你染上了这些坏习惯？"我把枕头扔向她，她在半空中接住了。"放心啦，这很平常的。我又不是去参加毒品派对什么的。"她瞥了我一眼，"你怎么到这儿的？我没看到你妈妈的车停在路边呀。"

"我走过来的。"我告诉她。然而下一秒钟我就后悔了，我不该告诉她的，万一她告诉其他人怎么办？这样他们就会知道我们就在离这房子不远的地方。我真希望我们现在在其他地方。我喜欢我的房间，但这里的一切都让我想起了妈妈，好像她一直都在这里一样。我需要她的时候，她会抱着我，帮我解决麻烦，保护我。虽然现在戴丽雅在这里陪我，我还是抑制不住地想妈妈。我意识到我不再怨恨她，我伤心失望，也很迷茫。

"你还好吗？"戴丽雅小声地问我。

"我不知道，"我哽咽道，感到喉咙很痛，眼睛干涩，"我……我和我妈吵了一架，我对她说了一些很不好的话，我有点儿无情。"

她俯下身看着我说："我也总是和我妈吵架。"

"不，我想这次我真的伤到她了，也许这是她应得的，我不知道，但……"我不知道该怎么说，我哭了。我讨厌自己哭，而且还是在戴丽雅面前。但她拍着我的肩膀，弄乱我的头发，在我背上慢慢地画圈圈，我喜欢这种感觉。"你是个善良的人，兰妮·普罗克特，"她在我耳边低语，

"一切都会好起来的，不是吗？"

"是的。"我忍住泪水。那些泪水承载了太多的事情：妈妈对我们说的谎；我对她说的那些残忍的话。这个我们曾经的家。我还为失去戴丽雅而痛哭流涕过，但事实上我并没有失去她。我觉得自己太傻了。

戴丽雅总是知道怎样才能让我高兴起来。她用枕头捂住我的鼻子。我抓住枕头，大叫道："嘿！"

"不要愁眉苦脸啦，开心点儿，我亲爱的朋友。"

我有点儿生气，又有点儿开心。一时间，我又哭又笑的。我抓起枕头，作势要打她，我们扭打在一起。我压在她上面，彼此对视着，她的笑声像铃铛落地声一样好听，我想……我想……

不，我不再止于想象。我吻了她的脸。

我整个人都要爆炸了，听不到周围任何声音，眼里只有她。她的脸颊是那么的软，比我之前亲吻的男生的嘴唇还要软，还要甜。随着呼吸，她的身体贴着我的身体，隔着一层一层的衣物。这简直是我这一生中最美妙的时刻了。然而，当理智回归，我清醒过来。这种感觉很美妙，也让人害怕。我颤抖着，为我刚刚的所作所为。我猛地起身往后退，我不知道戴丽雅会不会尖叫，大喊我的名字。

然而，她没有尖叫，没有哭，也没有大喊。她在笑，好像刚从美梦中醒过来。她看着我，那眼神像极了哈维尔看凯姿的眼神，山姆有时候也这么看着妈妈。我屏住呼吸，我开始觉得我的想法是对的。这是多么的美妙，无与伦比。

"嘿，你亲我的时候我就在想你终于明白了。"戴丽雅说道。听到她这样说，我笑了，充满了慌乱和惊讶。突然，她那慵懒而甜蜜的笑容消失了，"你消失这段时间，我每天都是哭着入睡的。你知道吗？"

"不，我不知道，为什么？"我很认真地问她，心里闪过一丝想法，但太快了，我没反应过来。

"因为我爱你呀，傻瓜。"她抢过枕头打我，把我的头发弄得满脸都是，我笑了。这很荒唐，我知道。这很荒唐，也很危险，我却不觉得有什么不妥。

第十六章

格温

一切都大错特错。我觉得自己的身体被撕裂了，所有我珍视和在乎的东西都离我而去，但我感觉不到心痛，因为我……什么都感觉不到了。我感觉不到生气、害怕、愤怒、爱，除了大脑和心灵中回荡的寂静，我一无所有。我觉得自己不再是活人，而是一具行尸走肉。也许我一直都只是一副皮囊而已。如果那些视频不假，那么坚强的格温就从来不曾存在。

山姆正在开车，在一段漫长和艰难的沉默后，他对我说："你想让我在哪里放你下车？"很显然，他不想过多地提起那件事。我痛苦地咽了咽口水，闭上双眼。"好吧，"我说，"我们结束了。"

"我们在亚特兰大时就已经结束了，"他说，"难道你还有别的念想吗？"

天啊，这句话真的伤害到我了，但我不能否认他是对的。无疑，他应该离我这种人远点儿，他再也分不清我是格温还是吉娜，是幸存者还是嫌疑人。山姆的所见所闻既说明我可能是梅尔文的秘密同伙，又说明我在奋力抵抗梅尔文。也许我是一个有着双重人格的精神病怪人。

"我明白了。"这次我真的明白了。

我不知该去往何处，失去孩子们这件事让我的世界土崩瓦解。我并不在意他在哪里赶我下车——无论是在这条乡间小路边，还是在城市中心。

他可以射杀我，把我的尸体扔进大海里，我全都不在乎。我觉得自己已经心死。我只想要我的孩子们，但我的孩子们不需要我，在这之后我该如何活下去呢？

很长一段时间内，山姆都沉默不语。我们从诺顿开上高速公路，汽车的轮胎发出了"嘶嘶"声。麻木的情绪还没有消失，又有另一种情绪在我脑内产生，发展。这是一种不顾一切、破釜沉舟的冲动。我已经暗下决心，如果我不能用之前的方式保护我的孩子们，那我就用另一种方式保护他们。

阿布萨隆使我成了他们最糟糕的敌人：我现在是一个无物可失、无所畏惧的人。梅尔文知道我唯一的软肋就是孩子。可如果他们的安全已经不用我来保护，那就再也没有理由让我小心翼翼、谨慎行事，或者一味逃避。

我问山姆："还有多久到下一个小镇？"

"大约半个小时就能到一个比较大的地方，"他说，"怎么了？"

"放我下车，"我说，"他会找到我的。"

"你在说什么？"

"梅尔文会找到我的，我肯定他会这么做。"我可以想象到事情会怎么样发展：在某个我放松警惕的瞬间，梅尔文突然出现，控制住我，把我打倒，然后让我失去意识。我会像那些受害者一样醒来，带着孤立无助、紧张恐惧和痛苦不堪的感觉醒来。我身上的疼痛永远不会消除，直到死去。"我只需确定你能找到他并且把他杀掉。我不介意他会对我做什么，我可以帮你让他暴露行踪。"我说。

"你不会是认真的吧？"

"我是认真的。他会尽可能让我活得久一些，这样你就有时间了。即使你没有救下我，他也会把我的尸体带在身边。在他得逞之前，他是不会结束的。我会是最后一个受害者，山姆，你可以阻止他继续作恶。我会拖延时间，直到你找到他。我现在唯一关心的事就是他绝不能捉到我的孩子们。"

山姆突然把卡车停靠在路旁，轮胎轧过碎石发出噪声，就像要把它们碾碎。他把车换到驻车挡，然后转过身来面向我，我不知道他在想什么，直到他对我说："该死的，格温。如果你说的才是那个视频的真相……"他眨了下眼，我终于看清了他的表情，这是一个冰冷的表情，就像他正盯着一张可怕的面孔。我想知道我是否也是这样的表情。"如果你没有做那些事情，你就要待在孩子们身边，你是知道的。"他说。

我现在的确只想着我的孩子们，想着兰妮盯着我的脸，一次又一次拒绝我。我的孩子们值得我用最后、用最大的努力去保护，即使这可能会让我付出生命的代价。我无法证明自己是无罪的，但我可以拯救他们于水深火热中，不管他们是否相信我。"这是正确的方法，"我对山姆说，"也是唯一的方法。"

"我不可能让你这样做。"

"你阻止不了我。"

他摇摇头，告诉我："你最好的做法就是回去找里瓦德，然后通过他找到阿布萨隆，再通过阿布萨隆引出梅尔文。你不需要用自己做诱饵。"

"这样太慢了。"

"你不能自投罗网，像……祭品一样。"

"为什么不能？"我面向他，看着他努力抑制自己的情绪，"如果对于我爱的人来说，我已经死了，那我还不如为他们而死。"

这很凄凉，但对我来说很有意义。我想这是山姆·凯德第一次真正地同情我，仿佛我的心已经支离破碎。但并不是这样的，我由吉娜的碎片重铸而成，就像一块坚硬的钢铁，再也没有任何软肋。我的内心早就已经千疮百孔，没法再支离破碎了。

"如果你想继续停在这里，那就放我下车吧，"我对山姆说，"我会独自一人踏上这条路，我会一直追踪梅尔文·罗亚，毕竟这个烫手山芋是他留给我的。"

山姆咽了咽口水，我不知道我上一次见到他犹豫是什么时候了，但就在刚刚，他明显犹豫了。我曾经对他有的那种渴望，那种对越过雷区的期待，那种想要忘记过往一切的狂热，那种只求片刻温存的冲动全都离去了，恍如从来没有出现过。

但是过去的记忆从未远离，它们存在于我生活中的每一次呼吸，身体中的每一个细胞，生命中的每一秒钟里。我已经清楚地意识到了。

"天哪，格温……"山姆低声对我说，"不要这样，求求你不要这么做。"

我解开身上的安全带，打开车门，跳到寒冷且雾蒙蒙的车外。就要下雨了，空气中的水汽一转眼间就变成了冰晶，黑色的冰晶。我不可能看到它如何落下，它就像那种不受控制地在我生命中降落，并造成灾难的东西。

我顺着车流前行，沿着道路边缘向前走。我的心很痛。我的生活再也没有安全、美好、友善可言。我现在倒下也不会感到痛苦，梅尔文割开我的血肉我也不会流血。我已经宛如行尸走肉。

山姆从后面抱住我的时候，我拒绝、挣扎。路过我们的车里的人如果看到了，一定会觉得他在攻击我。但没有任何一辆车停下来，因为人们对此漠不关心。

我的心很痛。我大叫起来，声音传到雾蒙蒙的空气中，被吞噬掉了，就如同我从来没有出声喊过。所有东西都崩溃了，我也一样，被沉重如地球一般的悲伤压得喘不过气。

我有一种想冲进连绵不绝的车流中，结束自己生命的冲动，我本该如此。我就应该以喇叭声、汽车灯、刹车声和我的鲜血来结束这一切，但是这并不能拯救我的孩子们。

"放松，"山姆对我说，他的声音就在我耳朵边，他抱得太紧了，我无法从中脱离。"放松，格温，保持呼吸。"

我在呼吸，但是频率太快了。我觉得头晕眼花、恶心想吐。整个世界都是灰暗的，一切都已无足轻重，他的身体却是温暖可靠的。他在这里抱着我，让我感觉到自己的生命，感觉到疼痛。我讨厌他这样做。

然后厌恶消融，在这之下是脆弱、痛苦和极度感激的情绪。我的呼吸变缓，停止在他的怀抱中挣扎。我的眼泪缓缓流出，再发展成洪水，汹涌而下。他松开了怀抱，让我转过身来，靠在他身上。他总是让我靠在他身上，但我从来都不配得到他给的恩惠，我不配拥有。他的存在对我来说是这个雾蒙蒙、痛苦冰冷的世界中唯一真实的东西。

"我失去了我的孩子们，"我一边抽泣，一边喘着气说，"我的天哪，我失去了我的孩子们。"这种疼痛就存在于我的内心中，在他们曾经发育成长的地方——我的子宫内。这种疼痛是如此的原始，我不知道要怎样做才可以消除。

"不，你没有失去他们。"山姆对我说，我感受到他残留着胡茬的脸，他把脸贴在我的脸上，"你没有失去任何人。你真的想让他们的妈妈被爸爸杀掉吗？你觉得这样能拯救他们吗？我知道成为活下去的人是什么感觉，我生不如死，所以请你不要这样对他们。"我觉得他咽了咽口水，他接着说，"也不要这样对我。"

我们站在那里，站在寒风中，被雾笼罩着，车流声喧嚣不止。过了很长一段时间，我说："我会试试的。"我的意思是，我会试着活下去。我几乎对此信以为真。

山姆这么做并不意味着我们的友谊得到修复，仅仅是因为他不想我冲进车流里，或者不想让我被梅尔文活捉。我不清楚我们是否还有任何关系。我们用时间、关心和善良建立的桥梁，已经在顷刻之间坍塌。

我们又开了大概一个小时的车，气氛一直很压抑，直到山姆打破沉默，说："我们的车需要加油了，顺便吃点儿东西也不赖。"

我不想吃东西，但还是点点头。我不想和他吵架，不想因为这极不重要的分歧把我们都拉入困境中，让局势失控。

他把车停在了一个休息站，这儿有一个大型的连锁停车场，可以容纳十几辆车，还有奢华的便利店可以买东西。这里甚至有为长途运输工人准备的饭店和淋浴间。我们在饭店里找了个位置吃晚餐，点了炸鸡排和土豆泥。吃完后我感觉自己好了一点儿。

"你打算回静湖那边吗？"我还是问了他，"或者是……回家？"我不知道他的家在哪里。我突然意识到，我们从来没有谈论过他从哪里来。

"我还没决定，"他说，"正在考虑。"我匆匆地瞥他一眼，快到不能算是看了一眼。"如果你没有做出录像带中的那些行为……"

"我没有。"我用尽一切力量说出这句话，但其实我想大声喊出来，想用拳头猛敲桌子，直到流血。

"如果你没有，"他重复了一遍，并没有用任何强调的语气，"那么我不可能把你置于无人保护的险境中。"

我用牙咬着嘴里的肉，让自己保持清醒，防止做出傻事。我尝到了血腥味，意识到我把自己咬出了血。我有一种愤怒甚至愚蠢的冲动，想要告诉他我确实做过那些事情，让他滚蛋。这样做比挣扎着和我抗争更容易，但会让他肝肠寸断，万念俱灰。我可以从他谨小慎微的行为看出，无论事情有多平常，他都要认真考虑他要做的所有决定。我们两个之前都被爱可以克服一切的观点诱惑着，现在却发现事与愿违。

"你能推荐几个可以保护我的人吗？"我问山姆。

山姆放下手上的叉子，靠在塑料椅子上。这是第一次他直视我，我却一点儿也读不懂他的神情。他控制住了所有情绪，面无表情地对我说："很多，但所有我信任的人都不会相信你。"

"山姆……"

"不要说了。"他轻柔但锐利地打断了我的话。我发现他眼睛里面有东西在闪烁，那是他努力克制的暴怒。"如果你对我撒谎，我向天发誓，我会直接走掉，让你一个人在痛苦中死去，因为这是你应得的报应。明白了吗？"

我想叫他直接离开，现在就走。我知道这才是我应该做的事情，山姆是个好人，让他承受这一切实在是过分。我可以诚实地让他继续和我一起痛苦，也可以善良地让他就此置身事外。但山姆不会感谢我的善良，而且我需要他。

"我没有对你撒谎，"我认真地说，"我从来没有帮助过梅尔文，我希望他死，你可以帮助我完成这个心愿。"

他没有眨眼，也没有任何动作。我想，他正在观察我是否有说谎的迹象，或者想找出我的弱点。

然后他点点头，叉起了一块鸡排，说："那么这就是一场交易。我们找到他，杀了他，结束这一切。"

我意识到我的围巾滑下来了，颈部周围的黑色瘀伤暴露了出来。女服务员给我们加水时，我看见她正用担心的眼神看着我。我重新整理了一下围巾，没有说话。服务员拿账单过来的时候，故意把账单背面放在我的面前，上面写着：那个男人正在伤害你吗？

这像个意味深长的讽刺，我哭笑不得，摇摇头，用现金支付了账单，然后女服务员皱着眉头走开了。

我不会告诉山姆女服务员把他当成了施暴者。真是黑色幽默，因为我才是那个伤害他的人。

这个时候，山姆正看着窗外。窗外的风景被大雾笼罩着，我擦干净了一小块窗户，望出去，意识到雪下得很大。人行道已经披上了冰冷的外衣，高速公路的情况应该更不容乐观。

"我们在这样的天气里走不了多远。"我对山姆说。

他点头道："旁边有一间汽车旅馆。"

我们把车开到旅馆的停车场里。这家连锁店不像之前的"法国旅馆"那样可以匿名入住，即使我们使用现金，也必须要拿出身份证登记。

"一间房吗？"前台小姐问我们。真不是一个好问题。山姆说："两间房。"我与前台面面相觑，然后她为我们订好了房间。这当然要花双份费用，但是我知道，现在给彼此空间会更好。

在安静的房间中，我坐在床上，双眼放空，想着如何才能填满这份空虚。我的担心与疼痛现在都消失了，除了找出梅尔文的强烈欲望，什么都没有留下。我的房间和山姆的房间有一个共享的隔间。我脱了鞋，躺下去，裹紧被子，一直盯着这扇关上的门，直到睡眠让我失去知觉。

我在黑夜中惊醒，心跳加速，我不知道为什么会这样，直到感觉我的手机在我旁边不停响着。我的眼睛累到睁不开，几秒钟后才看清屏幕上的号码。有点儿熟悉。梅尔文之前就是用这个号码打给我的。

我按下接听键，没有说话。

"真是糟糕的一天。"是梅尔文的声音。

"是的，"我说，"你是故意的。"我从被窝中起来，打开床边的灯。有那么一瞬，我觉得他就在我房间的角落里。但那里没有人。我快速走向和山姆共享的隔间，从我这边打开了门。我把手机调为静音模式，轻轻敲着山姆那边的门。

"你获得的这些报应都是你咎由自取，吉娜。你一直不停地强迫自己，很快你就会尝到苦果。又或者……我不确定，事实上你可能心里正在翘首期盼着呢。也许你现在已经尝到那是什么滋味了。"

山姆没有回应，在这漫长的一秒钟里，我觉得他已经弃我于身后，或许他改变了想法，在晚上开车离开了这里……但这时我听到门锁转动的声音，然后他打开了门。跟我一样，山姆也穿戴整齐。他不像睡过觉，从他眼睛下面黑眼圈以及下巴和脸上的粗糙的淡银色胡茬就可以判断。

"你想要结束这一切？"我问梅尔文。我看出山姆已经知道电话里的人是谁。他转变重心，像在为战斗做准备。他站在这里，给了我很大的帮助，把梅尔文那令人心惊胆战的声音推在离我一步之遥的地方，即使只是暂时的解脱。"来吧，让我们结束吧。你过来抓我，我不会反抗的。我们可以现在就结束这一切。你要做的就是远离我们的两个孩子。"

梅尔文在诱惑我，我可以感觉到我们之间的空气在颤抖，那是一种极其反常、极端可怕的吸引力，让我觉得恶心和虚弱。他继续说下一句话时，我意识到他的声音越来越低沉，语气带着挑逗。"我们会结束我们之间的一切，"他说，"但不是现在，而是要等到我准备好。你需要等待，我的宝贝，你还要等待，看好你身边的一切，时刻警惕着，睁大眼睛看我会怎么抓住你。"这话有双重含义，他把我的恐惧当成了夫妻情趣。"我要你等待，想象我会怎么了结这些事，一遍又一遍。当你再也忍受不了的时候……就是该结束的时候了。"

"我会告诉你我现在的位置，你需要做的就是露面。"

梅尔文用一种轻蔑的语气说："我说了，现在还不是时候。"

"按我说的来，否则我将找到你。"

"你知道我为什么娶你吗，吉娜？因为你是一个完美的妻子。你会视而不见并高高挂起，就像缩头乌龟一样经常逃避，从不打算跟踪我。"

"你说的那个人是吉娜，"我用正疼痛着的喉咙低声回答，"我是格温，格温会找到你。她会朝你那早已变态的脑袋来上一枪。我保证。"

"你就只会在电话里，在凯德先生在你身边时才敢这么说。我可能需要去拜访一下凯德先生，然后给你留下一堆烂摊子清理。"

"你不会杀男人的，"我说，"你也没胆量去杀那些可能和你公平战斗的人，包括我。"

他沉默了。我想我已经惹他生气了，但最后他回复我时，语气平静克制，"凡事都有第一次，而且第一次总是会令人异常兴奋。"

在我找到其他方法讥讽他，把他报复的重心指向我、指向我一人之前，他就挂断了电话。我觉得自己一败涂地，还动摇了决心。但我绝不会让他找到孩子们。

山姆安静地把手机从我的手里拿走，他还拿着钥匙。

"你去哪里？"

"我要甩开这个烫手山芋，"他说，"去离这里很远的地方。我会叫别人接你回去的。把门锁好，除了我和我派来的人之外，任何人进你的房间，你都要向他开枪。"

"不要拿走我的手机，如果我可以和他保持通话……"我伸手去拿电话，但山姆抓住了我的手臂。他很温柔地抓住我，这与我从他身上感受到的怒火中烧的情绪并不一致。"如果你和他保持通话，那就是在送死，"他说，"我也会因此被杀。我们在捕捉他，而不是反过来让他来捉我们。"

然后他就离开了，我别无选择，只能回到我的房间，锁好门，坐回床上，严阵以待。

第十七章

山姆

我忍不住想要知道梅尔文·罗亚是怎样一直骚扰格温的，是怎样一直得到她手机号码的。这根本说不通，她用的都是一次性手机，必须主动联系别人，别人才可以知道电话号码。他不可能通过通话记录来找到她，即使是阿布萨隆也不可能轻而易举地找到她。所以那个浑蛋究竟是用什么方法找到她的？我转念一想，也许格温想让他找到她；也许是她给梅尔文发了那个该死的号码。**而我竟然开始相信她**，我真是世界上最愚不可及的笨蛋。但我知道她是真的想要这个男人死，所以我否定了这种可能性。

假设他第一次给格温打电话使用的是阿布萨隆提供的网络，但又怎么做到无论何时何地都找出她的号码的呢？

我无法解决这个疑惑。

我小心翼翼地开着车，注意着路面的湿滑状况，前面已经有太多车在打滑了。在街灯的照耀下，晶莹的冰晶还在降落。我想要开到200公里以外的地方，把这部手机丢掉，但在这样的天气里驾车太危险了，我只能开到40公里外，这都花费了我将近两个小时的时间。我删掉手机里面所有的聊天记录、历史记录和短信，销毁了电话卡，拔掉电池，并把手机外壳扔到尽可能远的空地里。它现在是一无是处的垃圾了，如果梅尔文仍然可以用奇怪的方法跟踪到这部手机，那就让他在雪下慢慢挖吧。

在回去的路上，我自己的手机突然响了。我愣了一下，然后把车停在了一个加油站的停车场里，接起电话回应道："你好？"另一边的人没有通名报姓，态度也并不友好。"闭嘴听好！"听筒里响起的是扭曲的电子音，我查看这通电话的号码，发现已经被屏蔽了。"我们可以帮助你为你妹妹报仇，并且一劳永逸。"

我停顿了一秒钟，然后说："我猜现在和我说话的人来自阿布萨隆处吧？"

"是。"

"我对于你们销售的一切东西都不感兴趣，对你们那些黄色视频还有其他恶心垃圾的东西都……"

"我们并没有向你推销任何东西。我们只是想免费为你提供一些服务。"

我想要挂断电话，但能和阿布萨隆及其成员说话似乎是某种意义上的胜利。找到他们太难了，我要跟他们保持联系。他们对我感兴趣的时间越长，格温的前夫能获得的他们的保护就越少。"我不确定是否需要从你们那里拿到什么东西，无论是否免费。"

"如果我们给你的是梅尔文·罗亚的信息呢？"

"你们认为没有你们的帮助，我抓不到他吗？"

"我们知道你不可能抓到他的，"这个浑蛋用一种冷若冰霜又自以为是的口吻回答我，让我想钻进手机把他抓住，然后从他嘴里把他的内脏都掏出来。"他一直都比你迅速，比你聪明。没有我们的帮助，你不可能接近他。"

我看着高速公路上川流不息的车流，没有一辆车能全速前进，特别是大卡车，司机都很注意路上的冰雪和危险的路况。"那你们为什么现在突然要对付他？你们不是一直在帮助他吗？"我问道。

"他曾经为我们赚钱，但现在他在花我们的钱。"

这话给了我一种奇怪又冰冷的感觉，我问："所以你们打算从我这里得到什么？"

"公平交易，"电话里的电子音平淡无奇却怪里怪气，"你把他的妻子给我们，我们把他给你。"

"你们为什么想要格温？别用那些狗屁善举、什么惩罚恶人的理由糊弄我。我知道你们不是这样的人。"

电子音说："你不需要知道我们为什么想要她。你需要知道的就是她会得到她应得的惩罚。你也看到了那些视频，你知道这是她的报应。"我突然开始惶恐地觉得，这扭曲的电子音就是阿布萨隆真正的声音。

我沉默了。闭上眼，脑海里出现视频中吉娜·罗亚那看起来正常实际上却阴森恐怖的笑容，她手里拿着她丈夫的刀。我可以想象到我妹妹无助地被挂在那里的时候，吉娜露出的也是这样的笑容。那些视频可能是假的，天啊，我也希望是假的，但是它们看起来很真实，而且很难找到证据证明是伪造的。它们把我内心埋藏的憎恨和愤怒吸引出来，从前，正是同样的愤怒让我对格温进行网络骚扰，让我跟踪尾随，计划她的死亡，虽然我还没采取任何实质行动。但不可否认的是，这些感觉还在我心中，早已在我心中生根发芽。

我说："我怎么能够确定你们的确打算把你们说的所有东西都给我呢？"

"大概一公里外有一个通往柳条路的出口，你开车下高速，然后向右转，过了两条街道以后，你会看到角落里有一间咖啡店。进去后你和员工说你叫什么，那里会有一张以你名字预订的桌子。"

我的天，这通电话突然让我觉得手机有点儿烫手，我太震惊了。他们肯定追踪我了，而且他们也已经查到了这个号码。我也要扔掉我的手机，我早就应该如此，但我只是担心格温，根本没有考虑到我们两人的手机是不是都被找出来了。"好，"我说，"我会去看看的。我到什么地方给你回电话？"

"不需要。"电话里的声音依然平稳、毫无感情，但我可以想象到，另一端的人现在正在幸灾乐祸地微笑，也可能在露齿大笑吧。"那里有一台留给你的平板电脑，你就先看看里面有什么吧，密码是1234。"

外面寒冷的空气溜进了越野车的驾驶室内，我终于镇定下来。不管怎样，我的羽绒服再也不够温暖了。我挂断了电话，把它放在我旁边的座位上，然后驾车融入车流，朝着柳条路出发。

这是一间本地品牌的咖啡店，在这样糟糕的天气下，店里几乎没有任何客人。我点了一杯咖啡，并向服务员要那台平板电脑。它就放在柜台的后面，上面粘着一张便笺。我问服务员是谁留下这个的时候，得到的回应只有沉默。

我按下按钮，平板就开机了，然后我输入阿布萨隆给的密码。我做好了预防措施，坐在这家咖啡店的一个角落，确保不会有行人或者无聊的服务员走过来看到我正在看的内容。但看起来周围的人都对我漠不关心。

很快一个文件弹了出来，是一个视频。我暂停了它，然后拿出耳机插上，再点击播放键。屏幕上出现了一个人，身着黑色长袍，头戴兜帽，脸上还戴着一个红色魔鬼面具，这些都是为了隐匿他自己。他身后是一面白色的墙，上面写着些字。灯光很暗，画质也不是很好，但已经足够清晰了。"如果你看到这个视频，那你就知道我们为你提供的是什么了。你知道我们是谁。如果你同意的话，我们会把地址发给你。"

简单明了的介绍，让那些不小心看到这个视频的人无法从中得到任何东西，但我知道其中的含义。

然后视频突然跳到了另一个场景，我很快认出里面的人是梅尔文·罗亚。很明显，他不知道自己被人拍了下来。他戴着一顶鸭舌帽和一副太阳眼镜，脸上的胡须邋遢至极，但衣服很正常：一条牛仔裤、一件法兰绒上衣、一件羽绒服，像极了街上的路人，而不是个逃犯。就算他看起来不像当地人，那也是一个偶尔过来游玩的游客。

他站在角落里，看着面前架子上的明信片。他所在的位置不在附近，但天气应该很冷，因为所有路过的人都穿得很厚。

他并不打算去买明信片，只是在借此观察路人。一个路过的女人引起了他的注意。他从架子上拿下一张明信片，假装在那里看，但在墨镜的背后，他在对她上下打量。女人离开了，他把明信片放回架子上，然后走出去跟踪她。他看起来是那么随便、自然。就像一名猎人来到了他的狩猎场。

这条视频让人不寒而栗，我情不自禁地想，**这个女孩儿现在已经死了**。它让我想起了那些关于我妹妹的黑暗幽深的梦魇：她无意间走进一个购物中心，然后就永远地消失了，被螳螂一般的掠食者快速且无情地夺走了她本该绽放的年轻生命。

我无法从这个视角狭窄的视频里判断出梅尔文的方位。我试着把明信片货架放大以看到其中的细节，但清晰度不够。视频里可能是某些有冬天的地方，也可能是靠近西部和南部的区域，但我看不到地面上有冰雪覆盖。

当然，我也不知道这个视频是什么时候拍摄的。我试着找到这个文件的元数据，但也一无所获，这并不是阿布萨隆的一手数据。

平板上弹出了一个聊天窗口，聊天对象叫阿布，即阿布萨隆。

我看到他发来了一条信息：如果你把吉娜交给我们，我们将把梅尔文的地址发给你。

怎样把她交给你们？我在拖延时间，并努力尝试思考。我在与脑中的回忆做斗争。我觉得如果我无所作为，将会有更多的女人失去生命。

旅店地址和房间号。下一条信息上写道：你完全可以置身事外，让我们自己找到吉娜。

你们打算对她做什么？

你想要做的事。他下一秒钟就回复了我，然后另一个窗口也打开了，文件接踵而至，而且越来越快。上面都是屏幕截图，伴随着恶心的震动。我意识到这些图片是什么了。

是我亲手写的话。它们都在论坛的留言板上，是我写给吉娜·罗亚的，还有些信，也是我放进她信箱的。每一次她搬家，打算隐藏自己的时候，我的仇恨就会如影随形，以留言和警告信的方式跟随着她。

……你帮助杀害我的妹妹，就像野兽一般……

……这事跟你没完。你无处可藏了……

……罪大恶极，我永远无法忘记，也永远不会原谅你……

……希望你会遭受和她一样的折磨……

是的，这就是我，被愤怒冲昏了头脑的我，梦魇使之变得真实，并暴露无遗，我写下了这些东西，并打算付诸行动。

她罪大恶极。阿布萨隆说，引用了我写的留言，她应该为那些死去的女孩儿们付出代价。

去你的。我用颤抖的手指回复他，你们这样做是在帮助梅尔文·罗亚。

现在我们是在帮助你。凡事都有价格，她就是你要付给我们的报酬。我们把梅尔文交给你，你把吉娜交给我们。

我沉默了很久，盯着所有我愤怒时写下来的东西，意识到我内心还存在着这种愤怒。我还有半分的心相信那些视频是真的，我真希望自己消灭这种念想。我想把自己关于这一部分的东西连根拔掉，但我不能，因为这个部分也包含着我对妹妹的记忆。它可能令我痛苦，却也对我非常重要。

我默默思考。咖啡还没有喝，它正在慢慢变凉。窗外的冰雪吹着窗户，发出了"嘶嘶"声，夜色也越来越深。我想起格温说她从未帮助她丈夫，并发誓保证。我想起那个视频，要是它不是假的，就证明她在说谎。

我想起她在寒风中大嚷大叫，我从她后面抱住她，阻止她冲进车流。然后我回复了三个字：我同意。

第十八章

康纳

爸爸说哈维尔和凯姿永远不会知道我是怎么找到那条视频的，他说得没错。他把所有的指令都发给了我，教我该如何把视频下载到他给我的手机里，如何把它转移到妈妈给我的手机里，如何解除家长监管模式，从而让我能够使用网络来假装我是在论坛的留言板上找到那个视频的。他甚至在评论区留了一条假信息，这样当哈维尔查看那个论坛的时候，就会发现一条已经无法打开的链接。

爸爸还让我藏好他给我的手机。我在妈妈给我的那个手机上看了那个视频，他说他知道这可能会伤害到我，并对此非常抱歉。爸爸做的所有事情都是正确的。他为自己证明了这一点。

如今，只要条件允许，我就会给他发短信。我现在正坐在床上，锁着门，以防兰妮过来检查。我读着他刚发来的短信：我曾给你写过东西，儿子。我寄过信、生日贺卡和礼物，你收到过吗？唯一的答案就是，没有。

那是因为她要你远离我。儿子，对不起，我应该更努力尝试。

那些东西真的存在吗？我不知道，但我记得兰妮跟我说她见爸爸给妈妈寄了什么东西，不是给我们的，但与我们有关。妈妈从来没有打算给我们看任何一样。可能她瞒着我们，瞒着爸爸说的、写的和寄的一切东西。

这件事对我来说意义重大。爸爸说的一切都扰乱了我的心思，但听起来像是实情。然而我还是不确定是否要相信他。妈妈对我们说了谎，可能爸爸现在也是在说谎。我不知道要怎样才能再相信别人。我没有回复他，只是一遍遍地看着他发的道歉信息。

过了一分钟，另一条短信突然出现，上面写着：好吧，布雷迪，好好想想吧。你可以问我一切你想问的问题，记住，我是你爸爸，就那么简单。

我回复了一个"再见"就关机了，然后把电池拿出来。我对此非常谨慎，我不想任何人受伤，特别是兰妮。

我应该停止和爸爸发短信的，我心里清楚这是错误的。如果兰妮知道了一定会大发雷霆。如果是妈妈的话——我不知道妈妈会怎样做。现在，妈妈与此再也没有关系了，我也不能假装曾经很了解她。至少爸爸没对我说谎，爸爸说妈妈帮助了他，他是有证据的；而妈妈的证据只是"请相信我"这句话，但我不再相信了。

爸爸给我的手机就像一个秘密的承诺，一扇安全门，所以我一直留着它，在睡觉时给它充电，其他时候就把它藏在枕头底下。我现在过着双重身份的生活。布雷迪有一部手机，康纳也有一部手机，但我们几乎是两个不一样的人。

爸爸只回短信，他不会主动联系我，我们也从未通过话，至少现在还没有。他告诉我这是我的选择，如果我从未想过要给他打电话，他绝不会主动打给我。他不想，也从来没有强迫我，他和其他人不一样。他把决定权交给我。

我一直抓着手机，想着要不要开机给爸爸打电话，这时我从窗户里看到兰妮正越过房子外面的栏杆。她并不是要离开这里，而是回来了，我甚至不知道她离开过。她的动作很迅速，而且很熟练。但布特还在冲她吠叫，跟着她，就好像在跟她吵架。她拿起一根木棍，扔出去让它追，我想这真是一个好方法，能防止哈维尔看向窗外。

在短信中，爸爸并不是疯狂的杀人犯，更像一个父亲，只是一个父亲。他会问我在做什么，感觉怎么样。我看书的时候，他会让我把书中喜欢的故事告诉他。他也会给我讲故事，里面并没有任何古怪的地方，只是一些关于成长，寻找箭头，捉青蛙和钓鱼的故事。这些都是我不能自由进行的普通活动，我也不是一个活蹦乱跳的人，那是兰妮。我大部分时间都活在安静的小世界里，静看花开花落、云卷云舒，这些才是我喜欢的。

爸爸从来没有跟我谈起妈妈，或者问我现在的位置。我不能告诉他这些，我对他的信任还没有那么深，但有的时候我会希望他问我这些问题。这个想法很奇怪，我也想知道为什么我会有这样的想法。我猜是因为我幻想着他会过来找我和兰妮，把我们接走，然后我们会过上……更好的生活。他会是一个好父亲，我们会一起冒险。我甚至想象他会开什么样的车，穿什么样的衣服，车上的收音机里放的是什么类型的歌。爸爸喜欢各种20世纪80年代的歌曲，所以以前他的车上总是放这些歌。我有时也会听这些歌曲，不是因为我喜欢听，而是因为我想要知道他为什么喜欢这些歌曲。我可以教他去听流行音乐，可以给他弄一个歌单。

我想起自己以前也为妈妈弄了一个歌单，有时她和我坐在一起听歌时会突然说："我喜欢这首歌，它叫什么名字？"她不只是配合我，而是真的想记住那些歌。这些记忆现在会刺痛我的内心深处，让我觉得恶心，让我觉得回忆是一个错误，但不是我的。是妈妈离开了我们。

我走出房间来到门廊处，坐在了椅子上。兰妮看到我的时候停了一下，她正打算再次向布特扔木棍。她犹豫了一下，然后对我点了一下头，"嘿，你跑到外面做什么？现在很冷。"

"我想在这里读书，"我告诉她的是实话，"你在做什么？"

她脸红了，我不认为这是因为天气冷的原因。"什么都没干。"

"跟你的朋友见面？"

"没有！"她很快就回击了，用一种会令我坚信她说的是事实的语气。她的脸变得更红，"闭嘴，你甚至不知道自己说的是什么。而且我们不应该去任何可以让人看到我们的地方，对吧？"

"是的，而且我们向来只做应该做的事情，对吧？"

"当然，我做到了，"她的回答带着身为姐姐的优越感，"你知道如果在外面这样眯着眼看书，你的眼睛会毁掉的，现在天色很晚了。"

"我刚想进去，"我对她说，"而且这不会毁掉眼睛，你多读点儿书就知道了。"

"我要说的是，不要再读书了。来，我们进去吧。"

"等等，你还好吗？真的还好吗？关于妈妈的事。"我对她说。

"当然，"她说，我可以从她下巴和眉毛捕捉到强烈的愤怒。"我很开心她离开了，我们都赞成让她离开，我们已经谈过这件事了，康纳。"

"你想她回来吗？"我问，"不是说现在，是说……以后某天。"

"不，不想。她对我们说谎了。"

"所有人都会说谎。"我说。

"谁告诉你的？"

"我听凯姿说的，所有人都会说谎。"

"她是说人们在面对警察的时候，而不是说在面对孩子的时候。"

但是你刚才就对你去了哪里这个问题说谎了，而关于那个视频我对你说谎了。每个人都的确说谎了，我在心里对兰妮说。我觉得头疼，我渴望在一个能算得上安全的地方过上平淡生活。我怀念家的感觉，名副其实的家。我想念我的妈妈。

不，我没有，我才不会想念我的妈妈。她只是一个骗子，她离开了我们，我不会为此哭泣，因为哭不能解决任何问题，只会把一切变得一团糟。爸爸这样跟我说过，就像他过去说过的一样，他是正确的。

我很高兴兰妮做了一些能让她感觉好些的事，我花在手机上的时间并不会让我觉得开心，准确地说，它的确给了我一些感觉，但并不是开心，只是让我少了一丝孤立无助和慌乱。

也许我不是为快乐而生的，就像爸爸一样。我想要从兰妮那里问问爸爸的事，但我知道她一定会对我大喊大叫，说爸爸是一个怪物。

"来吧！"兰妮对我说。我跟着她的脚步回到房间里。布特也跟着我们进来了，然后又跑又跳地回到它位于壁炉旁的羊毛床上。我拍拍它的头，在坐下看向窗外之前，它舔了我一下。

哈维尔不在院子里面，他不在我能够看见的任何地方，我觉得这没什么大不了，但是又有点儿诡异。我回到自己的房间，再度看向窗外，才发现哈维尔正在车库旁踱步。他打着电话，看起来谈得有点儿激烈。

我觉得自己就像一只幽灵，所有人都看不见我，妈妈曾经也无视过我。而兰妮几乎只是把我看成一个占了地方的人，她有时还会叫我"烦老弟"，就是惹她烦的弟弟。她是真的觉得我烦。

不过我对爸爸来说很重要。尽管打电话给爸爸这件事不明智，我却忍不住从口袋里拿出手机，想知道听到他声音是什么样的感觉。

晚饭后，我在房间里看书，无意中听到了兰妮和哈维尔的对话。她说得并不是特别大声，平常我也不会去注意，但她现在讨论的是爸爸，我便侧耳倾听。我猜测哈维尔和凯姿还在尝试为我们做心理治疗。我不想告诉他们，姐姐上次去看心理医生时打破了最长时间不说话的纪录，她是不会和他人分享真实感受的。

她的确没有分享自己，她分享的是我。

"这对我来说不是一件大事。"她说，我开始认真听，把书放在我胸口上。"我是说，爸爸从未真正地吓到我，他都不怎么关心我。但在他眼里，康纳比什么都重要。在众人面前，他宠爱的从来都是康纳。"

骗子，我想。想到爸爸她都会胆战心惊。其他关于我的话也是谎言，不是吗？我不确定。我关于爸爸的所有记忆都有一种神奇的灵活性，就像那些都可能是我编造出来的一样。也许兰妮的这些记忆也是编造的。

我听不清哈维尔说的话，他离得很远，声音也很小，但我可以听到姐姐的回答。"康纳一直以来都很安静，但自从他离开了家，这种情况就变糟糕了。他变得很奇怪，也许是因为他被吓得太厉害了；又也许是因为他来到了一个陌生的地方。我不清楚。康纳从来不会说出他的感觉，他有点儿鬼鬼祟祟。"她笑了下，但很短促。鬼鬼祟祟，她意思是说我像爸爸一样。我一瞬间恨透了她，纯粹的恨意使我觉得自己正在窒息。**你才鬼鬼祟祟，你今天还翻墙出去了呢，你敢说这件事吗？**

我不喜欢生气，这会让我打起寒战，浑身哆嗦。我希望她能停止说话。

但她还是继续说着："这不是康纳的错。他总觉得爸爸是好的，可能是因为妈妈总是太害怕把所有的真相告诉他。他现在已经很大了，他应该知道真相。爸爸是一个怪物，我永远不会让康纳接近他。"

她说的好像这些都在她掌控之下，但又绝不在她的掌控之下。只要那部手机在我手里，一切就尽在我的掌控之下。

第十九章

格温

手机被山姆拿走以后我觉得自己缺少了保护，但又减少了几分担惊受怕。汽车旅馆的房间冷得像个冰窟窿，让人心灰意冷。山姆走了很久，我未来的路也很漫长。我试着去看电视，但是所有节目都在刺激我。人们把生死当成了娱乐话题，把连环杀手当成一种好莱坞电影式的笑话，让我心生厌恶。我看了一段令人作呕的恐怖电影，最后只能毫无表情地盯着新闻频道，看着我曾经认识的世界慢慢分崩离析。

山姆打旅馆的电话找我时，已经将近午夜了。我累得浑身疼痛，却心情紧张，难以入眠。当我抓着沉重的话筒并把它放到我耳边时，我几乎喘不过气来，这是一部老式的、用螺圈形软线把话筒拴住的电话，我不小心把整个电话拽到了地板上，发出了响声。"你好吗？该死的！对不起，你还在吗？"我对着话筒说道。

电话安静了几秒钟，我以为我把这个该死的东西弄坏了。但之后我听到了山姆的声音。"嘿！我觉得最好还是给你打个电话。"他听起来有点儿奇怪，可能是话筒连接不良的原因，我继续听下去，就像在等待下一个坏消息。"怎么了？"我问。

"现在天气更糟糕了，"他说，"高速公路就像是个溜冰场，因此我必须从高速下来。我只是想让你知道……"

"知道什么？"我觉得他欲言又止，话中有话。

"让你知道，我在早上之前回不来了，"他说，"我在这里开了一间房，希望太阳升起后这些冰雪能融掉，你明白了吗？"

"这有关系吗？"我问他，"你别无选择，我也一样。"

"是的，"他说，"对不起，格温，真的很抱歉。"

这时，我在想他是不是再也不会回来了。如果他不再回来，我也不会责怪他。我就像一个麻烦不断、痛苦不止的黑洞，需求永无止境。对现在的他来说，仅仅待在我身边都已经是极大的痛苦。他值得拥有锦绣前程，而不是被我拖累，过着地狱般的生活。我跟自己说这真的没关系，不管有没有他，我都会继续执行杀掉梅尔文的任务。"好吧，"但我的声音听起来也不正常，"我很好，很好，谢谢你，山姆，谢谢你提供给我的一切帮助。"

我的话中带着诀别之意，让我无法呼吸。尽管我不相信还有任何东西可以触动我的心灵，但这的确伤害到我了，并且留下了不可磨灭的伤痕。

"格温……"他似乎还是话里有话，我也能感觉到，然而在一段伴随着电流声的长时间沉默后，他说，"再见。"

这话听起来有点儿虚情假意，但是我还是强迫自己微笑。我知道如果在打电话的时候微笑，声音听起来会愉悦动听，因为可以改变音调。"好的，"我说，"你在那边小心点儿。"

他没有用类似的语言祝福我，而是很快地告别，我听到了电话结束的"嘟嘟"声。我慢慢地把话筒放回去，电话线很快就盘成一卷，成了很难弄开的结。我把它从机器里拔出来，理顺，然后再重新接好。我让这个世界上一个小小的混乱恢复了秩序。

我异常激动地想给我的孩子们打电话。他们不知道这个电话号码，但他们可能会接这个电话，然后我就可以听听他们其中一个人的声音。我像热锅上的蚂蚁一样急切盼望和他们通话。但是我还是回到床上，打开电视，然后坐着等待。早晨到来的时候，我会制订好计划。到那个时候，我一定可以迎难而上，解决这件事。

我想要保持清醒，奈何长夜漫漫，我还是闭上了眼睛。我再次睁眼时，看见梅尔文·罗亚正在床边俯身看我。**他不可能在这里，绝不可能，**这绝对是我的幻想。

我在找枪，它不在我之前放的地方。我发现它被扔在了另一张床上，离我太远了。我开始攻击他，我打第一拳时失去了平衡，并且，弹力床垫让我无法发力，但我还是打中了他。

我把梅尔文的脸打歪了，可之后我就因恐惧停了下来，一种不真实感掠过，我觉得我所有的皮肤都绷紧了，好像浑身在收缩。

这个人不是梅尔文，他只是一个戴着画上了梅尔文脸庞的恐怖面具的人而已。他重重的一拳打了下来，虽说床垫吸收了一部分的冲击，但我还是被打得头昏眼花。当他把我从床上拖到铺有地毯的地板上，并把我翻过去时，我的防御能力已经下降了。他跨坐在我身上，我踢不到他，也无法伤害到他。他把膝盖放在我背上，压着我。我胡乱去抓我能够拿到的东西，抓到了一根电话线，我一拉，就像之前一样，东西都从桌子上摔了下来，砸中了我的肩膀，而我几乎感觉不到疼痛。我摸索着其他能抓到的东西，又抓住了那个笨重又古老的电话，便抡起胳膊想要用这东西砸他的头。

他向后躲了一下，抓住我握着电话的左臂，扭着我的手腕，直到我把电话放下。

他自始至终没说过一句话，他究竟是谁？他不是梅尔文，只是戴着几年前梅尔文被审判后街边贩卖的万圣节面具而已。我前夫的形象是那年万圣节最受欢迎的装扮，特别是在兄弟会的成员之间。但是在现实中看到这个面具还是让我胆战心惊，就像梦魇成真。

我完全投入打斗中，然后我突然意识到，我在一家汽车旅馆里，由于暴风雪，这里可能已经满客了。于是我张开嘴大喊，试图引起注意。

他用一把泰瑟枪[1]戳住我的后颈，并打开开关，电流在我全身游走。我的世界没有变黑，反而明亮起来，我身体内的每根神经都在燃烧，眼前放了一场无声的烟火。我熟悉这样的疼痛，我曾经被电击枪打中过。坚

---

[1] 一种电击枪。

持住，坚持住……

第二次电击让我的神经烧得更久，我失去了所有的抵抗力。我颤抖着，觉得自己就像布娃娃一样被他操纵，我放在身后的手被手铐束缚住了，然后整个人被他抓起来扛到了肩上。他拿走我的枪和包，几秒钟之内就出门了。走出去后，他调整了一下脸上的面具，遮好他的脸。

我模模糊糊地看到生锈的铁栏杆从我眼前掠过，昨晚的冰雪在上面覆盖了一层厚厚的、湿湿的冰。我和山姆这一次订的是一楼的房间，栏杆另一边的停车场里停满了表面覆盖着一层光滑的冰的汽车。

我看到一些房间亮起了灯，便尝试集中注意力。**大声喊！**我在心里对自己说，但做不到，我现在几乎双目失明，身体就像被关进了一个上了锁的笼子。

我被他放进一辆货车的货厢里时，感觉他好像在冰上滑了一下，我希望他滑倒，但是他抓紧了车门。然后他爬了进来，把我往里面拖。我无法看清，但我能感受到他在拉我那软弱无力、被紧紧束缚的双手。我听到"咔嗒"一声，随后我就被扔在了残破的地毯上，下面是冰冷的金属。他把一条羊毛毯扔过来给我时，我竟然愚蠢地想要表示感谢。至少我不会被活活冻死。尽管如此，现在的待遇可能比我以后要经历的事情好多了。

· 我没有手机，山姆也不在这里。没人会知道我去了哪里，除非查看监控视频，如果这里有监控的话。他们甚至不会知道我不是自愿离开的。

俘虏我的人完成了一切工作后就离开了，我听见身后的门猛地关上了，发出空荡荡的回响。货厢内有一股铁锈、汽油和过期油炸食品的气味。我的意识开始恢复，却浑身是伤。但这些伤口都比不上我内心极度的惶恐不安。我现在独自一人，势单力薄。

我脑海里出现了一个新的想法，带着一种血淋淋的、令我遍体鳞伤的绝望感。山姆晚上打那通电话是想要说什么？**是想告诉我他们会来捉我吗？是他告诉了这些人我的位置吗？**

我试着不去想接下来我身上会发生什么事，但我做不到。因为我知道会发生什么，我已经预见到梅尔文宣泄暴怒的情景了。泪水从我疼痛的眼眶中流出，我并不是在为自己哭泣，而是为了我的孩子们，他们再也不能知道我有多爱他们了，我正慢慢消失在黑暗中。我的结局就是尸骨被扔进湖底，而他们永远也找不到我。

"神啊，求您，"我向上帝祈祷，即使我不确定他能否听见，"请您不要让他们认为我抛弃了他们。您可以对我为所欲为，但是请不要把这些伤痛带给他们，请让他们知道我曾为他们奋斗，谢谢您，仁慈的主。"

我听到俘虏我的人坐上了驾驶位，然后车发动起来，转了一个弯，我们在一个漫天风雪的夜晚前进，我也不知道目的地在哪里。害怕和震惊的感觉随着时间流逝减弱了一些，起码我能够继续正常呼吸了，也能够思考自己可以采取的应对措施。"这就是你想要的，"我对自己说，"你想要梅尔文来抓你。现在你需要做的是尽量活久一点儿，活得对你的孩子更有用些。"

对，活下去。我不能再依靠山姆了，除了自己，我不能依靠任何人。这已经成为定局。我还没准备好。但一切已经拉开序幕。

第二十章

山姆

"稳住，"麦克对我说，"冷静点儿。"

我从他那辆冰冷的黑色吉普车内向外看，我们处于停车场内较远的一个角落里，一个安全灯不会照到，也不会有人向这边看的角落。不知道为什么，我对麦克的出现一点儿也不惊奇，我们离开威奇托市的时候他就知道我们去了哪里。我觉得他在跟踪格温，只等联邦调查局的证据出来，然后第一时间拿到联邦逮捕令来抓她。

但他现在和我坐在同一辆车里，眼睁睁地看着格温在这个冰冷的夜里被绑架。

他对我的警告事出有因，因为我需要用尽全力，才能抑制住自己的冲动，不去拿枪射杀那个戴着梅尔文·罗亚面具的男人。愤怒充斥着我的大脑，随时可能从我的头顶冲出来。

这不仅是因为他把格温打趴下，然后把浑身无力的格温扛在肩上，更是因为他穿着那套恶心的装扮来办这样的事。真是卑鄙无耻。我不禁去想，格温看到他的时候，她是怎么想的？是我对她做出了这样的事。我恨我自己，就像我恨那个伤害她的浑球。

"面具下面的人可能还是**他**。"我对麦克说。现在我说话有点儿困难，但我强迫自己把它们说出来，我还没有完全失去理智，"梅尔文会觉得这样很有趣。"

"可能是他，也可能不是他。坚持下去。她还好，他们想要她活着。"麦克把看向我的目光移走，我知道他可以看出我的愤怒。"你随时都能阻止他，山姆，随时可以。"

我希望我已经阻止了，我从答应的那个瞬间就一直在怀疑这个决定。我从未想过真的让阿布萨隆把格温带走，但为了让计划顺利进行，我得让他们以为我履行了自己的承诺。从理论上来说，这样做需要勇气。

实际上，我正看着那个自己还无法放下的女人被拖走，一瘸一拐，浑身是血，就好像注定要走向死亡。这个决定不是明智之举，我感觉自己就是谋杀她的同谋。如果他们离开停车场……

"他哪儿都去不了，"麦克的声音很冷静平稳，也在某种程度上帮我抑制了肾上腺素的分泌，"路上的冰雪会使他放慢速度，减轻戒备。我们随时都可以抓到他，明白吗？现在先不要太意气用事，他们给你发信息了吗？"

我又检查了一次从咖啡馆里带出来的平板电脑，它的电量还有80%，也有信号，但是没有任何新信息，目前还没有。只要我们收到了梅尔文的地址就立刻行动。天哪！看着那个浑球把她带走真的太难了，他让我想起我的妹妹，他们这么做简直把我的世界都毁了。

我知道格温想用自己来冒险，她对我这样说了。她看着我的眼睛对我说："让我这样做吧。"她对我说捉住梅尔文才是最重要的，这是我们唯一的方法，也是优先事项。但实际上，它不是唯一也不是优先的，我终于明白了这一点，同时也粉碎了禁锢住我对她感情的牢笼。不管她做了什么，我现在只在乎她是谁，我对她是什么感觉。

快点儿，浑蛋，赶紧把梅尔文的地址发给我！空气虽然寒冷，但是我喜欢这样的袭人寒气，我觉得每一寸皮肤都在燃烧，失去格温的恐惧点燃了我的内心。他们每延迟一秒钟，她就陷入更危险的处境中。

"我们要行动了，"我对麦克说，"如果我们失去她……"

"我们不会失去她，"他说，"我也不想用她来当诱饵，但她是我见过最勇敢的女人，虽然她也可能是个狂人。这可是我们能采取的最佳行动了。我们要想方设法让阿布萨隆以她为目标，然后放弃梅尔文·罗亚，最后我们再把她救出来。"

我希望这是联邦调查局的官方行动，并已经备好了交通工具和无人机支援，但目前，我们必须在没有支援的情况下先行动。就像麦克在佐治亚州的小屋和威奇托市参与我跟格温的行动一样，他已经蹚了这摊浑水。如果他的调查取得成果，官方会原谅他并且忘记这件事。而在目前的情况下，动用联邦资源，甚至本地资源都是不合时宜的。

另一个让我紧张的东西是麦克的自信。他擅长遮掩自己挫败的表情。

"还没到收到任何东西。"我对他说。平板电脑上还没有任何信息。我看着那个戴着梅尔文·罗亚面具的男人小心翼翼地走向一辆白色厢式货车，当他用尽全力把格温扔进去的时候，差点儿就因失去平衡而摔倒。我觉得自己好像被一拳打到内脏，格温就像一袋沙子那样落下，**她还活着吗？** 天哪，如果他在房间里就把她杀了怎么办？这个想法让我不由自主地想冲出去，但是我尽力控制住了。阿布萨隆因为某些特殊的原因需要活捉她，他们不会立即杀了她的。然而对我来说，这听起来也很绝望。我完全可能判断错误。也许我已经害死了格温。

格温并没有完全被放进货厢里。我看见她的脚在慢慢移动，像在寻找地板。

"她还好，"麦克说，"她正在移动，兄弟，她还好。"

不，她不好，我了解格温。如果她还有能力，她应该会站起来，然后用尽一切来和这个浑蛋战斗，无论是不是被戴上了手铐。我看着那个面具男爬上货车后厢，消失了。我感觉又是一拳打在我的内脏上，这一次更重。他究竟在干什么？

格温稍微移动着的脚被拖进黑暗之中，在之后一段长而压抑的时间中，我没法看到货厢里面发生了什么。我听到麦克说："坚持住，耐心等等。"但我已经把手放在门锁开关处了，他抓住我的夹克，把我拉向他那边，说，"耐心等等。"

"等什么？你知道我们现在要对付的是什么人吗？！"

如果格温不能大幅度移动脚，她很可能也不能大声喊。我把麦克的手打掉，然后拿出枪，麦克因此只能慢慢举起手来，以示投降。

我重新把注意力转回货车上，看到那个杂种从里面爬了出来，现在我只能看到格温袜子的底部，在灯光的反射下，呈现出瘆人的惨白色。我看到她还在动，谢天谢地，她在动。

"有信息吗？"

"你自己看。"我对麦克说，把平板电脑推给他，我不想把目光从那个杂种身上移开。他猛地关上门，跳到地上，保持好自己的平衡。我看见他用钥匙把门锁好，货厢没有任何窗户，格温消失在了我的视野中。但她还活着，她依然活着，现在我们必须确保她还活着。

"还没收到信息。"我能感受到麦克有一点儿紧张，对于一个习惯隐藏自己真实情感的人，这说明他和我一样感到了绝望。"再等一下。"

"到底还得等到什么时候？"我对他说，"他们要了我，他们不打算放弃梅尔文。"

"这只是一种可能，如果真是如此，他一出停车场我们就抓住他。但阿布萨隆也可能派人来监视了，我们得想办法获得情报。"

"但我们不能冒着失去她的风险。"

"我们不会失去她的。"

货车的尾灯比前灯早一秒钟发出红光，然后向后倒。尽管那个绑架了格温的杂种安装了冬用轮胎以防打滑，但还是小心翼翼地在冰上行驶。

我从麦克那里拿回平板电脑，"来吧，快发信息吧，你们这群浑蛋。"

依旧什么都没有。"麦克。"我喊。货车正朝着停车场的出口前进，它的尾灯再次闪动，就像恶魔眼睛一样发出红光，"麦克！"

"相信我，"他说，"我们不会跟丢的，但现在没有很多车可以掩护我们，我们需要等一下再跟踪。"

"我们需要让她一直在我们视线之内！走吧！"

麦克发动了引擎，挂挡，然后启动这辆大吉普车。我们慢慢滑出去，但我想要踩紧油门儿。停车场正沐浴在被冰雪反射出的一片白光中，麦克开车向右转，控制住方向盘，阻止了一个轻微的打滑。他对着向前行驶的白色货车点了点头，它正在高速公路上往左转，还需要转一个 U 形弯才能驶上另一边的匝道。

麦克把他的手机从汽车的仪表盘上拿起来，递给我，然后说："看着屏幕，确保我们不会失去信号。"

就在刚才，当那个面具男进入格温房间时，我把跟踪装置贴在了货车下面。我刚回到吉普车上，那个男人就出来了，还带着格温。我不能，也不忍心让她下落不明。谢天谢地，屏幕上出现了一个稳定的绿色标记，显示货车正在高架桥的另一侧，正朝着地图的北面出发。

我用低沉的声音给麦克报方向，将所有注意力都集中在屏幕的绿色标记上，它代表格温还很安全，就像我刚才看到的。她还好，我也会让她一直活下去。

我们在第一个路口左转，车子因突然冒出的砾石和沥青而震动了一下，但只是持续了几秒钟。之后我们再一次左转。

绿色标记还在闪烁。我的眼睛离开手机屏幕向前看，但我看不见那辆货车，前面只有向上的斜坡。那辆车一定在另一边的下坡路上，我们必须减速，因为前面有一辆不停打转的小轿车堵住了右侧车道。经过这辆车时，我看到前座上坐着一个一脸沮丧的女人，她正试着让轮胎获得牵引力，但她的轮胎太光滑，抓地力太差。如果是平时，我可能会对她深感同情，可现在我所有的情绪就只有愤怒，因为她挡住了我的路。我看到她表情僵硬、慌张失措。虽然麦克的车技让人放心，我还是祈祷之后不要遇到更大的障碍。

那个标记又闪了一下，显示货车还在向前走。我问麦克："这东西的有效范围是多少？"

"几公里吧，怎么了？"

"它闪了几次。"

麦克没有说什么。我看着他的脸，想起了过去我们一起服役的那些日子，他最擅长佯装一切顺利，甚至连我也被他骗过去了。

我们开上了坡顶，我在寻找那辆货车的踪影，但没看到。前面还有另一个斜坡，那辆货车似乎在上面行驶着，只是不在我们视线范围内。

"该死的，快加速！"我对麦克说。我的心怦怦直跳，手心都是汗，身体分泌了太多肾上腺素，但没有好点儿的办法让它燃烧殆尽。我能想到的只有**她还在货车上**，满脑子闪过的都是梅尔文·罗亚犯罪现场的画面。

"没事的，冷静下来，你这样发疯也帮不了她。"麦克说。

但我想要看到那辆货车，想要知道她的方位，我需要它出现在视线范围内。

车辆下坡时就像是在滑冰，我觉得后面的轮胎就要脱落。雨夹雪终于停了下来，厚厚的云层捕获了城市发出的橘色灯光，又将其反射回来，形成一片超现实的、只会在科幻小说里出现的天空。一切都乱套了，而且危险重重，以及……那辆该死的货车究竟在哪里？

当我们朝着前面那个更陡峭的斜坡行驶时，屏幕上的标记又闪烁起来，地图显示货车好像停在了一公里以外的前方，我们快追上了。但我没有告诉麦克，在这种复杂的路况下，他也无法加速。

这时，一辆卡车失去控制从高速公路上滑了出去。司机开得太快了，车子打滑时他拼命地转动方向盘，但于事无补。卡车失去了平衡，被甩了出去，撞上护栏。车身翻转，在半空中旋转，越过了护栏。它落地时，受到猛烈的撞击，整个儿向我们滑过来。麦克咒骂了一声，设法让我们在卡车撞过来之前开过去。他几乎成功了。

可是卡车还是撞到了我们吉普车的后保险杠，吉普车失去控制不断旋转。我抓紧车上的把手，麦克转着方向盘，让车继续沿直线行驶。我们同时看向身后的卡车，它的车顶已经有一半被撞毁，里面也没有人的活动迹象。司机被困车内，可能死在了里面。"不要停下来，"我对麦克说，我讨厌自己说出这句话，但此刻别无选择，"我们帮不了他的，麦克。"

"该死的，那辆货车在哪里？"麦克说。我看着手机，说："它正停在一公里以外的地方。"我们已经停滞了一段时间，但这辆货车没有移动过，一定是停在路上了。

"真该死！"他从我手里拿过手机，打了个电话报告刚发生的车祸，并用清晰干脆的口吻报上他的警号和联系方式，如子弹出膛一般。他花了整整一分钟，可我们时间有限，所以我急切地想要从他手里拿回手机。然后他挂掉电话，把手机塞回我手里。我们的吉普车好像完好无缺，以致我们能继续前进。

我把手机的显示界面退回到地图那里。可上面已经没有绿色标记了。**这只是链接问题，耐心等一下。**我对自己说。我盯着屏幕看了一秒钟，五秒钟，十秒钟……我觉得有点儿不对劲儿了，各种复杂情绪在体内酝酿，我的前额渗出汗珠，"不，天啊，不不不！"上面还是没有信号。

格温消失了，消失了。

"麦克！"我说，我想他可以听出我话中的绝望。

"我已经尽量开快了。"麦克说。他的确尽力了，但这个坡很陡，而且像玻璃般光滑，如果他把油门儿踩到底的话，车子一定会失去控制。

"信号消失了，"我告诉他，心里空落落的，"我们得赶紧追上那辆货车。"

"那辆车就在前面停着，坚持住，我们一上到坡顶就可以看到它了，坚持住啊！"

我一直盯着手机屏幕，希望那个绿色标记会出现，或者闪烁一下，什么都好。我心想，**这不可能发生，不可能的，他们不可能凭空让一辆货车消失。**除非他们发现了跟踪器并毁掉了它。

我们爬上了坡顶，前面几公里之内的车流一览无余。我们视野中有四辆车在路上缓慢行驶，分别是一辆红色的小轿车；一辆车灯不断闪烁缓慢前进的警用越野车；一辆行驶速度很快的、比我们这辆更旧的黑色吉普车；最后是一辆缓慢、稳定前进的十八轮卡车。我看不到任何货车，在这种路况下，它不可能比我们速度快很多，不可能消失。我觉得很不舒服，满身大汗。警车上闪烁的灯让周围一切都变得阴森可怖。

"可能它在卡车的前面。"麦克说。他现在也有点儿失控，我可以从语气中听出他的担忧。"该死的，那辆货车去了哪里？"他的声音有点儿颤抖。

"继续向前走，"我对他说，"继续开。"我的语气中透出绝望，我已经万念俱灰。

麦克开始加速，现在我们已经赶上了那辆黑色吉普车，并且赶超过了小轿车和警车。后面两辆车里的人都冷眼看着我们，但我不介意，除非他们拦住我们。我把格温置于危险之中，我当时就站在那里眼睁睁看着她被绑架。如果有人现在拦住我们，无论是谁，我都会把他们打倒，因为我们必须要找到她。

可是在那辆卡车前面没有货车。到处都没有货车。手机屏幕上也没有绿色的标记。没有格温的身影。

我们跟丢了，我的心被恐惧占据，痛彻心扉。

"回去，"我对麦克说，我的声音已到了崩溃的边缘，"他们一定逃走了，也许是开向别的路，然后换了交通工具。"

"山姆……"

"回去！"我心如刀割，我还记得那个戴着梅尔文样子的面具的男人，我怒不可遏，设法化悲愤为力量，"我们必须要找到她！"

我们必须找到她。我们在那条光滑的路上往回开，边开边检查。我们检查了每一条岔路，每一个紧急停车带，以及每一栋建筑。那辆货车消失了。我能感觉到麦克的手拍打我的肩膀，但我不需要安慰。我不想事态如此发展，如果我做的事害死了格温……

平板电脑突然亮了起来，我几乎忘记了它的存在。信息来了。我抓起平板，在麦克把吉普车停在附近的停车场里时，点了进去。

阿布萨隆发来的信息写着：你背叛了我们。你觉得我们不知道吗？但我们还是会恪守诺言的。

下一则信息中有一个链接，我点了进去。一张地图映入眼帘。我用颤抖的手将它放大，然后又缩小得到全景。这是堪萨斯州的地图，上面有一个别针，刺在威奇托市外的乡郊地区。

我看向麦克，他脸上毫无表情。我想他是否和我一样有深深的、灼热的罪恶感。或许这只是他一个失败的策略，一场赔本的赌局。

我转回到对话窗口，问：她在哪里？

我不能在信息里面大骂他们，但这条信息看起来冷酷而绝望。去你的，你们这些浑蛋，威奇托市有什么？恐惧油然而生，那里是梅尔文原本的"狩猎场"，他们把格温带到了那里。

很长一段时间里我都没有收到回复。我想把手里的平板打碎，把它弄碎成非常小块的碎片，让别人无处可寻，因为除了我，没有谁应该接受惩罚。

屏幕突然亮了，上面写着：忘记那个贱人，她再也不是你的麻烦了。

我大叫一声，大力地点着控制面板，我觉得有一个爆竹在我手里爆炸，但我一点儿都不在意。**不，该死的，不应该是这样的，不应该。**

我回复：你们错了。她就是我的麻烦，而且我现在正打算找到她。如果你们伤害她，我保证用枪打死你们所有人。

这些话都是我在虚张声势，我并没有任何线索可以找到他们。这只是一个空洞的威胁，但我还是无法自抑。

又是一段很长时间的停顿，然后信息回了过来：你想要玩游戏？我们已经告诉你梅尔文·罗亚的方位，如果你行动够快，赶去捉他，说不定她还能活着呢。

我屏住呼吸回复：你在说谎。

不，我们希望你可以去那里，然后好好看戏。

我的手很疼。我喘着气，想要把这个平板电脑一分为二，就像把那些人的骨头打断一样。但这些都是阿布萨隆所擅长之事：嘲弄、误导和威胁。

"他们想要我们去威奇托市！"我大声对麦克喊道，并转过身看着他，他也正认真地看着我。"为什么？这是典型的声东击西。我从在亚特兰大的时候就开始感到事有蹊跷了，他们一直在耍弄我们俩，把我们引向他们想要我们去的地方，帮他们除去害群之马，比如萨福克。他们已经在联邦调查局的法网里，但由于我们过于接近，他们感到了威胁，然后设法让我们内部分裂。山姆，我们现在要考虑清楚。"

我不想思考，现在我最不想做的事情就是思考。但内心深处，我认为麦克所言是对的，他们抓住了格温，我们不能因为追赶诱饵而停止行动。我们必须要出奇制胜。我深吸一口气，停顿一下，再呼出去。"好的，"我说，"我们先做什么？"

"我们先重新看一遍你在小屋里得到的视频，因为它正引导我们走向歧路。"

我盯着麦克看。"你觉得他们本来就想让我们把它找出来？"

"不，我觉得他们没有这个意思。但自那以后，他们也将计就计，我们被引导过去，突然就发现了一个暗指格温的视频，还有我们去抓捕萨福克的时候，我很确定阿布萨隆早就想通过各种手段除掉那个可恶的杂种了，因为他太粗心了。有人把我们引到了错误的路上，但我们现在必须要回到正轨。"

我抑制住和他争论、想将他踢出去的心情，我想把他的车开走，独自去找格温。可是我不得不承认，他言之有理。慢下来，放轻松，然后重新出发。这是我们现在找到格温的唯一办法。我们需要后来居上、反败为胜。

第二十一章

康纳

我听见兰妮走进了浴室，她喜欢在晚上洗澡。我侧耳倾听，直到听见了水流的声音，才关上房门并上了锁，拿出那台只属于布雷迪的手机，按下了开机键。手机需要整整一分钟才能启动并搜索信号。只要我不发出太大声响，水流声就能掩盖住我的声音。

我钻进衣橱并关上门，这里的衣服和毛毯能起到隔音的效果。我不想让任何人听见我的声音。黑暗让我感到放松舒适。当我把电池放进手机里并启动的时候，屏幕发出的蓝光让我周遭的一切都被照亮。我坐了下来，交叉双腿，然后靠在角落叠起来的毛毯上。雪松木制成的衣橱温暖且散发出强烈的气味，让我不禁想打喷嚏。

我开始打退堂鼓，心里的另一个声音却说：**我可以这么做，我必须这么做**。我有很多疑惑，而且想要听见爸爸回答这些问题时候的声音。想要在短信上说谎很容易，但在通话中就不是那么简单了。

我拨打了手机通讯录里唯一的号码，心脏扑通扑通地跳，跳得胸膛发疼。

电话铃声响了又响，然后转到了留言信箱，机械的声音响起："请留言。"我挂掉了电话。我感觉很热，身上汗津津的，心里有点儿失望，同时又松了一口气。我试过给他打电话了，但他没有接。我不知道是否有勇气再打一次，打一次就已经使出了我的全身所有的本领。

在衣橱里躲着就像与世隔绝，有点儿诡异，却也让我平静。我思考着在有人找来之前我能在这里待多久，就在这时，手中的电话突然振动了，我差点儿没拿稳。然后我接起它，说："你好？"我的声音听起来很尖锐，既不确定又很缥缈。我无法确定做这件事是否正确。

爸爸说："嘿，儿子，我很抱歉，没能及时接到电话，谢谢你能给我打电话。我知道这对于你来说是艰难的一步。"他听起来像是刚刚跑完步一样气喘吁吁，我能想象到他穿过房间去拿手机的样子。或许他把手机放在大衣口袋里面，它响个不停，但在他要拿到的时候又停止了。既然他现在上气不接下气，就说明他非常想要接电话。我觉得这很重要。

"嗨，"我说，我还没有准备好叫他爸爸，还不想要叫出来，"或许我不应该给你打电话……"

"不，不是的，这很好。"他对我说。我听见了好像是门"砰"的一声关上的声音，还有风刮过去的声音，他大概是走到了户外。"你现在是一个人吗？"他问道。

"是的。"

"很好。"他停顿了一下，我听见了他的呼吸声。"你还好吗？"

"还不错。"我知道我应该多说两句，尝试真正和他交谈，但突然间我感觉不对劲儿，他竟然就在电话的另一端，幻想总是比现实美好。我赶紧说，"外面很冷，可能要下雪了，我今天出去了一会儿。"

"你出去散步了吗？"

"没有，我只是出去了。"

"你应该多出去走走，布雷迪。你应该多去探索这个世界，如果你有能去的地方，就去徒步吧。我以前总是很喜欢徒步。"

我不像他，不是一个会踏上冒险之旅的孤独者。我喜欢置身于团队之中，在其中我的重要性并不是因为跑得快或者英勇善战，而是因为我足智多谋，能使各种难题迎刃而解，我不知道他是否明白。"好的。"我说，我不想和他持不同意见，"我可以带上我的狗。"

"你现在有一条狗了？"

"它叫布特，"我说，"是一条罗威纳犬。"

"它有什么技能吗？"

"它能咬住东西，躺下或是打滚，"我说，"我在教它握手。"

"它擅长捕猎吗？"

"我不知道。"

"你想去打猎吗？"

他说话的方式有点儿……我不清楚，有点儿让我不安。我想赶紧跳过这个话题，就像人晚上走过墓地时会加速一样。"不是，我只是——上次我迷路了，兰妮和……"我停下了，因为我几乎就要说出哈维尔的名字，"兰妮让布特帮忙找到了我。"实际上我没有迷路，不是真的迷路。在看了那个视频之后，我非常生气，感到很受伤，只想要离开。但还没有走出多远我就意识到自己无处可去。我真傻，我应该继续走的。"所以我猜它能捕猎，它是一条好狗，也很聪明。"我说。

"我喜欢狗，"爸爸说，"不喜欢猫，我经常觉得狗就像男孩儿，猫就像女孩儿，你不觉得吗？"

我不知道该说什么，这听起来很诡异，就像他想要去某个地方，而我不想跟着他，感觉不大对劲儿。我换了一下位置，衣架在我头顶上哐当作响，雪松的气味让我的鼻子发痒。"我打电话是因为我必须问你一些事。"我说。我才意识到我要问出口了，真的要这么做了。我感觉不是很舒服，但我还是说了，"你知道他们是怎么说妈妈的吗？他们说她帮你杀了那些女士。"

"啊哈。"

"她真的这么做了吗？"

"儿子，我很抱歉。我只是——儿子，我觉得你已经到了该知道真相的年纪。你生活中所有关于我的事情都是谎话连篇，我没有告诉过你吧。更糟糕的是，说谎的人是你妈妈，她绝不是无辜的，相信我。我觉得你应该开始了解在你还小的时候到底发生了什么。"

他说话的语气让我觉得自己对所看到的东西感到失望是多么的愚蠢，仿佛我应该做得更好，更坚强。"好的，"我说，"还有，我看了那个视频。"

"你肯定他们不知道你有这个手机，对吧？"

"不知道。"

"你姐姐也看了那个视频吗？"

"是的。"我真希望我没有那么做。我讨厌看到兰妮哭，也讨厌看到她想哭的时候拼命忍住眼泪的样子。但是我要让兰妮知道，妈妈不是她自己说的那样的人。

"没有人知道你在和我通话吧？"

"没有，"我深吸一口气然后吐出来，"那是真的吗？然后你就杀了那个女孩儿吗？那个你运进去的女孩儿。"

"你是说那个**你妈妈帮我运进去的女孩儿**吗？"爸爸纠正的语调有一些尖锐，然后马上就柔和了下来，"对不起，布雷迪。我被人唾弃和欺骗了那么多年，而你的妈妈却逍遥法外。"

"尽管如此，你还是做了吗？"

"我做了什么？"

我咽了一下口水，感觉口干舌燥。我不想问这个，但确实想知道，我开了口："你杀了她们吗？所有那些女士？"

他没有回答，过了好一会儿，我都能听到风吹过手机扬声器的声音，他的沉默，还有手机另一端的呼吸声。终于，他说："有些事儿你还不能明白，真相并非如你所想。"

"这只是一个简单的问题，"我觉得我的声音现在听起来像个大人一样，"你杀了她们，是还是不是？"

"我确实杀了一个女孩儿，但那只是一个意外。我们只是想绑架她索要赎金，仅此而已。我们需要钱来养活你和你姐姐，她家很有钱。那只是一个意外。"

"那么其他人……"

"没有其他人了。他们所说的关于我的事，关于其他女孩儿的事，都是一派胡言，都是弄虚作假。我会给你发一个链接，上面记录了这件事，说明了警察局里面那些所谓的科学家是怎么样将我和真正的杀手的 DNA 对调的。这就是为什么我必须要从监狱里出来，我要证明我的清白，我在监狱里说的话没有人会信的。"

真正的杀手。我心跳加速，因为这个说法听起来很真实。我的爸爸不可能是一个杀手，确实不可能。电视里经常会有没有犯罪的人被冤枉，而在最后，真正的杀手才浮出水面的报道。所以为什么现在爸爸说的不能是真的呢？为什么爸爸不能是无辜的呢？他和妈妈为了照顾我和姐姐，做了一些愚蠢的事情，然后警方判定他一人承担所有罪行，这难道不是更符合常理吗？妈妈为了能和我们待在一起，照顾我们，欺骗了我们，这不对吗？我很开心我能这么想，因为我不想相信妈妈说谎只是为了伤害爸爸。不是的，她只是想要照顾我们，仅此而已。

如果只是一场意外，那就比误认为那个带我去看第一场棒球赛、和我一起看电视、在晚上的时候给我讲故事，给予我如山父爱的爸爸是一个怪物，更让我开心。

我隐约地听见淋浴声停下了，兰妮差不多要洗完了。她一般都要吹干头发，然后来敲我的门，和我道晚安。"我要挂电话了，"我飞快地说，"不好意思。"

"等等！布雷迪……亲爱的儿子，我只是想谢谢你打电话给我，我知道这并不容易，但对我来说意义重大。"我能听出来确实如此，因为爸爸好像要哭了。"我从未想过我还能再听到你的声音。"

"好吧。"我现在感觉有点儿怪异，有点儿恶心。我也搞不懂了，知道每个人都希望我能憎恨的那个人曾经很爱我，现在也很爱我，难道不是应该更好吗？"我要挂电话了。"

"还有一件事，"他说，"拜托了。"

"什么事？"我的拇指停在挂电话的按键上，但没有按下去，我在等着。

"叫我一声爸爸吧，"他说，"就一声。我等这一声很久了。"

我不应该这么做，这是底线，不该越过的底线。我确实在短信中发过这个词，但我不会说出它，说出来就感觉像是接受了一些无法理解的事。可我没时间思考了，所以我很快地说："再见，爸爸。"然后就把电话挂了。我的心脏怦怦跳，手微微发抖，我不敢相信刚刚居然和爸爸通话了。

有人来敲门了。不是兰妮，我刚刚才听见吹风机启动。我把手机关机，打开衣橱门，说："嗯？"我看着手机屏幕上的圈圈转着，关掉这个东西太费时了。

"康纳？我能进来吗？"

是凯姿。我没有回答，她试着扭动门把手，还好我把门锁上了，手机还没有完全关机……突然间它就关上了，屏幕漆黑，无声无息。我把它放进裤袋里，然后走出衣橱去开门。"嗨，"我对凯姿说，"不好意思。"我回到床上，双腿交叉坐下。

她没有进来，只是看着我。"我一直都在担心你。"

每个人都在担心我，除了爸爸，他觉得我还好。

我没有说话，凯姿继续说："你可以对你妈妈生气，但要知道她还是爱你的，非常爱你，好吗？"

"当然，"我边说边耸了耸肩，"你不用担心我，我很好。我只是在等着去洗澡，兰妮在里面待了好久。"我希望我的声音听起来状态不错，或者至少是正常的。但我的心在颤抖，感觉整个人要散架了。我和他说话了，我听见他的声音了，我叫他爸爸了。我不知道我现在的感受是什么，可能是得意忘形，因为进展顺利，同时也夹杂着害怕、开心、担心。一时间，我百感交集。

现在可以扔掉这个手机了，我内心的一个声音说道。我已经和他说过话了，所以一切都结束了，我现在应该粉碎这个手机然后埋好它的碎片。但是我不能这么做，按下我口袋里这个东西的按键就能让我感受到……平静生活的呼唤。我怎么舍得扔掉呢？可这是一个定时炸弹，如果哈维尔他们发现了这部手机，每个人都会生气。

我记得他请求我叫他爸爸时颤抖的声音，就好像是那只是他在这世上唯一想要的东西，为了爸爸，我要孤注一掷，根本不需要在乎他们是否会生气。我需要我的爸爸，而现在，我真的觉得他同样很需要我。

这几周以来我第一次睡了个好觉，甚至都没有做梦，仿佛爸爸的声音让我内心一直的躁动不安平静了下来。但我知道这可能是不对的。

第二天早上醒来的时候，大家看起来都很正常，除了我。早餐吃的是华夫饼和培根，我说服了哈维尔，让我尝了一下加了很多牛奶和糖的咖啡。我无法确定喜不喜欢，但不管怎样还是喝完了。兰妮的咖啡只加了牛奶，而哈维尔和凯姿就喝些黑咖啡。

"为什么你们什么都不加？"我问他们，为了让大家有话可说。哈维尔笑了起来，和凯姿对视了一下。"可能我和凯姿的原因都是一样的，"他说，"我在海军部队服役的时候，能喝到咖啡已经极其幸运了，所以几乎从来都不往里面加东西。只有一个背包这么大的空间，当你装上一切必需品之后，就没法再装用来享受的物品了。"

"我习惯了在警局里喝黑咖啡，"凯姿点了点头，"在茶水间随手拿起一杯就可以离开了，我通常不会加奶，大多数时候也不会加糖，久而久之，就习惯那个味道了。"

这听起来是大人的事，或许有一天我也只会喝黑咖啡。

吃完华夫饼，清洗完餐具后，我就去洗澡了。我出来的时候得知，哈维尔今天打算去射击场，凯姿会和我跟兰妮待在一起。诺顿是一个低犯罪率的地区，她平时工作并不繁忙。她在接下来的一个小时内接到了两个电话，但都没有要紧到让她改变计划。

兰妮则在忙着做类似编织手链的东西，她一整天都在假装一切很好，她做的东西很酷，很新潮。她头也不抬地说："不要盯着我。"

"我没有在盯着你。"

"你有。天哪，快去做点什么吧。"

"我讨厌就在这干坐着。"

"耐心一点儿吧！"

我笑了，但不是很开心。"你什么时候成为一个有耐心的圣人了？

你可是一个平时等微波炉 30 秒钟都会气炸的人。"

"大概就在你变成书呆子的时候。"她在惹我生气。

"手链给谁做的？"

兰妮的手指没有抓住下一股绳子，她暗暗"嘶"了一声，然后解开了那个结。"给我自己。"她回答。肯定是在说谎。她从未戴过编织手链，而且还是一条黑粉相间的。黑色还有可能，但粉色？

"不，肯定不是。"

她沉默了一会儿，然后说："一个朋友。"

我问她这个只是因为能让她感觉不舒服，她手里拿着绳子绕来绕去，好像在告诉我"别问了"。"听着，如果你是做给戴丽雅的话就很酷了，你知道的。"我说。

她抬头看着我，神色诧异，眼神也很怪异，然后说："确实很酷。"

"她不就是那个被你打了鼻子的人吗？"

"她是我……一个很好的朋友。"

我耸了耸肩，说："你再见到她的时候肯定还会朝人家鼻子上打的，而且那不是很久之前的事，还没过去一年呢！"我假装一副了然于胸的样子，但还是一直看着她。她在继续重绑那个结，试了一遍又一遍，然后她抱怨着把整个手链扯成几段纱线，站起来望向窗外。

"所以，你真的喜欢她吗？"我问道。

"或许吧。"对她而言，这就代表是肯定回答了。她交叉双臂，又说，"但不关你的事。"

"只要你不要告诉她我们在哪儿就行。"我直直看着她，然后把书签放好，合上了书，"不要跟我说你告诉了她！你不应该告诉任何人的，你是知道的！"我压低了声音，这样凯姿就听不到我们在说什么了。

兰妮只是耸了耸肩，下巴僵硬，就好像等着我打她。"那是妈妈定的规矩，现在妈妈又不在了。而且——她不会告诉任何人的。"

"她会告诉每个人的！"我现在很生气，我都还没有联系任何一个朋友，或者出去找过他们。我严格按照妈妈说的做了，嗯……除了那个手机，其他的就没有了。"那就是你翻过栅栏之后偷偷出去的原因吗？"我质问她。

"不是，我去了……"她屏住呼吸，咬住嘴唇，我看见了她眼眶里的泪水，但她迅速擦掉了，"我回去看我们的房子了，仅此而已，我和她在那里见面了。"她对我怒目而视，带着突如其来的恶意，让我感觉她好像打了我。"为什么你还不去看你那破书！"

我非常恼火，把书狠狠地摔到了桌上。"这是你的破书！难道你一直没注意吗？"因为这确实是她的书，是我们的生活天翻地覆那天她在看的书。即使妈妈受到警察拦截而停车时，她也在看这本书，没有抬过一次头。我那时就在想这本书到底有什么好看的。她扔掉它的时候，我把它捡了回来，竭尽全力想保留一些能保存过去记忆的物品。

我浑身颤抖，呼吸急促，肚子都痛了。我反反复复地翻看这本书，以至于有几页都掉了，还有两页像要换下来的牙齿一样马上也要掉下来。

兰妮伸出手来，手指摩挲着封面，就像在抚摩人脸，然后她把书拿起来，朝着壁炉走去。我意识到她准备烧掉它，于是向前冲过去，将书抢过来，紧紧抱在胸前。我们再也不发一言，两眼凝视着对方。然后她倒在地上哭了起来。我是她弟弟，应该安慰她，但我没有。我跑进了房间，"砰"的一声关上门，上锁，可依然能听见兰妮一直在哭。我来回踱步，然后从衣橱抓起了我的大衣、手套和帽子。

凯姿一直坐在厨房桌子边看着我们吵架，但没有干涉。我穿戴好走出去的时候，她说："外面很冷，康纳。"

我感觉现在自己不是康纳了，我只想要一些温暖的慰藉。我想要我的爸爸。"我不会出去很久的。"我告诉她。布特从噼啪作响的壁炉旁慵懒地伸展着四肢站起来，在我的腿边蹦蹦跳跳。"布特也要出去走走。"我说。

她一脸不情愿，但最终还是点头了。"好吧，不过只能在栅栏里面活动。"她盯着我看了一会儿，我不敢看她。"康纳，我能相信你吗？"

"是的。"我说。我实话实说，她可以相信的是康纳，而不是布雷迪。

"好吧。"我能从凯姿看向兰妮的眼神看出，她现在只能选择相信我。

我打开门的时候，她已经去抱住了我的姐姐，兰妮哭得好像心都碎了。

我走到屋外，凯姿说得没错，外面寒风刺骨——这种潮湿的严寒就好像正在下雪，即使并没有雪。头顶上的云朵是深灰色的，厚重到仿佛要从天上塌下来。今天湖面上可能也会有雾，并且湖水开始结冰了。

布特上蹿下跳，我捡起一个被咬得很烂的旧网球扔给它。它开心地啃咬着，我把那本书放进口袋，拿出了手机。这次，我不用担惊受怕了。我没有再思考打还是不打或者打了电话会怎么样，而是直接拨通了爸爸的号码。只响了一声铃他就接了。"儿子？"

我感觉眼泪要夺眶而出，想要放声大哭，但我不会哭的，不会……我还是哭了，就像兰妮那样。我说："我只是想要……想要一切都回……回来。"这句话从我身体里喷涌而出，是我埋藏了好几年的心事。我想要回到威奇托市的家，想要用回以前的名字，想要住在旧房子里面，想要爸爸妈妈，想要一切都回归正轨。爸爸问："发生了什么事吗，布雷迪？你还好吗？"他似乎很担心。

"没……没事，"这对于两个问题来说都是一个很好的回答，"你在哪儿，爸爸？"这是我第二次这么叫他，这次倒是很自然。我想要听见他的声音，要知道，他是真的关心我。

"你知道我不能告诉你我的位置，但是你可以告诉我你在哪儿，如果你想的话，我可以去看你——只会是你想的时候，好吗？我不会未经你同意就去的。"

我尝试回忆上一次妈妈征求我意见是什么时候。无论是她在告诉我们要搬家的时候，是告诉我们要用别的名字的时候，还是在带我们来到这里然后丢下我们离去的时候，她都没有征求我的意见。妈妈从来都是在发号施令，从来都是，而且还说谎，她从来都不是她伪装的那样。可是爸爸在征求我的意见。

不过我没有那么傻，即使现在感觉很好，爸爸还是一个在逃犯，我不能告诉他我在哪里——不是因为我，而是因为兰妮。爸爸永远不会伤害我，我知道的，可内心深处有个声音告诉我不能用兰妮的安危冒险，不能让她命悬一线。

"儿子？"我沉默了太久，爸爸的声音再次颤抖了。他咳了一下，说："儿子，我发誓，我绝不会伤害你，你也不用跟我走。我只是……我只是想见见你，仅此而已。我很想你，你对我很重要，我希望你知道这一点，相信我。"

对妈妈来说，我没有重要到让她留下来陪我；但是对爸爸来说，我重要到可以让他冒着被抓的风险来见我。这打动了我。"我不能跟你走，爸爸。"我对他说，尽管很伤人，但这是恰当的做法，我不想对他说谎，"可我确实想见你，我们可以只是……聊聊天吗？就一次？"

他沉默了片刻。"可以。但是，布雷迪，我们一定要非常小心，如果你跟任何一个人提起这件事，就算是你姐姐，都可能置我于死地。"

"我不会的，"我擤了一下鼻子，用衣袖擦了擦，"我不会告诉任何人的。"

"连你的姐姐也不告诉？"

"不告诉。"

"我爱你，你知道的，对吧？"

我转换了话题，"所以……什么时候能见你呢？"

"我得知道你在哪儿才能告诉你时间，可以吗？"

"你不知道吗？"我很惊讶。我以为他一直在追踪我的手机，妈妈总是说他能这样做。

"我不知道。"他回答道，而我相信他。"我不会未经你允许就去找你的。"

妈妈又说谎了，这让我非常生气，盛怒之下我不顾一切地说："我在诺顿，在田纳西州。"

他安静了一会儿，然后我听见了一声苦涩的笑。"她从未带你们搬得太远，对吧？她很聪明，知道每个人都会选择去其他地方寻找你们，不会想到你们离最后住的地方那么近。"

我不想听到爸爸谈论关于妈妈的事情，让我感觉很糟糕。"所以什么时候能见面呢？"

"我现在离你不远，"他说，"听着，儿子……我们在你觉得安全的地方见面，你认为是哪儿呢？"

我觉得哪里都不安全，但我没有告诉他。我试着想出一个稍微安全的地方，唯一能想到的就是兰妮所说的，我们的旧房子。她在那里见了戴丽雅。那里是安全的，相对安全，不会泄露任何秘密。

所以我跟他说："去静湖边我们那个旧房子那儿吧，你知道在哪儿吗？"

"我能找到。"

"那么我们什么时候见面呢？"

"我说了，我离得不远。所以……几个小时后怎么样？"

我要走去那里，意味着至少要花一个小时。如果跑过去的话，就能快些，但我不像兰妮，我不喜欢跑步。"你离得那么近吗？"突然间我感觉有些诡异，似乎我说了一些不该说的，比如不应该说要见他。我想要扔掉手机，跑进去告诉凯姿我做了些什么。我从不知道有那么一个东西会让我如此梦寐以求而又心有余悸。

爸爸肯定从我的声音听出了不对劲儿，因为他说："我不想逼你，孩子。如果你还想要多一点儿时间，我可以等。我不会去找你，我发誓，就像我不会打电话给你一样。你想要见面的时候再打给我吧，这样会好点儿吗？"

我深深吸了一口气，憋着气让我胸口生疼，冷空气在我体内变暖，呼出来的时候变成了白雾。"好吧。"我说。爸爸的话听起来十分正常，我才是反常的人。他正在竭尽全力让我能够相信他，而我就是一个浑蛋。"我会在两小时后到那里。但是，爸爸，我会带上我的狗。"

他笑了。"我很乐意，希望这能让你感到安全。带上布特，把你姐姐设为紧急联系人，你可以做你想做的任何事情，来确保你的人身安全，我不会反对。"他沉默了一会儿，接着语气有点儿变了，变得平静而阴沉，

"但是，布雷迪……如果你告诉了你妈妈，或者其他大人，甚至是兰妮，都会让我处于危险之中。如果他们找来警察，我只能告诉你，他们会当场把我击毙的。我把性命交付在你手上了，现在你说了算。我在你手上了，儿子。"

我感觉像溺水了一样。我只是想要做正确的事情，但现在我再也不能确定什么是正确的事情。他是我的爸爸，他没有要求任何事，是我要求他的。他愿意为了我把自己置身于千钧一发的险境。他是爱我的，我能从他说的话和他的语气中听出来。

"好的。"我回答，听起来我还是很犹豫，所以我又重复了一遍，更大声，"好，我会在那里和你见面。"

"我爱你，布雷迪。"他说。

我抑制住跳动的神经，回答："我也爱你。"

我关了电话，把它收好。布特跳了过来，还在撕咬那个网球，我坐到地上的时候它整个儿扑到了我的腿上。我抱住它，它扭动着，用大大的棕色眼睛看着我，下巴还压着那个网球。然后它把网球丢下，舔干净了我脸上的泪水。"布特，我是不是很傻？"我问，它只是一直舔着我的脸。"我不应该去的，我应该告诉别人。"

如果我要去见爸爸，必须要考虑周全、步步为营。所以我回到房子里，跟凯姿说我肚子疼，想躺下睡觉。她问我需不需要治疗，我尽可能礼貌地回答不用，然后回了房间。我弄乱了床铺，然后堆了一些衣服在被子里面，让它看起来好像我躺在那儿。最后我写了一张便条："对不起，我要去我们的旧房子那里和爸爸见面了，请不要生气。我和他通过电话了，我觉得我需要见他。我会小心的，我带上了布特。"我把便条放在被子上面，如果发生了什么以至于我无法回来，别人就会看到它。以防万一我还把爸爸给我的那部手机的号码写在了那张纸的背面。接着我锁上门，打开窗户，爬了出去，之后关上窗。我吹口哨把布特引到房子旁边，扣上了哈维尔带它出院子外面散步时用的皮带。布特看起来很兴奋，但是当我带它走到门口并打开门的时候，它却畏缩不前。

"走啊，"我小声说，"走啊！"我们不能在这儿待着，如果兰妮或凯姿看到的话……

布特最后同意了，开心地蹿出大门，仿佛要踏上美妙的冒险之旅。我关上门，我们跑进树林的阴影之中。走去静湖的路程很长，所以我跑步前进。

我们的房子破旧不堪，我猜兰妮跟我提过，但我没有认真听。我没有带钥匙，所以没法进去。我在房子一侧的阴影下闲逛着，想让自己看起来像是带着狗散步的当地小孩儿。我一个人都没看见，刺骨的寒风和随时可能降临的大雪让人们并不想来湖边。凯姿已经给我打了两次电话了，我都没有接。

我想念静湖，便靠着房子坐下，盯着湖面。湖面升起缓慢飘散的薄雾，湖水看起来很厚重，毫无光泽，现在甚至已经有点儿凝固了。到了晚上它的表面就会结一层冰，但不会很厚。这里景色宜人，远离尘嚣，除了鸟叫声和远方传来的有人用链锯锯木头的声音外一片宁静，那人应该是在为即将到来的暴风雪储存柴火。

我摆弄着爸爸给的手机，想给他打电话，让他不要来。之前我被生气、害怕、沮丧的情绪控制，很想见他一面，现在却感觉怪异。我不知道什么才是对的，但觉得已酿成大错。

我正准备给他打电话，铃声又一次响了起来。我飞快地从口袋掏出手机，看着来电号码。**坏了**。我真想不接这个电话，不过还是按下了接听键，把手机放到耳边。

我还没打招呼兰妮就大叫了起来："你究竟知道你在干什么吗？！你到底在哪里？"

"兰妮……"

"我看到你那张愚蠢的纸条了。我进去想叫你起床吃饭，然后，天哪！康纳——你在哪里？凯姿要发飙了！"我姐姐还在大喊大叫，我知道她很害怕，真的很害怕。

布雷迪，我想，**我的名字是布雷迪**。但我没有说出来。"我没事儿，"我告诉她，"我只是想要见他，他会在几分钟后过来。我只是想要和他说说话，然后他就会回去了。而且，我带了布特。我会没事的。"

"爸爸是个杀人犯，你根本不了解他！你几乎都不记得他了！康纳，我要你发誓你会回来，立刻……"

她的说话声骤然中断了，电话中没有再传来她的声音，我意识到是有人拿走了电话。我听见从听筒里远远传来的声音，是兰妮和凯姿在交谈。"发生了什么？康纳在哪里？"

电话里又安静了一会儿，可能是凯姿在看那张纸条。然后她沉着的声音传来："康纳，你现在在旧房子那儿吗？"

"是的。"我说。

"你爸爸到那里了吗？"

"没有。"

"好的，现在你要听我的。我希望你走到最近的邻居家，然后敲门，如果可以的话你就进去。我现在派一辆巡逻车过去，我也会尽快赶过去。"

她的语气不像是下命令，而是在陈述一个事实，我将会听从她的指示。她听起来冷静自信，掌控全局，让我想起了妈妈有时说话的方式。

"我想和他说说话，"我对凯姿说，"仅此而已。拜托不要派警察过来。"我知道她会这么做，她是一个警察。我把一切都搞砸了，因为我留下了纸条，她肯定会向警方报告，爸爸的生命岌岌可危。"请不要对他开枪！"

"康纳，没有人会伤害他的。"凯姿说道，但我知道这是谎话。她已经在行动了，我听见门被用力关上发出的"砰"声。她的呼吸越来越急促，但她的声音依然很平稳，"你爸爸已经被判犯有严重罪行，他是一个危险分子。他要被关进牢里，这样他就不能伤害任何人了。你在走路吗？我没听见你在走动，你需要到邻居家，现在就去。"

我走离了房子三四步，最近的邻居家在山的那边，道路的尽头。我缓慢地走着。"我现在去。"我对她说。

我听见凯姿那边汽车启动的声音。"康纳，我会一直和你保持通话，"

她说，"嘿，你走完了从哈维尔家到静湖那里的路吗？那可是很长一段路，你不累吗？"我认为她讲话是为了让我们都保持镇定。我又走了四五步，然后停下，因为我听见她在低声和我姐姐说话。她可能以为我听不见，但我听力非常好，兰妮说我就像一只蝙蝠。她在让兰妮用自己的电话打给诺顿警方。

我突然觉得自己变成了一个诱饵，警察准备来抓我爸爸，他被抓都是我的错。因为我要求见面，他来了，然后被抓住。他肯定会责备我的。

我没有继续走去邻居家，而是挂了凯姿的电话，在我们的房子前停下，思考了片刻。房子前面的窗户被打破了，窗帘在从湖面吹来的冷风中飘动着，像干枯的叶子一样发出"沙沙"声。我拨了爸爸的号码，但他没有接。我留了言，告诉他不要过来，让他收到消息的时候给我回个短信。几分钟过去了，漫长的几分钟。我一直刷着手机，然而没有收到爸爸的短信或电话。凯姿一直在给我打电话，我都没有接。

十五分钟过去了。即使诺顿警方没那么快赶来，凯姿不久后也会到这里。我再次拨打了爸爸的电话。**接啊，接啊**……又转到了语音信箱，我一股脑儿地说："爸爸，不要来，我很抱歉，不要来，千万不要来，警察会来抓你的……"

铃声响起，另一个电话打了进来，屏幕显示询问是否要挂断我和爸爸的通话，然后接这个电话。是凯姿打来的，我没管，只是拿着手机，向前跑到覆盖着雪的湖边。我一次又一次地给爸爸打电话，最后一次还是转到留言信箱，我说："爸爸，我要扔掉这个手机了。我不想他们通过这个手机找到你！千万不要来这里！"

我用尽全力把手机向湖中心扔得远远的。它打破了湖面上硬硬的冰，悄无声息地消失了，湖面没有泛起一丝涟漪。天气冷到泛不起水纹了。

我听见了汽车发动机的声音。我想，警察到了。我转过身，准备接受惩罚。布特还在皮带的另一端，面朝着道路。但那不是警车，甚至不是凯姿开的那辆没有标志的警车，而是一辆白色的货车，很大很长，两侧没有窗户。车身上都是泥巴，仿佛是从泥坑中钻出来的。

我看见有个穿着黑色外套、戴着头巾的男人在开车。他把车停在路边，然后下了车。我看不见他的脸，但我知道他是谁。那一定是**他**。

时间仿佛在这一刻变得缓慢，虽然客观上我知道并没有，不过感觉是这样的。就好像这是一部电影，在慢动作中，英雄避过子弹，空气中留下了子弹的轨迹。只是这里没有子弹而已。

我根本无法思考。体内有一个声音告诉我要赶紧逃跑，这个声音强大到让我后退了几步，但是我能去哪里呢？我身后是湖，我应该往左边跑，绕过货车，向邻居家跑去，就像凯姿说的那样。然而，另一个更强大的声音告诉我：留下吧，那是你爸爸。

那个男人在距离我约一米半的地方停下了，摘下了头巾。他不是爸爸。他年纪比较大，头部四周有浓密的白发，而头顶是秃的。他的眼睛是混浊的棕色，眼神凶狠，对我笑的时候，他只露出牙齿。"嘿，来这儿，布雷迪，"他说话带有田纳西口音，好像是来自附近的地区，"你爸爸让我来接你，跟我来，我会带你去见他。"

我听见远处的鸣笛声，是警笛。这一切都不对，我不知道为什么爸爸没来，难道他害怕了吗？他不信任我吗？或许他是对的，因为我留的那张便条弄砸了一切，都是我的错。警笛声听起来还很远。

布特吠了起来，那是一种我从未听过的低沉的声音。我们第一次到哈维尔家时，它向兰妮的吠叫只是在玩闹，而这次不是。我看向它的时候，它在盯着那个男人，龇牙咧嘴，露出它那长长的、坚硬的牙齿。

"孩子，让那条狗不要这样，"男人试着挤出一个微笑，"是你爸爸让我来的。我不会和那条狗打架，但如果它靠近我，我就会杀了它。"他有一把枪，我现在看见了，就别在他的牛仔裤腰带上，他把手放在了上面。

布特大叫一声，发出一阵吓人的狂吠，然后突然冲向前去。它力气很大，很强壮，我抓不住它。"布特，不要！"我大叫起来，但它不听我的。它往前跳，撞向地面，又跳起来，好像要飞起来一样。

那个男人突然抽出抢，但那不是一把枪。当布特跳到他面前的时候，他用那东西顶住布特的胸口，紧接着我听到了电流的声音。布特号叫起来，声音尖锐而可怕。它倒了下去，四肢颤搐，头猛地一抽，眼睛睁得圆圆的。

我尖叫着朝它跑去，但那个男人挡住了路，他抓住我的胳膊，把我扭过去。他的指甲又长又脏，而且他不是我爸爸，一切都变得奇怪起来。布特受伤了，我不能上那辆货车，妈妈经常告诉我们不要上任何人的车，要不断地大喊大叫，挣扎反抗。我试着挣脱，但男人抓住我的双臂，把我拎了起来。我一直在挣扎，他用手臂夹着我，我只能踢他。布特还在抽搐，尖叫着，好像很痛苦。

"闭嘴，你这个小疯子。"那个男人嚷嚷着。我能从他的口气中闻到牙膏和咖啡的味道。"你把嘴闭上，不然我就把你打晕，听见了吗？警察要来了！我们没时间了，你不想见你爸爸了吗？"

我一直在踢他，他要一直控制着我，没法捂住我的嘴，所以我又开始大喊大叫。一旦他把我扔进货车里，就算有人听见了呼救声，也来不及救我，我必须要想办法自救。

妈妈不会让这种事发生的。我现在完全不考虑爸爸了，我只想到了妈妈，她一直挡在我和危险之间。她绝不放弃，我也不会的。

我继续踢抓着我的男人，更加用力。这一次，我的脚后跟狠狠踢到他的腹股沟。我听见我的膝盖发出"咔吧"一声，感到一阵疼痛，但我不在乎，他大叫着放开我后，我跑了起来。我能听见警笛声，能看见山坡另一边尘土飞扬，警察差不多要到了。但我还没跑出几步，男人就从后面用东西砸了我。我跟跄了几步，然后摔倒在地。

一切都变得灰蒙蒙的，我的身体轻飘飘的，接着我就感觉到流血和疼痛，我无法思考了，只能察觉到他在抓着我的脚拖着我走。

我能听到警笛声越来越大了，好像就在我的脑子里。接着我就看见了凯姿黑色的车从山坡上飞驰下来，全速向我开来，前格栅的内置警灯一闪一闪的。我知道不能让男人带我上货车，于是在他拽我的时候，我扭动身子，尝试着让他失去平衡。

我看见凯姿几乎在车停下前就把门甩开，冲了出来。下一秒钟她就掏出枪，瞄准，准备射击。"警察，放开那个男孩儿！"她喊道。另一边的门也开了，兰妮跳下车跑了过来。她不应该来的，但她居然来了。她直直向我跑来，超过了凯姿。

兰妮大叫着我的名字——布雷迪，而不是康纳，因为她非常生气，也非常害怕。她撞向那个试图拖走我的男人，撞得他松了手，惯性让我的头狠狠地撞到路上。一切都感觉轻飘飘的，我爬了起来，但天旋地转。我抓不住兰妮，因为她在和穿着外套的男人厮打。我看见布特了，它在抖着腿努力站起来，大叫着，但听起来狂乱而压抑，它也无能为力。

凯姿朝天上开了一枪，大喊："兰妮，该死的，趴下！"

兰妮想要这么做，但是接着那个男人就扯着她的头发往后拉，躲在她身后。他后退着爬上了开着门的货车，拉着兰妮一起。我又一次听见了电流声，他电了她。我努力想拉住兰妮，但那个男人一直拉着她向后，他已经进驾驶位了，我抓不到我的姐姐了……

那辆货车"呲"的一声疾驰而去，甚至都没有关上后门。它在山姆·凯德的小屋处转弯加速，后门甩来甩去，直到关上。男人沿着湖边开往远处。他就要逃走了。

凯姿立刻来到我身边，我能感受到她放在我脸上温暖的手，她把我转来转去想看我伤得多严重。我认为我在流血，但我什么都不能确定，我能想到的就是这一切都是我的错。我肯定是大声说了出来，因为凯姿把手压在我的额头上，说："没有，你没有做错什么。没事的，我们会找到兰妮的。你只要放松就好了，一切都会好起来的，"她的声音在颤抖着，拿出手机拨打了电话，"该死的，我的后援在哪里？白色货车，朝着静湖去了！有孩子被绑架，重复一遍，有孩子被绑架。被绑的孩子是兰妮·普罗克特，白人女性，14岁，身穿牛仔裤和红色羽绒服，黑色头发，听到了吗？"

我的头很痛，吐了，仿佛兰妮那本旧书戳到了我的肋骨。布特一瘸一拐地走过来，我能觉到它在舔我的脸。然后我就失去了意识。

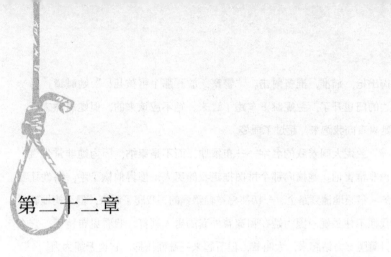

第二十二章

格温

疼痛开始慢慢而猛烈地袭来。

我的眼前像是出现了一面红色的墙，全身都感觉不太好。过了一会儿，疼痛消退了一些，视线也清晰了一些。我的右脚踝抽痛，然后是左手腕，右膝盖，还有下巴。我不记得哪里被打了，但好像又没有经历真正的打斗，一切都变得模糊了。我的肩膀疼得厉害。我的嘴里有点儿什么东西，被塞得紧紧的，固定在牙齿之间。那是一块布，用来堵住我的嘴的，难怪我的下巴会疼。

我记得……我还记得什么？旅馆房间。戴着梅尔文面具的男人。泰瑟枪。货车。所有的一切都感觉是那么遥远模糊，但我知道这些全是真实存在的，因为我感到了恐惧。如果是在梦里，一旦醒来，梦魇便不会再让你惊恐。真实的记忆却会让你恐惧。

我记得自己被放进货车里面，被什么东西绑起来。我记得铁链的"哐当"声。车启动了，然后停下，再开上一个陡峭的斜坡，然后周遭陷入一片漆黑，接着车又继续往前开。

我记得眼前有一道光闪过，亮得刺眼，我的手臂也刺痛了一下。我意识到抓我的人给我注射了些东西，可能为了让我保持安静注射了不止一次。这就是为什么我的嘴巴里有股恶心、苦涩的味道，就像吃了有毒的粉笔。

我口干舌燥，喉咙疼得厉害，没法分泌出足够的口水吞下去。

我身处黑暗之中，即便包着一条毯子，也冷得瑟瑟发抖。我现在不在货车里了。我在一个箱子里，整个人蜷缩着，双腿紧紧贴着胸口，手被铐在身后，这就是为什么我的肩膀会疼。我头疼欲裂，真恨不得有人能把它砍下来，让我免遭痛苦。我认为这是刚才那支针的后劲儿。我周围一片漆黑，我看不见这个箱子，但是用手指刮过它的表面，能感觉到材料是粗糙的木头，上面还有裂痕。空气带着一股陈腐的气味，可我能感觉到有一阵微风从一边进来。箱子里还有气孔，往那个方向看去时，能看见一道微光。多么有趣啊，一丝微弱的希望都能让人镇定下来。

好的，我告诉我自己，**你很冷，你受伤了，但你还活着**。我现在要做的第一件事就是想方设法从箱子里出去。我被扔到这样一个地方等死，漫长而痛苦。但这不是梅尔文的风格，如果他不能看见我死去，不能亲手割开我的皮肉，那我就是毫无利用价值的，那才是他的行事风格，如果有一个人想眼睁睁地看我死去，肯定是我的前夫。

我试着撑起身子，用力推箱子的盖子，但因为身体被绑住，我无法发挥力量。我又试着用脚顶侧面，可箱子实在是太小了。我试着大叫，然而能发出的只是嘶哑、压抑的喊声，就算是离我半米远的人都听不到，而且外边还有发动机和机器的声音。

现在我的头脑清醒了，我意识到我没有在车辆附近，即使这只是我的一个猜想：我在飞机旁边，在一个机场里。我又开始大叫，努力让别人听到我的声音。我不断摇晃箱子，但它太重了，而且没有足够的空间让我转身。我把额头重重撞向箱子的侧面，这让我的神经和疼痛的肩膀都好像被炸开了一样，我又狠狠地撞了一次，或许有人会听见我的撞箱子的声音。

确实有人听见了。箱子顶部被掀开了一点儿，一束手电筒的光照进来，我没法直视着光往外看。我只能大声求救，挣扎着站起来。接着我听见一个男人的声音说道："让她闭嘴，我们到那儿再把她放出来。"

"剂量已经很大了。"我听见了第二个声音，都是我不认识的人。"如果再加，她可能会心跳停止或者呼吸暂停，如果我们杀了她……"

"该死的，好吧。那你能加多少加多少吧。我们可以下飞机再给药。"

不，不，不……我的心脏开始怦怦地跳，肾上腺素飙升。我把肩膀向前顶着破裂的木头往上蹭，拼命想从这个箱子里出去。

一把泰瑟枪飞快而猛烈地电了我一下，我倒了下去。我几乎感受不到刺痛我的针头了。箱子又一次盖上了，我跌入了黑暗之中，我脑中最后的回忆，也是最重要的东西，是两张脸庞。我的女儿，我的儿子。如果这是我生命中最后的记忆，那我别无所求。

第二十三章

兰妮

我身处黑暗之中，醒来的那一刻，我以为自己回到了格雷厄姆警官山间小屋地下那间狭窄的小牢房里。我伸手找我的弟弟，但布雷迪不在这儿。

我的头遭到了重创，肚子绞痛起来。我不记得发生什么事了，只记得看见弟弟在和一个男人打架，我跑过去救他，然后……然后怎么了？我没有任何头绪，记忆仿佛溜走了。我记得那个男人电击了我，然后因为我一直挣扎着起来，他就打了我。

布雷迪！他还好吗？不，我想起来了，我不能这么叫他。他的名字是康纳。我朝他大喊大叫的时候叫他布雷迪了吗？我记得好像叫了。还有其他人在那儿……

凯姿。我确实记得，一下子都想起来了——凯姿的车猛地停下来，我迅速打开车门，向我弟弟跑去。凯姿……凯姿拿出了她的枪。我跑到了凯姿的射程之内。妈妈会杀了我的，她经常叫我不要做这种蠢事。我强烈感觉到我现在需要我妈妈。我想让她抱着我，跟我说不会有事的，我会没事的。

我意识到自己现在在一个很大的金属箱子里面，它不断震动，来回摇晃。我能听见发动机和路上传来的噪声，我的头不断地撞在金属上，痛彻心扉。我试着用手护住头来减缓冲击力，但我的头骨撞到指关节的时候也产生了钻心的疼痛。我很怕让开车的人——不管他是谁——知道我醒了，所以我只稍稍睁开眼睛，勉强能看到这个地方模糊的轮廓。

我在一辆货车的货厢里，厢底有一张破旧的羊毛毯。侧面焊接着链条。每当车驶过凹凸不平的路面，那些链条就会飞起来然后"叮叮当当"地掉下来。我没有被绑起来，手臂和腿还能动。或许是绑匪没有时间，或许是他怕他被抓住。

我在这里，康纳不在。也就是说他逃走了，他安全了。我害怕，怕会死，但一想到我为他而战，就无比自豪。就算我发生了什么事，我也不会让康纳遭到毒手，没有人能从我身边抢走康纳。

我听见那个开车的男人在抱怨，在和别人打电话。"我告诉过你了，不是像你说的那样……是的，那条狗就是一个大麻烦！那个孩子根本不想走，不是你以为的那样。还有那个女孩儿，那个警察……我不是你的什么人，你知道的，我只是在做运输生意，仅此而已。我不会再继续下去了……不！你可以拿着你那该死的奖赏滚蛋了！"

我们在上坡，行驶在一条崎岖的路上。这是一条山间小道，或是类似的路。我们应该还没有离诺顿太远，从静湖地区出去还有几百公里的荒野，如果他在路障设好之前就溜出去的话……

他在打电话。这很重要。我那反应迟钝、隐隐作痛的大脑终于想起来为什么这很重要：因为我也有一台手机。我左手慢慢滑下，一直摸到外套的口袋。可我自己的手机不在了。

也许我忘记了放在哪边了。我又去摸索右口袋，但也没有。他肯定把它丢掉了。这可是绑架者的第一条规定，我提醒自己。我已经研究过很多案子，以防爸爸来绑架我们。首先，绑架者们会把手机扔掉从而避免被追踪。接下来……我试着不去想接下来会发生什么。

绑匪在跟谁打电话？这是随之而来的问题。我意识到这很重要，现在我能注意到的事情都很重要。这个男人肯定不是我那恶魔爸爸，他是……他身体强壮、行动迅速，但应该只是一个手下。妈妈很聪明，爸爸能把别人的头砍下来。我是这两个非常可怕的人的孩子，我现在必须要记住这一点。我拥有力量，我只需想好要怎么使用。

你是一个孩子，我的脑海里似乎传来嘲笑声。**你没有任何力量，你会死的**。那个声音，就是跟我说我下次考试会不及格、我不够漂亮、我永远都不会开心、我应该放弃的声音。有时候我会听从这个声音。有一次我坐在浴缸里，拿着一瓶药，一个一个数着里面的药片，心里想：这样会更好的，只要……但我知道并不是这样的，我的生命是有价值的。那天我把这个声音关在了浴室里面，现在我也要让它闭嘴。**我要活下去**。

"听着，我加入不是为了你那该死的复仇，你欠了我的人情，现在你最好让我能甩掉那些警察，因为如果我被抓到了，我会把事情一五一十地告诉他们，你最好相信那足够让……"绑匪停了一会儿。我感觉货车慢了下来，他仿佛松了一点儿油门儿，"不，天啊，我不想要她，我要她有什么用？我跟那些变态不一样！"他吼出来。

我努力记下他所说的一切，希望他能说出一个名字，随便一个名字都好。接着他的确这么做了，说："没门儿，我肯定不会冒险送她去亚特兰大，我会把她放在回收场，我才不管那个老浑蛋想要什么。"

他把电话挂了，我听见他把手机丢到了旁边的座位上。我和货车驾驶室之间有一块厚厚的金属屏障，所以我没法把手伸过去拿手机。我打算从这儿出去后再跑过去拿。

货车还在上坡。我开始向后滑动，希望这看起来像是惯性和车的晃动造成的。我低着头，以防被绑匪从后视镜看到。他在低声嘀咕着，但我只听见寥寥几个词语："……愚蠢的……监狱……亚特兰大"。他不是在叫我的全名亚特兰大·普罗克特，而是在说那个城市。

我的靴子碰到了结实稳固的东西，于是我靠着后门站起来。

我随着货车的起伏而移动，以便能好好看一看车门，里面这一面有一个简易门闩，但没有锁上，难道他用了某种遥控锁？他一看到我在开门就会知道我醒了，我不知道那之后他会怎么做。在凯姿面前，他没有对我开枪或者从后面刺伤我，但现在凯姿不在这儿。

我不能在这里坐以待毙。如果门现在是锁上的，那车停下的时候还会是锁着的。我直直地猛冲过去，抓住门闩使劲儿拉。门没有锁上——我听见门动了——但被卡住了。

"嘿！"绑匪大叫，我知道没有时间了。于是我立即躺下，背着地，腿收在胸口，用尽全力踢出去。一次，两次。两扇门都突然打开了。

货车没停，但我已经向外面冲出去，落在了崎岖不平、泥泞不堪的车辙上。我毫不犹豫，起身就跑，极速前进。

那个老男人追下车来抓我，但我凭速度甩开了他。我像妈妈那样跑着，仿佛死神在身后紧追不舍。我没有回头看，直到跑到了道路拐弯处才冒险一瞥。他回到了车上，把货车掉头。

我在一个开阔的斜坡上，除了树和脚下脏兮兮的道路，什么都没有，但现在什么都不重要了。如果我愣在这里货车就会追上我，我要离开。我浑身发抖，感觉皮肤上满是蚂蚁和烧伤，可能是泰瑟枪造成的。我无法进行思考，但一定要试一下，因为没有人知道我在哪里，我现在孤军奋战，只想放声大叫、逃跑、去找我的妈妈……

妈妈。我花了那么多精力去生她的气，但她还是我第一个想到的人，也是唯一一个。仿佛她现在就和我在一起，站在我身边。我突然间感觉冷静了一些。我听见了她的声音："你必须要跑起来。离开这条路，马上出发。"

我喘了口气，跌跌撞撞地迈过干冷的车辙，到了冬日的草场上，奔跑起来。缠在一起的枯枝把我绊倒，我听见货车向我驶来，但我没有慢下来，我不能慢下来。我快马加鞭，速度决定了我的生死。突然间，我跑进了树丛冰冷黑暗的阴影中。

我跑得远远的，直到找到藏身之处，然后蹲下去。我还在发抖，我还不确定自己是否能够跑进森林深处，已经没有多少光线透过直挺挺的松木树枝照下来了。我不能再摔倒、磕到头或者摔断腿，我要小心翼翼地前进。我希望能有一个手电筒，或者是手机，它的屏幕可以发出微弱的灯光，可我一无所有。我要开始发疯了。我抖得更厉害，在厚厚的羽绒服下还是感觉到寒冷。红色的羽绒服。为什么我还穿着愚蠢的红色羽绒服？我不能脱下来，我会冻僵的。

妈妈，快来救我。这次她的声音没有传来，但那种温暖的安全感仍在。妈妈不会惊慌失措，她会做好计划，找到武器，准备作战。到了该战斗的时候，她就英勇向前。现在我要成为妈妈。

我继续前进，深入黑暗之中，慢慢地移动。我看到一根相当不错的断枝，大约与一根棒球棒的重量和粗细一致，更好的是，断裂的那一头是尖的。我牢牢抓住它，继续往前走。我分不清方向，天太暗了。我开始寻找苔藓——它通常生长在树的北面——一旦我找到，我就会面朝我觉得是诺顿的方向走。我需要做的只是走到高速公路上，拦一辆车。

那辆货车还在开着，我听见它开下了那条路。车轮嘎吱作响，转弯的时候刹车发出尖锐的声音。当我意识到我正在走向绑匪希望我去的方向时，我便停了下来。为了安全，我继续向着诺顿的方向走，走下山坡。

我对下面那条公路的匆匆一瞥让我发现，这条路能让绑匪直接把车开过来抓我。这里的树很茂密，但我能看到越往下去树就越来越疏松。我的红色羽绒服就像火炬一样引人注目。

我要往上走。绑匪要带我去某个地方，对吧？可能是他的住处，如果那是一个小屋或者类似的地方，就可能会有电话、电脑，甚至是无线电台。或许让他把我抓走，再借用屋子里的设备联络凯姿他们更好。

然而我不想这么做。离开看起来可能是安全的地方，到寒冷黑暗的未知之地去，我会感觉不舒服，但我知道这是出乎绑匪意料的，也只有这样，我才不会被发现。

我在树丛中走了很长一段路，同时一直观察着之前那条路，那辆货车还没有回来，或许绑匪在山坡下搜寻着我。我感觉好起来了，慢慢不再发抖，虽然我还是很害怕，但至少我拿着一根棍子，也不再举步维艰。如果发生了什么事，我就跑起来。我速度很快，我能做到。

我瞥见前面有些东西，好像是一个金属栅栏。我的心跳几乎暂停，然后又"怦怦"地跳起来。有栅栏就意味着后面有东西。是的，那里有东西。

我又沿着这条路勘察了一遍，看见远处有玻璃在闪烁，我觉得那是货车车窗。绑匪还离得很远，我必须要抓住机会。如果我能跑到路上，就能移动得更快。

我从藏身之处蹿了出去，跑得很猛，我觉得自己的肌腱可能会断裂，但我的身体早已习惯了这样的奔跑，毕竟我训练有素。我的脚踏上路面，逃命就变成了简单且高效的长跑运动。前面有个很陡的斜坡，我还没跑到一半肺就灼痛起来，绕过一个又宽又长的转弯后，我看到这条路的尽头好像是一个车辆回收场。

已经到达终点了。这里有一个由焊接在一起的废金属做成的厚厚的栅栏，有些地方生锈了，薄如纸张。上面有老旧的"请勿入内"的标志，是用一个不稳固的螺栓固定的，看起来摇摇欲坠。但我没看见栅栏的那一边有什么东西，我翻过去，听是否有狗叫声。狗会让我掉头就跑，因为如果它们攻击我，我不敢保证能跑过它们。我伏下身子，向着栅栏另一边仍很茂密的树林走去，沿着几乎看不见的车辙奔跑。我不确定这是不是我应该做的，我只确定一件事：在这种天气中迷路意味着死亡。如果雪下起来，我肯定会被冻死。

我之所以能看见那个小屋，是因为破玻璃的闪光，看起来像是一个被毁坏一半的东西。走近一些，我发现这是一扇被打碎了的窗户，小屋的门也裂开了。可能好几年没人在这儿住了。我放慢脚步，仔细查看。我肯定如果世界上真的有鬼的话，这间屋子里肯定闹鬼。它散发着可怕的氛围和骇人的压迫感。肯定有人死在这里，我能感觉到他们在尖叫。

进去吧，我对自己说。如果这里没有手机，我还是能够下山去，但必须要先找一下。我穿过一块杂草丛生的地方，这儿应该曾是一个院子。我看到一个被盖住的圆形的东西，大概是水井，或者净水系统。玫瑰在房子周围野蛮生长，荆棘缠绕，花苞大概有动物的爪子那么大，没有开花。

小屋的门是开着的，我走了进去。我的心脏"扑通、扑通"地跳，我敢肯定有人在里面，伺机而动。我想赶紧逃跑但腿抖个不停，最后还是慢慢走进了黑暗之中。看见角落里像是眼睛的东西在闪烁时，我几乎就要惊声尖叫。

那不是眼睛，是一个摄像机，这是一种新型设备，和这间破旧的小屋格格不入。屋里还有一些灯，都连接在一个小型柴油发电机上。这儿到底是哪里？我能感觉到这里浓重的恐怖氛围，所有的一切都在让我想要头也不回地离开这里。

我突然看到了房间的另一边有一个粉色的、带着顶篷的床。它是崭新的，或者说比较新。床铺整洁，上面有粉色带花边的床罩和带绒的白色枕头，看起来与这个地方格格不入，让人毛骨悚然。我完全不敢靠近。即使我强迫自己过去查看，还是做不到。我后退到摄像机和那些灯那里，在一个变形的板条箱上发现了一台合上的手提电脑。我打开它，没输入密码就启动了。它链接了互联网，可以模拟手机信号发送信息。

我打开程序，默默感谢妈妈逼我记住了手机号码。我飞快输入凯姿的、哈维尔的、康纳的、每一个我能想起来的电话号码，告诉他们通过这条信息来追踪地址。我无法告诉他们我在哪里，不过如果这台电脑能发出去信息，他们就能够找到地址。网络地址可以作假，但是信号必须通过信号塔发出，很难伪造。

我查看了其他程序，找到了视频通话软件，立即启动并给凯姿打电话。她迅速接起，屏幕上显示出她模糊的动态影像。"兰妮？你在哪里？"

就在这一瞬间，我忍不住哭了出来。看到她，一切都变得如此真实，我再也忍不住了。我想要有人来接我，就现在。我试着说话，但哽咽了一会儿。等我终于能开口的时候，我说："我没事，但你要来接我！"

"我会的，我保证。你能告诉我你在哪里吗？"

"在很高的地方。"我告诉她，用力擦去落下脸颊的滚烫泪水。我的声音断断续续，能听出其中的恐惧，"我无法辨认路，但现在我待在一个旧屋子里。我不知道这儿是干什么的，但是……"我拿起电脑，四处移动，给凯姿展示这个房间，还有里面的灯、摄像机和床。

当我再次把电脑对着自己的时候，凯姿看起来很震惊，从我认识她以来，我第一次看到她脸上露出恐惧的神情。她想要说点儿什么，但是说不出口，咽了咽口水，她才说："好的，我需要你做的就是保持通信，我们会去追踪这个信号。"

"这是一个电话信号，"我告诉她，"我觉得这里只有一条往上的路，沿着一个大 S 形蜿蜒而上。我在诺顿西边的某个地方。"

"很好，"她说，试着挤出一个微笑，"很好，我们会找到你的。你能把屋子的门锁上吗？"

我重重咽了一口口水，鼻子里流出鼻涕，我用衬衫的一角擦了擦。我的眼睛肿了，很痛。我只想蜷缩在角落里，但我还是站了起来，带着笔记本到门口。"门上没有锁。"我告诉凯姿。

"你能用什么东西顶住它吗？"

我放下电脑，环顾四周。我试着把床推出来，但实在是太大太重了，我只能推出一点儿。我回到电脑前，看见凯姿在和普雷斯特警长说话，还有一个人在。是康纳。

我弟弟的头绑着绷带，下巴上有干掉的血迹。但他看见我，问的第一件事就是："兰妮？你还好吗？"

"还好，"我意识到我声音很小，"我没事，我只是……"我清了清嗓子，"我害怕爸爸会到这里来。"我站起来，仔细查看四周。这里没有壁橱，没有任何能让爸爸藏身的地方——如果他在这儿的话。"爸爸跟你说了他会在这里见你吗？"我问康纳。

"不是，"康纳说，他看起来很痛苦，"他应该在我们静湖的旧房子里跟我见面的。我从没想过会发生这种事，我发誓，我只是……"他哭了起来，仿佛心都碎了，"他说他是爱我的。"

我无法想象那种感觉，无法想象父爱对康纳来说多么重要。我只想抱住他，直到他不再难过，直到他又变回我那个令人讨厌的弟弟。他是那个沉默不语、不断承受痛苦的人，而我却从不知情。

康纳哽咽着说："拜托你回来，拜托你一定要回来。"他离开了摄像头，凯姿靠了过去。我看见她担忧地看了他一会儿，才把注意力转回我这儿。

"亲爱的，我需要你先找个地方躲起来。如果你在里面找不到能藏起来的地方，就离开那个小屋。我们正在对信号进行定位，然后我们会尽快派警察过去。我会守在这里，和你保持联系。如果你可以的话就把电脑带上，让它开着。"

我必须把电脑盖打开，这很不方便，但走出小屋让我感觉如释重负，即使只有几秒钟。然后我开始想着那辆货车在哪里，它开来这里了吗？透过那些树我看不到任何东西，也什么都听不见。**如果那个男人走回来了怎么办呢？** 我必须要留下我的棍子。

"外面也没有可以躲藏的地方，"我难受地对凯姿说，"这里只有小屋和树。"我把摄像头四处移动。

"停下，"凯姿说，"那是什么？"

我看了看摄像头刚刚经过的地方，告诉她："我觉得那可能是一口井。你想让我打开看看吗？"

"去看看是不是一个地下室，"她说，"不要下去，看看就好。"

我走过去伸出手，抓住金属盖，然后向后滑动。盖子移开了，露出一个梯子，摇摇晃晃，铁质的，但我看不出下面是不是有房间。我把手提电脑的亮度调到最高，把通信界面最小化，转到一个白色的页面，然后把电脑放在梯子旁边，艰难地倾斜着，让光照下去。

底下没有我想象得那么深。如果它曾经是一口井的话，那应该有一部分被填了起来。梯子大概往下五米就是水泥地。

下面有一堆白色的木棍，很多木棍。我不知道那些是什么，直到我看见一个苍白的弯曲状的东西，它就像……就像是一个颅骨。**我看着的是人的骨头。**

我差点儿就把电脑摔了下去，耳朵嗡嗡作响。我跌跌撞撞地往后退，跌坐在地。电脑掉在我的旁边，但没有合上。一切看起来都是模糊不清而诡秘莫测的，我感觉自己在飘浮着。**我要晕过去了**，我想，这实在是太愚蠢了。我为什么要那么做？我的心脏不是在"扑通、扑通"跳，而是几乎要跳出来了，我感觉很恶心。我全身都渗出冷汗，散发出臭味。我不知道发生了什么。

"兰妮！"

我眨了眨眼，凯姿喊了好一会儿我的名字。我转向电脑，调整摄像头，对着我的脸，然后打开通信界面。凯姿的脸几乎填满了整个镜头，她靠得太近了。"那里有死人，"我告诉她，"在那个井里面。"

我看见她咽了咽口水。我又想哭了，现在一切都感觉不对劲儿。我不知道我还能不能哭得出来，除了刺骨的寒冷我已经麻木了。"你会过来吗？"我问她，"拜托你过来，求你了。"

"我们正赶过去。"凯姿承诺。她因为我而流泪了，我能看见泪水滚下她的脸颊，"你只要放松呼吸，亲爱的。我们已经……"她停下来听某个人在屏幕外喊着什么。她深深地、颤抖地呼吸了一下。"好的，我们已经定位到你的信号了。我们的人过去了，兰妮，我们现在就过去。我会把康纳带到普雷斯特警长那里去，然后我会去那里陪着你，我会到那里去，我不会丢下你一个人的。"

"我没事儿。"我机械地应答着，可事实上我并不好。我很高兴她没有挂电话，我不知道如果没有人看着我，我会做出什么事，可能是尖叫，或者是……突然消失。这个地方会让人消失得无影无踪。

凯姿一直告诉我我是安全的，但我完全没有安全感。

我坐着，盯着那口井，直到听到了逐渐靠近的警笛声。一直以来我以为自己知道什么是邪恶，但现在我才明白，邪恶就在这个小屋里，邪恶就是那堆白骨。邪恶就是这个寂然无声、暗无天日的地方。我想妈妈比我更清楚这一点。

凯姿说："你现在能看见警车了吗？他们现在正沿着那条路上去，他们上去了。别担心货车里那个人，他们在主路上抓到他了，他被捕了，他伤害不了你了。"我点了点头，不再看那口井。我看着凯姿，问道："他是准备带康纳来这里吗？是吗？"

她没有回答。还好她没有回答。

第二十四章

山姆

麦克和我来到那间我取到平板电脑的咖啡店。随着太阳缓缓升起，店内来了几位客人。天空中部分云层渐薄。据天气预报称，午后冰雪将会消融。这听起来让人倍感欣慰，虽然由于天气，现在交通依旧一塌糊涂，飞机还要一个小时才能恢复正常，机场里挤满滞留的旅客。

格温已经不见踪影，我们跟丢了。当那辆货车翻过山头，消失在稀薄的空气中，我们就再也无法追踪到它。我的悲伤、恐惧和愤怒无处安放，唯有深藏于内心。我无处发泄，只能硬撑到现在。

麦克和我必须想办法找到梅尔文·罗亚。

我们已经废寝忘食，坐在角落里一遍遍看视频，想要发现我们错过的东西。平板电脑有两副配套耳机，但麦克用了自己的耳机。我们第一次看完视频时，他点了点头并用手画了个圆，表示再播放一次。我照做了。我们一遍又一遍地观看，数不清听了多少遍尖叫、恳求、质疑和回答。我并没有看到之前没看过的东西，不过，最后我还是发现了线索。

我看到一辆脏兮兮的十八轮大货车从咖啡店窗前驶过。那只是随意一瞥，但足以串起一切线索，一瞬间我恍然大悟。我知道了一切发生的原因，知道了为什么我从一开始就感觉到阴暗和沉重。我的记忆中画面一闪而过。我希望自己能感到宽慰，却并没有。我感受到了真正的恐惧，因此坐立不安。**这不可能发生的，绝对不是真的。**麦克看到我摘下耳机，他暂停了视频。"什么？看出什么了？"

"我们搞错了，不，不，是我从一开始就搞错了。"我的声音听起来沙哑又别扭。这是我的错，事实其实一直摆在我面前，只是我一叶蔽目，无法发现，"天啊！麦克。这是……"

"嘿，伙计，冷静点儿，我错过什么了吗？"

"你没有错过什么，"我说，"走吧，我们现在得走了。"我已经站起来了。而他拿起平板电脑，把耳机塞进口袋，问："我们要去哪里？"

"去机场。"

"机场？告诉我，你没有上他们的当，没打算去堪萨斯州，伙计。你可比那帮人要聪明得多……"

人行道上撒了盐，我们向吉普车走过去时，盐粒在我的靴子下嘎吱作响。连空气都是凛冽的，就像冰晶一样直插我的肺腔，藏在云层背后的太阳散出微光，我想，用不了多久云层就会消散。我注意到这些，是因为我正尝试着做一些逻辑推理。思考逻辑问题总比在这里捶胸顿足要好，我一旦掉进负罪感的深渊，将无法自拔。

"我问你一个问题，"我问麦克，"昨晚在高速公路上的那辆十八轮大货车上贴着什么字？"麦克停了下来，隔着吉普车盯着我看。"你到底在说什么？"

"昨晚我们正在跟踪那辆白色小货车时，前面的卡车出了车祸，那时我们离小货车只有将近一公里，还记得吗？我们翻过那座山时，看见了一辆红色小车，一辆超速行驶的黑色吉普车，一辆闪着警灯的SUV，还有一辆十八轮大货车。"

他皱着眉头，我想他认为我已经完全失去理智了。或者我确实是失去了理智，也许只有足够疯狂的人才能理解这件事。"那辆十八轮大货车怎么了？"他疑惑不解。

"是里瓦德·路克斯，"我对他说，"停在那条路上的卡车车身上有里瓦德·路克斯的字样。麦克，那辆车足以装下一辆小货车。"

在我眨眼之际，我仿佛看见了那辆十八轮大货车脏兮兮的车身上奇特的镀金文字，就像悬挂在一个超大屏幕上一样近在我的眼前。这是我有生以来最鲜活的记忆。那时，我虽然看见了它，却没有真正留意。我太过于关注格温和那辆小货车了，以至于没有看清楚摆在面前的是什么。

麦克还是没明白。我打开吉普车驾驶室的车门上了车，他也上了车，说："即使你是对的，那辆卡车和我们刚刚看的视频到底有什么关系呢？"

"我们第一次讨论这个视频时，我问你是否知道里瓦德这个名字，"我说，"你告诉我巴兰坦·里瓦德很出名。自那时起，我们就做出了错误的假设。我们看视频时又错了一次。"

"天啊……"麦克的声音拖得很长，语气真诚，宛如祈祷，"那个可怜的家伙不是巴兰坦·里瓦德雇来的。他只是说了里瓦德这个名字。"

"没错，"我一边说一边启动吉普车，"他根本就不是那个老头儿雇来的。他受雇于里瓦德的儿子，已经死掉的那个。"

"这不是巧合。"麦克说，他恍然大悟。一路上，他都在骂骂咧咧。

现在我们终于厘清头绪了，所以问题是……我们能做些什么？

我想麦克跟在我身边是有原因的。美国联邦调查局调查员的身份很有分量。他与一位航空公司经理进行了私下谈话，尽管机上已经人满为患，但这位经理还是帮我们搞到了两张机票。我们凭着麦克的徽章迅速通过了安检，并登上了最近一班飞往亚特兰大的飞机的商务舱。

这让我想起了我们去威奇托市时坐的里瓦德·路克斯飞机上的豪华座椅，我为自己竟然曾经喜欢上那架飞机而恼火和恶心。我一直在琢磨，我们现在的所闻所见，每一步行动，都是巴兰坦·里瓦德千方百计误导的结果，他威胁格温，挑拨离间。我敢打赌里瓦德的儿子从来没有被阿布萨隆追杀过，不管怎样，绝对不是他父亲向我们描述的那样。

"里瓦德不会跟我们对话，"麦克说，"凭着这样的推理是绝对不可能拿到搜查令的。"

"我知道你不抱希望。"我的声音听起来很苦涩、愤怒，我恨自己像个傻子一样被耍得团团转。在我的潜意识里格温是有罪的，我不知道为什么一开始就有这种笃定的想法。她一直坦诚相对，我才是那个撒谎的人，是我企图闯进并打乱她的生活。而且我已经做了。我现在要找到她并帮助她把生活重新归位，只有这样才能弥补我之前的一切错误。

"不用联邦调查员的身份，那你怎么帮我？"我问麦克，而他叹了口气。"这件事办完后，我也不太想当探员了。局里不太喜欢离经叛道的探员，兄弟，我现在已经是他们的眼中钉了，但我还是会站在你这一边的。"他沉默了一会儿，也许是在想我们都犯了天大的错误才会来到这里，然后他问，"你觉得里瓦德是他儿子之死的幕后黑手吗？"

"一定是，"我说，"那座大厦就是他的堡垒，而且我猜，他的商店只不过是他苦心经营的洗钱设施。阿布萨隆的黑网才是他真正的生意，而且他也不会让任何人动他的聚宝盆。也许里瓦德的儿子知道了真相，然后良心发现，这就能解释他的'自杀'了。"这是我基于一辆十八轮大货车的猜测，但合情合理，并且能够解释到目前为止发生的所有事情。

当初见面的时候，我就觉得那个狡猾的老头儿有点不对劲儿。从一开始，我就觉得他是千方百计地把我们骗进他的"象牙塔"里，然后让我们在威奇托市时听命于他。他想了一条诡计，让我们发现格温的第二条假视频，同时也给萨福克添点儿罪证。简直是一石二鸟。

真实情况或许远比我想象中的更加阴森黑暗。即使梅尔文·罗亚是一个卑鄙小人，但他很可能也只是阿布萨隆的一个工具。里瓦德资助他，借他的手实现自己的病态幻想。这件事的牵涉面之广和残忍度之高让我头晕目眩。"我不在乎用什么手段，"我低声对麦克说，"我要让里瓦德告诉我们格温在哪里，不惜一切代价。"

"不惜一切代价，"麦克说，"但你现在要有所保留，兄弟。好钢要用在刀刃上。"

在等待飞机起飞时，我如坐针毡，最终，我们飞向亚特兰大。我们在三点抵达。这时候天气晴朗、万里无云，和我们刚刚离开的严寒天气相去甚远。我们租了一辆越野车，刷了麦克的个人信用卡，而且他把所有的保险金都取了出来。"管他呢，"他说，"我才不担心车漆呢！"

我们来到里瓦德·路克斯的地盘，把车停在了车库的访客区。我们坐了一会儿，麦克说："你到底知不知道我们现在要做什么？"

"当然，"我说，"我只是在想一个更好的办法，因为我现在的计划很可能会让我们在监狱里当上邻居，让我们犯下滔天大罪。"

"我倒是觉得你在极力地推销你的计划。我加入，快点动手吧。不要解释你的计划，我并不想知道。"我知道麦克和我一样，心急如焚。格温被人抓走，不知道现在是死是活。我必须要暂时把格温忘掉，如果总想着她，我可能会冲动行事，做出错的决定，那样一切就徒劳无功了。

"好吧，"我说，"我要你到街对面的那家便利店买一顶鸭舌帽、一个文件板、一个马尼拉纸大信封、一瓶水、一副墨镜和一支笔。如果店里有连帽衫，那就买两件，我一件，你一件。顺便问一下，你有收集证据时戴的手套吗？"

"当然有，"他说，接着从大衣口袋里掏出了一副手套给我，"我猜你是要帮你伪装吧，还需要别的吗？"

"婴儿爽身粉。"

"我们是要在这里开个派对吗？"

"闭嘴，赶紧去买。"

"我出去买东西的时候，你要去哪里？"

"我去街角的复印店，"我告诉麦克，"十五分钟后我回来找你。"

十五分钟后，我站在越野车旁，手里拿着一个厚厚的硬纸板文件信封。麦克提着一个装满东西的塑料袋走下斜坡，他把我要的所有东西都买了，包括两件连帽衫。我们回到车上，关上门，我把打印的文件从信封里拿出来。"给你，把它贴到文件板上。"

"没问题。"麦克说，他把纸夹到弹簧夹里，"签收单，你意思是我们要假装送货。但这样我们也只能到前台。"

"我们需要他们离开那座塔，"我对他说，"在这样的建筑物里，火警是分区域的，只有特定的楼层会第一时间疏散人群，这样可以防止整座塔被立刻封锁，让疏散更高效易行。但要在里瓦德的楼层触发火警，我们必须要进入他的公寓或安全中心。"

"那是不可能的。"

"对。这就是为什么我们需要立刻疏散整栋楼。我们要里瓦德来找我们，"我向麦克伸出手，我已经戴上了他给的橡胶手套，"爽身粉。"

"该死的。"他一边说，一边把小瓶爽身粉递给我，"你开玩笑吗？山姆，天啊！你在那信封上留下指纹了吗？"

"没有。"我对他说。我往马尼拉纸信封里倒了大量的粉末，并用瓶装水打湿信封口，封好信封。然后我把所有东西都塞进硬纸板信封里，翻过来，贴上我在复印店制作的标签，上面有一个伪造但看起来很官方的当地律师事务所地址，写着"个人机密：巴兰坦·里瓦德"。另一行写着"加急件：尽快开启"。"相信我，我可不想坐牢。"

"行，那我该做什么？"麦克问。

"你在这里等就好了。我们中只需要有一个人被摄像头拍到。"我拉上连帽衫，戴上鸭舌帽和墨镜，然后把硬纸板信封夹在签收单下，让签收单盖住它，随后摘下橡胶手套。我现在触摸这些东西必须小心。文件板还好，但我不能直接触碰纸张和包装。麦克知道我这么做是不想他插手，以防事情败露。"低着头，戴上墨镜，幸好你长了一张大众脸。"他提醒。

我快速走进大厅。快到下班时间了，所以很多人都涌向门口。我径直走向前台。我把文件板递给坐在电脑后面的人时，他只瞄了我一眼。"麻烦您，"我对他说，"签收快递。收件人是……"我假装瞟了一眼标签，"巴兰坦·里瓦德。个人机密，加急件。"

他没有停下手上的动作。为什么要停下呢？他潦草地签了名，写上日期，并填上了他的名字，然后不等我的任何提示就拿走了信封。接着他把文件板推了回来。现在这位身穿里瓦德·路克斯夹克的男人看起来很烦躁。"好了，"他说，"你知道快要五点了吧？"

"你可真幸福，"我对他说，"我还要送四个快件才能下班呢，伙计。"

就这样，我迅速地从前门离开，然后绕到停车场。我回到越野车里，把文件板扔到车后座。麦克现在穿着那件蓝色连帽衫。"我们得尽可能考虑周全，这种紧急状况的标准处理流程是什么？"

"在一幢高楼里吗？当有人在邮件里发现疑似炭疽粉末的东西时，他们就会拉响警报，并且给危险物科、警察、联邦调查局和所有相关部门打电话。可能会引起一场不小的混乱。保安会把所有楼层里的所有人疏散到安全的地方，然后阻断空气流通。这地方会混乱得像动物园或者马戏团，而且建筑物越大，造成的混乱就越大。"

听起来很完美。"我刚刚发动了一场恐怖袭击。"我说。

"我们最好能成功，"他说，"这件事最好能成功。"

"里瓦德肯定会有私人电梯，"我对他说，"保安们会带着他从私人电梯下来。我们要找到它的位置。"

"我知道电梯的位置，"他说，"里瓦德卷入这件事后我就彻底调查过他。当然没有太多疑点，但我记得这个私人电梯的位置，在停车场上面一层，那里有一个安全出口。我们不需要进去，他们会出来。"

我点点头。"然后我们解除他手下的武装，让他从实招来。你觉得这样可以吗？"

"可以，"麦克说，"我们去找你的女人吧！"

二十分钟后警报才响起。在这期间，我一直在想格温可能在哪里。万一她在威奇托市怎么办？如果阿布萨隆一开始就给我们提供了正确信息……但他们为什么要这样做呢？不，那都是误导。一定是。

我没办法抑制住自己的思想。格温独自一人，她觉得我抛弃了她，背叛了她。我们等待的每一秒钟里她都在流血，都在尖叫，我却必须要保持理智。但在这里一动不动地守株待兔就像是另外一种背叛。

我们在一个无标记的私人出口的角落里等着，最后看见一辆时髦的超大型奔驰越野车开到斜坡上停了下来。这辆车做了无障碍改造，司机下车后，打开了后车厢的门，然后拉下了一块斜板。

我和麦克交换了一个眼神，然后麦克耸了耸肩。这个司机是一个身高和体形都和他差不多的黑人，停车场的这块区域几乎没有其他车辆——

可能是一片私人区域——反正自从我们进来，就没看见有人在这里进出过。这很冒险，但是值得的。

麦克把司机打晕并绑起来拖到一面挡土墙后面，然后站在车外面，他看起来精力充沛，像是习惯了等待。帽子遮住了他的脸，根据我的经验，人们只会看到他们想要看到的。他们只会注意形状，而不是特征。而我则钻进驾驶室。安全出口的大门打开时，一群保安人员蜂拥而出——在没有枪的情况下，我们是无法应付他们的。即使有枪，我也不觉得我们能成功从他们手里抢到人。但我们不需要跟他们打斗。

巴兰坦·里瓦德的轮椅以最快的速度滑出。他穿着一件深蓝色的西装，打着一条淡黄色的领带，他今天没有穿舒适的运动服。他很生气，我坐在副驾驶座上看得一清二楚。所有的窗户都是深色的，这一点十分有用。我掏出枪备用，所有神经都紧绷起来，我知道我们现在的角色是安保人员，任务是保护雇主远离这次袭击。

那些安保人员没有看我们。他们往外看，寻找潜在的危险。里瓦德无视了他的警卫，停下来，把自己的轮椅向后转，然后倒开着轮椅上了斜板。他做这事驾轻就熟。他背对着驾驶室，我听到他把轮椅固定在恰当的位置。麦克把内置的斜板推回去，然后坐上了驾驶位。我并不觉得里瓦德会多看他一眼。"去哪里？"麦克问里瓦德。

"去抗灾办公室吧，快开车。"里瓦德咬着牙说。

麦克点点头，就像他知道目的地似的。到目前为止整件事顺利得让人难以置信。里瓦德仍然没有认出麦克并非他平时的司机，也不知道他的假司机还有一个安静的同伙坐在前面。我很担心会有一个安保人员跟着他，但事实上他们上了另一辆车。

我们从停车场出来，停车场出口有一道闸，但值班的人并不是警察——至少现在还不是。他升起车闸让我们过去。疏散还在进行中。里瓦德·路克斯的办公楼里可容纳将近两千人，疏散将使亚特兰大的交通混乱好几个小时。**如果他们现在抓住我们，我们肯定要进监狱的。**罪名会是实施恐怖袭击和绑架。

过一段时间后才会有人发现里瓦德失踪，不过现在争分夺秒不仅仅是为了格温，也是为了我们。

我不知道里瓦德是从什么时候察觉到不对劲儿的，也许是看到麦克没有按照既定路线行驶时。我一直通过后视镜监视他，看见他从口袋里拿出手机，我转过去用枪抵着他的后脑勺。"放下手机，马上。"

手机掉落到车板上，紧接着一路滑到后门，与后门碰撞发出咔嗒声。里瓦德沉默片刻，但他开口时，声音听起来完全不害怕。"凯德先生，我想我早就该料到你会回来的，但我以为你会以更为传统的方式出现。"

"很高兴让你失望了，"我对他说，"她在哪里？"

"梅尔文·罗亚的妻子吗？"

"她叫格温。"

"你是说吉娜吧。她永远都是梅尔文·罗亚的妻子，相信你现在也意识到这一点了。"

我感受到我肌肉的绷紧，我一定要让自己冷静。"你真的想挨颗子弹吗？"我问他，"因为……算了，继续说。"

"你不想向我解释一下你为什么拿我当人质吗？"

"因为你会告诉我阿布萨隆把格温带去了哪里。"

"我也不知道。"里瓦德浓重的路易斯安那口音听起来语带嘲笑。我之前从来没有想过自己会拿枪指着一个老人，但现在我开枪射杀他的冲动相当强烈。"我怎么知道她去了哪儿呢？"里瓦德说。

"山姆？"麦克的声音很平静，但话语里透露着紧张，"轻松点儿，伙计。我们现在去哪里？"

"去罗德尼·索尔被发现的地方正合适。"我回答道。

里瓦德一言不发。也许他正在想该怎么办，却发现什么都没用。我紧握着枪，并叫他举起手来。他是个老头儿，手臂颤抖着，我们开得越久就抖得越厉害。太棒了，我就是想让他又累又怕。

我们把车停在两个仓库之间的一条漆黑的小巷里。这里的一切都被废弃了，空空荡荡的。房客只有老鼠和鸽子。

麦克拿枪指着里瓦德的时候，我搜了他的身，拿出他的手机把电池拔掉。这些有钱人的手机很可能装了跟踪器，所以我随手找了一块砖把这东西砸得稀巴烂，然后把碎片都扔进泥坑里。使用暴力的感觉真不错。

我蹲下来，保持与里瓦德在同一高度。他端详着我，脸色骤变。他的表情紧绷，我仿佛看见这个老人眼神里地狱般的阴冷。"你会因此在监狱里待上很长一段时间的，"他说，"而我依然自由，你懂的。"

我对他说："我只知道如果你不告诉我我想知道的东西，这里就是你的葬身之地。"我说得很认真。

"你杀死一个坐在轮椅上的无助老人，这是变态行为。"

"你应该知道，"我对他说，"比这更糟糕的是你的银行账户里几十亿来路不明的美元。你以为我们不知道吗？"我用枪抵着他的下巴，"真的很不好意思，我们一清二楚。"

里瓦德直直地盯着麦克，他现在开始不安了。麦克脱下里瓦德保安的夹克，扔进车里，然后拉上连帽衫的拉链。"你……我认得你，你是联邦探员，"里瓦德说，"你不能让他这么做！"

"不让他做什么？"麦克说，"是恐怖袭击、绑架还是谋杀？前两个我都参与了，但最后一个是你的罪名，谋杀可不归联邦调查局管。"

里瓦德紧闭着苍白的双唇，眼睛一直在我们之间瞟来瞟去。我开始意识到这件事对他来说到底有多么恐怖。

"你就是阿布萨隆，"麦克说，"其他的都是你的小喽啰。你就像一只臃肿的白蜘蛛，通过死者把自己养胖。这种情况持续了多久了？五年？十年？我猜是在梅尔文·罗亚绞死他第一个目标之前吧。你发现了怎样通过暗网找到客户并赚钱，感觉肯定像挖到一座金矿一样。"

里瓦德一言不发。如果人体能杀人，估计现在亚特兰大都会变成一朵蘑菇云了。但我对有关阿布萨隆的信息一点儿也不在乎，毫不在乎。"格温，"我说，"立刻告诉我她在哪儿，不然我会将你打个稀巴烂。我会很仁慈的，先从你没知觉的地方开始。"我把枪口移到他膝盖的位置。他举起的双手剧烈颤抖，正准备放下。

"把手举起来，我数到五，你不说就少一条腿。"我的语气很平静，与我内心翻涌着的憎恨毫不相符。我觉得梅尔文·罗亚是一头猛兽，他也的确是，里瓦德则是一个会利用猛兽赚钱的人。如果真的要扣动扳机，我绝对毫不犹豫。"她已经离开了，凯德先生，"他说，舔了舔苍白的嘴唇，他的舌头就像一条在伤口上爬行的蠕虫，"你已经知道她在哪里了，阿布萨隆照着我的吩咐告诉你的。"

我的眼睛一眨不眨，开始数数。我不相信他，她不在威奇托市。我数到五的时候，扣着扳机的手指开始用力，里瓦德不假思索地说："住手！一切都好说！什么我都告诉你！但求求你，先让我把手臂放下来吧！"

"这么跟你说吧，"麦克摘下他的手套，"我会让你舒服点儿。"

里瓦德脸上的满腔愤怒让我认定他另有计划，麦克把手按在他椅子的皮带上，我开始搜他的身。他胸前的口袋里有一把装满子弹的小型手枪。我把枪抛给了麦克，他接住说："只有浑蛋才会把他们的姓名首字母刻在枪上。继续，开枪。"

里瓦德现在汗流浃背。他所希冀的一切都落空了，而且他现在也知道我是认真的。如果他不坦白，他的膝盖骨就会散落一地。"好的，"他油腔滑调地说，与此同时又装出一副绝望的表情，"我们都冷静一下。你们两位都不是蛮不讲理的，我也是可以讲道理的。既然你们已经知道我所知道的一切，究竟还想让我做什么？给你们透露更多有趣的上家吗？这我倒很乐意，而且我敢保证联邦调查局会发现我很有用的。"

麦克说："没有你的帮助我们也会知道一切。山姆，开枪。"

"我的腿根本就没有知觉，你开枪也没用！"

"但你皮开肉绽的膝盖一定会让人印象深刻，"我对里瓦德说，"一，二——"

他赶紧说："今天午夜有按次付费的活动！"

"可是我们为什么要关心这些呢？"

"这是我们的做事方式，"里瓦德说，"活动会展示优质对象，一场现场活动会限量发行一千张虚拟通行证，每张通行证要五万美元。"

光是听着这些就已经让我恶心，我甚至能想象出那惨绝人寰的场面，我压抑着内心翻滚的憎恶，说："你有两秒钟的时间向我解释这件事对找到格温有什么帮助。"

"今天的对象就是她！"他不假思索地说，看到我的表情，他往后缩了缩。他的丑态真是令我作呕。我迫不及待地想要杀了这个人，甚至能尝到他骨肉的味道，是一股强烈的金属味，像咬着锡箔纸一样。"对象是她和梅尔文·罗亚，我们想把过程录下来。活动在午夜开始，之后我们会把录像卖出去，但现场版感觉更加刺激。"

"浑蛋！"我咆哮着，我差点儿就扣动了扳机，内心狂怒的巨浪几乎要淹没我的理智，"活动地点在哪里？"

不知为何，**他笑了**。难以置信，且令人作呕。他额头上的汗珠闪闪发亮。"你可以买张票，凯德先生，票还没卖完呢，我们手上应该还有五张。"

开枪，立刻开枪打死这个人渣。我不知道脑海中响起的是谁的声音，应该是我妹妹的声音吧。如果不是麦克及时结束这场可怕的闹剧并一拳狠狠地砸在里瓦德的嘴上，估计我就真的这么做了。这意料之外的插曲让我从杀人的冲动中抽离出来，我觉得麦克刚刚不仅救了里瓦德一命，还拯救了我。我感觉我的皮肤快要爆炸了，身体里就像有一个承载了过多能量的炸弹，让我难以忍受。我从未感到过如此强烈的恨意，即使是对梅尔文·罗亚也没有，但现在所有的一切都让我尝到仇恨的滋味。

麦克的一记拳击让里瓦德左摇右晃、满嘴是血。他看起来很惊讶，脆弱无助。突然，我看到了一个可怜的老人。我把手指从扳机上移开。

"我告诉你一个事实，里瓦德先生。"麦克说。我从他的语气听出，那是杀过人的麦克，是在我的飞机坠毁后把我带出敌区的麦克，是把面前所有敌人都打倒的麦克在说话。"山姆·凯德是这里最好的人，所以你最好仔细考虑你接下来要说的话，因为我一点儿也不在乎我的工作和事业，也不在乎我要在监狱里待多久。"

我相信麦克，我不知道他有没有撒谎，不过里瓦德肯定没有。我在他眼中看到无尽的恐惧，真是令我有种病态的欣喜若狂。"在路易斯安那州巴吞鲁日市外有一条怒溪，边上有一个特里同种植园，那里有一间废弃的房子。午夜活动将在那里举行，"他试着微笑，"不过你需要我，需要我命令它停止，否则你无法准时赶到那里。"

"我们不需要，"麦克说，"这就是现代警察的伟大之处，我要做的只是打个电话，然后把那里的人都抓起来。"

里瓦德还没有被打残，他露出满口血牙，说："在路易斯安那州？我可并不这么认为。我们也是手眼通天的，手下也有很多警察，而且也很谨慎。你不能保证电话那头的警察都是你的人。即使你很幸运，找到一名可靠的警察，也没那么容易攻破那里的防卫。你不可能让吉娜或梅尔文活着出来，所以你需要我……"

麦克从里瓦德的口袋里掏出高档丝绸手帕塞住他的嘴，又扯下领带绑到他的嘴上。"我讨厌你。"然后麦克转向我，"我给一个伙计打个电话，他可以让里瓦德待在监狱里，直到我们找到足够的证据让他入狱。"

我的喉咙发干，愤怒和肾上腺素让我的声音变得沙哑，所以我开口说话前得清清嗓子，"关于警察的事，你觉得可信吗？"

"我觉得有可能，最坏的方案就是打电话给当地警察，打草惊蛇。"

"你觉得他说的是实话吗？他能让午夜活动取消吗？"

"我想如果他旁边有一台手机，他打的第一个电话肯定是下达指令，杀掉所有人并把那里付之一炬，"麦克说，"他就像蟑螂一样，知道怎样让自己活着。"

麦克从车里出去，打了个电话。我听见里瓦德那边发出细微的声音，但我没有理会他，他已经毫无用处了。我在计算从亚特兰大到巴吞鲁日有多远，以及我们在几个小时内到达那里的可能性有多大。但情况不太乐观。由于风暴，在东海岸升降的航班运行得一团糟，即使麦克再次施展联邦调查局的魔法也无济于事，而且暴风雨正向西南方移动，也就是说刚好在我们和目的地之间，注定会造成交通混乱。

可是我们一定要把格温救出来。一想到她和梅尔文·罗亚待在那间房子里，我就浑身起鸡皮疙瘩。我不在乎要采取什么行动，只希望她安然无恙。我想再把她拥入怀中，并告诉她对这件事的发生我有多么内疚。时间在一分一秒流逝，我拯救她的可能性越来越小。

麦克的第一个电话很简短，挂断后，他对我说："我的人在来的路上。他会让这辆车和里瓦德消失，直到我下达其他命令。"

"他知道谁是里瓦德吗？"

"他知道，他很可靠，而且欠我人情。"

我在想究竟是什么人这么可靠，对里瓦德的财富不为所动，但现在我只能相信麦克的判断能力。"那里瓦德手下的警察怎么办？"我问他。

"我会给新奥尔良市的联邦调查局分局打电话，"他说，"在巴吞鲁日，可能有一半的警察是里瓦德的，但我认识在新奥尔良的同事，他们不可能是里瓦德的手下。"

不过，麦克挂断第二个电话时，我看到他脸色不太好。血液直接涌上我的头顶，几乎冲破血管。"怎么了？"我问他。

"新奥尔良发生了重大事件，恐怖袭击警报，"他对我说，"我的人无法分身帮助我们了，但他们会打电话给当地警察。"

"那州警察呢？"

"他们大部分被派遣到新奥尔良去协助了。然而，当地警察也有同样的问题，我们不知道里瓦德收买了哪些人，而且在那边我也没有私人朋友可以指望。"

我看了一下手表，已经六点了。谋杀格温的表演在午夜开始，而且还是现场直播。我们还有七个小时，因为时差原因，我们多了一个小时。

坚持住，我在心里想，**天啊，格温，为了我也要坚持住啊，你答应过我的。坚持住啊！**

第二十五章

格温

这次，我是在床上醒来的。

我立刻感受到一阵剧烈的恶心感，于是蜷缩起身躯想要缓解难受的感觉。我的头剧烈疼痛，就像骨头要炸裂一样，我浑身都在颤抖——但并不是因为冷，而是因为药物的作用。药效开始消退，胃里翻滚的胆汁也平静下来，我却有了其他的感受，和之前的痛苦一样，而且剧烈了很多。后背传来刺痛感，应该是粗木板条箱扎进我后背里的木屑导致的。

我睁开眼睛，脑袋很不清醒，但努力想辨认自己在哪里。房间内很暗，我发现自己身上盖着白被单。这被单很潮湿，还带有一股其他人的味道。我慢慢地闻到一股恶臭，混杂着陈旧的霉味和地窖里的尸体散发出的腐朽的味道。恐惧慢慢地爬上心头，我累得无法继续……但这让我明确了目标。

我为了缓解臀部剧烈的抽筋转过身，却感觉到床的摇晃完全不是因为我的动作。我害怕得一动不动。**床上还有别人。**我感受到了他的体温，本能地不敢动弹，就像一个孩子。我可以让自己毫无存在感，可坐以待毙对我毫无帮助。我只能靠自己。

我试着慢慢移动，希望能悄悄地滑下床，但当我发现我的左手腕动不了时，我停下来了。我的左手腕痛得很厉害，因为它被死死地铐在旧铁床架上。我必须要弄断些东西，甚至是我手上的一根骨头才能从手铐里出来。每当我想要拉手铐，无论动作多么轻柔，都会感到一阵剧痛，让我喘不过气来。我很想叫出来，却不能这么做。

我发现我穿的不是自己的衣服，有人帮我换上了一件又旧又硬的睡衣。衣服的尼龙似乎很脆弱，好像我动作稍微大一点儿就会被撕裂。

窗外的光线越来越暗淡，太阳要下山了。我转过头想要看看躺在旁边的是谁。

我以为我不会因躺在那儿的是梅尔文·罗亚而感到惊讶，但我高估自己了。看见他无忧无虑地躺在那里，我感到十分震惊，就像我的心被拳头重击了一样，那是致命的一击。尖叫在嘴边徘徊。

我脑海里闪过一个念头，**杀了他**。我弯下右肘，猛扑过去。我想要用尽全力掐着他的脖子，直到我把他的喉咙掐碎为止。有那么一秒钟，我以为我做到了。我感觉我的手肘压在了他的脖子上，我准备发力……但他一个转身就滚开了，然后**大笑起来**。

我抓着梅尔文，手指抠住我能碰到的他的任何地方，只要他逃跑，我就把他身上的肉扯下来。我被铐住的手腕猛烈地挣扎着，每拉一下都会传来阵阵剧痛，就像有一团火在我手心上燃烧一样。但我不在乎，我内心的愤怒比恐惧、痛苦要更强烈，比任何事情都要强烈。

梅尔文滚到床的另一边，在我触手可及的地方盯着我看。他单手支撑着自己，用可怕的眼神看着我。我怒发冲冠，心中的愤怒像熊熊燃烧的火把，没有丝毫的空间能容下任何其他情绪，例如害怕、困惑和恐惧。我只想杀了他。

"你就这样感谢我给予你的最后一次舒服的休息吗？"他对我说，"我本应该把你扔进地窖，让你因老鼠和蟑螂而担惊受怕一段时间。"他转过身看我在他身上留下的深入皮肉的指甲痕。他现在清瘦了，身材很好。我猜他在监狱里应该一直在坚持举重，他就是那种生活在洞穴里的死灰色的东西，我记得他每天只有一个小时能待在院子里。他留了胡子，除了这些变化，他还是和我记忆中的一样。

我心里很清楚他可以无所不用其极。那些腐烂的尸体、破碎的骨头和凝固的血液就是他亲手制造的一尊尊代表恐怖与痛苦的雕塑，我已经见识过了，但退缩不再是我的作风。"把我送去地窖呀，让老鼠和蟑螂陪着我更好！"我的语气听起来更像是咆哮。我在想我是不是双眼通红，感觉是这样的。我的每一寸肌肤都喷薄着愤怒。"你这个浑蛋！"

他耸了耸肩，幽幽的冷笑让我想要把那张脸扯下来。"当初我和你结婚时，你是一个善良天真的女人，你看看单身给你带来了什么。我不喜欢肌肉，吉娜，如果我开始切割你的话，我会从肌肉开始，因为我想要我的女人是纤弱的。"他说话时脸上带着冰冷的笑意。

脑海中闪过的那些受害人的形象加剧了我的愤怒，我宁愿表现出愤怒也不愿意表现出恐惧，而且我目前别无选择。这就是我在田纳西州的那条路上想要冲进车流、结束一切的原因。我对山姆说过，我宁愿这样结束一生，阻挡梅尔文，禁锢住他，这样山姆才能找到他。愤怒永远胜于恐惧。

"我不是你的女人。"我告诉他。我在想需要折断多少块骨头才能解开手铐。三块，还是四块？他把手铐扣得非常紧，而且他非常镇定，准备也非常充分。这是一个陷阱，他就是想要看到我自残。

"你是我的妻子。"

"不再是了。"

"我从来没有同意过。"梅尔文说，好像是他说了算。他看了一下放在床头柜上的手表，说，"快七点了，你要吃点东西，今晚将是一个漫长的夜晚。"

我这才发现他穿着一套已经褪色的旧睡衣，在他身上有点儿大，和他给我穿上的睡衣一样，像古董。"我们在哪里？"我问他，"你是怎么把我弄到这里来的？"这里不是田纳西州，感觉完全不一样，味道也完全不一样。这里的空气密度不一样，气温也更高。

"这里是我一个朋友的家，"他说，"一处豪华的老地方，像回到了过去。这地方原来看起来像白宫，不过现在也看不出来了，它已经被野葛的藤蔓掩盖了。至于我是怎样把你带到这里的，这么说吧，我得到了一些帮助。"

"这是个种植园。"我猜，因为一切都给人一种南方哥特式的感觉，而且野葛也证明了这一点。"你以为你现在是什么破旧种植园主人了吗？"

"你可以把这里当成特别活动的拍摄地。佣金在这里交接，我的朋友拥有很多类似的地点，那个仓库是其中一个，你炸毁的那间小屋是另外一个。"

特别活动。我想起阿布萨隆所做的黑暗交易，他们卖出的包含强奸、折磨和谋杀的视频，口腔中弥漫起一股恶心的味道。"你是其中一员，"我说，"阿布萨隆。"

他回答："我曾经是一个顾客，后来通过努力成为一名供应商。我很有天赋，近十年里，我的事业蒸蒸日上。我也很小心，但没想到最后粗心大意了。如果再给我一次机会，我会把最后一具尸体扔进湖里。如果我在前一晚按计划把车库清理干净，现在我们仍是夫妻，"他拍了拍床垫，说，"还在同床共枕，我知道你可想念原来的生活了，我也一样。"

他的声音听起来很正常，充满渴望，让我很迷惑。如果他在过去的五年里仍然玩弄我于股掌之中，我现在会变成什么样？他会对我们的孩子做什么？我不敢想象，但我脑海却浮现出清晰的画面：可怜又消极的吉娜·罗亚，害怕长时间与人对视，以圆滑的作风和受害人的心态去应对生活，希望孩子们臣服于自己。

我的孩子们可能受到了伤害，但我一直都在为他们奋斗。我可以肯定他们是坚强独立的年轻人。他不能带走他们，我也不能。

"梅尔文，你想强奸我吗？"我问梅尔文，"你敢动我一下，我一定竭尽所能把你撕成碎片。"

"我绝不会这么对你，因为你是我孩子的妈妈。"我对他有所了解，能从他伸懒腰舒展身体的动作中看出他很沮丧。因为我不像一个被吓到的受害者，我没有屈服。"我觉得你和以前不一样了，看看你对自己做了什么？为了什么？为了生存吗？这不值得，吉娜，而且你还会这个样子死去。"他眼眶湿润，闪烁着暗淡的光，可在脑海里他一定已经开始准备肢解我了。

"去你的！"我对他说。我开始研究手铐，尽管这带来的痛苦是非比寻常的。每当我转动手腕，疼痛感就会燃烧起来，有时还会发出沉闷的嘎巴声。这种痛很强烈，让我有一瞬间没有任何感觉，就像是我的身体在给我逃脱的机会。

我折断了另一块骨头，我手指就像被火烧一样痛。我叫了一声，但那是愤怒的声音，是胜利者的声音，而且痛苦就是活着。痛苦就是胜利。我快要自由了，我要杀了他。

"吉娜，"他说，"看着我，"他的语气几近温柔，"对不起，我必须要在摄像机前动手。我不想那样，我希望只有我和你。但阿布萨隆希望他们为我所做的一切事情都得到回报，也包括他们以后要为我做的事。"

"你在道歉吗？"我忍不住问。我发出了一声响亮的苦笑，说，"天啊，他们要做什么？你觉得他们还会为你做什么？让你出国吗？他会把你安排到有新的受害者的地方吗？他们是在利用你啊，你这个白痴。当他们得到了他们想要的，他们会把你也杀了。"

"别叫我白痴，"他说，那温柔的语气渐渐消失，开始变得平淡而冰冷，"不要再这样做了，吉娜。是的，我确实玩弄了你。"他把下巴放低，眼睛几乎要闭上了。现在他没有人性，只是个冷血怪物，"布雷迪一直在给我打电话，你知道这件事吗？"

这一击正中我的弱点，击碎了我好不容易建立起来的心理防线，所有的愤怒在那一瞬间消失殆尽。我再也不想要自由了，但也不想再给他半寸的让步，我忍不住问："你在说什么？"

"我们的儿子，布雷迪，"梅尔文在床边坐下，说，"我安排我们的朋友朗赛尔给了他一台手机。只要布雷迪需要，那台手机就是他的救命稻草，事实证明他也这么做了。你抛弃了他，后来他又发现你欺骗了他，一切都足以让他产生怀疑，让他开口，这几乎奏效了。"现在他的嘴脸扭曲得很可怕，很恶心，"但是你把我们的儿子变成了一个软弱、可怜的布娃娃，都是你一手造成的。这样的他对我毫无价值，我现在必须要让他坚强起来。"

这不是别人认识的温文尔雅的梅尔文，甚至不是我在威奇托市所认识的梅尔文。他从来不会说这样的话，不会这样说他的儿子，他嘴里溢出的这些话就像是黑湖底的毒淤泥一样。他这样说我的儿子让我感到恶心，更让我感到害怕。

"你在说谎，你不可能一直和他保持联系，"那是我一直严格控制的事情，"如果是真的话，他会告诉我的。"

"他没有立刻用那台手机，你确实对他管得很严。但他一旦开始，就再也停不下来了，"他又一次冷笑，"在我看来，有其父必有其子。"

我突然想起那个可怕的视频是康纳发现的。但那不是意外，也不是阿布萨隆的诡计，而是梅尔文的阴谋，他是故意的。"你这个王八蛋。"我恶狠狠地说。

"是你让他和陌生人待在一起的，那不是我的错，"梅尔文说，"是你让他变得懦弱不堪，让我轻而易举地就攻破了他的心防。我原本打算把他带在我们身边，我觉得让他看见你崩溃的样子最适合不过了，然后我再教他怎么变强，但并没有奏效。我们抓到的是莉莉，而不是布雷迪。"

这些话接踵而至，让我根本没有时间反应，我快要被淹死了，"你是说兰妮吗？"我说出了她的名字，但我希望我没有说，因为他现在能看出我的破绽了。他观察到了我脸上露出的恐惧，并抓住了把柄。

"你没有抓到她。"我说。

"你说得对，我并没有。阿布萨隆的交通员去接我们的儿子的时候，她挡道了。她现在在山上，在另一个……特别的地方，"他耸了耸肩，"我告诉他们要好好利用她，她已经不像小的时候那么有市场了，但……"

"闭嘴！"我尖叫出来，这声音的高度震惊了我。我觉得身体很沉重，很冷，就像它快要放弃了。我想重新找回愤怒，恐惧太艰难，太沉重了。**兰妮，哦，我可爱的宝贝，你现在在哪里，他做了什么……**

我想方设法地提醒自己，梅尔文·罗亚是个骗子，是幕后黑手。而且他知道我的弱点在哪里，就是孩子们。他利用孩子们来伤害我。我一定要坚信他们是安全的，我必须要这样。

"你是一个坏妈妈，"他压低声音说，"我要把儿子接过来，让他再次属于我。我已经把你的女儿接过来了，在我为你打点好一切前，你好好考虑考虑。"

他知道什么时候出手、什么时候撤退。他起身往门口走去，我这才注意到房间里还有一些家具，一张老旧倾斜的梳妆台，一些已经发霉的镶框版画，一面破裂的镜子。在镜子里面，我被撕成了两半，就像他已经开始毁灭我一样。我知道我应该给自己自由，我明白我应该战斗。**我只能战斗。**

但梅尔文离开的时候，我唯一能做的就是躺在那里，浑身发抖。我把床单扯过来盖在身上，尽管空气很闷热，我依旧觉得很冷。我需要重燃怒火。不知道有没有人知道我在哪里。如果山姆在找我，或者他想要找的话，他会知道我在哪吗？

也许这就是我的结局。也许在梅尔文完全摧毁我之前，我能以血肉之躯换取孩子们的安全。

现在我只能这样希望了。

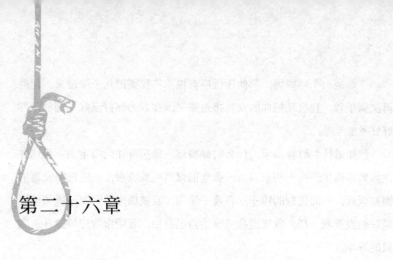

第二十六章

山姆

　　我和麦克折断了里瓦德三根手指，逼他同意打电话给机场，为我们准备私人飞机。这就解决了航班取消的难题，但另一个随之而来的难题是：飞机加油并做好起飞准备需要时间，而我们登机的时候，飞行员还没有到。他还需要一个小时。

　　我跟空姐说今天让她带薪休假，我们不需要饮品和晚餐。她似乎很惊讶，因为从来没有人会拒绝这意料之外的好处。她迅速离开了，只留我们在飞机上。

　　我看手表时，麦克看着我，现在已经是中部时间八点钟了。飞往巴吞鲁日要一个半小时，但两地之间的暴风雨意味着我们要绕行，这起码要多半个小时。如果到九点钟我们还不能起飞，到达就要超过十一点，我们就没有时间赶到关押格温的地方了。我们本来应该叫里瓦德取消那个活动，但我知道他一定会动手脚，这是他唯一的报仇机会。

　　现在我们浪费的每一秒钟都是在浪费格温的生命。"我来开飞机。"我对麦克说。他点点头，估计早就料到我会这样做。我会开飞机，而且现在飞机已经加满油，万事俱备。"关上舱门，准备起飞。"我对麦克说。

　　我坐到飞行员的位置上，开始进行起飞前的检查。这个驾驶舱有点儿不同，比起大部分的驾驶舱，这个更加舒服和自动化。但我已经开过很多架飞机了，一切步骤都了然于心。对于驾驶过几万小时飞机的我来说，开这架飞机就是小菜一碟。我标绘并锁定好航线，机载计算机自动加载天气数据并对航线进行调整，我猜得没错，果然需要两个小时的时间。

我对塔楼没有注意到飞行员变更并不感到惊讶。我通过广播叫麦克坐下，然后便驾驶飞机滑行飞出去，试着通过专注工作来远离不安的情绪。起码驾驶飞机可以暂时让我不用担心在格温身上发生的事情。

起飞就像胜利，就像速度，就像我们在这场游戏中最终会打败阿布萨隆一样。我知道这是幻想，可我在空中是自由的，飞机的振动是一种熟悉的，能抚慰人心的节奏，甚至能压制恐惧。

我锁定自动驾驶仪，走到麦克旁对他说："我们还能做些什么？"

"我给联邦调查局巴吞鲁日驻地办公室打了电话，"他说，"驻扎在那里的两名调查员正在与新奥尔良协调。我在尝试寻求什里夫波特[1]的支持。我们可能要去找州警察，这是最后一招，因为我不知道他们会不会认真对待，但我们别无选择。"

我让他继续去打电话，除了等待，我现在什么也做不了，而且我也不擅长等待。

继续战斗，格温。继续战斗。

---

[1] 美国路易斯安那州西北部城市。

第二十七章

格温

绝望一直在持续，直到一位憔悴瘦弱、手臂上留下吸毒针眼的女人给我送来了水，我才发现自己非常渴，因此拿起瓶子一饮而尽。这是个陷阱，很快我就发现有药物进入了身体。几分钟后，我感觉药物进入了血管。我试着把受伤的手从手铐里伸出来，但我无法保持专注，疼痛一直阻碍着我，无论多努力集中精神，我的意志依旧像一盘散沙一样。

药物真正起效果的时候，我已气喘吁吁，汗流浃背，不断呻吟。我身边的一切变得模糊不清。我感觉床单上有蜘蛛。我用眼睛盯着天花板，在我体内的恐惧就像某种活物，挣扎着要冲出体外。我觉得它变成了黑色厚重的条状物穿透我的皮肤，让我窒息、失明。我终于晕过去了。

不知道过了多久，我又清醒过来，发现手铐已经没有了，但是我的左手肿胀，无法动弹。药物让我变得虚弱无力，我又看见了那个瘦女人。她冲我吼着，声音洪亮，她把我的睡衣脱掉，拿着湿毛巾简单地擦了擦我的身体，并扔了新的衣服给我。我没有办法自己穿衣服，所以她出手帮我，把我打扮得像个洋娃娃。然而我刚躺到床上，她就开始扇我耳光，而且让我滚到地上，我不在乎这些。她把我和厚厚的铁床脚锁在一起时我几乎失去了意识，在我想出下一步该怎么办前我又晕了过去。

再次醒来时，我的头脑清醒多了。左手依然肿得很厉害，但血已经止住了，手上还挂着手铐。现在我再也没有机会松开手铐了，我把一切弄得一团糟，还是无法获得自由。

我要想办法离开这里，回到孩子们身边。他们的脸似乎触手可及，我陷入了一种强烈的失落感中，这种感觉把我撕裂，眼泪几乎夺眶而出。**我失去他们了，我失去我的孩子们了。**

我的左手撞到地面，一阵剧痛传遍全身，把我从悲伤中抽离出来，让我的大脑清醒起来。我必须要背水一战。我咬着嘴唇，不让自己叫出来。全身都在发抖，我以为自己要晕过去了，但没有。疼痛过后我的脑袋清醒多了。多亏它驱散了因为麻醉剂引起的最后一点儿迷糊。

我听见木地板发出了"咯吱、咯吱"的声响，看见了那个给我下药的女人瘦弱而裸露的双腿。她站在我面前，看着我像瘾君子一样点着头，她看了一会儿就离开了。确认她已经离开后，我开始环顾四周。

我还在原来的房间，旁边还是原来的床。我真的是在这里和梅尔文一起醒过来的吗？还是那些可怕的毒品让我产生了幻想？我希望这只是梦，可我知道这是真的。在床上和我一起醒来的梅尔文也是真的。一切都是可怕的事实，但我必须要振作起来，因为时间不多了。

梅尔文说了一些关于孩子们的、极其可怕的事情。我想伸手去抓，但这些事情就像水一样从我指间流走了。对此我几乎是心存感激的，因为那带走了绝望，只给我留下愤怒带来的勇气。

我专注于眼前的事情。我的手受伤肿胀，手铐已经嵌进肿起的肉里，手指因血液不流通变成了紫色。手铐的另一边铐在铁床腿上。我盯着它看了很长时间，然后才意识到我为什么要盯着它看。

我能把手铐脱下来。

床很重，但如果只搬起一条床腿呢？如果我把床的这一角抬起来，就能把手铐从下面的缝隙里拿出来。那个吸毒的女人没有注意到这一点，可能她觉得我已经被打败了。

我一点儿一点儿地挪过去，小心翼翼地不发出任何声音。然后我慢慢地撑起自己，为了把沉重的床抬起来。这个过程非常棘手，而且引起我极大的痛苦，但我必须集中精力，不能让自己颤抖的肌肉放弃，也不能让床重重地摔下来……我慢慢地把手铐从空隙里拉出来，再同样缓慢地弯下腰，直到铁床腿轻轻地碰到木地板。

从房子的深处传来了钟声。他们是在敲钟报时，表示一个小时过去了。我不知道自己究竟错过了几次报时，所以无法判断目前几点。只知道已经过了十点，现在可能是十一点，也有可能是午夜十二点。

地板又响了起来。我已经准备好了，我要让自己赶紧振作起来。我想哭，觉得很迷茫，很疲惫，但仍有钢铁般坚强的一面，都是拜梅尔文所赐。**振作起来，如果进来的是那个女人，就把金属手铐甩在她的脸上，把她打倒；如果她有武器，就缴获她的武器。然后继续前进，不要停下来。**

我不知道该去哪里，似乎无处可逃。但我不能停下来。脚步声越来越近，我开始紧张。然而这次来的不是我一开始见到的那个吸毒女人，而是梅尔文。看到他脸上残忍的笑容，我又打了个冷战。"看看谁醒来了，"他说，"安妮，扶她起来，我们一定要准时开场。"

准时开场，就像百老汇的演出一样，他是舞台总监。

我用尽全身的力气，想用手铐在他脸上划一道，但没成功。我失去平衡，他却轻而易举地躲了过去。他抓住我的前臂，把我推向那个安妮，而她抓着我的左手，使劲儿压着我的膝盖。我没叫出来，完全没。

"照我说的做，"她对我说，"向前走。"她把我推了个趔趄，然后死死地抓着我的伤口。她是在提醒我，她随时都能给我带来痛苦。走出房间，我才发现我们在二楼，右手边有木质栏杆，可以俯瞰下面的房间。这里的一切都散发出消极腐败的气息，每走一步地板都咯吱作响。前方的地板上有一个大洞，水从塌陷发黑的边缘滴下，落在楼下，发出声音。我看见夜空乌云密布，想再抬起些头，但药物让我头晕，眼冒金星。

安妮带着我绕开洞，靠近楼梯的扶栏。扶栏的状态没有比地板好多少，如果她再靠近一点点，我就推她一把。扶栏很有可能会断开，然后她就摔到下面去。或者我自己**跳下去，这总比他的计划要好**。但我知道跳下去我死不了，而且很可能摔断腿，失去再次逃跑和战斗的机会。

我被撕破的地毯绊了一跤，突然往前倒，安妮把我放开了。我抱住双手，左手传来了刺痛，我大叫一声然后向右靠……我的手指碰到了一块松动的地板，它的末端已经裂开了，我感觉到了锋利的边缘。我毫不犹豫，把手指伸进洞口，拉动裂缝，一块木片就到了我的手上。这时安妮抓住了我，就像梅尔文那样拉着我的头发让我站直。我没有用那块木片，还没有。我把它平放在我的右手腕上，那样别人就看不见了。

伺机而动，不然永远错失良机。我知道我接下来要面对的是多么缓慢、多么残忍、多么可怕的地狱，我知道放弃反抗也不会有任何转机。我并不觉得现在会有人帮我，只能自力更生。只要梅尔文把注意力放在我的身上，他就不会去找孩子们了。**孩子们。**

我现在还记得梅尔文说的话："**布雷迪给我打电话，我们抓住了莉莉。**"我感到了一阵真正的恐惧。不，不，不。

我们在靠近一扇关着的门，我放慢了速度。安妮抓着我的左手腕，使劲地扭动着，但现在对我的影响没有那么大了，因为更强烈的痛苦和恐惧感在我体内蓄势待发。我绝对不能让梅尔文捉住我的孩子们。

梅尔文走在前面，他打开了门，这是来自一个怪物的绅士风度。门里是他的酷刑室，我甚至不用看都知道。它向我迎面袭来，潜意识里我知道这一天终会到来。我不会看房间里的那些细节。

里面已经有人了。我看着那个站在血迹斑斑的椭圆形地毯上的女孩儿，她脖子上挂着铁索。她的头发染成黑色，脸上挂满汗珠。

有那么可怕而疯狂的一秒钟，我以为那是兰妮。我发出尖叫，声音以一种惊人的速度从身体发出来，所有的痛苦、悲伤和恐惧都如此的真实，让我觉得自己好像被拆骨剥皮，血液喷溅而出。下一秒钟我就把尖叫声咽了回去，但我知道这已经向梅尔文透露出了我的恐惧。

这个女孩儿不是兰妮，不是我的女儿。然而她总是别人的女儿。她用脚尖站着，竭力保持平衡，因为一旦她放松下来，铁索就会勒紧她的脖子。这是故意的、残酷的、经过精心设计的酷刑，她就像挂在钉板上的工具一样挂在墙上。木质的工作台上的工具箱开着，里面放着扳手、螺丝刀、钳子……用各种颜色做好标记，整齐地排放在里面。精确的暴行。

房间里还有两个人。一名男子在调整灯光，对女孩儿以及她的强烈的挣扎视而不见，另外一个在调整三脚架上摄像机的焦距。他们两个看起来都非常"正常"，这对于他们来说就是"工作"，真是太可怕了。

"该死，"摄影师说，"我没开机，要是录上了刚才的尖叫声就好了。那真让人兴奋。"

"都准备好了吗？"梅尔文问。

"已经过了十分钟。你可以先从你女儿的替身开始，但要快点儿。他们都是为了主戏来的，不是为了开场表演而来的。"一名男人说。他就是如此"正常"，穿着印有草裙舞女郎的夏威夷衬衫、工装短裤和一双拖鞋。但这一切都不正常，这里的人都是行尸走肉，他们都没有灵魂。

我转过头，梅尔文在我身边停下来。他用可怕又坚定的眼神看着那个可怜的女孩儿，之后他不情愿地看向我。这是我见过最糟糕的景象，他瞳孔涣散，在房间的灯光下看起来几乎是……红色的，像怪物的眼睛。"她看起来是不是很像她？我们的莉莉。"

我喘不过气来，也动不了。我的面前即将发生一件非常可怕的事情，我连声音都无法发出。我知道梅尔文是魔鬼，但我并不知道他如此邪恶。他外表正常的躯壳里空无一物，没有半点儿人性。

"是的，"我低声回答，声音微颤，这不是出于恐惧，而是愤怒，"但这个女孩儿不是莉莉，你伤害她没有意义，不会产生同样的效果。"

"是吗？"我对梅尔文而言就像砧板上的鱼肉，"那我让你来选吧。"

摄像师已经打开了摄像机，灯光突然打到我的脸上，我几乎睁不开眼睛。但我没有眨眼，一旦我表现出哪怕一丝软弱，他就会控制住我。

"选什么？"那块小小的木片紧紧地压在我的皮肤上，我感觉得到它在我手腕上划出了伤口。我变换了姿势，把重心放在左脚上。我要保证他看不见我的右手。

"如果你代替她，我就放她走。但是吉娜，你一定要真切地要求，你一定要求我，向我哀求。如果你这么做，我就放了她，让她离开。她要花上几个小时才能到马路上呢，她找到人求助就要更多时间。而且她是个吸毒的妓女，估计也没有人会相信她。"梅尔文的嘴角抽搐着，慢慢露出了笑容，"但是她会活下去，我知道你有多么想救人。"

似乎有毒气弥漫在空气中，每一次呼吸都异常痛苦。他把我看穿了，知道我想要做什么。但我对他说："你永远都没法把康纳占为己有。"

"哦，康纳整个人都是你的，"他说，"但我会拥有布雷迪，我以后就指望他了。你想怎么做？因为不管怎么样，你今晚都是要死的。讨论这个没有必要，别浪费时间了，吉娜，做出选择吧！"

我不想再看着那双可怕的眼睛，我闭上眼说："我求你，梅尔，求你放她走，我求求你。"我竟然会从嘴里说出这样的话，更糟糕的是，我刚刚竟然叫他"梅尔"。自从我们的生活支离破碎后，这是我第一次这样叫他，不知道他有没有注意到。

"没问题。"他说。我突然觉得我的脸火辣辣的，他把手放在我的脸上，"她自由了。我就知道如果抓到了你真正的弱点，你一定会屈服。"

他俯下身子，他的气息打在我的皮肤上，手指温柔地抚摩着我的下巴和嘴唇。我仍闭着眼睛。我不能睁开眼，绝对不可以。我在发抖，药物让我头晕目眩、无法站稳。我希望安妮能再拧一下我的手，让我清醒清醒。

"把那个女孩儿放下来，"他说，"让她离开这里，把她放到马路上。"他并非在对我说话，但他的双唇离我的脸颊很近，轻触着我的皮肤。

这诡异的场面被打破了，但不是我打破的，而是由绞车装置启动发出的轰鸣声和女孩儿的哽咽声，她哭着说："哦，上帝，谢谢你……"

"滚，"梅尔文说，"不然我就杀了你。"

我听到一阵跑步声，她走了。**就现在，我想，我不能错过这一刻，他就在我面前。**我睁开眼睛，调整了一下握木片的姿势。

这时有人笑了起来。这笑声吓到了我，也吓到了梅尔文。我们往门口看去，安妮正靠在门边，她的脸上挂着女王般的高傲。她看着那个女孩儿逃命，哈哈大笑起来。"狗娘养的，"她说，"我还以为你有多狠呢，伙计。都到这时候了，你还跟她做什么交易？你居然放走了那个女人。这个可怜的婊子不是早已经是你的囊中之物了吗？"

"你是在说我的妻子吗？安妮。"他说。他的语气温柔平静，但他的双眼……暴露了他内心的想法，"你不能不尊重我的妻子。"

"她？"安妮嘟着嘴说，"她什么都不是。"

"不，她是我的。"

梅尔文冲过去，就像进攻的毒蛇一样，迅速而致命。他按着她的头一遍又一遍地往门框上撞。这一连串的动作如此暴力，我甚至不敢阻止他，拯救她。他就像一头暴怒的老虎，让我很害怕。其他人都傻站着，连摄制组都愣在原地，即使他们曾经见过我无法想象的恐怖场面。

我不想看到这些，但我无法闭上眼睛，这就像噩梦一样无法逃避。

安妮瘫倒在地，喘着粗气，血液遮住了她的眼睛。她向我爬来。我后退，我控制不住自己的本能。惊慌在我的内心咆哮，激起一阵绝望的龙卷风，因为我的那片薄木片与梅尔文疯狂的行为相比什么都不是，这是我对自己撒的不堪一击的谎，没有什么能阻止梅尔文·罗亚。他越过安妮，从架上抓起一把螺丝刀，狠狠地刺穿了她的头骨。他已经完全失控了。

我眼前一黑。我看不见，也不想知道眼前发生的事。我只想逃跑，想像个孩子一样躲起来，而且我听到了自己的尖叫声。安妮已经死了，她再也发不出声音了，我唯一想做的就是逃跑。但我跑不过他，一旦我开始移动就会成为下一名受害者。

梅尔文停了下来，因为他累了，而不是因为他完成了这一场暴行，我能从他起伏的胸口和颤抖的手看出来。单看地上躺着的尸体的头部，没人能认出这是个人。灯光师和摄像师没有发出一丝声音，也没有挪动一步。他们纹丝不动，也觉得自己现在就站在一只轻而易举就能把他们吃掉的动物前。当梅尔文一屁股坐下时，他看向了摄像师。安妮的血从他脸上滴落，他手里还拿着那个螺丝刀。"继续拍。"他对摄像师说。哦，我的天啊，他听上去很正常，像极了与我结婚的那个人，那个男人发誓要爱护、珍惜和保护我。"我才刚刚开始。"

我觉得自己快要倒下了，但不是晕倒，我知道自己还没有脆弱到这种地步。可我感觉我的灵魂已经脱离了肉体，轻飘飘的，像个气球，只是拴在了一堆沉甸甸、颤巍巍的血肉上。我飘浮的意识向下看去，全然感觉不到恐惧和恶心。我一定要相信我的孩子们还活着，还安全地活在某个地方；我一定要相信，在某个地方，山姆也安然无恙。

在别的地方，人们依旧活在阳光下。但在这个黑暗的魔窟，我是唯一一个站在梅尔文和我爱的人之间的人。而且我要一直站下去。

我睁开眼，发现自己依旧在这个令人厌恶的毫无生机的地方，这时梅尔文向我转过来。他血淋淋的脸看起来很平静，而且他的笑容看起来很饥饿。"吉娜，"他说，"我很抱歉，但这件事只能这样……"

我向前冲过去，把锋利的木片插进他的眼睛。木片刺破眼球表皮，插了进去，我感觉到一股温热的液体从指间流出。我已经做到了所有我能做的。但我知道远远不够。我的内心都回归寂静，几乎是平静如水。

梅尔文尖叫着转身逃开时，我手里的木片断了。他还活着，只是瞎了一只眼睛，痛苦不堪，但他还活着。他把木片拔出来，愤怒地尖叫起来。

我内心的平静被打破了，恐惧又卷土重来，铺天盖地，夹杂着冰冷的雨雪。我知道我还有多少时间来自救：几秒钟，只有几秒钟。我已经在往前跑了，可感觉自己在做慢动作，每一步行动都清晰可见，缓慢至极。我内心有个念头在喊着：**快点儿，快点儿，上帝啊，赶紧跑，跑！**

在梅尔文发现我开始移动之前我已经从他身边跑了过去，但他就在我身后一两步远，喊着我的旧名字，已经改掉的名字。我知道如果他抓住我，就再也不会有精心策划的能让阿布萨隆发财的酷刑视频流出，只会有真正血淋淋的杀戮，像对安妮一样。他会把我撕成碎片。

我看见摄像师拿着摄像机从我们身后跑出房间，他拍着我跑向楼梯的过程。我听见梅尔文在咆哮，就像地狱在我身后追赶我。

梅尔文用过的螺丝刀被某个人踢进了大厅，我没有跨过去而是弯腰把它捡起来。有人冲上了楼，是个新人，手里拿着枪。我需要那把枪。

我再也感觉不到手腕的疼痛，或者其他东西。我浑身滚烫，爆发出了力量，以超乎想象的速度拉近着我与那个人的距离。我把螺丝刀插进他的脖子里，他摔下楼梯的时候枪掉到了地上。我扑向枪，翻了个身。翻身时我看见梅尔文与我只有一步之遥，他用右手捂着他血淋淋的瞎眼。在我瞄准的时候，他看见了，与此同时身子向一边倒去。不知道是不是肾上腺素的原因，开枪产生的后坐力给我的手臂造成了剧痛，我在痛苦和懊恼中大喊大叫。第一枪以毫厘之差错过了他，我只能再试一遍。

梅尔文躲进了他的酷刑室，那里有武器，也许也是一把枪。我现在不能停下来，就算我的手腕断掉也不可以。我必须要拿着枪再次射击，无论身体经历多大的痛苦。

我往墙上开了很多枪，子弹接连地穿过墙。我不知道他在哪里，我心跳非常快，就像有一只垂死的小鸟在我胸口，我的大脑却反应迟钝。**保持冷静**，枪是半自动的，里面至少有七发子弹，我已经开了四枪了。

摄像师还站在那里拍我，也许他真的不知道他不仅是摄制组成员，还是同谋。也许他觉得摄像机是魔法护盾。我向他开枪，他倒下。第五枪。

我向前爬，双腿无力，但还清醒着。我东倒西歪地绕过地板中间的那个洞，跨过死去的摄像师，我祈祷着枪里至少还有一颗子弹，这样我就可以朝梅尔文的脑袋开枪了。

我走到酷刑室门口，有个男人蜷缩着，一动不动地躺在椭圆形的地毯上，是灯光师。打穿墙的子弹射中了他。梅尔文不在这里，他消失了。

左边有扇门，我之前忽略了。因为摄像机的三脚架挡住了它，还有一台坏了的笔记本电脑在冒着火光。

我感觉身后有人，一个影子，移动得很迅速。我转身，扣动扳机。之后我才发现那不是梅尔文。是山姆。枪发出了"咔嗒"声。**没子弹了。**

山姆因为急刹喘着粗气，站在安妮的血泊中瞪大眼盯着我。他也有枪，他拿枪指着我，好像我是他从未见过的危险生物一样。然后他喊："把枪放下！格温，把枪放下！"

我扔下枪，枪砸中我的脚带来的疼痛让我从短暂的恍惚中清醒过来。所有的一切犹如洪水般向我袭来，我被一阵无法承受的感情冲击着。这分散了我的注意力，令我头晕目眩、浑身发抖，痛苦又回来了，恐惧也是。

"他还在这里！"我冲着山姆喊，"梅尔文！他还在这里！"

山姆低头看着安妮的尸体，脸上流露出发自内心的恐惧。他盯了一会儿才移开目光，看着我，"不，他在大厅外面，他已经死了。"

"什么？"

"他的眼睛中了一枪，没事了，格温，他已经死了。"我倒向山姆的时候，他扶住了我。我觉得非常累，我以为我要死了。我的心像发动机一样在跳动着，身体还在奔跑、战斗的状态中，即使这里已经没什么可与之战斗的了。我的眼泪夺眶而出，再也无法抑制。"你杀了他，"我低声对山姆说，"谢谢你，天啊，谢谢你。"

他紧紧抱着我，仿佛我们两个要融为一体，这也是我想要的。"不是的，"山姆说，"他不是我射杀的，是你，难道不是吗？"

我花了很长时间才明白他刚刚说了什么。他的话很重要。我没有朝梅尔文的眼睛开枪，我只是刺伤了他，让他流了很多血，看起来像致命伤，像一枪打在眼睛上。梅尔文要做的就是躺下装死，让山姆走过他身边。我抓起山姆的枪，用他的肩膀做支撑去瞄准。因为怪物就在他的身后，那是一只垂死挣扎的猛虎。

梅尔文正拿着刀朝山姆的后背冲来。我朝他额头开了三枪。他停了下来，双膝着地，脸朝下倒下了。他还有呼吸，我能看见他的后背在起伏，我想要再开一枪，但这时山姆转身，从我手里拿过了枪。幸好他这么做了，因为我差点儿就误射了提着自己的枪进来的鲁斯提格。

山姆放下武器，鲁斯提格朝我们两个看了一眼，然后看着躺在地上将死的男人和他旁边安妮破碎的尸体。"天啊！"鲁斯提格一边说一边放下他的武器，"我的天啊，这到底是怎么回事？"

我和山姆安静地站在那里，而鲁斯提格跪在梅尔文身边，我看着我前夫的后背起伏了三次，然后长长地呼出了一口气。一切归于平静。

魔鬼死了，他死了。我不知该有什么感觉。是觉得好，还是该觉得解脱？这些都没有，我心里只有感激。也许一会儿后我会感到满足，感到大仇得报，感到愤怒得到释放，但我现在只满怀感激，涕泪涟涟，无法抑制。

"求求你……"我喘着气伸手去抓山姆，他再次把我拥入他的臂弯。我说，"求求你，告诉我，我的孩子们都没事儿，求求你……"

"他们都没事儿。"他低声对我说。他的声音带着一种沉静、一种平和，正是我现在需要的，"康纳没事，兰妮也没事，你也安全了，我们都没事，都还活着。深呼吸。"他安慰着我。

我们走下那个破旧的楼梯，下到一半时，我双腿无力，后半段都是山姆扶着我下去的。我很累，甚至连眼睛都睁不开。但我强迫自己把眼睛睁开。山姆把我抱进一辆车的副驾驶座里，我看到特里同种植园那已经腐朽不堪的殖民辉煌，它看起来的确很像白宫，但已经被时间摧毁了。旁边有一条小溪，溪流缓慢，被泥浆堵塞了。

山姆和鲁斯提格在车外小声地交谈着。他们两个也是身心疲惫，我听得出来，但我不是，不会再是了。

"里瓦德是对的。州警察没有出现，如果我们没有成功……"鲁斯提格打断了山姆，"这是一场大屠杀，只有上帝才知道我们会在这附近会找到什么样的尸体。他们有多少处这样的地方？"

"几十个，"山姆说，"但我们有里瓦德，树倒猢狲散，我们会把他们都找出来的。"

我希望他们把这儿烧掉，所有的一切，包括尘埃和骨头。但我知道这里发生的事情比我想象的还要多，我知道的。我只是太累了，眼泪从脸颊上滑下，我笨拙地用带血的右手擦掉。这是梅尔文的血。梅尔文死了。

麦克·鲁斯提格靠过来说："你应该感谢山姆，你该感谢这个男人。是他救了你的命。"

"不是的。"我对他说。我感觉意识又在悄悄溜走，"是我救了他。"

我睡了。而且我没有做梦。

第二十八章

格温

一个月后

在大部分人看来，我已经康复了。为了我的孩子，我努力坚强起来。我的内心也许依旧像玻璃一样脆弱，但现在只有山姆可以看到了。山姆能洞察别人的内心，这也许一开始困扰过我，但现在我很庆幸。我去看过心理医生，也会和山姆谈心。我变得越来越好，我的孩子们也是。不管他们是否愿意，我都要确保他们得到应有的治疗。

我再也不检查网络暴徒了，但当我问起时，山姆平静地告诉我他们的怒火和攻击比以前有过之而无不及。不管我愿不愿意，我还是再次成了很多文章和博客的头条。有些人觉得我是个英雄，也有很多人为我逃离了谋杀而庆幸。只有一件事我不得不认同：如今我已经没有什么可隐瞒的了。

静湖边我们正在重新装修的房子就证明了这一点。不只是我们四个人，我们的朋友也在这里帮忙，有哈维尔、凯姿、凯姿的爸爸以西结·克莱蒙特、普雷斯特警长，还有几个我现在才知道名字的诺顿的警官。孩子们的一些朋友及其父母也来了。他们一起动手重新粉刷我们房子的外墙，把过去的不愉快都一笔勾销。

我知道会有新的恩怨出现，但至少不是现在。这间房子再次成为我们的堡垒，今天，房子的装修就要完工了。

"妈妈，"康纳手里拿着一个我在房间里没见过的东西问，"这是垃圾吗？"

"它看起来像垃圾吗？"我笑着反问他。他也笑了。虽然犹豫不决，虽然结结巴巴，但这是一个开始，我们都要努力。我和康纳还有很长的路要走。他太过自责，而且现在还在为他爸爸伤心。我明知为了梅尔文伤心不值得，但这与他无关。这是康纳自己的事，他为一个从未真心爱过他的人承受了所有悲伤。我说："宝贝，你为什么不休息一下？"

"那你为什么不休息一下呢？"山姆边说边接过我右手上的垃圾袋。我裹着绷带的左手用夹板固定着，它伤得太严重了，但医生说最终会痊愈的。"你要坐好，不要乱动。"

他说得没错，我只能照做。山姆和兰妮一起重新粉刷了厨房受损的墙壁，而凯姿和哈维尔装上了新的前窗，康纳和我收拾了残留的垃圾。前窗帘放下来了，但我想看看外面的雪和微微结冰的湖。静湖旁看起来很干净，是一种我之前从未看到过的干净。

兰妮和她的朋友坐在一起，她们戴着相同的手链。在以为我们没有注意时，兰妮会牵起戴丽雅的手。她需要这样，她需要被爱，我会尽我所能给予她我所有的母爱，但我给不了她温柔和甜蜜，而戴丽雅似乎可以，至少现在如此。我目前还无法拥抱我的女儿，因为手上的重伤，但她会让我紧紧挨着她许久，才转动着她大大的黑眼睛把我推开。我亲了亲她的黑发，并尽量不去想那个被铁索锁着的女孩儿，那个逃出去的女孩儿。我一直打听，但他们没有找到她，她也没有死在种植园里。

也许她找到了安全的栖身处，这对她也有好处。

山姆拿着啤酒等我，我乐滋滋地接过来后在他旁边的新沙发坐了下来。旧的沙发脏了，所以不管怎么样，是时候换新的了，全新的开始。

"麦克打电话来了。"山姆说完后喝了一大口啤酒。康纳在他的另一边坐下来，山姆伸手搂住他的肩，他并没有躲闪，而是拿出一本书开始看。这是意料中的事，但我发现他看的是一本新书，是我之前没有见过的，这似乎很有意义，虽然我也不知道为什么。"他要在华盛顿待一段时间，但他向我们问好。里瓦德的行政助理一知道老头被关起来就倒戈了，把城堡的钥匙给了麦克。"

"所有关联人物都彻查清楚了吗？"我问，看了山姆一眼。巴吞鲁日的创伤有时就像噩梦一场，一个月后，关于它的记忆又再次鲜活起来。回想起梅尔文空虚、饥渴的双眼，我拿着枪乱射的情景，我似乎还能感受到冲击力从手臂传到全身，感受到我脸上的血。我深吸一口气，"你确定已经查了所有人吗？"

"这个星期就有近千人被捕，"山姆说，"世界各地，包括当晚买票的人。"

那是阿布萨隆的活动，我知道。那场表演，我本会被折磨致死。我打了个冷战，缩进了他温暖的怀抱里。"听起来挺好的。"

"警察们会把他们都抓起来的。里瓦德是个商人，但就算他有良好的从商记录，牵线者和一切参与者都会被问罪，"山姆苦笑着说，"这并不是说发给你的恐吓信就会减少，还需要点儿时间。"

"那么麦克还好吗？"

"麦克，"山姆说，"他成了局里的红人，估计他正享受着呢。哦，还有一件事，视频的鉴定结果已经出来了，当然是伪造的。这并不是说你要向我们或我们中任何一个人证明些什么。"他看向凯姿，哈维尔，孩子们。而我内心充满感激，在过去的一个月里，他们每个人都来向我说他们知道他们错了，不出我所料，我的女儿是最后一个。

山姆率先道歉了，并不是因为他做了什么对不起我的事。我想孩子们是最先相信我的，但要一个成年人先承认我的清白，他们才会放心说出这样的话。我知道他们不愿意看到我的软弱，所以我现在希望让他们能看到其他东西。我抬起头看着山姆，他亲了亲我的额头，他双唇轻点让我感到温暖。这就是甜蜜，我很感激地说："谢谢你。"

"不客气。"他一边说一边把酒瓶伸过来，干杯，"明天联邦调查局会发布一份声明，彻底证明你的清白。"

我轻叹，对于所有发生的事来说，这只是小事，但现在问题解决了依然使我开心。我对他说："你我都知道那不是真的，但总会有人不相信，一点儿都不会相信。"

他说："流言蜚语和你之间会有一场战争，但我知道该把宝押在谁的身上。"他又喝了一杯，故作轻松地说，"房东要我从这个月开始续约，但租金要涨。所以我很快就要无家可归了。"他的语气略带挑逗。我笑了笑，但没有抬头看他。"那你很惨。"

"非常惨。"

"所以我建议你再找个地方。"

"既然说到这了，你有什么建议吗？"

兰妮和戴丽雅在一起小声咕哝，然后大声笑了出来。"好啦，说出来吧，"戴丽雅说，"我们都知道了。"

"没错，"康纳翻了一页书说，"你表现得太明显了。"

"好了，好了。好吧，凯德先生，欢迎你搬进来。"虽然我就是这个意思，但我的声音还是微微颤抖。这对于我来说是一个巨大的进步，我不敢确定自己还能不能完全信任其他人。

"你确定吗？"

这次我抬头看山姆，他的眼神坚定而温柔。我屏住呼吸，因为我从未见过这样的眼神。我很紧张，就像这是他第一次见到我。"我确定。"我回答。曾经我们之间有一个雷区，但现在所有的炸弹已经消失不见，都已经引爆了，剩下的只是一片安全的地面。我需要付出努力去经营好自己的一片地，我不再害怕。

"晚饭准备好啦！"凯姿在厨房里说，"不是我煮的，所以肯定能吃，我发誓。"凯姿·克莱蒙特有一种莫名的天赋，能把她想煮的东西都搞砸——这是我们过去几周的笑话。

"不过她还是出力了，她烤了一些吐司。"哈维尔说着，拿了一大盆烤鸡和蔬菜放在桌上，"在布特抢走前，赶紧开吃吧！"

布特听到它的名字时翻了个身，舔了舔肚子。我拍了拍它，它闭上眼睛发出呼噜声。它恢复得比任何人都好。

"没错，把所有东西都放到桌子上，"我说，然后从山姆的温暖怀抱中钻出来，穿上外套，戴上帽子和手套，"我下去看看邮件，马上回来。"

每个人都对我说："小心点儿！"山姆用眼神询问需不需要他陪我，我摇了摇头。

我笑着出门，小心翼翼地走下斜坡。房子很安全，焕然一新，所有的坏东西都被清掉了。我知道这是一个标志，我也知道治愈需要时间、爱和关怀。但我们是一家人，我们都是幸存者。

我打开信箱，里面塞满了东西，我站在回收箱边，把一些垃圾信件扔掉，最终只剩下几张账单和一封信。我低头看了一下那封信，僵住了。我屏住呼吸，如果我能暂停心跳，我一定会这么做。

这是梅尔文的笔迹。有人在他死后把信寄出来了，也许是阿布萨隆手下的人在黑暗中刺出的最后一刀。我看着信上认真仔细地用印刷字体写出的我的名字，想起他杀死安妮时的那种狂暴。我永远都不会忘记。

我想了一会儿，把那几张账单揣进外套的口袋，继续往斜坡下走，穿过马路来到静湖边。湖面已经结冰。我在岸边左看右看，找到了一块和西柚差不多大的石头。我左手拿着信，右手把石头扔出去，轻而易举地砸破了薄冰，露出了下面深色冰冷的湖水。

我找到了一块更小的石头，然后又在口袋里翻找。信件是带着一根橡皮筋寄来的，我用橡皮筋把梅尔文的信固定在石头上，把它扔进湖里，那一刻我看见一道苍白的光划过。信带着石头沉了下去，我想墨水应该开始化了。几个小时之后，他写的东西就会完全消失，信纸也会化成漂浮的碎片。

"妈妈？"康纳在房间里对这边喊，我转身挥挥手。"妈妈？"

"来了！"我回应他。

梅尔文的最后一封信沉在湖底，没有人会知道我前夫想说些什么。也许，他正在地狱受煎熬，那便是对他的最大惩罚。

后　记

特别献给我的朋友史蒂夫·胡夫以及共同策划人安·阿吉雷。特别感谢万能的利兹·皮尔森以及出色的 T&M 小组。

每写一本书时我都会选择不同的音乐，这可以帮助我找到整个故事的基调和节奏。我希望这些音乐也可以带着你们经历格温在《静湖：重燃的怒火》这部小说中经历的种种情节。

我希望你们也一样，享受美好的音乐体验。但请记住：盗版会伤害音乐家，下载盗版并不能帮他们维持生计。直接购买歌曲或专辑才是表达喜爱的最好方式，并能帮助艺术家创造新的作品。

· 《卓越前线》——谁人

Eminence Front The Who

· 《重锤》——彼得·盖布瑞尔

Sledgehammer Peter Gabriel

· 《扑克脸》—— Lady Gaga

Poker Face Lady Gaga

· 《凝视骄阳》——电视电台乐团

Staring at the Sun TV on the Radio

· 《无国界游戏》——彼得·盖布瑞尔

Games Without Frontiers Peter Gabriel

- 《恶味》—— 黑色叛逆摩托俱乐部

  Hate the Taste Black Rebel Motorcycle Club
- 《蜂蜜箱》—— 杜兰杜兰乐队

  Box Full o'Honey Duran Duran
- 《红雨》—— 彼得·盖布瑞尔

  Red Rain Peter Gabriel
- 《季节时光》—— 本·泰勒乐队

  Time of the Season The Ben Taylor Band
- 《妈妈》—— 创世纪乐团

  Mama Genesis
- 《欢迎来到马戏团》—— 易变乐队

  Welcome to the Circus Skittish
- 《西奈山下》—— 石狐乐队

  Beneath Mt. Sinai The Stone Foxes
- 《所见即所得》—— 戏剧性乐队

  Whatcha See Is Whatcha Get The Dramatics
- 《人》—— 灵魂拾荒者

  Human Rag'n'Bone Man
- 《信徒》—— 梦龙乐队

  Believer Imagine Dragons
- 《醉骑师》—— 乔·波纳马莎

  Jockey Full of Bourbon Joe Bonamassa